Sessanta
Racconti

六十个
故　事

[意] 迪诺·布扎蒂 著
Dino Buzzati
崔月 译

目 录

1　七名信使 / 1
2　袭击大车队 / 7
3　七层楼 / 25
4　南方的影子 / 43
5　有人敲门 / 50
6　斗篷 / 66
7　屠杀恶龙 / 73
8　一个L开头的词 / 91
9　老疣猪 / 102
10　斯卡拉大剧院的惊恐之夜 / 107

11　中邪的资产家 / 151
12　水滴 / 160
13　战争之歌 / 164
14　霍尔姆哈格的国王 / 169
15　世界末日 / 181
16　给两位真正绅士的有用线索（其中一名被暴力致死）/ 185
17　徒劳的邀请 / 194
18　圣诞故事 / 198
19　巴利维那的坍塌 / 203

20 见过上帝的狗 / 210

21 有事发生 / 244

22 老鼠 / 250

23 与爱因斯坦之约 / 257

24 朋友们 / 264

25 蜘蛛 / 273

26 原子弹 / 278

27 渴望病愈的人 / 286

28 1958年3月24日 / 294

29 圣安东尼奥的诱惑 / 301

30 小暴君 / 308

31 里格莱托 / 316

32 令人嫉妒的音乐家 / 321

33 费城的冬夜 / 329

34 山体滑坡 / 336

35 别无所求 / 346

36 飞碟降落 / 361

37 新公路的开幕典礼 / 368

38 自然的魅力 / 375

39 安那哥的城墙 / 380

40 特快专列 / 385

41 一个人的城市 / 392

42 电话罢工 / 399

43 追风的人 / 408

44 见仁见智 / 416

45 防止欺诈的无效预防措施 / 424

46 患病的暴君 / 433

47 停车问题 / 440

48 禁令 / 447

49 战无不胜 / 454

50 一封情书 / 461

51 发生在威尼斯双年展的夜战 / 468

52 以牙还牙 / 476

53 人的伟大 / 483

54 禁忌词 / 489

55 圣人 / 497

56 艺术评论家 / 503

57 纸团 / 509

58 汽车瘟疫 / 514

59 新闻 / 520

60 托德战舰 / 524

出版后记 / 552

1

七名信使

  自从我出发去探索父亲的王国,时间一天天过去,我离我的城市越来越远,从城市传来的消息也越来越少。

  我在三十刚过的年纪开始了这段旅程,现在已经过去了八年多,更准确地说,是八年六个月十五天,没有一天中断过。出发时我曾以为,最多几个星期就能抵达王国的边境,然而途中我不断地遇到新的城镇、新的居民,到处都是说着跟我相同语言的人,他们都宣称是我的子民。

  有时我会想,是不是地理学家的指南针失灵了,因为我一直相信自己是在往南走,但实际上也许只是在原地打转,与首都的距离一米都未增加。这就可以解释为什么我们走了这么久,还没抵达王国的边境。

但更多时候我怀疑这个边境并不存在,王国向远方无止境地延伸,不论我走多久,都无法抵达终点。

我在三十多岁的时候才踏上这段旅程,也许太晚了。朋友和家人都嘲笑我的这个计划是在虚度光阴,毫无意义。事实上,就连我的忠实信徒之中,支持者也寥寥无几。

尽管我总是无忧无虑(曾经更是),但我还是担心旅途中会与亲友们失去联系,于是我从护送骑士中精心挑选了最为优秀的七位,作为我的信使。

当时的我对旅程毫无概念,还天真地认为挑选七名信使简直太过夸张。可随着时间的推移,我意识到自己错了,情况恰恰相反,信使的人数少得可怜。他们一个都没生过病,没遇到过强盗,也没跑累过马匹。七个人都以无比坚忍的态度和奉献精神为我服务,让我无以为报。

为了能轻松区分他们,我按字母顺序给他们依次取名:亚历山德罗、巴托洛梅奥、卡欧、多梅尼科、埃托雷、费德里科、格雷戈里奥。

从刚离开家不远,我就开始使用这些名字。旅程的第二天晚上,我最先派出了亚历山德罗,当时我们已经行走了约八十里格[①]。

[①] 里格:里格(League)是一种长度名称。在陆地上,1里格等于3英里,即4.827千米。
——编者注,下同

隔天晚上，为了保持通信的连续，我又派出了第二名信使，然后是第三名、第四名，直到第八天晚上，最后一名信使格雷戈里奥也上了路。然而此时，第一名信使尚未返回。

直到第十天晚上，我们在一个荒无人烟的山谷安营扎寨时，亚历山德罗才与我们会合。我从而得知，他的速度比我预期的慢。我原本以为，他独自一人策马奔驰，速度应该是我们的两倍，然而他却只能做到一倍半。也就是说一天之内，当我们前行四十里格时，他能走六十里格，且无法再多了。

其他人同样如此。巴托洛梅奥在旅程的第三个晚上回城，在第十五个晚上返回；卡欧在第四个晚上出发，在第二十个晚上回来。我很快发现，只要拿已出发天数乘以五，就能推算出信使返回的日子了。

我们离首都越来越远，信使往返的路程越来越长。五十天后，信使返回的间隔开始显著拉开。最开始，这一间隔只有五天，而现在已经长达二十五天。来自我的城市的声音变得越来越微弱。整整几个星期的时间，我无法得到任何消息。

六个月过去了，我们翻越了法萨尼山脉，信使抵达的间隔已经增加到整整四个月。他们带给我的消息已经十分久远了，信封也皱巴巴的，有时上面还有湿点，这是信使们夜晚露宿留下的痕迹。

我们仍在继续前行。虽然徒劳无益，但我不断试图说服自己，我头顶飘过的云朵与我童年的云朵是一样的，远方城市的天空与我头上的蔚蓝苍穹也是一样的，空气是一样的，风是一样的、鸟儿的叫声也是一样的。然而实际上，这些云朵、天空、空气、风、鸟儿展示给我的是截然不同的、全新的事物。我感觉自己像个外国人。

走吧，向前走吧！在平原上遇到的流浪者告诉我，边界已经不远了。我鼓励随从们不要停歇，对他们语气里的沮丧置若罔闻。自出发到现在已经四年了，这是一段十分艰辛漫长的旅程。我的城市、我的家、我的父亲，都变得遥不可及，甚至连他们是否真实存在，我都不敢确信。而现在，我要独自承受二十个月的沉寂和孤独，才能再度见到我的信使。

他们给我带来内容奇怪的泛黄的信件，里面写着我早已遗忘的名字、难解的话语和无法理解的感受。第二天早上，仅在一晚的休息之后，我们再度启程。信使则又向相反的方向出发，把我很久以前写下的信件带回到我的城市。

八年半过去了。今晚，我正独自在帐篷里吃晚饭，多梅尼科走了进来。尽管身心俱疲，他仍然冲我露出了笑容。我差不多七年没见过他了。在这段漫长的时间里，他每天马不停蹄，穿越草原、树林和沙漠。谁知道他换了多少匹马，才把这个信封带到了我的面前，而我却不想将其开启。他去睡觉了，次日黎明，他将再度离开。

这是他最后一次上路。我在笔记本上计算出，如果我继续像现在一样前行，而且一切顺利，那么我将在三十四年后才能再看到他。那时我都七十二岁了。但我已经开始感到疲惫，也许我活不到那个时候。所以，我再也见不到他了。

三十四年后（也许更早，早很多），多梅尼科将意外地看到我营地的篝火，他会疑惑为什么这段时间我走得这么慢。我的好信使将像今晚一样，拿着几年前的泛黄信件走进我的帐篷，里面写的都是尘封岁月、物是人非的消息。但是当他跨进门槛时，他的脚会僵在半空，因为他会看到我一动不动地躺在床上，已经没有了呼吸，身边是两名手持火把的士兵。

但是，去吧，多梅尼科，千万别告诉我我有多残忍！

请把我最后的告别，带回到我出生的城市。

你是我与这个世界，那个不久前曾属于我的世界之间最后的纽带。最近的消息让我得知很多事情都变了，我的父亲去世了，我的哥哥继承了王位。他们都以为我迷路了，把我过去常常玩耍的橡树林砍倒，建造了高大的石头宫殿。

你是我与他们之间最后的纽带，多梅尼科。第五名信使埃托雷，如果上帝保佑，将在一年零八个月后与我会合，但他将不再出发，因为他将不再有足够的时间返回。多梅尼科，在你之后，我将与沉寂相伴，除非最终我能抵达日思夜想的边界。可惜，走得越远，我就越确信边界并不存在。

是的，我怀疑边界并不存在，至少，它不是我们传统意义上认为的那样。没有隔离墙，没有作为分界线的山谷，也没有阻挡去路的山脉。我很可能会越过边界而不自知，然后浑然不觉地继续前行。

因此，我希望埃托雷和在他之后的信使，与我重新会合之后，不再出发返回首都，而是继续前行为我引路，这样，我就能知道前面等待我的是什么。

最近，一种不同寻常的焦虑夜夜将我萦绕。并非旅程开始之时那种因抛下快乐生活而感到的懊悔，而是一种渴望了解前方未知土地的急迫。

我一边走，一边注意到（目前为止我还没有告诉过任何人），当我日复一日地朝着一个不可能的目标前进时，天空中会出现一种即便在梦中也未曾见过的非同寻常的光。还有我们穿越的丛林、山脉和河流，似乎是以不同于平常的物质做成，空气中也仿佛弥漫着一种无以言表的预言。

明天早上，将有一种新的希望将我唤醒，引导我继续朝着这夜色笼罩下、尚未有人探索过的山脉前行。当我再一次收起帐篷，多梅尼科的身影将消失在相反方向的地平线上，把我毫无用处的信件，带回那座遥远的城市。

2

袭击大车队

强盗首领加斯帕雷·普拉内塔在小镇的街上被捕，且仅因走私罪获刑，在监狱里关押了三年，因为没有人认出他来。

出狱时的他完全变了样。疾病让他饱受折磨，胡子拉碴，看起来丝毫不像臭名昭著的强盗头子或是弹无虚发的神枪手，而更像个再普通不过的小老头儿。

随后，他背着行囊，出发前往自己曾经的王国——伏魔山，他的同伴们仍住在那里。

这是六月的一个星期天，他走进了山谷深处，他的家就在那里。森林里的路没有变化：这里有一截露出的树根，那里有一块特别的石头,他都记得一清二楚。一切都像以前一样。

因为这天是节日,所以强盗们都聚在家里。

一步步走近,普拉内塔听到了屋里传来的说话声和笑声。但与当年不同,大门紧紧闭着。

他敲了几下门,里面便安静下来,然后有人问:"谁啊?"

"我从城里来的,"他回答,"从普拉内塔那儿来。"他想给大伙儿一个惊喜,但等到门打开,大家把他团团围住时,他才发现,竟然没有一个人认出自己来。只有以前一直陪伴自己的老狗——瘦骨嶙峋的特伦巴——一边兴奋地嗥叫,一边往他身上跳。

最开始,他的老伙伴科西莫、马可、费尔巴和三个新面孔把他死死围住,纷纷询问普拉内塔的消息。他告诉他们自己是在监狱里认识强盗首领的,说普拉内塔将在一个月后刑满释放,因此派他过来,看看大家过得怎么样。

但没过多久,强盗们就对这个外来者失去了兴趣,纷纷找借口离开了。只有科西莫留下来陪他说话,尽管仍没认出他来。

"他回来后打算做什么呢?"科西莫问道,他指的是监狱里的老首领。

"打算做什么?"普拉内塔重复了一遍,"难道他不能回这儿吗?"

"啊,对,我可什么也没说。我只是为他着想,为他着想。毕竟这儿已经不是原来的样子了。他如果还想当头儿的话,我不知道……"

"不知道什么？"

"我不知道安德烈是否同意……他肯定要搞些事情出来的……当然，这对我来说无所谓，他尽可以回来，毕竟我们两个以前相处得不错……"

于是，加斯帕雷·普拉内塔得知这里的新首领是安德烈，他曾经的同伴之一，也是他们之中最人面兽心的一个。

就在这时门打开了，安德烈走了进来，一直走到房间中间。在普拉内塔印象里，他是一个冷漠的瘦高个儿。而现在，站在他面前的是一个身强力壮的强盗，有一张坚毅的脸庞和一对漂亮的小胡子。

安德烈发现有个新来的，但也没有认出是谁。他说："噢，这样啊？可他为什么没有越狱呢？应该也不是什么难事吧。马可也被抓进去过，但他只在里面待了六天。斯特拉也是进去没多久就逃出来了。这么说来，他作为我们的头头，表现可不怎么好啊。"

"应该这么说，今时不同往日，"普拉内塔露出狡黠的笑容，"现在有很多警卫，围栏也都全部换成了新式的，单独行动更是明令禁止。而且，他病了。"

虽然嘴上这样说，但他心里明白自己已经被山寨除名了；明白作为一个强盗首领，是不可以被抓进监狱的，更不用说在里头关了三年；明白自己老了，像任何一个不幸的普通人一样，这里已经没有他的一席之地，他的时代已然过去。

"他跟我说，"虽然很疲惫，但普拉内塔还是用像平时一样欢快而平静的声音说，"普拉内塔告诉我，他有匹马落在这里了，一匹白马,好像是叫波拉克,膝盖下头有个肿块。"

"准确地说,是曾经有,曾经。"安德烈傲慢地回应,开始怀疑也许在场的就是普拉内塔本人,"要是马死了,也不能怪我们……"

"他告诉我,"普拉内塔继续平静地说,"他还在这里留了一些衣服、一个灯笼和一块手表。"说完,他微笑着走到窗前,这样所有人都能清楚地看到他了。

事实上,每个人都看得很清楚,他们认出了那个瘦削的小老头儿,曾经的首领,著名的加斯帕雷·普拉内塔,弹无虚发的最佳枪手。

然而,没有人提一个字。就连科西莫都没敢说什么。

所有人都假装没有认出他,因为他们的新首领安德烈也在场,他们害怕。安德烈假装什么都不知道。

"他的东西没人动过,"安德烈说,"应该在那个抽屉里。衣服我就不知道了,也许有人穿过。"

"他告诉我,"普拉内塔仍然不动声色,只是收起了笑容,"他告诉我,他把枪也落在这里了,就是那把百发百中的枪。"

"是,他的枪一直在这儿,"安德烈说,"他随时可以回来取走。"

"他跟我说,"普拉内塔继续,"他常常跟我说:不知道他们会不会用我的枪啊,不知道我回来后会发现什么。他真的很关心他的枪。"

"我用过几次,"安德烈用一种略带挑衅的语气承认道,"他还能把我怎么样？"

加斯帕雷·普拉内塔坐到长凳上。他感觉自己似乎又发烧了，虽然不严重，但让他有点昏沉沉的。

"告诉我，"他转向安德烈，"能把它拿给我看看吗？"

"你，"安德烈示意一名普拉内塔不认识的新强盗，"去那儿把枪拿过来。"

枪被拿到了普拉内塔的面前。他担忧地仔细打量着，然后眼神渐渐明亮起来。

他用双手抚摸着枪管。

"很好，"在很长一段时间的停顿后，他说，"他还告诉我，他在这里留了些弹药。我记得很清楚，六种火药、八十五颗子弹。"

"你，"安德烈不耐烦地说，"再去把那些东西也拿来。还有别的吗？"

"还有这个，"普拉内塔镇定自若地从长凳上站起来，走到安德烈身边，从他的腰间拔出一柄长长的匕首，"还有这个，他的猎刀。"说完又回到了长凳上。

接下来是良久的沉默，气氛凝重。最后，安德烈打破了沉默："拿走吧，再见不送。"他想让普拉内塔明白，现在他可以走了。

加斯帕雷·普拉内塔抬眼打量了一下安德烈强健的体魄。自己如今这么疲惫憔悴，怎么可能再去挑战他呢？于是，他慢慢站起来，等着安德烈吩咐取来的其他东西，然后把它们放进包里，把枪扛到了肩上。

"好了，再见了，伙计们。"他一边说，一边走到门口。

强盗们都呆若木鸡，一个字也说不出来，因为他们永远不会想到，著名的强盗首领加斯帕雷·普拉内塔会这样离开，忍受如此的——这般奇耻大辱。只有科西莫一个人与他道别，用一种异常沙哑的声音。

"再见，普拉内塔！"他喊出了他的名字，不想再假装下去。

"再见，祝你好运！"

普拉内塔朝着树林的方向走去，在暮色里吹着欢乐的口哨，渐行渐远。

现在，普拉内塔不再是强盗首领，而只是加斯帕雷·普拉内塔，48岁，无家可归。但伏魔山的树林里还有间石木小屋，他曾经在里面避难，以逃脱周围守卫的抓捕。

普拉内塔抵达小屋，点上火，数了数身上的钱（足够用几个月了），然后便开始独自生活。

有一天晚上，当他坐在篝火旁时，门突然打开了，一位拿着步枪的年轻人走了进来。他看上去大概十七岁。

"有什么事吗？"普拉内塔没有站起来，只是问道。年轻人看起来胆子很大，就像三十年前的普拉内塔一样。

"你见过伏魔山的那帮强盗吗？我找他们三天了。"

这个男孩名叫彼得，他说想加入强盗团伙，语气坚决。多年来，男孩以流浪为生，一直在思考这个问题。但想要成为一名强盗，首先需要一支步枪，他本来还要等等的，但现在他偷到了一支，还有一支火枪。

"你来得正好,"普拉内塔高兴地说,"我是普拉内塔。"

"你是说普拉内塔首领?"

"是的,当然,正是我。"

"可你不是关在监狱吗?"

"准确地说,是我去过监狱。"普拉内塔狡辩道,"我才在那儿待了三天,他们就再也忍受不了我了。"

男孩兴奋地看着他。

"那你可以带上我吗?"

"带上你?"普拉内塔说,"好吧,那今晚你先住在这里,我们明天再说。"

两个人就这样开始一起生活。普拉内塔没有告诉他实情,而是一直让他相信自己是强盗首领,向他解释是因为自己更喜欢一个人住,所以才只在必要时与同伴们会合。男孩以为他很有权势,一直幻想着什么时候能做出些壮举来。

可是很多天过去了,普拉内塔仍没有任何行动。最多就是出去打打猎。除此之外,就一直坐在篝火边。

"头儿,"彼得说,"你什么时候带我出去见识见识呢?"

"啊,"普拉内塔回答,"这几天我就会找时间的。我会让你见见我所有的伙计,你一定不会失望的。"

但是日子一天天过去,还是没有任何动静。

"头儿,"男孩说,"我听说明天有个名叫弗朗切斯科的商人会驾马车从山谷下面经过,他身上肯定有不少钱。"

"你是说弗朗切斯科吗?"普拉内塔表现得没有丝毫兴趣,

"他啊，可惜了，我可认识他很久了。告诉你，他就是只老狐狸。他每次赶路，连一个硬币都不会带，能带些衣服就不错了，就是怕遇上窃贼。"

"头儿，"男孩说，"可我听说明天有满满两车的好东西呢，全部都是山珍海味。怎么样，头儿？"

"真的？"普拉内塔问，"山珍海味？"说着，他把手里的东西扔了，仿佛那些配不上自己。

"头儿，"男孩说，"明天镇上有个集会，四下的人都会去，所以会有很多马车经过，晚上才回来。我们难道不做点什么吗？"

"人多的时候，"普拉内塔说，"最好别动手。集会上到处都是宪兵，不值得冒险。我之前就是在那种日子被抓住的。"

"头儿，"几天后，男孩忍不住问，"说实话，你是不是哪里不舒服？你一点也不想动，甚至连打猎都不想去。你的伙计你也不想见。你肯定是生病了，昨天可能就发烧了，我看你一直坐在篝火旁边。为什么不跟我说说呢？"

"也许我是有点儿不舒服，"普拉内塔笑着说，"但不是你想的那样。如果你真的想知道，我就告诉你，但说完以后，至少让我安静会儿。因为，为了几个马伦哥人就大费周章，简直愚蠢透顶。如果要行动，我希望它值得我冒这个险。好吧，可以这么说，我是想等大车队。"

大车队每年一次。确切地说，在每年9月12日，它会将大批财产运往首都，而这些财产是南部省份的全部税收。车队伴着号角声沿主路前行，由武装护卫押送。大帝国车队的铁皮大车里满载一只只装满钱币的麻袋,这是强盗们朝思暮想的东西。但一百年来,从未有人偷袭成功并安然逃脱。十三名强盗身亡,二十名被关进监狱。从此没人再敢动心思。而且,年复一年,随着税收不断增加,武装护卫的人数也逐渐增长。

前后骑兵部队、巡逻骑兵、全副武装的马车夫、马兵和仆人。

最前面由一队带着小号和旗帜的通信兵开路。

之后相隔一定距离的,是配备火枪、手枪和大刀的二十四名轻骑兵。然后是由十六匹马牵引、镶有皇家徽章的铁皮车。

一百年前,当沉甸甸的车队途经山谷时,卢卡·托罗英勇地偷袭了车队,并且奇迹般地脱身。这是护卫队第一次心生恐惧。

随后卢卡·托罗逃往东方,并在那里称霸。

几年后,其他强盗也做过尝试:例如德国人乔凡尼·博索和三十八人首领塞尔吉奥·德·托皮伯爵。但所有人都脑浆迸裂,暴尸荒野。

"大车队?你真的想冒这个险吗?"男孩震惊地问。

"是的,当然。如果成功,那我就可以安享晚年了。"

加斯帕雷·普拉内塔虽然嘴上这么说,但其实心里连想都没想过。就算自己现在才二十岁,袭击大车队也是件绝对疯狂的事。更别说现在他是一个人。

他只是开个玩笑,但男孩却信以为真,他用崇拜的目光看着普拉内塔。

"告诉我,"男孩说,"会有多少人?"

"至少十五个吧。"

"什么时候?"

"时间还早,"普拉内塔回答,"我还得问问我的伙计。这可不是开玩笑的事。"

但是日子一天天过去,这一切没有发生,树叶都开始变红了。男孩不耐烦地等待着。在一个个漫长的夜晚,普拉内塔坐在篝火旁讨论着这个伟大的计划,让男孩相信大车队,而他自己也饶有兴致。有时,甚至他自己也似乎信以为真。

9月11日,在大车队经过的前夕,男孩一直在外面溜达,直到晚上才回来,摆出了一副黑脸。

"怎么了?"普拉内塔像平常一样坐在篝火旁问。

"我终于遇到了你的伙计们。"

随后是长时间的沉默,只能听见火苗的吱吱声。

还有树林里呼啸的风声。

"然后呢,"最终,普拉内塔用听起来像开玩笑的声音打破了沉寂,"他们把一切都告诉你了,是吗?"

"当然,"男孩回答,"他们把一切都告诉我了。"

"很好。"普拉内塔说。房间里烟雾弥漫,只有火光熠熠,他们再次陷入许久的沉寂之中。

"他们让我跟他们走,"最后男孩说,"他们说有很多事情可以做。"

"说得很对,"普拉内塔肯定道,"不去就太蠢了。"

"头儿,"彼得用近乎沙哑的声音问,"为什么不告诉我真相?

为什么编这么多故事骗我？"

"编故事？"普拉内塔努力压制住自己的情绪，用像平常一样轻松的语气问，"我给你编什么故事了吗？我只是想让你相信，仅此而已。我不想看到你的幻想破灭。"

"不，"男孩说，"你把我留在这里，跟我许诺，只是为了捉弄我。明天的事，你心里很清楚……"

"明天什么事？"普拉内塔仍然努力保持着平静，"你是说大车队？"

"当然，我还傻兮兮地相信你。"男孩恼火地呵斥道，"我早就该知道，你都病成这样了，还能做什么大事……"他停顿了几秒钟，最后压低了声音："我明天就走了。"

但第二天是普拉内塔先起床。他没有叫醒男孩，而是迅速穿好衣服，拿起步枪。直到他走到门口，彼得才醒了。

"头儿，"彼得问，他已经习惯这样称呼他了，"这么早你要去哪儿？"

"你知道的，先生。"普拉内塔笑着回答，"我去等大车队啊。"

男孩没有接话，转身朝向床的另一面，仿佛在说，他已经厌倦了那些愚蠢的故事。

但这次不是故事。尽管只是开玩笑，但普拉内塔为了信守诺言，决定单枪匹马去袭击大车队。

他受够了同伴的取笑。但至少那个男孩会知道加斯帕雷·普拉内塔是谁。不，他也不在乎那个男孩。他是为了自己而做，为了找回曾经的感觉，哪怕是最后一次。如果他很快就被杀死，那将没有人看到他，也许没有人会知道。但这没关系，这是他个人的事，是他与曾经强大的普拉内塔之间的事。一场绝望的赌博。

彼得任由普拉内塔离开了。但他随后便心生疑问：普拉内塔真的去了吗？这个微小而荒谬的疑问让彼得决定起身去寻找他。普拉内塔曾经好几次向他指示过等待车队的最佳地点。也许他会去那里。

新的一天已经开始了，但黑压压的乌云还在天空中不断蔓延。阳光是明亮的灰色。偶尔能听到鸟儿的歌声。除此之外是一片寂静。

彼得沿着树林往下朝山谷底部跑去，主道就从那里穿过。他警惕地穿过灌木丛，朝着一片栗子树的方向走去，普拉内塔应该就在那里。

事实上，普拉内塔确实在那里。他匍匐在一截树干后面，用草和树枝做了一面矮墙，确保自己不被发现。这是位于主道急转弯上方的一座小山峰：陡峭的上坡路段，马匹不得不减速。因此，这应该是个不错的射击点。

男孩低头朝最底下的南部平原望去，一望无际的平原被主路一切为二。还有飞扬的尘土。这些沿路的尘土就是大车队扬起的。

普拉内塔沉着地架着步枪，忽然听到身旁的动静。

他转过身，看到男孩正拿着步枪匍匐在旁边的那棵树旁。

"头儿，"男孩气喘吁吁地说，"普拉内塔，快过来。你疯了吗？"

"嘘，"普拉内塔笑着说，"目前为止我可还没疯。你赶紧回去。"

"你疯了，我告诉你，普拉内塔，你在等你的伙计们吗？他们不会来的，他们跟我说了，让你别做梦了。"

"他们会来的，只是多等会儿的事。他们总爱迟到。"

"普拉内塔，"男孩恳求道，"拜托了，快走吧。昨晚我是开玩笑的，我没想要离开你。"

"我知道，我昨天就知道，"普拉内塔和善地说，"现在不用多说了，快走，赶紧的，这不是你该待的地方。"

"普拉内塔，"男孩坚持道，"你不觉得这太疯狂了吗？你不知道有多少人吗？你想单独行动？"

"我的天，快滚，"普拉内塔终于发怒了，他低声吼道，"你不知道这样会毁了我吗？"

这时，在主路的尽头，可以看到大车队的骑兵、马车和旗帜了。

"快滚，我再说最后一次。"普拉内塔怒斥道。

男孩终于离开了。他匍匐后退，穿过灌木丛，直至消失。

这时，普拉内塔听到了嗒嗒的马蹄声，他瞥了一眼黑压压的大片乌云，看见天空中有三四只乌鸦。大车队已经开始减速爬坡。

普拉内塔的手指扣在扳机上，突然发现男孩又爬了回来，趴在树后面。

"看见了吗？"彼得轻声说，"看见了吗？没人来。"

"浑蛋,"普拉内塔挤出一丝笑容,头也没抬地低声说,"浑蛋,别动,现在走已经太迟了,睁大眼睛仔细看好,好戏就要上演了。"

三百米,两百米,大车队越来越近。已经可以看清楚豪华车身两侧的大徽章,甚至能听到骑兵的交谈。

直到这时,男孩终于害怕起来。他知道这事儿有多疯狂,不可能全身而退。

"看到了吗?他们没有来。"他用绝望的语气低声说,"拜托了,千万别开枪。"

但普拉内塔没有丝毫动摇。

"小心,"他好像没听见似的,高兴地轻声说,"先生们,好戏开始了。"

普拉内塔对准了目标,强大的目标,他一定会击中。但就在那一瞬间,从对面的山谷,响起了一声清脆的枪声。

"是猎人!"普拉内塔拿开玩笑的语气说,此时,山谷里回荡起可怕的回声,"是猎人!别怕。正好可以制造混乱。"

但不是猎人。普拉内塔感到有人用胳膊肘顶了他一下。他转过脸,看到男孩躺倒在地,枪扔在一边。

"他们打中我了!"他哭着说,"我的妈呀!"

开枪的不是猎人,而是护送大车队的骑兵,他们兵分几路沿山谷前行,负责为大车队领路,并排除沿路陷阱。他们都是通过各类竞赛精心挑选的枪手,而且都配备狙击步枪。

其中一名骑兵环视树林时,看到男孩在丛林间移动。然后看到他躺倒在地，最后也看到了老强盗。

普拉内塔忍不住骂了句脏话，然后小心翼翼地跪起身来，去帮助他的同伴。响起了第二枪。

黑压压的乌云下，子弹径直穿过小山谷，然后按照轨迹定律开始下落。原本瞄准的是头部，却打入了胸口，穿过靠近心脏的地方。

普拉内塔突然倒地。他感到一种巨大的寂静，那是他从未感受过的。大车队停了下来。暴风雨还没来。乌鸦在天空盘旋。所有人都在等待。

男孩笑着转过头说："你说得对，你的伙计们都来了。看到了吗，头儿？"

普拉内塔说不出话来，但他竭尽全力，把目光转向男孩手指的方向。

他们身后，树林里的一片空地上，出现了大约三十个肩上背着步枪的骑手。他们的身影看上去如白云一样透亮，在森林的黑暗背景下脱颖而出。从这些人怪异的着装和挑衅的神情就能知道，他们就是所谓的"强盗"。

事实上，普拉内塔一眼就认出了他们。是他的老伙计们，那些已经丧生的强盗，他们来接他了。阳光下，歪斜的长疤，吓人的发须，凌乱的胡茬，清澈坚毅的目光，叉着腰的双手，镀金纽扣，诚实善良的面孔，飞扬战场的尘土。

有在穆利诺的袭击中丧生的愚钝而善良的保罗，有从来都没学会骑马的彼得·德尔·费罗，有乔治·佩蒂卡，有被活活冻死的弗雷迪亚诺,所有以前的老伙伴,他们丧生的情景历历在目。还有那个像他一样留着大胡子、扛着长枪的大个子,骑在瘦弱的白马上。难道是那个臭名昭著的伯爵首领?他也倒在了大车队的枪下。是的,就是他。伯爵红光满面、意气风发。还是普拉内塔认错了?应该是左边最后那个身姿挺拔、扬扬自得的人?或者普拉内塔没认错,那个应该是最著名的老首领之一,马克·格兰德?在首都皇帝和四军团的目睹下受绞刑而死的马克·格兰德?死后五十年人们还在偷偷议论的马克·格兰德?对,就是他,他也来向最后这位不幸但英勇的首领致敬。

已故的强盗们虽然一言不发,但看起来都喜气洋洋。他们在等普拉内塔起身。

事实上,普拉内塔像孩子一样从地上站了起来,但身躯不再像以前那样真实,而是变得透明,就像他的老伙计一样。

加斯帕雷·普拉内塔瞥了一眼他那蜷缩在地上的可怜身躯,耸了耸肩,仿佛在对自己说谁在乎啊,然后走到空地上,毫不理睬飞来的枪弹。

他一步步走向自己的老同伴们,内心的满足感油然而生。

当他准备向他们一一问好时,发现队伍最前面有一匹装备齐全却没有骑手的马。他笑了笑,本能地走上前去。

"这么说来,"他一边说,一边被自己奇怪的新声音惊了一下,"这不是我的波拉克吗?比以前聪明多了呢。"

确实是他的爱驹波拉克。它一眼就认出了主人,止不住地嘶鸣。不得不说,死马的叫声比我们以往听到的声音还更加甜美。

普拉内塔亲热地拍了它两下,仿佛已经能看到接下来的美好旅程了。他将和忠诚的朋友们一起前往他所不知道的已故强盗王国。那里一定阳光明媚,充满春天的气息,一条条长马路洁白无瑕,通往一段又一段神奇的冒险。

加斯帕雷·普拉内塔把左手放在马鞍上,准备一跃而上。"谢谢,我的伙计们,"他努力克制住激动的心情,"我发誓……"

他停顿了一下,因为突然想起了那个男孩。他也变成了幽灵,此时正一脸尴尬地站在一旁不敢出声,因为周围都是他刚刚才认识的人。

"啊,抱歉,"普拉内塔说,"这里还有一位很棒的伙伴呢。"

说着,他转向已故的强盗们,"他才十七岁,以后肯定是个能干的家伙。"

所有的强盗都露出或多或少的微笑,轻轻低了低头,仿佛表示欢迎。

普拉内塔沉默了一会儿,犹豫地看了看四周。该怎么办呢?难道和同伴们骑马离去,把男孩一个人留在这里?普拉内塔又拍了两三下马,清了清嗓子,然后对男孩说:"来,上来吧。也该让你乐呵乐呵。"他见男孩不敢动,又假装严肃地加了两句:"快,来吧,别磨磨蹭蹭。"

"如果你真的愿意……"男孩终于开口,一副受宠若惊的样子。他一下子翻上马背,敏捷得连自己都不敢相信,毕竟直到那时,骑马对他来说还是不切实际的事。然后,强盗们挥舞着帽子,向普拉内塔致意。有人友好地眨了眨眼,好像在说再见。然后所有人都不约而同地策马奔驰。

他们像出膛的子弹一般钻进丛林，朝着远处飞奔而去。他们穿过蜿蜒曲折的丛林，却丝毫没有放慢脚步，简直太神奇了。驰骋的马儿身姿优雅而俊美。即便跑了很远，几个强盗还冲着男孩挥舞帽子。

现在，只剩下普拉内塔一人。他环顾山谷四周，余光瞥见了躺在树脚下的那具普拉内塔的躯体。然后，他把目光转向主道。

大车队仍停在弯道之外的地方，因此他看不到。路上只有六七个骑兵护卫，他们停在原地看着普拉内塔。尽管不可思议，但他们亲眼见到了这样的场景：已故强盗的灵魂相互问候，然后策马离去。在九月的某天，在乌云密布的天气，某些事情并非不可能发生。

独自一人的普拉内塔转过身来，骑兵队队长发现有人正在注视自己。于是，他挺直腰杆，行了个军礼，就像士兵的相互致意。

普拉内塔摸了摸帽檐，做了个谨慎却友好的手势，嘴角上扬。

然后，他又耸了耸肩，这是他今天第二次耸肩。

他转身背对骑兵，双手插兜，吹起了口哨:《军人进行曲》。

然后，他朝着同伴们消失的方向飞奔而去，去往那个他虽然并不认识，但应该比这里更好的已故的强盗王国。

骑兵们看着他的背影越来越小、越来越模糊。他的步伐轻快，与老迈的身形形成鲜明的对比，这是一种只有二十多岁的年轻男子迫不及待地奔赴酒会时才会有的步态。

3
七层楼

坐了一整天的火车，朱塞佩·科尔特终于在三月的一个早晨抵达了目的地城市，那里有一家著名的医院。

他有些发烧，但还是拎着自己的小行李箱从火车站步行到了医院。

尽管朱塞佩·科尔特的症状微乎其微，他仍听从了来这家著名医院就诊的劝告。因为这里医疗水平高超，设备系统完善且高效，专门治疗他这种疾病。

朱塞佩·科尔特隔老远就认出了这家医院。因为他曾经在广告中见过它的照片，并对它印象良好。这座七层的白色建筑外部是规则的凹形，看上去就像一家酒店。大楼周围是一圈高大的绿树。

做完简单的体检后，朱塞佩·科尔特被安置到了七楼，也是最高层的一个环境宜人的房间，等待进一步的检查。房间里的陈设干净整洁，内饰和沙发都是木制的，靠垫套是彩色的织物。

窗外是全城最美的街区之一。一切都是如此安静、友好、令人安心。

朱塞佩·科尔特一下子躺到床上，然后打开床头上方的小灯，读起随身携带的书来。

没过一会儿，一位护士走了进来，问他有没有什么需要。

朱塞佩·科尔特没有任何需要，但他倒是很乐意与这位年轻女士聊聊天，顺便打听打听医院的情况。于是，从谈话中他得知了这家医院的独特之处，即按照疾病的严重程度将病人分楼层安置：七楼，也就是最高层，住的是病情最轻的病人；六楼是病情不严重但也不容疏忽的病人；五楼是病情较重的病人，以此类推……到了二楼就是病情最严重的病人了；而一楼则是已毫无希望、只能等死的病人。

这种独特的制度，除了可以显著提高服务效率外，还能使病情较轻的病人不受其他重病患者的干扰，保证每层楼的氛围统一。

此外，治疗也可以按照病人的情况完美地分级。

因此，病人被分为七个渐进等级。

每个楼层就像一个小世界，有其特定的规则和特殊的传统。

而且由于每个等级都由不同的医生负责,治疗方案也呈现出细微但明确的差异,尽管院长声称医院是统一管理的。

护士离开以后,朱塞佩·科尔特觉得自己似乎退烧了,于是走到窗前向外张望,不是为了欣赏城市的风景,虽然这对他来说也很新鲜,而是希望能透过窗户看看下面楼层的病人。建筑的凹形结构恰好能满足他的愿望。朱塞佩·科尔特的注意力尤其集中在与自己相隔最远的一层楼,要斜着眼才能看见。但是他看不到任何有趣的东西。大多数窗户都被灰色的百叶窗遮盖得死死的。

这时,科尔特发现一个男人正站在他旁边的窗户前。两个人友好地对视了许久,但都不知该如何打破沉默。最后,朱塞佩·科尔特鼓起勇气说:"您也刚来这儿不久吗?"

"哦不,"男人说,"我已经来了两个月了……"他沉默了片刻,不知如何继续他们之间的对话,于是又加了一句,"我在看我下面的兄弟。"

"您的兄弟?"

"是的,"陌生男人解释说,"我们是一起进来的,但很奇怪,他的病情越来越糟糕,现在应该已经调到四去了。"

"什么四?"

"四楼。"男人解释道。在说出这两个字时,他的神情里充满怜悯和恐惧,让朱塞佩·科尔特吓了一跳。

"四楼是很严重了吗?"他小心翼翼地问。

"哦,上帝,"男人缓慢地摇摇头说,"也不至于让人绝望,但也没什么可高兴的。"

"那么，"科尔特继续问，带着一种玩笑似的轻松口吻，就像在说一件与他无关的悲剧，"那么，如果说四楼已经这么严重了，那一楼的人该什么样呢？"

"噢，一楼的人就是等死了。那里的医生无事可做。忙的只有牧师。当然……"

"可是一楼也没什么人吧，"朱塞佩·科尔特打断道，似乎是想得到一个肯定的答案，"那里几乎所有的房间都关着。"

"现在的确没什么人了，但今天早上还有好几个，"陌生男人说着，嘴角浮现一丝苦笑，"如果百叶窗是拉下去的，就说明那里的病人刚刚去世。您没看见其他楼层的百叶窗都是拉开的吗？不好意思，"他一边缓缓缩回身子一边说，"天好像开始变冷了，我该回去睡觉了。祝您好运……"

男人离开窗边，用力关上了窗户，然后屋里的灯亮了起来。朱塞佩·科尔特仍然一动不动地站在窗前，凝视着一楼紧闭的百叶窗。他的眼神中流露出一丝病态，脑海里浮现着在可怕的一楼为那些将死之人举行秘密葬礼的画面。想到那里离自己很遥远，才让他松了口气。此时，整座城市已被暮色笼罩。医院里，上千扇窗户一扇一扇亮起来，从远处看，还以为是一座正在欢庆节日的宫殿。只有悬崖最底层的数十扇窗户仍然漆黑一片。

初步体检的结果让朱塞佩·科尔特悬着的心终于放了下来。

通常，他都习惯做最坏的打算，因此他早已在心里做好接受医生严肃判决的准备。如果医生告诉他必须将自己分配到较低的楼层，他也不会感到惊讶。实际上，尽管总体情况良好，但他似乎并没有任何退烧的迹象。然而，医生对他说的话听起来亲切而鼓舞人心。医生说，他有一些病症，但非常轻微，不出两三个星期，一切都会好的。

"所以我留在七楼吗？"听到这里，朱塞佩·科尔特急切地问。

"当然！"医生一边回答，一边拍了拍他的肩，笑着问，"不然你以为要去哪里？四楼吗？"仿佛在暗示这个最荒谬的假设。

"没有没有。"科尔特回答，"知道吗？人在生病的时候总会往坏处想……"

于是，朱塞佩·科尔特留在了最初分配给他的房间里。偶尔有几个下午，他可以下床走走，认识一些医院里的病友。

他一心一意地接受治疗，尽一切努力使自己尽快康复，尽管这似乎并无进展。

大约十天之后，七楼的护士长来到了朱塞佩·科尔特的面前。她想请科尔特帮个忙，纯粹出于友好：第二天，将有位带着两个孩子的女士入院，这里有两个房间是空的，正好就在他的房间旁边，但还差一个房间，所以，能否请科尔特搬到另一间同样舒适的房间去呢？

朱塞佩·科尔特自然没有任何问题。这间房或那间房对他来说都一样，或许还能遇到一位更漂亮的新护士呢。

"衷心感谢您。"护士长微微鞠了一躬说，"坦白说，我就猜到您会做出这样绅士的举动。如果您没有异议的话，一小时后我们就安排换房间。请您搬到六楼去。"然后她用柔和的声音补充道，

"很抱歉,因为这个楼层没有其他房间了。但这绝对是暂时的。"她仿佛在谈一件无足轻重的事。看到科尔特突然坐起来准备开口抗议,她赶紧又强调一遍:"这绝对是临时安排,只要有空房间腾出来,您就可以回到上面来,我觉得也就是两三天而已。"

"坦白说,"朱塞佩·科尔特为了证明自己不是个任人摆布的孩子,挤出一丝笑容说,"坦白说,这种换房的做法我一点也不喜欢。"

"我非常理解您的心情,可它跟病情没有任何关系,只是这位女士不愿跟她的孩子们分开,所以才请您帮忙的……拜托了。"护士长笑眯眯地说,"完全没有别的原因,您千万别多想。"

"也许吧,"朱塞佩·科尔特说,"但在我看来,这是个坏兆头。"

就这样,科尔特搬到了六楼。尽管他相信这次换房并不意味着病情加重,但想到自己与正常健康人的世界已经有了一道明显的隔阂,他还是感到不安。在作为入口的七楼,他仍然以某种方式与外界保持联系,他甚至可以把它看作平常世界的延伸。可到了六楼,他就进入了真正的医院环境,医生、护士和患者本身的心态也略有不同。尽管这层患者的病情并不严重,但大家已经把他们当作真正的病人看待。从与隔壁病友、员工和医护人员的初步交谈中,朱塞佩·科尔特意识到,在这个楼层的人看来,七楼就是个笑话,住的都是些无病呻吟的人,只是想尝尝住院的滋味而已。只有从六楼开始,才可以说是真正的病人。

无论如何,朱塞佩·科尔特知道,想要回到符合自己病情的楼上，肯定会遇到一些困难。因为想要回到七楼，医院不得不启动一个复杂的机制，尽管不用花费多大力气。但毫无疑问，如果他一言不发，那么没人会想到要将他转移回"基本健康"的高层。

因此，朱塞佩·科尔特提醒自己不能损害自身的权利，也不能向医院的传统屈服。他热衷于跟这个楼层的病友们说，他只是下来几天，为了帮一位女士的忙，所以只要一有空房就会马上回到楼上。其他人对他的话并无兴趣，只是将信将疑地点头附和。

最新的体检结果充分地肯定了朱塞佩·科尔特的信心。医生也坦言，朱塞佩·科尔特完全可以被分配到七楼，他的病情非——常——轻（一字一顿地说是为了加强语气），但最终还是认为朱塞佩·科尔特留在六楼可能会得到更好的治疗。

"别说废话，"此时，科尔特果断地打断了他，"您说了我应该在七楼，我想回去。"

"没有人反对，"医生反驳道，"我只是单纯地建议，不是出于医——生的角度，而是作为真——心——的——朋——友！我再重复一遍，您的病情非常轻，甚至说您没有生病也一点儿不夸张。但在我看来，它与类似病情还有所不同，它具有更大的延伸性。我解释一下：病情的强度很低，但范围较大。细胞的破坏性过程，"这是朱塞佩·科尔特第一次听到这个可怕的表述，"细胞的破坏性过程绝对才刚刚开始，也许还没开始，但会有破坏大部分身体机能的趋势，我只是说趋势。因此，我才觉得您留在六楼治疗会更有效，这里的治疗方式更加标准和强效。"

一天，他得知医院院长在与其合办者经过长期的商讨之后，决定对病人的细分标准进行改变。可以说，他们将每层楼的病情级别降低了半级。

也就是说，每个楼层要根据患者病情的严重程度将其分为两类（此细分实际上是由患者各自的医生进行的，但仅供内部使用），这两类中病情相对严重的病人正式搬至下一楼层。例如，六楼的一半病人，即那些病情稍严重的病人，必须搬到五楼；而七楼更严重的病人就搬到六楼。这个消息使朱塞佩·科尔特感到高兴，因为面对如此复杂的搬迁计划，他回到七楼会容易得多。

但是，当他向护士表达他的愿望时，却大吃一惊。他得知自己是要搬走，但不是搬到七楼，而是楼下。护士不知道如何跟他解释，但他属于"更严重"的那一半病人，因此不得不搬到五楼。

朱塞佩·科尔特从最初的震惊变为大发雷霆。他大喊自己被骗了，不想再听到要搬到楼下的任何言论，他要回家，还有权利就是权利，医院管理部门不能如此公然忽视医生的诊断。

他大吵大闹时，医生过去安慰他。

他建议科尔特冷静下来，如果不想烧得更严重。他解释说这其中有误会，至少是部分误会。

他再次承认，如果朱塞佩·科尔特想回到七楼完全可以，但又补充说，就目前的情况而言，他自己的想法稍有不同，尽管这仅是个人建议。

毕竟，鉴于病症的广泛性，从某种意义上讲，也可以把他分到第六级。但他也无法解释科尔特是如何被分到六楼更严重的那部分的。也许是当天早上打电话给他的管理秘书在询问朱塞佩·科尔特的确切排名后，在抄写时出了错。或者是，管理层故意略微"加重"了自己的诊断，认为他虽然是专家医生，但过于宽容。最后，医生建议科尔特不要担心，并接受换房的安排，也不要提出任何异议，因为他应该关注的是疾病，而不是住在哪个楼层。

然后医生又补充说，就治疗而言，朱塞佩·科尔特绝对不会后悔，因为楼下医生的经验肯定更加丰富。至少在管理层来看，可以肯定的是，越下面的楼层，医生的水平也越高。而且房间同样舒适典雅，视野同样开阔——只有三楼以下，视线才可能被周围茂密的树木挡住。

朱塞佩·科尔特忍受着夜晚发烧的痛苦，聆听医生强词夺理的辩解，感到愈加疲惫。最后，他意识到自己没有足够的力量，甚至失去了对不公正搬迁做出进一步反抗的愿望。于是，他没有继续抗议，而是任由他们把自己送到楼下。

朱塞佩·科尔特搬到五楼后，唯一的慰藉（尽管很可悲）是得知医生、护士和病友们一致认为他是这层楼中病情最轻的。总之，在这里他可以算是最幸运的了。但另一方面，想到自己现在与普通人之间已经存在两层隔阂，就让他感到深受折磨。

随着春天的到来，天气变得越来越暖和，可朱塞佩·科尔特已不再像最初时那样爱往窗外看。尽管这种担心纯粹是杞人忧天，但他只要看到一楼的窗户就会不由自主地发颤。大部分窗户仍然都关着，而且离他越来越近了。

他的康复似乎毫无进展。在五楼住了三天后，他的右腿上出现了某种湿疹,此后几天一直都没有消失。

医生告诉他,这是一种与病情完全无关的感染,即使是世界上最健康的人也会染上。如果想在几天之内消除它,就要采用数字射线进行强化治疗。

"这里还有伽马射线?"朱塞佩·科尔特问。

"当然有,"医生得意地回答,"我们的医院应有尽有。只是有一个不便……"

"什么不便?"科尔特隐约有种不祥的预感。

"只是这样说而已,"医生纠正道,"我的意思是,射线设备只有四楼才有,我不建议您每天上上下下折腾三次。"

"那我不用做了?"

"我的意思是在湿疹痊愈之前,您最好搬到四楼去。"

"够了!"朱塞佩·科尔特愤怒地大喊,"我已经住得够低了!我就算要死,也绝不会去四楼!"

"那就按照您的意思吧,"医生为了不再激怒他,便妥协道,"但作为主治医生,您要知道我是不会允许您每天上下楼三次的。"

糟糕的是,湿疹没有逐渐消退,反而一天天扩大。朱塞佩·科尔特在床上翻来覆去,辗转难眠。他怒气冲冲地僵持了三天,最后不得不妥协。他主动要求医生对他进行射线治疗,并同意搬到楼下住。

到四楼之后,科尔特欣喜地发现自己是个例外,虽然嘴上不愿承认。其他病人的病情都非常严重,甚至不能离开床一分钟。

而他却可以奢侈地享受双脚走路的快感,在护士们的祝福和惊奇的目光中从病房走到射线室。

他坚持向新医生强调自己的特殊身份:一个基本上有权进入七楼却来到了四楼的病人。只要湿疹痊愈,他就会立即搬回楼上。

他绝对不会再接受任何新的借口。

他本可以合理地住在七楼。

"啊,七楼!"医生结束检查后微笑着说,"你们病人总是喜欢夸大其词!我可以第一个告诉您,您可以对自己的状态感到放心。从临床表现上看,并没有出现严重的恶化。但恕我直言,您离住到七楼还是有一定差距的!您是这层的病人里最不需要担心的,这点我赞同,但怎么说您也是个病人啊!"

"那,那,"朱塞佩·科尔特突然脸色一沉问,"您会把我放到哪一层呢?"

"噢,天哪,这可不好说,我只是做了简单的检查,至少得观察一周以后才能下结论。"

"好吧,"科尔特坚持问,"只是大概呢?"

医生为了让他平静下来,假装专心思考了一会儿,然后点点头,慢吞吞地说:"噢,天哪!您一定要知道的话,我们基本上可以把您安排在六楼!""对,对,"他补充道,仿佛是为了说服自己,"六楼应该可以。"

医生以为病人会感到高兴。然而,朱塞佩·科尔特的脸上却出现了一种沮丧的表情:是的,他意识到,楼上的医生都欺骗了他。可以看出来，这位显然水平更高也更诚实的新医生，内心里没有把他分配到七楼，而是五楼，也许比五楼更低！这种出乎意料的答案让科尔特失落不已。那天晚上，他明显烧得更厉害了。

住在四楼的时光是朱塞佩·科尔特自入院以来度过的最平静的时光。医生是一位非常友好、体贴而热情的人，他经常一次待好几个小时，与科尔特一起谈论各种各样的话题。朱塞佩·科尔特也非常乐于交谈，他总是找一些与自己环游世界的律师生涯相关的话题。他试图说服自己，自己仍然属于健康人的行列，仍与社会保持着联系，并且对公共事物依旧很感兴趣。

他尝试了很多次，但每次都失败了。交谈总是以疾病告终。

希望病情好转的愿望成为了朱塞佩·科尔特的执念，哪怕是任何一种好转。可惜，伽玛射线虽然成功地阻止了皮肤上的湿疹扩散，但还不足以完全消除它。每天，朱塞佩·科尔特都会与医生交谈很久，并努力在这些谈话中表现出自己的坚强，但讽刺的是，每次都以失败告终。

"告诉我，医生，"一天，他说，"我细胞的破坏性过程进展得如何？"

"噢，瞧您用的是什么词！"医生玩笑般地责备他说，"都从哪儿学的？这样不好，不好，特别是作为一个病人！我再也不想从您口中听到类似的话。"

"好吧，"科尔特反驳道，"可是您还没有回答我的问题。"

"好，我这就回答您，"医生有礼貌地说，"就用您那可怕的词语来说吧，您身上细胞的破坏性过程涉及的范围很小，微乎其微。但是我想说，它很顽固。"

"顽固，您的意思是时间会很长？"

"别让我说些没说过的话，我就是想说顽固。不过，大多数情况都是这样。即使是非常轻微的疾病，也常常需要精心的长期护理。"

"但是医生，请告诉我，我什么时候才可能有好转？"

"什么时候？这个很难预测……但是听我说，"医生沉思片刻，补充道，"我看得出来，您强烈渴望自己能尽快治愈……知道吗？如果不是怕您生气，我会给您些建议。"

"请尽管说，医生……"

"好吧，那我就跟您好好说一下这个问题。如果是我患上这种症状轻微的疾病，并且来到这家也许是目前最好的医院，那么从第一天，从第一天开始我就会主动要求住到低楼层去。我甚至会要求住到……"

"一楼吗？"科尔特努力挤出一丝笑容建议道。

"噢，不！一楼不可能！"医生讽刺地回答，"那里不行！但肯定是三楼或者二楼。我向您保证，低楼层的治疗方案要好得多，医疗设备也更齐全、更高效，医务人员也更能干。您知道这家医院的创始人是谁？"

"不是达迪教授吗？"

"对，就是达迪教授。是他发明了现在这种治疗模式。他是整家医院的设计师。可以这么说，他就待在一楼和二楼，并从那里开始一层层向上执行管理。但是我保证，他的影响力不会超出三楼，因为越往上，他的命令就会变得越分散、偏差越大，难以保证一致性。所以说医院的核心是在下面的，您在下面能得到最好的治疗。"

"好了，"朱塞佩·科尔特用颤抖的声音说，"所以您建议我……"

"还有一件事，"医生面不改色地继续说，"您的情况特殊，我们还必须注意渗出物。我承认这不是什么严重的问题，但从长远来看，它可能会打击您的'士气'。您知道保持心情愉悦对康复是多么重要。我采用的射线治疗仅成功了一半，为什么呢？可能只是偶然，也可能是射线还不够强。总之，三楼射线仪器的强度要大得多，您治愈湿疹的机会也会更大。您看呢？一旦您开始康复，就是迈出了最困难的一步。当您开始往楼上搬时，再想下去可就难了。当您真正感觉好些时，没有人会阻止您离开这里往楼上搬，甚至再往上。根据对您的'评估'，去五楼、六楼甚至七楼……"

"您认为这将加快我的治愈速度吗？"

"是的，毫无疑问。我之前就跟您说过，如果我是您，我会怎么做。"

医生每天都会向朱塞佩·科尔特灌输这样的言论。终于有一天，科尔特厌倦了湿疹的折磨，尽管他打心底里并不愿意下去，但还是决定遵从医生的建议，搬到楼下。

搬到三楼后，科尔特很快发现，尽管那里病人的病情令人担忧，但病房里无论是医生还是护士都洋溢着一种特别的愉快之感。他还注意到这种愉快正在与日俱增。他很好奇，于是当他刚对护士建立一点信任后，就问她为什么大家都这么高兴。

"啊，您还不知道吗？"护士回答，"我们三天后就要去度假了。"

"什么？要去度假？"

"是啊，十五天。到时三楼会关闭，这里的员工都会出去度假。每层楼是轮着休假的。"

"那病人呢？怎么办？"

"因为病人相对较少，所以会把两层楼合并到一层楼里。"

"怎么合并？三楼的病人合并到四楼吗？"

"不，不，"护士纠正道，"是三楼合并到二楼。这里的病人要搬下去。"

"搬到二楼？"朱塞佩·科尔特顿时脸色苍白，"所以我也要搬到二楼去？"

"当然，这有什么好奇怪的？十五天后，等我们回来，您就可以回到这里的房间了。我觉得这没什么可害怕的啊。"

但是，出于一种神秘的第六感，朱塞佩·科尔特感到一股残酷的恐惧向他袭来。然而，他不敢公然反对新的搬迁，毕竟他无法限制员工休假，并且相信采用最强射线的新疗法对他有益，因为湿疹已经完全消失了。但是，他对护士们的偷偷嘲笑毫不理会，在新房间的门上挂了一块牌子，上面写着"三楼的朱塞佩·科尔特"。

这样的事情在疗养院的历史上没有先例，但是医生们考虑到

3 七层楼 39

科尔特的紧张情绪并未反对，否则可能会引起严重的后果。

毕竟，只是等十五天的问题，一天不多，一天不少。朱塞佩·科尔特开始执着地数着日子，整小时整小时地躺在床上，一动不动，眼睛直愣愣地盯着家具。二楼的家具不再像楼上那样具有现代感，而是尺寸更大，线条更严肃庄重。他时不时会竖起耳朵，似乎隐约能听到楼下病人痛苦的喘息声，那里是垂死之人的楼层，是"被判死刑之人"的楼层。

一切都令他沮丧无比。抑郁的心情似乎越发加重了病情，发热呈现加重趋势，全身的无力感变本加厉。现在已是盛夏，窗户几乎始终打开着，但窗外不再能看到屋顶或城市的建筑，只能看到医院周围树木围城的绿墙。

七天后的一个下午，大约两点，护士长和三名护士突然推着轮椅床走了进来。"准备好搬家了吗？"护士长用一种和善的语气问。

"搬什么家？"朱塞佩·科尔特呆滞地问，"你们在开玩笑吗？不是七天后才能搬回三楼吗？"

"什么三楼？"护士长似乎没听懂似的说，"我收到指示，要把您转到一楼去，您看。"说着，她把一张转移到楼下的打印表递了过去，上面有达迪教授本人的签名。

死亡的恐惧、熊熊的怒火一瞬间像火山爆发般从朱塞佩·科尔特的身体里喷发而出，整层楼都回荡着他绝望的吼声，久久未能平息。"冷静，请冷静一点，"护士赶紧恳求道，"这里有些病人受不了惊吓。"但是她们无法让他平静下来。

最终，这层楼的医生匆匆赶了过来，他是一位非常善良且有礼貌的人。他询问了一下情况，检查了一下表格，并且倾听了令科尔特勃然大怒的原因。然后他怒气冲冲地对护士长说，是她搞错了，自己根本没有做过这样的安排，最近一段时间管理混乱，简直让人难以忍受，他竟然对一切都一无所知……最后，在向员工阐明事实后，他转向科尔特，礼貌地向他表示深深的歉意。

"可是，"医生补充道，"达迪教授刚好休假了，一小时前刚刚出发，要两天后才回来。真的很抱歉，但是我们不能违背他的指示。他一定会是最想表示歉意的人，我向您保证……我不知道他怎么会犯这种错误！"

可怜的朱塞佩·科尔特瑟瑟发抖起来。

他完全无法控制住自己。恐惧使他像个孩子一样不知所措。房间里响起了他绝望的抽泣声。

于是，由于这个可怕的错误，他来到了最后一站。在这个将死之人的楼层里，即使是最严苛的医生也认为，根据疾病的严重程度，哪怕不是七楼，他也有权被分配到六楼！情况是如此的怪异，以至于在某些时刻，朱塞佩·科尔特都禁不住想无所忌惮地大笑起来。

夏日的午后，当炎热慢慢穿过这座大城市时，科尔特躺在床上，透过窗户看着外面郁郁葱葱的树林，有一种置身于某个虚幻世界的恍惚感：无菌瓷砖堆砌的荒唐墙壁、冰冷的走廊、身着白衣的行尸走肉。他甚至觉得窗外的树木也不是真实的。为了说服自己，他甚至注意到树上的叶子都纹丝不动。

想到这里，科尔特突然激动起来，他按下床铃叫来护士，让她赶紧把近视眼镜递给自己，他在床上没有戴眼镜。直到这时，他才稍稍放宽心：眼镜让他看清楚外面的树是真实的，树叶在微风的吹拂下微微颤动。

护士离开了房间。一刻钟的时间里，只剩下死一般的沉寂。

六层楼，六层可怕的墙壁，尽管是因为一个低级错误，但却已经把朱塞佩·科尔特压得喘不过气来。需要多少年，对，是多少年，多少年后他才能回到这座悬崖的边缘？

可是为什么房间突然变得这么黑？明明还是下午。一种奇怪的麻木感让朱塞佩·科尔特无法动弹。他竭尽全力扭头看了看床头柜上的钟。三点半。然后把头转向另一边，他看到百叶窗收到了一个神秘的指令缓缓下降，直到把阳光完全隔绝在外。

4

南方的影子

　　歪斜的房屋外，到处都是尘土飞扬的阳台、恶臭的走廊、烧焦的墙壁，到处都充斥着肮脏的气息。但在塞多港的街道中间，我看到了一个奇怪的人。街区里有一群可怜人正在房屋两侧的路上行走，尽管街上人不是很多，看起来却熙熙攘攘，因为他们步伐一致、成群结队。漫天的尘土和刺眼的阳光让我无法把注意力集中到某个人身上，就像做梦一般。但是随后，就在这条街的正中间（千篇一律的街道之一，尽头是一大片摇摇欲坠的棚屋），对，正中间，我注意到有一个男人完全暴露在阳光下，似乎是个阿拉伯人。他身上穿着一件白袍子，头上包着同样是白色的头巾

（或者在我看来是这样）。他在路中间缓慢地走着，摇摇晃晃的，好像在找什么东西。或许有些犹豫，还有些迷茫。他笨拙地避开落满尘土的坑坑洼洼，没有人注意到他。在那条街上，在那个时刻，他整个人似乎全神贯注地关注着他周围的整个世界。

片刻之后，当我把视线从那个男人身上移开时，我才发现，他，尤其是他那不寻常的脚步，突然间闯进了我的心里，我不知道该如何解释。"看那边，那个人多搞笑啊！"我对同伴说，希望他能给我一个平淡的回答，让一切恢复正常（因为我内心有某种不安）。说着，我的目光又挪到了街道尽头的那个人身上。

"哪个人？"我的同伴问。

"就是那个啊，在路中间晃悠的那个人。"我回答。

然后，就在我说话的时候，那个男人不见了。我不知道他是否进入了某间屋子或某条小路，或是淹没在了沿路而行的人群中，甚至是在烈日的灼烧下人间蒸发。

"哪啊？哪里？"我的同伴问。

"刚刚还在那儿呢，现在不见了。"我回答。

然后我们回到了车上，开车四处游荡。虽然只有两点，但天已经很热了。焦躁的情绪已经消失不见，任何一件蠢事都能让人捧腹大笑起来。最后，我们抵达了土著村庄的边界。阳光下，那里不再是堆满灰尘的房子，而变成了几个用沙子堆砌而成的脏乱不堪的窝棚。我真心希望这里没有人居住。然而，当我仔细看时，我发现烈日下，有一缕微乎其微的烟雾从其中一座茅屋里艰难地升向空中。所以里面有人住，我一边遗憾地想，一边从我的白衣服上拿下一根稻草。

我像个游客一样气喘吁吁地四处转悠。"都是些什么人啊!"我对同伴说,"你看,像那个手里拿着碗的小男孩,他会希望……"还没说完,我就被阳光刺得睁不开眼,不得不挪开视线,任其不安地四处徘徊,然后重新落到了一个穿着白色长袍的男人身上。他正穿过贫民窟外的砂石地朝湖边走去。

"真可笑,"我一边大声说,一边试图令自己平静下来,"我们转了半小时,结果是原地打转!看那个家伙,就是我之前跟你说的那个!"事实上的确是他,毫无疑问。他步履蹒跚,好像在找什么东西,或许有些犹豫,又或许有些茫然。这时,他转过身,慢慢走开,似乎是冥冥之中安排的一样。

是他。不安感变得愈加强烈,因为我很清楚这里不是原来那个地方,尽管汽车是在兜圈子,可至少也开了几公里,一个步行的人是不可能追上的。但难以解释的是,那个阿拉伯人就在眼前,朝着湖边走去,我不知道他要去寻找什么。

不,他没有寻找任何东西,我非常清楚。不管是真实还是虚幻,他出现在我的眼前,奇迹般地从原住民城市的一头走到另一头来找我,我感觉到(内心深处有个声音告诉我)自己与他之间有一种难以言喻的同谋关系。

"哪个?"同伴随口问,"你是说那个拿着盘子的男孩吗?"

"不是!"我恼火地说,"你没看到吗?不就在那里?就他啊,就是那个……那个……"

也许是光影的效果,也许是眼睛的错觉,那个男人又一次凭空消失了，用心险恶的骗子。事实上，话到嘴边我又咽了下去。我结结巴巴地不知该怎么说，只是茫然地盯着空荡荡的沙滩。"你好像不舒服，"同伴对我说，"我们还是回轮船上去吧。"于是我挤出一丝笑容说："你没发现我是在开玩笑吗？"

晚上我们坐轮船朝着热带的方向出发，沿着运河驶向红海。尽管我努力地回想日常生活中发生的琐事，但阿拉伯人的形象整晚都在我的脑海中挥之不去。我隐约感觉到有人在控制着我的决定，甚至塞多港的那个人对这件事并不陌生，他的内心似乎想要为我指引通往南方的道路，他的蹒跚、他的犹豫其实是引诱我的花言巧语，就像有些巫师那样。

轮船起航了，我终于渐渐说服自己是我看错了：阿拉伯人的着装几乎都一样，我一定是混淆了，是我的多疑让自己产生了幻觉。

然而，当我们到达马萨瓦的那个早上，我又听到了微弱的回声，让我感到很不舒服。那天，在一天中最热的时候，我独自一人外出闲逛，每当经过十字路口时，我都会停下来四处张望。我感觉自己在做一种测试，比如特意从小桥上走过，看看桥结不结实，比如塞多港的那个人或幽灵会不会再次出现？

我转了一个半小时，阳光很配合（马萨瓦的灿烂阳光），我的试验按照预期似乎很成功。我步行穿过陶德路，然后驻足巡视大坝。我看到阿拉伯人、厄立特里亚人、苏丹人，他们的面孔或无辜或可怜，但我没看到他。我愉快地享受着阳光的灼烧，仿佛已从迫害中解脱出来一般。然后夜幕降临，我们再次前往南方。

船上的同伴们都下去了，船上空荡荡的，我不由得感到孤独且缺乏归属感，自己就像是一个闯入别人世界的入侵者。

系泊设备已被拆除，船开始缓慢地从空无一人的码头移开，岸上没有一个人挥手告别。忽然间，我想到至少塞多港的幽灵曾用某种方式关心我，虽然这让我感到困扰，但总比没有好。是的，他神奇的失踪也使我感到恐惧，但同时还有个让人骄傲的理由。他事实上是冲我来的（我的旅伴甚至没有发现他）。现在我已离他很远，那个人对我来说就像是承载着非洲秘密的化身。在我产生怀疑之前，我和这片土地之间就存在着联系。难道他是从南方的神奇国度而来的信使，来找我，为我指引方向？

轮船已经离开码头两百米了，就在这时，一个白色的小身影出现在码头的尽头。

他独自一人走在灰色水泥地上，缓缓离开。他摇摇晃晃的，好像在找什么东西。或许有些犹豫，或许还有些迷茫。我的心开始剧烈地跳动起来。是他，我确定是他，谁知道他是人是鬼，他好像转过身（但距离太远，我无法分辨）朝南走去，一位荒唐的大使，可能来自与我相同的世界。

今天，在哈拉尔，我终于再次遇到了他。

我在朋友的一个相当偏远的房子里写作，汽灯的嗡嗡声充斥着我的脑海，我的思绪像波浪一样此起彼伏，也许是因为疲惫，也许是因为闷热的空气。不，我不再像在塞多港湖边时那样感到恐惧，而是感到虚弱，低于我的预期。

今天，当我在这座城市的迷宫里游荡时，我又看到了他。暴风雨过后，阳光明媚。我已经在看似相同却又不同的街巷里走了半个小时。我喜欢往那些人迹罕至的墙缝里窥探，里面会看到童话般的庭院，就像是关在鹅卵石和泥泞的红色墙壁之间的小堡垒里一样。路上几乎空无一人，屋子里（可以说）一片沉寂，有时我甚至会觉得这是一座被瘟疫灭绝的死城，没有任何出路。每到夜晚，就不禁让人想要费尽全力寻求解脱。

当我正若有所思时，他再一次出现了。我走的那条陡峭的小路不像其他路那样弯曲，而是完全笔直的，因此可以往下看到八十米远。他走在石头中间，比任何时候都更加摇摇晃晃，像头熊一样。然后他转身离开，越走越远，不悲情，也不怪诞，这非常重要。我不知道该怎么说。但就是他，那个塞多港的男人，那个神奇国度的使者，他再也不会离开我。

我穿过陡峭的石头，以最快速度俯冲下去。这次他终于跑不掉了，两面一模一样的红墙挡住了小路，没有门。我一直跑到小路拐弯的地方，等着转弯后能见到那个人，他离我只有不到三米的距离。然而，我没有看到他。就像之前几次一样，他又凭空消失了。

后来，我又看见了他。还是一样，他和我相隔一两条街的距离，他仍旧转身离开，但这次不是朝着大海，而是朝着城里。我再也没有去追过他。我只是看着他，带着淡淡的悲伤，直到他消失在一条小巷里。他想从我这里得到什么？他想带我去哪里？我不知道你是谁，是人是鬼还是幻影？但我怕你弄错了。恐怕我不是你要找的那个人。事情还不是很明朗，但在我看来，我觉得你是想把我带到哪里，带到越来越靠近中心的地方，每次近一些，直到带到你那未知王国的边界。

我明白了，这也很好。你很有耐心，在孤独的十字路口等我，教我如何走。你真的很谨慎，你甚至运用了东方的外交策略，表现出想逃开我的样子，从来不敢露面。我觉得你只想让我知道你的君主正在沙漠里，在美丽的白色宫殿中等我，宫殿门口有狮子守护，迷人的喷泉唱着悦耳的歌。只是想想，就觉得这一切很美好。但是我的灵魂极度怯懦，不管我如何责备它都只是徒劳。我刚想带它跨过大冒险的门槛，它的翅膀就已经颤抖不止，尖锐的牙齿直打哆嗦。所以很遗憾，这就是我，我真的很害怕你的国王在沙漠的白色建筑里白白浪费时间等我，虽然在那里我可能会很高兴。

不，不，以天之名。信使，既然来了，就请转告国王我会去的，这样你也不用再出现了。今晚我真的感觉很好，尽管思绪有些波澜起伏，但我决定出发。（可是我有这个能力吗？我的灵魂会不会大惊小怪？它是否会在适当的时候不再颤抖，是否不再把头藏到受惊的翅膀里，告诉我不想再继续前进？）

5
有人敲门

玛利亚·格伦夫人拎着篮子走进别墅一楼的客厅。她环顾四周，发现家里的一切都井然有序，于是便把篮子放到桌上，走到一个装满玫瑰的花瓶旁，轻轻俯身嗅了嗅。客厅里，她的丈夫斯特法诺、儿子费德里科（小名费德）坐在壁炉旁，女儿乔治娜正在看书，还有家里的老朋友尤金尼奥·玛托拉医生正准备抽雪茄。

"都凋谢了，花瓣都要掉了。"她一边喃喃自语，一边伸手抚摸玫瑰。几片花瓣掉落下来。

坐在沙发上看书的乔治娜喊了声："妈妈！"

夜幕降临，高大的百叶窗像平常一样都拉上了。外面传来阵阵雨声。客厅尽头的门廊前，庄重的红色门帘遮盖着宽大的拱门，由于光线昏暗，看起来像黑色。

"妈妈！"乔治娜说，"你知道公园里橡树大道尽头的那两座石狗吗？"

"怎么突然提起石狗来了，亲爱的？"妈妈一边冷淡而礼貌地回答，一边提起篮子，坐到灯罩旁的老位置上。

"今天早上，"漂亮女孩解释道，"我坐车回来时，在桥边一辆农民的货车上看到了它们。"

客厅里鸦雀无声，乔治娜纤细的声音显得格外响亮。格伦夫人翻阅着报纸，嘴边扬起一丝戒备的微笑。她悄悄瞥了一眼丈夫，似乎希望他没有听见。

"好家伙！"玛托拉医生大声说，"我们可不能错过农民到处偷雕像的好戏。他们现在可是艺术品的收藏家！"

"然后呢？"父亲问，示意女儿继续说。

"然后我就让贝尔托停下来去问……"

格伦夫人的鼻子微微抽动了一下。每当有人提到这种需要打掩护的讨厌话题时，她都会这样。她知道，两座雕像背后另有隐情，是一些令人不快的事，她不愿启齿。

"怎么了，对，对啊，是我让他们搬走的，"她试图解释道，"我觉得它们在那儿很碍眼。"

"什么？你怎么能这样？是你让他们搬走的，亲爱的？它们两个可是古代的雕像，是出土文物……"壁炉那头传来父亲的声音，也许是因为年迈，也许是出于激动，声音低沉而颤抖。

"我没说清楚，"夫人友善地说（内心却想，"我真蠢，怎么不找个好点的理由"），"我是说过要把它们搬走，可我没有明说，就是随便开个玩笑而已……"

"可是妈妈你听我说。"女孩坚持说，"贝尔托去问了那个农民，他说那个狗雕像是他在河岸边找到的……"

说到这儿，女孩停了下来，因为她发现外面的雨停了。

当周围都寂静无声时，还可以听到远处深沉的雷声，让人感到内心压抑（尽管没有人注意到）。

"怎么是'那个狗雕像'？"年轻的费德里科头也不回地问，"不是说两个吗？"

"哎哟，你真是较真儿啊，"乔治娜笑着回答，"我只看见了一个，但也许旁边还有一个呢。"

费德里科说："不明白，我不明白是怎么回事。"玛托拉医生也笑了。

"乔治娜，"格伦夫人趁着这个话题的间隙问，"你在读什么？是你之前跟我说的马辛的那部最新小说吗？看完之后也给我看看。我要是不早点跟你说，你转身就会借给朋友，然后就再也回不来了。嗯，我喜欢马辛，他是多么有个性，多么奇特啊……今天弗利达答应我……"

但丈夫打断了她。"乔治娜，"他问女儿，"然后呢，你怎么做的？你至少应该问清楚他的名字！"说完他又加了一句："抱歉，玛利亚，"为自己打断妻子而道歉。

"你可不希望看到我在大街上跟人吵架吧,"女孩回答,"他固执得很。他一口咬定自己什么都不知道,就是在河岸边找到雕像的。"

"那你确定那是我们的石狗吗?"

"当然,确定无疑。你还记不记得我和费德曾经把它的耳朵涂成绿色的?"

"那你看到的那个耳朵是绿色的?"父亲问,声音还是一如既往地沉闷。

"对,绿色的耳朵,"乔治娜说,"只是现在有点儿褪色了。"

妈妈又一次打断了她。"听着,"她用略带夸张的语气问,"你们对这两座石狗就这么感兴趣吗?抱歉,我是不懂,斯特法诺,但我觉得还有很多更重要的事情可以做……"

外面(几乎就是窗帘外)传来又长又沉闷的轰隆声,夹杂着滴滴答答的雨声。

"听到了吗?"格伦先生马上说,"你们听到了吗?"

"雷声,不是吗?只是个雷声,没什么好大惊小怪的。斯特法诺,下雨天你总是紧张兮兮的。"妻子赶紧解释道。

所有人都沉默不语,但没有持续很长时间。似乎有个奇怪的想法潜入了昏暗的客厅,与周围的一切格格不入。

"在河岸边找到的!"父亲又把聊天话题拉回到了石狗身上,"石狗怎么会跑到河岸边去呢?它又不会飞。"

"为什么不会呢?"玛托拉医生一脸愉悦地说。

"什么为什么,医生?"玛利亚夫人警惕地问,她一向不喜欢老朋友的笑话。

"我是说:为什么要排除雕像会飞的可能呢?河就从它下面经过,只要跳二十米就行了。"

"这都是什么事儿啊!"玛利亚·格伦再次试图转移话题,似乎有什么难言之隐,"我们的雕像都会飞了。知道报纸怎么说的?'在爪哇水域发现了一条会说话的鱼。'"

"报纸还说要'节约时间!'呢。"费德里科傻傻地说,他的手里正拿着一张报纸。

"什么?你在说什么啊?"父亲不解地问。

"这里写的啊,'节约时间!'在生产企业的资产负债表中,时间也应包括在资产和负债之中(视情况而定)。"

"我觉得负债可以,瞧这雨下得!"玛托拉饶有兴致地提议道。

这时,他们听到大窗帘外传来一声钟声。说明有人穿过了漫天雨水的屏障,正在危险的夜晚赶来。暴雨捶击着屋顶,吞噬了河岸,使河堤坍塌得溃不成形。高大的树木被连根拔起,重重地摔落到岸边,不一会儿就被卷入一百米远的漩涡里,消失得无影无踪。河水还吞没了古公园的边缘地带,卷走了18世纪的铁栏杆、长椅和两座石狗。

"会是谁呢?"老格伦摘下眼镜说,"这个时候还过来?我敢打赌是教区的文员,那个专门负责签字的人,这些天他一直在四处奔走。洪水的灾民们!可这些灾民在哪儿呢!他们一直在要钱,可我一个灾民也没见过!好像……谁啊?是谁?"他低声问从窗帘里走出来的侍从。

"是马西格先生。"侍从回答。

玛托拉医生高兴地说:"哦,是他啊,不错的朋友!我们前几天还在讨论……噢,他知道年轻人想要什么。"

"你最会投其所好了,亲爱的玛托拉,"夫人说,"但这正是我不喜欢的品质。这些人就会夸夸其谈……我承认我一点都不喜欢他们聊的话题……我没有说马西格,他是个不错的年轻人……"然后她低声补充道:"乔治娜,一会儿打完招呼就上床睡觉吧,已经不早了,亲爱的。"

"如果你喜欢马西格的话,"女孩用开玩笑似的语气试探道,"如果你喜欢他,我敢打赌现在还不晚,我打赌。"

"好了,乔治娜,别胡说八道了,你知道的……噢,晚上好,马西格。没想到现在会见到您……您通常来得比较早……"

年轻人站在门口,头发有点儿蓬松,吃惊地看着格伦一家。"怎么,都不知道我来吗?"说完他走了进来,有些尴尬。

"晚上好,玛利亚夫人,"他没有理会她话里的责备之意,"晚上好,格伦先生,你好乔治娜,你好费德,啊,抱歉医生,我差点儿没看见您……"

他似乎很激动,在屋子里走来走去跟大家打招呼,几乎迫不及待地要宣布很重要的消息。

"你们听说了吗?"见没有人追问,他便自己开口了,"就是那道河堤……"

"听说了。"玛利亚·格伦赶紧打断他,"坏天气,对吧?"她眯着眼睛，一脸笑意地暗示客人。（但似乎没用，因为看人眼色从来都不是他的强项！）

格伦先生已经从沙发上站了起来。"说说，马西格，听说什么了？"

"能有什么新闻，"妻子说，"亲爱的，我真不明白，你今晚怎么这么紧张……"

马西格有点儿蒙。

"对，"他承认道，试图缓解紧张的气氛，"没有什么新闻，只是我在桥那边看见……"

"发洪水了吧，我猜！"玛利亚夫人帮他解围，"场面一定很壮观……斯特法诺，你还记得德尔尼亚加拉的那次洪水吗？"

这时，马西格走到女主人身边，趁乔治娜和费德里科说话的间隙，低声说："夫人，夫人，洪水已经发到这里了，就在下面，留下来是不明智的，您没听见……？"他两眼发光。

"你还记得吗，斯特法诺？"她继续说，仿佛没有听到马西格的话，"你还记得那两个荷兰人被吓成什么样了吗？他们一步都不敢靠近，说这是没必要冒的险，可能会被洪水卷走……"

"好吧，"丈夫反驳道，"他们说的是有时会发生。如果走得太近，也许会被卷走……"

他似乎恢复了镇定，重新戴上眼镜，再次坐到壁炉旁，把手伸到火旁烤火。

此时，响起了第二声沉闷且令人不安的轰隆声。现在，这听起来应该是从地底下、从遥远的迷宫般的地窖传来的。这下，格伦夫人也不由自主地竖起耳朵来。

"你们听到了吗？"父亲微微皱了皱眉，提高嗓门问，"乔治娜，你听到了吗？"

"嗯，听到了，但我不知道是什么。"女孩吓得脸都白了。

"不就是雷声嘛！"母亲傲慢地回答，"就是普通的雷声啊……不然你们希望是什么？……总不会是鬼吧！"

"雷声不是这样的，玛利亚，"丈夫摇了摇头说，"好像是从地下传来的。"

"亲爱的，每次暴风雨不都像房子要塌了一样嘛，"夫人坚持道，"暴风雨来的时候，家里都会有各种奇怪的声音……您也只听到了雷声，是吗，马西格？"她最后总结道，确信客人不会反驳。

马西格礼貌地顺从了她，只是笑着说："夫人，您刚刚说到鬼……正好今晚我走过花园时有种奇怪的感觉，好像有人跟着我……我听到了脚步声……就像……踩在碎石路上的那种特有的声音……"

"应该就是你自己骨头的响声和喘息声吧，不是吗？"格伦夫人猜道。

"不是骨头的响声，夫人，就是脚步声，也许是我自己的，"马西格补充道，"有时还会有某些奇怪的回声。"

"对，就是这样。很好，马西格……又或许是老鼠，亲爱的，您想看看是不是老鼠吗？当然我可不能像您这么浪漫，否则谁知道会听到什么……"

"夫人，"年轻人再次靠到她身旁低声说，"您没听到吗？下面的洪水，听不到吗？"

"没有，我没听到，我什么也没听到。"她回答，尽管声音很小，但语气非常坚决。然后她更加坚定地说："您这些故事并不好笑，知道吗？"

年轻人不知该如何回答，只是挤出一丝笑容，因为觉得夫人的固执十分愚蠢。

"所以，您不相信？"他心里对她嗤之以鼻，但仍下意识地用了尊称。

"您觉得令人不快的事都与您无关，是吗？只要提起就是粗鲁的表现？在您的宝贵字典里，从来都没有这几个字，是吗？我倒想看看，您这种傲慢的排斥什么时候是个头！"

"听听，听听，斯特法诺，"她一边说，一边冲到客厅另一头，"马西格坚持说他遇到了鬼，就在外面的花园里，他是认真的……现在的年轻人啊，真是好榜样。"

"格伦先生，别听她的，"马西格强挤出笑容，红着脸说，"我没有这么说，我……"

突然，他停了下来。在突如其来的安静里，除了雨声之外，他还听到有另一种声音越来越强，阴沉且充满威胁。他站在一片蓝色的灯光下，嘴巴微微张开，事实上他并不害怕，反而因神情专注而显得神采奕奕，与周围的一切人和物都截然不同。

你不明白吗，年轻的马西格？你对古老的格伦府邸没有足够的信心吗？你怎么会怀疑？这些古老的大墙，这种极度压制下的平静，还有这些冷漠的面孔，还不够吗？

你怎么敢用年轻人愚蠢的恐惧，去冒犯这些人的尊严？

"你看起来像着了魔，"他的朋友费德说，"像个画家……今晚你就不能梳个头吗？你还是下次再来吧……你知道的，妈妈很看重这一点。"说完便哈哈大笑起来。

父亲用埋怨的语气打断他："好了，我们还是打牌吧？还来得及。来一局就去睡觉。乔治娜，你去把纸牌盒拿过来。"

就在这时，侍从一脸古怪地出现在大家面前。

"又怎么了？"女主人问，难以掩饰住怒气。

"还有其他人来吗？"

"是安东尼奥，那个农夫……他想跟主人谈一谈，说有很重要的事。"

"我去，我去吧。"斯特法诺马上说，说着立马站了起来，仿佛担心自己会赶不上。

然而，他的妻子拦住了他："不，你留在这儿。外面下着雨呢……你很清楚……你有风湿。你留在这儿，亲爱的。让费德去看看吧。"

"又是这套说辞。"年轻人一边嘟囔，一边朝门帘走去。随后，从远处传来了模糊的交谈声。

"你们开始打牌吧？"夫人问，"乔治娜，把花瓶拿走……然后就去睡觉吧，亲爱的，已经很晚了。您呢，玛托拉医生，您做什么呢，也去睡觉吗？"

朋友困惑地摇摇头："睡觉？啊对，过会儿。"然后他又笑着说："壁炉很暖和……"

"妈妈！"角落里的女孩喊道，"妈妈，我找不到纸牌盒了，昨天还在这个抽屉里呢。"

"仔细瞧瞧，亲爱的。不就在架子上吗？你总是什么也找不到……"

马西格摆好四张椅子，然后开始洗牌。这时，费德里科回来了。父亲疲惫地问："安东尼奥说什么了？"

"没什么！"儿子高兴地说，"就是那帮农民很害怕，他们说河边有危险，说我们家也很危险，不用在意。他们想让我去看看，这种天气，怎么想的！他们现在都在那里祷告、敲钟，听到了吗？"

"费德，"马西格提议道，"我们一起去看看吧？只是五分钟的事，怎么样？"

"那牌呢，马西格？"夫人问，"您想拖玛托拉医生下水吗？还有，你们会被淋成落汤鸡的……"

于是，四个人打起牌来。乔治娜睡觉去了，夫人在角落里拿出刺绣。

四个人打牌时，不久前的轰隆声出现得更加频繁，就像是一具巨大的尸体掉入了泥泞的深坑。对，就是这种声音：来自地底深处的悲鸣，每次都会令人产生一种痛苦感，双手拿着即将扔出的牌僵持在空中，屏住呼吸，但随后，一切都消失了。

可以说，没有人敢谈论它。直到某个时刻，玛托拉医生终于说："应该是下水道，就在下面。有一种很古老的下水道是通到河里的。也许有些反流……"其他人都默不作声。

大家都看向贵族格伦先生的眼睛。

他的目光基本落在左手拿的那堆纸牌上,但同时又越过纸牌的边界,延伸到坐在对面的玛托拉的头部和肩部,甚至落到大厅的尽头——窗帘流苏下光亮的地板上。而现在,格伦的眼睛既不停留在自己的纸牌上,也不在朋友诚实的面孔上,而是看向了地下,院子下面,然后越睁越大,发出怪异的光亮。

最后,年迈的格伦嘴里发出了一声沉闷的声音,充满了难以形容的悲凉,只是简单的一个字:"看。"他没有特意看儿子,看医生或者看马西格。他只是说"看",但足以引起恐慌。

格伦说这话时,其他人面面相觑,包括很有尊严地坐在角落专注绣花的妻子。从漆黑的门帘边缘下,他们看到地板上有团黑色的东西缓缓向前爬行。

"斯特法诺,斯特法诺,看在上帝的分儿上,你为什么要发出这种声音?"格伦夫人站起来,一边说一边朝门帘走去,"你没看到是水吗?"四个打牌的人里没有一个人站起身来。

确实是水。它就像蛇一样在走廊上到处乱爬,最终从裂痕或裂缝里钻进了别墅,出现在客厅里,在阴影下就像黑色的一样。可笑的东西,引起公愤的东西。但是,在那可怜的水流、排水道后面,还有别的吗?可以确定这就是全部了吗?墙下有没有淅淅沥沥的水流?图书馆高大的书架中间有没有水洼,附近的拱顶下有没有坠落的水滴(敲击着许多年前王子为婚礼捐赠的精美银盘)?

年轻的费德里科喊道:"这些白痴,有一扇窗户忘关了!"他的父亲说:"快,快去关上,快!"可母亲反对:"想都别想,冷静一点,会有人去关的!"

她紧张地拉了拉铃线,听见远处响起了钟声。同时,阴沉的暴雨击打着建筑物的各个角落,神秘的轰隆声此起彼伏。老格伦皱着眉头,直愣愣地盯着地板上的水流:它的边缘慢慢膨胀,溢出了几厘米,然后停下来,然后边缘再次膨胀,又向前溢出了一些,如此反复。马西格专心地洗着牌,从而掩饰自己的情绪,神情看起来不同寻常。玛托拉医生慢慢摇了摇头,这个动作可能意味着:都什么时候了,什么时候了,仆人都是靠不住的!抑或是冷漠:现在已经什么都做不了了,我们发现得太晚了。

他们等待了片刻,但似乎没有任何其他房间的人回应。于是,马西格鼓起勇气说:"夫人,我之前告诉过您……"

"天啊!又来了,马西格!"玛利亚·格伦没等他说完就说,"只是地上有点水而已!我现在就让埃托雷去擦干。那些可恶的玻璃窗总是漏水,应该换掉重新做!"

但那位名叫埃托雷的仆人没有来,其他那么多的仆人一个都没有来。夜晚变得充满敌意和沉重。

莫名的撞击声变成了几乎连续的轰隆声,就像木桶在地板上滚动发出的声音。雨水的咆哮声已经听不见了,完全被新的声音淹没。

"夫人!"马西格突然站起来,神情坚定地大声说,"夫人,乔治娜去哪儿了?我去叫她。"

"怎么了,马西格?"玛利亚·格伦一脸吃惊地问,"你们今晚都太紧张了。你要找乔治娜干什么?拜托,让她好好睡觉吧。"

"睡觉?!"年轻人用带有嘲讽的语气回答,"睡觉!好,睡觉……"

窗帘背后的走廊就像冰冷的洞穴一般,一阵阵强风不断呼啸而出,闯入客厅。窗帘像风帆一样鼓了起来,边缘卷成一团一团的,客厅的灯光穿过窗帘照射到地上的水中。

"上帝啊,费德,快去关上!"父亲喊道,"上帝啊,叫仆人,快叫仆人!"

可年轻人似乎被这突如其来的状况逗乐了。

他跑到漆黑的走廊上大喊:"埃托雷!埃托雷!贝尔托!贝尔托!索菲亚!"他把所有仆人的名字都喊了遍,但他的喊声消失在空无一人的门廊里,连回声都没有。

"爸爸,"费德里科的声音又响了起来,"这里没有灯,我什么也看不见……哦天哪,发生了什么事!"

这突如其来的呼喊声让客厅里的所有人都站了起来。现在,整个别墅里都是水了。狂风上下蹿动,几乎要把墙壁都撕裂,把电灯吹得摇摇欲坠,纸牌和报纸漫天飞舞,花瓣洒落一地。

费德里科回来了。他的脸像雪一样苍白,身体禁不住地战栗。"天哪!"他机械地重复着,"天哪,发生了什么事!"

还需要解释吗?洪水淹没了堤岸,已经冲到这里了,正在愤怒且毫无人道地咆哮着。

那边的墙就快要被冲垮了。所有仆人都已经连夜跑了,也许很快连灯都会没了。费德里科苍白的脸色和声嘶力竭的呼喊（平时他是何等优雅和自信），还有从地底深渊传来的越发密集的恐怖的轰隆声，还不足以解释这一切吗？

"我们快走，快，我的车在外面，太疯狂了……"玛托拉医生说。所有人都强装镇定。然后在马西格的陪同下，乔治娜披着厚重的披风再次出现。她微微抽泣，但仍十分得体，声音低得几乎没人能听见。父亲开始翻箱倒柜收拾贵重物品。

"噢不！不！"玛利亚夫人恼怒地大喊。

"不，我不想走！我的花儿，我的好东西，我不要，不要！"她的嘴唇微微颤抖，几乎满脸都在抽搐，像在崩溃的边缘。随后，令人吃惊的是，她努力挤出了一丝微笑。除了无比优雅的魅力外，她的打扮也堪称完美。

"我会记得的，夫人，"马西格真诚地说，"我会永远记得您的别墅。它在夜晚的月光下是多么美丽！"

"快，穿上披风，夫人，"玛托拉对女主人说，"斯特法诺，你也找件衣服披上。我们要在停电前离开。"

斯特法诺·格伦先生没有丝毫恐惧，确实可以这么说。他紧紧地抓着装满贵重物品的皮包。费德里科直愣愣地盯着已经不受控制的水势，在客厅里踱来踱去。"完了，完了。"他一边走一边不断念叨。灯光开始变得越来越微弱。

这时，传来一声长长的灾难般的轰隆声，比之前更加沉闷也更加靠近。一把冰冷的钳子插入了格伦的心口。

"不，不！"夫人大喊起来，"不要，不要！"她的脸色像死人一样苍白,脸上挤出一道深深的皱纹。她焦急地朝飞舞的窗帘走去。她不断摇着头:她不允许它这么做,现在她亲自出马了,所以水就应该不敢进来了。

她愤怒地拉扯着在空中胡乱飞舞的窗帘,然后一瞬间消失在黑洞中,仿佛是去追捕一群仆人们无法驱赶的烦人乞丐。现在,她是想用贵族的蔑视去反对洪水摧毁、恐吓的深渊吗?

她彻底消失在了窗帘后面,尽管轰隆声越来越响,但屋里寂静无声。

直到马西格说:"有人在敲门。"

"有人在敲门?"玛托拉问,"您觉得是谁呢?"

"没有人,"马西格回答,"已经没有人了。如果有人敲门,说明还有希望。也许是使者、鬼魂或者幽灵,是过来警告我们的。这是绅士们的家。有时,他们也会尊重人,不过,是另一个世界的人。"

6
斗篷

在漫无止境的等待之后,当最后一线希望即将消逝时,乔瓦尼回到了家。还不到两点,他妈妈正在打扫屋子。这是三月的一个阴天,乌鸦在空中胡乱飞舞。

他突然出现在家门口。"上帝保佑!"母亲一边喊,一边冲过去拥抱他。安纳和彼得,他的两个弟弟也都高兴得手舞足蹈起来。这一天他等了太久了,几个月来,他常常在黎明到来前,在甜甜的梦乡里想象着这一幕。

他一个字都没说,害怕一开口眼泪就会流下来。他把沉重的军刀放到椅子上,头上仍戴着皮质的贝雷帽。"让我瞧瞧,"母亲往后退了一点,含着眼泪说,"让我瞧瞧,真帅,就是脸色有点苍白。"

他的脸色确实有些苍白,而且疲惫不堪。他脱下帽子,走到屋子中间坐下。太累了,真的太累了,累到连挤出一丝微笑的力气都没有。

"把斗篷也脱了吧,孩子。"妈妈说着,眼神里满是崇拜,差点儿连自己都觉得不好意思。他高大英俊,相貌不凡(尽管脸色太苍白了)。"把斗篷脱了给我吧,不觉得热吗?"

他突然下意识地做出了防备的架势,把斗篷裹得更紧了,仿佛害怕被扯掉。

"不,不用,"他吞吞吐吐地说,"还是不要了,我过一会儿就要走……"

"这就要走吗?两年才回来,这么快就又要走了?"母亲还没从刚刚巨大的喜悦中缓过神来,想到又要重新开始承受无止境的等待之苦,便难过地问,"必须走吗?饭都不吃吗?"

"我吃过了,妈妈,"儿子笑着回答,然后环顾四周,回味着屋子里熟悉的感觉,"我们住在几公里外的一家旅馆……"

"嗯?你不是一个人回来的吗?还有谁和你一起?你们军队的队友吗?难道是梅纳的儿子?"

"不,不,只是在路上遇到的人。他现在在外面等我。"

"在外面等你?怎么不让他一起进来?你把他一个人扔在街上了?"

说着,她走到窗前,穿过花园,在木栅栏外看到一个人影在路上缓缓地走来走去。他一身漆黑,整个人都缩成一团。在她内心巨大的喜悦之中,突然产生了一种令人费解的莫名而强烈的负罪感。

"还是不必了,"他果断地说,"他会觉得麻烦,他就是这样的人。"

"一杯酒都不用吗?我们可以给他拿杯酒过去,不用吗?"

"还是不用了,妈妈。他是个奇怪的人,脾气很暴躁。"

"可他是谁?为什么你和他在一起?他跟着你做什么?"

"好吧,我不认识他。"他缓慢而相当认真地回答,"我是在旅途中遇到他的,他就跟我回来了,就这样。"

他似乎想换个话题,似乎感到羞耻。为了不违背他的意愿,母亲立即改变了话题,但脸上的光芒暗淡了下来。

"听着,"她说,"你是因为怕玛丽埃塔知道你回来了吗?想到她会高兴得跳起来的样子?是因为她,你才想走的吗?"

儿子只是笑了笑,脸上始终露出想要快乐却不得的神情,仿佛有苦难言。

母亲不明白:为什么他坐在那里,似乎很悲伤,就像两年前他离开的那天一样?

现在他已经回来了,新生活就在眼前,未来会是无数个无忧无虑的日子、美妙的团聚之夜。此后,每当在夜晚看到地平线上的火光时,她不必再焦虑,不必再担心自己的儿子也在那里,一动不动地躺在地上,躺在血腥的废墟中,胸膛被刺穿。终于,他回来了,变得更高大、更英俊,玛丽埃塔一定很高兴。春天马上就到来了,在某个周日的早晨,他们会在铃铛和鲜花的簇拥下在教堂举行婚礼。可为什么他目光呆滞、神情恍惚?为什么笑都不笑?为什么不跟我讲讲战场上的事?还有斗篷,为什么家里明明很热,他却裹得这么紧?难道是斗篷下面的制服已经破烂不堪?可我是他的妈妈呀,跟妈妈在一起有什么好害羞的呢?等待的痛苦似乎已经结束,但现在,她又产生了新的不安。

母亲温柔的脸庞侧向一边,忧心忡忡地凝视着他,想要努力理解他的一切意愿,不愿有丝毫的违背。或者他病了?还是仅仅因为历经艰辛而筋疲力尽?他为什么不说话呢?为什么一眼都不看自己?

儿子确实没有看她,而且似乎在逃避她的目光,仿佛在害怕什么。两个弟弟一言不发地盯着他,有一种奇怪的尴尬。

"乔瓦尼,"母亲终于忍不住开口道,"你终于回来了,终于回来了!等一下,我给你去煮咖啡。"

说着她连忙走进厨房。乔瓦尼和两个比他小很多的弟弟待在一起。如果在大街上相遇,他们可能都认不出彼此了,两年间的变化很大。他们沉默不语地相互看着,不知该聊些什么,但三人之间仿佛有某种古老的纽带连接着,会时不时不约而同地笑起来。

这时,妈妈回来了,手里拿着热腾腾的咖啡和一块美味的蛋糕。他一口气喝光了咖啡,然后费劲地嚼起蛋糕来。"怎么?不喜欢吃吗?以前可是你的最爱!"母亲本想这么问,但话到嘴边又咽了下去,她不想烦他。

"乔瓦尼,"她于是说,"你不想看看你的房间吗?有一张新床知道吗?我还把墙都重新粉刷了一遍,换了一盏新的灯,你来看看……不过你确定不用脱掉斗篷吗?……不觉得热吗?"

士兵没有回答,只是从椅子上站了起来,朝旁边的房间走去。他的步伐沉重且缓慢,完全不像二十岁的样子。母亲跑到前面,打开了百叶窗(但只有一束灰暗的光射了进来,不带给人以丝毫喜悦)。

"很漂亮!"士兵站在门口,看着崭新而整洁的房间——全新的家具、完美的窗帘、洁白的墙壁,平淡地说。

但当母亲满心欢喜地俯身整理崭新的床单时,他的目光落到了母亲单薄的肩膀上,一种难以言喻的悲伤油然而生,只是不能让任何人看到。安纳和彼得站在他身后,小脸蛋喜气洋洋的,期待着他惊喜的反应。

然而,什么也没有。"真漂亮!谢谢你,妈妈。"他重复道,仅此而已。他的目光躲闪,仿佛想尽快结束一场痛苦的谈话。特别是他神情焦虑,不时透过窗户朝绿色的木栅栏看去,那里,那个人影仍在缓缓地走来走去。

"开心吗,乔瓦尼?开心吗?"她迫不及待地问。"噢当然,很漂亮。"儿子回答(但为什么就是不肯脱掉斗篷呢?),努力挤出一丝笑容。

"乔瓦尼,"她恳求道,"你怎么了?到底怎么了,乔瓦尼?你肯定有什么事瞒着我,为什么不告诉我呢?"

他咬着嘴唇,如鲠在喉。"妈妈,"过了一会儿他用沉闷的声音说,"妈妈,我要走了。"

"要走?很快就会回来吧?你不会是去找玛丽埃塔吧?告诉我,是去玛丽埃塔家吗?"尽管难过,但母亲努力表现出玩笑般的语气。

"我不知道,妈妈,"他还是用那种低沉而苦涩的声音回答,然后拿了帽子朝门口走去,"我不知道,但我现在必须要走了,那个人还在门口等我。"

"你晚点儿回来,是吗?两个小时后你就回来了,是吗?我把朱利奥叔叔和婶婶也叫过来,你知道的,他们肯定会非常高兴,尽量午饭前回来……"

"妈妈,"儿子说,他的语气仿佛在乞求母亲安静,不要再继续说下去,不要再增加他的痛苦,"我该走了,那个人在等我,他已经够有耐心的了。"然后他凝视着母亲,似乎要看到她心里去。

他走到门口,弟弟们仍然兴高采烈地紧紧抱住他,彼得顺手掀起了斗篷的一角,想看看哥哥里面穿了什么。"彼得,彼得!你干什么?放开,彼得!"妈妈大喊道,担心乔瓦尼会生气。

"不,别动!"士兵发现男孩的动作后大叫起来。但为时已晚。两侧的天蓝色衣襟一瞬间被掀了起来。

"噢,乔瓦尼,我的孩子,他们对你做了什么?"母亲双手捂脸,结巴地说,"乔……乔瓦尼,你流血了!"

"我该走了,妈妈,"他又一次说,语气里有一种令人绝望的坚定,"我已经让他等太久了。再见,安纳,再见彼得,再见妈妈。"

他已经站在门口。他离开了,就像被大风刮走一样。他大步穿过花园,打开栅栏门,在灰暗的天空下,两匹马疾驰而去。但不是朝着乡村的方向,而是穿过平原,朝着山脉,一路向北,疾驰而去。

此时,母亲终于明白了。她的心像被掏空了一样,永远无法填补。她明白了儿子坚持不脱斗篷的原因,明白了儿子的悲伤,特别是明白了那个在路边走来走去的神秘男人的身份,就是那个耐心等待儿子的恶毒之人。他是如此仁慈且耐心地陪伴乔瓦尼回到老家(在永远把他带走之前),让他跟母亲告别。他,世界之主,站在栅栏外足足等了几分钟,在漫天的尘埃中,如同一个饥饿的乞丐。

7
屠杀恶龙

1902 年 5 月，杰洛尔伯爵手下一名经常去山里打猎的农民吉奥苏·隆戈声称，他在塞卡山谷见到了一只像龙一样的巨型猛兽。帕利萨诺是山谷里的最后一个村庄，几个世纪以来那里一直流传着一个传说：在某些干旱的峡谷中仍有怪物居住。但没有人信以为真。然而这次，隆戈的睿智、故事的详尽，加上他每次讲述的冒险细节都一字不差，让人觉得很真实，于是马蒂诺·杰洛尔伯爵决定去看看。当然，他不觉得那会是龙，可能是一种居住在无人峡谷中的稀有的大蛇。

他此行的同伴有昆托·安德罗尼科省长与他那美丽又勇敢的

妻子玛丽亚、博物学家英吉拉米和他的同事弗斯迪，后者致力于防腐技术的研究。这位软弱而多疑的省长早就发现妻子对杰洛尔很有好感，但他并没有胡思乱想。当玛丽亚提议跟着伯爵寻找龙时，他欣然同意了。他一点儿也不嫉妒杰洛尔，尽管杰洛尔比他年轻、英俊、强壮、勇敢和富有，他也丝毫不嫉妒他。

午夜过后不久，两辆马车在八名骑马猎人的护送下离开了城里，并于早上六点左右到达了帕利萨诺村。杰洛尔、美丽的玛丽亚和两位博物学家仍在睡觉，只有安德罗尼科醒了，把马车停在了一位老相识——塔代医生的家门口。不一会儿，在车夫的呼唤下，睡眼惺忪的医生头戴着睡帽出现在二楼的窗户旁。安德罗尼科在下面兴高采烈地冲他打招呼，向他表明此行的目的。他以为医生听到龙会大笑起来，然而相反，塔代摇了摇头表示不赞成。

"如果我是您，我不会去。"他毫不留情地说。

"为什么？您觉得我们会一无所获？都是骗人的？"

"这个我不知道，"医生回答，"其实我个人相信有龙的存在，尽管从没见过。但我不会去冒这个险。我觉得这是个噩兆。"

"噩兆？塔代，您真的相信有龙的存在吗？"

"我老了，亲爱的省长，"医生说，"我见识过。可能一切都是编的，但也可能是真实的。如果我是您，我不会去。而且听我说，那条路很难找，那里的山路坑坑洼洼，到处都是滑坡，一阵轻风就能摧毁一切，而且连半滴水都没有。省长，您还是别去了，不如去克罗切塔（村子里一座郁郁葱葱的圆形的山）吧，那里遍地都是野兔。"他沉默了一会儿，补充道："我反正不会去的。

我还听说……算了，不说了，您会笑话我的……"

"怎么会呢？"安德罗尼科说，"说吧，快告诉我。"

"好吧，有人说那条龙会吐烟，而它吐的烟有毒，只要吸进去一点点就会丧命。"

安德罗尼科没有信守承诺，哈哈大笑起来："我一直都知道您是保守派，古板的保守派，但这次也太过头了。亲爱的塔代，您是从中世纪来的吗？今晚我就把龙头提过来见您！"

说完，他点头示意告别，回到马车上，下令启程。作为猎人之一的吉奥苏·隆戈认识寻龙之路，带领车队前行。

"那个老头儿摇什么头呢？"这时，美丽的玛丽亚醒了，问道。

"没什么，"安德罗尼科回答，"那是塔代医生，他业余时间也做兽医。刚刚聊到了口蹄疫。"

"那龙呢？"坐在对面的杰洛尔伯爵问，"你有问他对龙有没有什么了解？"

"没问，说实话，"省长说，"我不想让别人在背后笑话我。我只是跟他说我们过来打猎，其他什么都没说。"

太阳升起来了，探险者们都从睡意中清醒过来，马儿加快步伐，车夫们唱起小曲儿。

"塔代曾经是我们的家庭医生，"省长说，"那时候他有一大群客户。但不知道他失了哪门子恋，突然有一天就归隐乡村了。后来他应该还遭遇了什么不幸，就搬到这里了。如果再遭遇什么不幸，谁知道他会搬去哪儿呢？也许他也会像龙一样住到山林里去!"

"真没意思!"玛丽亚有点儿不耐烦地说,"龙龙龙,又是龙,这个老掉牙的故事越来越无聊了,从我们出发开始就没说过别的。"

"可是你想来的!"丈夫温柔却略带讽刺地反驳道,"而且你不是一直在睡觉吗?怎么会听到我们的谈话?难道你是在装睡?"

玛丽亚没有回答,只是不安地看向窗外。陡峭且干旱的山显得越来越高,可以隐约在山谷尽头看到一排凌乱的山峰。它们大多呈圆锥形,颜色微黄,在阳光下发出坚定而强烈的光芒。山上没有一丁点儿树林或草丛,唯有一片从未见过的荒凉。

大约九点,马车停了下来,因为前面没有路了。猎人们跳下马车,发现已经抵达险峻山脉的最中心。从近处看,这些山由潮湿且摇摇欲坠的岩石构成,从山顶到山脚,几乎整个就是一个大滑坡。

"好了,我们就从这条路开始吧。"隆戈指着一排通往上方山谷口的脚印说。从那里出发,走四十五分钟就能抵达布雷尔,就是他看到龙的地方。

"水带了吗?"安德罗尼科问猎人们。

"带了四瓶,还有两瓶葡萄酒,阁下。"其中一名猎人回答,"我觉得足够了……"

奇怪。现在他们远离城市,群山围绕,龙的故事似乎变得没那么荒谬了。探险者们环顾四周,一切都让他们感到不安。浅黄色的山脊没有一丝生命的迹象，两侧的山谷蜿蜒曲折，一眼看不到尽头，给人一种孤助无援的感觉。

他们一言不发地向前走。猎人们扛着步枪、火枪和其他狩猎工具走在最前面，然后是玛丽亚，最后是两位博物学家。幸运的是，小路在阴面。要知道，对于行走在荒芜的山间的人来说，太阳简直就是一种惩罚。

通往布雷尔的山谷狭窄而曲折，底下没有溪流，两边没有树木也没有草丛，只有石块和碎石。甚至没有鸟儿或水流的歌声，只有沙砾孤独的絮语。

当一行人前进时，一位年轻人从下面往上赶，肩膀上扛着一只死了的山羊，他比他们走得更快。"他是去龙那里的。"隆戈说。他的语气非常自然，丝毫没有开玩笑的意思。他解释说，帕利萨诺人很迷信，每天都会送一只羊到布雷尔，用来安抚怪物。这项任务由村里的年轻人轮流负责。如果听到怪物的声音就糟糕了，会发生不幸的事。

"龙每天都吃一只山羊吗？"杰洛尔玩笑似的问。

"反正第二天早上就什么也找不到了，这可以说明。"

"连骨头都没有吗？"

"噢，没有，骨头也不剩。它把羊拖到洞里吃的。"

"难道不会是村里某个人吃的吗？"省长问，"这条路所有人都知道。他们亲眼见过龙抓住羊吗？"

"这个我就不知道了，阁下。"猎人回答。

这时，背着羊的年轻人赶上了他们。

7 屠杀恶龙　　77

"嗨,年轻人!"杰洛尔伯爵傲慢地说,"说说,那只羊卖多少钱?"

"先生,我不能卖。"年轻人回答。

"十个硬币都不卖吗?"

"嗯,十个硬币的话……"年轻人答应了,"那我就再去拿一只上来吧。"说着,他把山羊放到了地上。

安德罗尼科问杰洛尔伯爵:"你要这只羊干什么?希望你不是想吃它。"

"等着瞧吧,你会知道有什么用的。"伯爵用难以捉摸的语气回答。

一个猎人把山羊扛到肩上,帕利萨诺的年轻人跑回了村庄(显然是去取另一只羊给龙)。一行人又继续上路。

不到一个小时,他们终于抵达了目的地。山谷突然变成巨大的圆环状,布雷尔就像是一种用泥土和摇摇欲坠的岩石环绕而成的黄红色的圆形剧场。它的正中间是一个锥形碎石堆,顶上是一个黑洞:龙的洞穴。

所有人竖起耳朵,沉默不语。但他们只听到山间无尽的寂静,偶尔夹杂着沙砾的絮语。不时有一些土块突然破裂,形成一股股细碎的泥沙,不断滚落,逐渐消失。日积月累,这里看起来就像废墟一样。被上帝遗弃的山脉,似乎正在一点一点地土崩瓦解。

"要是今天龙不出来呢?"昆托·安德罗尼科问。

"我有山羊,"杰洛尔说,"你忘了我有山羊啊!"

大家终于明白了他的意思。山羊可以作为诱饵把怪物从洞穴里引出来。

他们开始了准备工作：两名猎人艰难地爬到离洞穴入口上方20米处，以便在需要时把岩石扔下。

另一名猎人把山羊放在离洞不远的石头上。其他人则潜伏在两侧，用巨石做掩护，架好步枪和火枪。安德罗尼科没有动，只是站在旁边看着。

美丽的玛丽亚一言不发。她的雄心壮志已经消失殆尽。如果能立即返程，她该有多高兴啊。但她不敢告诉任何人。她的目光掠过四周的岩壁，曾经的和新形成的滑坡，还有随时可能掉下的红土块。她的丈夫、杰洛尔伯爵、两名博物学家、猎人，在她看来势单力薄，无异于孤军奋战。

把山羊放到洞穴口以后，大家开始等待。已经过了十点，太阳完全升到了布雷尔上空，周围变得酷热起来。热浪一阵接一阵。为了躲避阳光，省长和他的妻子以及猎人们用马车的车篷尽可能地支起了一个篷子。玛丽亚一杯接一杯地喝着酒。

"小心！"站到一块巨石上的杰洛尔伯爵突然跳到碎石堆里大喊。他的手里举着步枪，腰间挂着一把金属战斧。

所有人都瑟瑟发抖，屏住呼吸，因为他们看到有东西从洞口里冒了出来。

"是龙！龙！"

两三个猎人异口同声地喊道，不知是兴奋还是恐惧。

那个东西暴露在了阳光下，像蛇一样左右扭动。这就是传说中让整个村子的人都闻风丧胆的怪物！

"噢，真难看啊！"玛丽亚惊呼，显然松了一口气，因为没有她想象中的糟糕。

"来啊，来啊！"一个猎人玩笑似的大喊。所有人都重拾自信。

"看起来像一头小拉托拉鲁！"英吉拉米教授恢复冷静，以面对这个科学问题。

实际上，这个怪物似乎并不可怕。它身长两米多，头部与鳄鱼相似但略短，脖子像蜥蜴一样夸张，胸部几乎完全鼓起，尾巴很短，背上有一种黏湿的冠状物。

除了体形不大外，它的行动也十分迟缓，身上是羊皮纸般的泥土色（还有一些绿色的条纹），看起来无精打采，令人的恐惧感一扫而光。它显得十分老迈。如果它是一条龙，那也是老朽不堪、即将寿终正寝的龙了。

"接着！"爬到洞口上的猎人嘲讽地大喊一声，然后朝着野兽扔了一块石头。

石头掉了下来，正好砸到龙的头上，能很清晰地听到一声沉闷的响声，就像砸到南瓜上一样。玛丽亚突然有点儿反感。

这一击很有力量，但并不够。这只爬行动物像被打晕了一样一动不动，但不一会儿，它开始晃动起脖子和头部，像是被打疼了。它的颌骨不断打开、闭合，如此交替，露出一排锋利的牙齿，但没有发出任何声音。然后，龙朝下面放着山羊的沙石堆爬去。

"他把你打晕了吧？"杰洛尔伯爵突然一改傲慢的态度，笑着说。他似乎完全沉浸在喜悦和兴奋之中，无比期待即将到来的杀戮。

砰的一声，一枚子弹从30米高的地方射出，没有射中目标。但这一枪穿透了凝滞的空气，撞击到墙壁上，产生引起悲伤的轰鸣，无数的小沙砾开始滑落。

几乎没有任何间歇，又响起了第二枪。子弹射中了怪物的后腿，鲜血瞬间淌了出来。

"看，它在跳舞！"美丽的玛丽亚亲眼见证了这一残酷的场面，惊呼道。事实上，在伤口的痉挛下，野兽开始痛苦地扭动起来，浑身蜷缩成一团，凄惨地喘着粗气。它拖着中弹的爪子在砾石上移动，留下一道黑色液体的痕迹。

最终，爬行动物还是设法爬到了山羊面前，用嘴把它叼了起来。当它准备返回时，杰洛尔伯爵鼓起勇气挪到了离它大约两米的地方，用步枪瞄准了它的脑袋。

怪物的嘴里发出了某种口哨声，但它似乎想抑制住内心的愤怒，没有让声音完全发出来。不知道它在耐心地等待着什么。步枪的子弹射入了它的眼睛。杰洛尔击中它后便迅速往回跑，等着亲眼见到巨龙砰然倒地的画面。但是那只野兽并没有倒下去，它的生命力就像篝火一般，不会轻易熄灭。怪物没有理睬中弹的眼睛，只是平静地把山羊一口吞了下去。一整只山羊顺着它的脖子缓缓往下滑，可以清楚地看到山羊所经之处如同橡胶一样膨胀起来。然后，它向后退回到了岩石底下，开始沿着洞穴旁的岩壁往上爬。它爬起来很费劲，爪子下的泥土不时滚落下去。它急于逃脱。

上面是晴朗却苍白的天空，灼热的阳光很快就把血迹晒干了。

"它看起来就像趴在地上的蟑螂。"安德罗尼科省长低声自言自语道。

"为什么这么说？"妻子问。

"谁知道它为什么不到洞穴里去！"英吉拉米教授一边说，一边欣赏着眼前画面里每一个与科学相关之处。

"它怕成为瓮中之鳖吧。"弗斯迪猜测道。

"估计是完全吓傻了，不然还能有什么理由？角鼻龙……不是角鼻龙，"弗斯迪说，"我曾为博物馆做了几台模型，不过都不一样。尾巴上的刺在哪儿呢？"

"被它藏起来了，"英吉拉米说，"看，它的腹部是鼓起来的。尾巴弯在下面看不到。"

他们正这样谈论时，其中一个猎人，就是那个开第二枪的人，朝着安德罗尼科站着的方向跑去，显然准备离开。

"你去哪儿？你去哪儿？"杰洛尔大喊道，"待在自己的位置上，我们还没结束。"

"我要走了。"猎人坚定地回答，"这事我不喜欢。这不是我想要的狩猎。"

"什么意思？你害怕了。是这个意思吗？"

"不，先生，我不害怕。"

"不,我告诉你,你就是害怕了,不然你就留在自己的位置上。"

"我不害怕,我再说一遍。应该感到羞耻的是您,伯爵先生。"

"什么?羞耻?"马蒂诺·杰洛尔愤怒地说,"你这个无耻的小人!你跟帕利萨诺人没什么两样,我敢打赌,你就是个胆小鬼。快给我滚,不然看我怎么教训你!"

"贝皮,你又去哪儿?"伯爵再次大喊,因为他看到另一名猎人也撤退了。

"我也要走了,伯爵先生。我不想沾手这件丑事。"

"啊,你们这些懦夫!"杰洛尔大喊,"懦夫,我要是能动,绝不会轻饶你们的!"

"不是因为害怕,伯爵先生。"第二名猎人反驳道,"不是因为害怕。但您瞧着吧,这不会是一件光彩的事!"

"我现在就要你好看!"说着,他从地上捡起一块石头,用尽全力朝那个猎人扔去。

但没有击中。

龙费了半天劲也没爬上去,于是趴在岩壁上休息几分钟。不时有泥土和石头滚落下来,拖着它往下滑,越来越接近原点。除了石头松动的声音,周围一片寂静。

然后,安德罗尼科的声音响了起来,他对杰洛尔喊道:"我们还有子弹吗?真是热死了。我们给它一枪痛快吧。虽然它是龙,但折磨它有什么意思?"

"这是我的错吗?"杰洛尔愤怒地回答,"你没看到它不想死吗?头骨上明明中了一枪,却比之前还灵活……"

突然,他停了下来,发现之前那个年轻人扛着另一头羊出现在碎石堆旁。年轻人吃惊地看着那些人,他们的武器、地上的血迹,特别是在岩石上苟延残喘的龙。他从没见过龙从洞穴里出来,因此不由得停下来,目不转睛地盯着眼前的奇怪景象。

"噢,年轻人!"杰洛尔大喊,"那头羊多少钱?"

"不卖,多少钱都不卖,"年轻人回答,"给金子都不卖。"然后他盯着那头流着血的怪物补充道:"你们对它做了什么?"

"我们是来算账的。你应该感到高兴,明天的山羊可以省了。"

"为什么可以省了?"

"因为明天世界上就没有这条龙了啊。"伯爵笑着说。

"不,你们不能这么做。"年轻人害怕地惊呼道。

"现在开始吧!"马蒂诺·杰洛尔喊道,"把那只羊给我。"

"不,我告诉你,不。"年轻人一边向后退,一边坚决地拒绝。

"啊,上帝啊!"伯爵朝年轻人飞扑过去,一拳打在他的脸上,然后一把抢过山羊,把他摔倒在地。

"你们会后悔的,我告诉你,你们会后悔的。走着瞧吧,看你们会不会后悔!"年轻人一边爬起身,一边低声咒骂,因为他不敢反击。

但杰洛尔转过身去,不再理睬他。

现在，太阳灼烧着山谷，黄色的碎石堆、岩石和沙砾的反光刺得人睁不开眼，没有任何地方逃得过刺眼的阳光。

玛丽亚越来越口渴，干喝酒一点也没有用。

"上帝啊，太热了！"她抱怨道。现在，就连看一眼杰洛尔伯爵也开始让她感到厌恶。

这时，突然出现了几十个人，就像从地底下冒出来的一样。他们可能是从帕利萨诺来的，因为听说有外乡人来了布雷尔。他们一动不动站在几堆黄土堆旁，静观其变。

"现在你有一大批观众了！"安德罗尼科开玩笑地对杰洛尔说。杰洛尔正和两名猎人在山羊旁边讲话。

他抬起头，才发现有许多陌生人正盯着他。

他做了个蔑视的鬼脸，继续工作。

筋疲力尽的龙从岩壁上滑落到碎石堆上，躺在地上一动不动，只有圆鼓鼓的腹部起起伏伏。

"准备好了！"一名猎人与杰洛尔一起把山羊从地上抬了起来。他们切开山羊的腹部，把连接导火索的炸药装了进去。

然后伯爵毫不畏惧地走到碎石堆上，把山羊放到了距离龙不到十几米的地方，准备好导火索，然后撤退。

等了半个小时，野兽才开始动弹起来。

站在土堆边上的陌生人就像雕塑一般，他们一言不发，脸上露出责备的神情。他们对极度耀眼的阳光并不敏感，眼睛一刻也未从爬行动物身上移开，几乎在恳求它不要动。

然而，背上中枪的龙看到山羊后，突然转过身，缓慢地在地上拖行。当它正伸着头准备去抓猎物时,伯爵点燃了导火索。火焰沿着引线迅速蔓延,很快烧到了山羊身上,引发了爆炸。

爆炸声并不是很大,远不如之前的枪声。声音干脆而沉闷,就像车轴断裂的声音一样。但龙被一下子炸飞了,可以看到它的腹部被炸得四分五裂。

它的头痛苦地左右晃动,仿佛在说不,这是不对的,他们太残忍了,他们简直无事可做。

伯爵满意地大笑起来,但这次只有他一个人笑得出来。

"太恐怖了!够了!"美丽的玛丽亚双手捂脸大喊。

"是的,"她的丈夫缓缓地说,"我也觉得这不光彩。"

怪物躺在一摊黑色的血泊中一动不动,看起来已经死了。从它身体两侧冒出两股黑烟,一股在左,一股在右,两股浓烟艰难地往上攀升。

"看见了吗?"英吉拉米对同事说。

"嗯,看见了。"同事回答。

"两个腹腔气孔,跟角鼻龙一样,传说中的鳃盖。"

"不,"弗斯迪说,"不是角鼻龙。"

这时,杰洛尔伯爵从作为掩护的大石头后面走了出来,准备给怪物最后一击。他站在碎石堆中间,举起铁棍。突然,在场的所有人都发出了尖叫声。

杰洛尔有一瞬间认为这是对恶龙之死、对胜利的呐喊。随后,他发现背后有什么动静。于是,他转过身,看到,噢,多么可笑,他看到两个可怜的小野兽从山洞里爬了出来,飞快地朝他冲过来。两只小型爬行动物,身长不到半米,就像是垂死的龙的迷你版。两条小龙,它的儿子,也许是饿极了,从洞里爬了出来。

只是片刻之间,伯爵完美地展示了自己敏捷的身手。"别跑!别跑!"他举起铁棍高兴地大喊。两下足矣。他果断而用力地举起铁棍朝小怪物砸去。它们的头颅掉了下来,就像破碎的玻璃碗。两个小怪物都倒下死了。从远处看就像两支风笛。

这时,那些陌生人一个字都没说,转身沿着石子路往山下跑去。也许有人会说他们是为了逃离突如其来的威胁。他们脚步轻盈,没有引起任何滑坡,他们甚至没有回头看一眼龙穴,就这样消失无踪,就像他们神秘地出现时一样。

龙又开始扭动起来,就好像它永远不会死一样。它像蜗牛一样拖着自己的身体缓缓爬到两个已死的小野兽身边,身上仍然冒着两股烟雾。它倒在碎石堆上,非常费力地伸出脑袋,开始温柔地舔舐两个死去的小怪物,仿佛希望它们能起死回生。

最后,龙似乎聚集了所有仅存的力量,竖起脖子面对天空,从喉咙里发出一种难以言喻的怒吼,一开始声音很轻,然后越来越有力量。这是一种人们闻所未闻的声音,充满仇恨,既不是动物的声音,也不是人类的声音,甚至让杰洛尔伯爵都吓得站在原地不敢动弹。

现在,大家明白了,为什么它之前不愿意逃回洞穴寻找出路,为什么它没有发出任何喊声或吼声,而只是低沉的嘶嘶声。因为它想着自己的两个孩子,为了保护它们,它愿意牺牲自己。

7 屠杀恶龙

如果它真的躲进洞穴里,那么人类就会尾随其后,发现它新出生的孩子;如果它提高声音,小野兽就会跑出来一探究竟。直到现在龙眼睁睁地看着它们死了,才发出了地狱般绝望的吼声。

它在寻求帮助,要为它的孩子们报仇。可是向谁呢?向荒无人烟的群山?向连一只鸟、一片云都没有的天空?向折磨它的人类?还是向魔鬼?它的叫声穿破了石壁和穹顶,回荡在整个世界。但似乎毫无可能(尽管没有合理的理由),似乎不可能会有人回应它。

"它在呼喊谁?"安德罗尼科用假装玩笑似的语气问,"它在喊谁?不会有人来吧?"

"噢,它快死了!"玛丽亚说。

杰洛尔伯爵疯了似的朝它连续开枪,但它还没决定要死。砰!砰!没有用。龙用舌头舔舐着死去的小野兽,动作越来越慢,未受伤的眼睛里涌出了白色的液体。

"是蜥蜴科的!"弗斯迪教授大喊,"看,它哭了!"

省长说:"已经晚了。够了,马蒂诺,已经晚了,我们该走了。"

怪物朝着天空喊了七声,喊声在悬崖和天空中不断回荡。第七声似乎经久不绝,然后戛然而止,陷入沉寂。

随后,几声咳嗽打破了这死一般的寂静。只见马蒂诺伯爵灰头土脸,手里的步枪掉落到了石头上。他的脸因疲乏、激动和汗水而变了形,他把手按在胸前,一边咳嗽,一边穿过碎石堆。

"发生了什么?"安德罗尼科有不祥的预感,一脸严肃地问,

"你怎么了？"

"没事，"杰洛尔清了清嗓子，努力做出愉快的表情，说，"我只是吸进去了一点儿烟雾。"

"什么烟雾？"

杰洛尔没有回答，只是用手指了指龙的方向。

龙一动不动地躺在地上，脑袋扎进了石堆里。它应该已经死了，两股浓烟也消失不见。

"它好像死了。"安德罗尼科说。

看起来确实如此。

没有人回应它的呼喊，全世界没有一个人为它动容。山纹丝不动，甚至没有一粒土石滚落。天朗气清，万里无云，太阳正落下山去。没有一个人来为这次杀戮报仇，就连野兽和鬼魂也没有。是人类抹去了世界上残留的污点，精明而强大的人类到处建立英明的秩序法则，无可厚非地为人类的发展而奋斗。他们无法以任何方式接受龙的存在，哪怕是在荒无人烟的山区。是人类杀了它，控诉是愚蠢的。那个男人做得很对，完全符合法律规定。然而，似乎并不是所有人都能对龙撕心裂肺的呼喊无动于衷。

安德罗尼科、他的妻子和猎人们都想尽快逃离那个地方，甚至连两个博物学家也打消了对龙做防腐处理的念头，一心只想尽快逃离，越远越好。

村子里的人都消失了，就像诅咒成真了一样。阴影笼罩着摇摇欲坠的墙壁。龙干瘪的残骸上，两缕烟雾仍盘绕在凝滞的空气中，缓缓上升。似乎一切都结束了，这是一件令人想要遗忘的悲惨之事，别无其他。但是杰洛尔伯爵仍在不停地咳嗽、咳嗽。他精疲力竭，坐在一块大石头上，身边的朋友们都不敢跟他说话。就连勇敢的玛丽亚都移开了视线。周围只有那一声声短促的咳嗽声。马蒂诺·杰洛尔想要命令他们，但只是徒劳，一种灼烧感在他的胸口蔓延，越来越严重。

"我早就有预感，"安德罗尼科低声对微微颤抖的妻子说，"我早就有预感，结局不会光彩。"

8
一个 L 开头的词

木材商人克里斯托弗罗·施罗德在到达锡斯托镇，并入住那家他每年都会去两三次的旅馆后，因为感到身体不适，就立马上床睡觉了。

然后，他打电话给已认识多年的卢戈西医生。医生给他看完病后似乎有些困惑。为了排除重病的可能，医生取了一小瓶尿液回去检验，并承诺当天返回。

第二天早上，施罗德感觉好多了，因此还没等医生来他就起床了。当他正穿着衬衫刮胡子时，听到有人敲门。

是医生。于是施罗德请他进来。

"今天早上我已经好多了。"商人头也不回地说,继续在镜子前刮胡子,"感谢您能过来,但现在您可以走了。"

"不急,不急!"医生回答,然后略显尴尬地轻轻咳嗽了一声,"今早我是和一个朋友一起过来的。"

施罗德转过身,看到医生的身旁还站着一位四十多岁的男士,身材结实,脸色微红,正巴结地冲他微笑。

商人是一个高傲且控制欲很强的人,他疑惑地看着医生。

"他是我的朋友,"卢戈西解释道,"唐·瓦莱里奥·梅利托。晚些时候我们俩要一起去看个病人,所以我让他陪我一起来。"

"您的跟班啊,"施罗德冷冷地说,"请坐吧。"

"好的,"医生继续解释此次拜访的目的,"今天不用再做检查了。尿液一切正常。我过来就是给您放一点儿血。"

"放血?为什么要放血?"

"这对您有好处。"医生说,"放完血后您会觉得像换了个人一样。这对多血质的人来说是有益的,而且只是两分钟的事。"

说着,他从风衣里拿出一个装有三只蚂蟥的玻璃罐放到桌上,补充道:"请您拿一只放到手腕上,然后静等片刻,很快它就会吸附上去。请您亲自动手。怎么说呢?虽然我已经当了二十年的医生了,但我从来不敢碰蚂蟥。"

"那就放这儿吧。"施罗德有些不耐烦。他拿起罐子,坐到床上,娴熟地把两只蚂蟥放到手腕上。

这时,那位陌生来访者把帽子和一个发出金属响声的长方形包放到了桌子上,但没有脱掉风衣。

施罗德注意到,那个男人几乎是坐在门边,似乎离他越远越好,这让他隐约有些不舒服。

"您可能想不到,唐·瓦莱里奥认识您。"医生一边对施罗德说,一边也坐了下来。令人费解的是,他也坐在门边上。

"我没有印象。"施罗德回答。他坐在床上,双手搭在床垫上,手掌朝上,让蚂蟥吮吸着自己的手腕。然后,他补充道:"不过卢戈西,早上下雨了吗?我还没往外看。如果下雨就麻烦了,今天我得在外面跑一整天。"

"没有,没下雨。"医生并不在意地说,"但唐·瓦莱里奥确实认识您,他很想再见您。"

"是的,"梅利托用一种不讨人喜欢的软绵绵的声音说,"实话告诉您,我并没有荣幸亲眼见过您,但我知道一些您意想不到的事。"

"我确实不知道。"商人一脸冷漠地说。

"三个月前?"梅利托说,"您试着回想一下,三个月前您是不是坐马车去了老边境公路?"

"呃,好像是,"施罗德回答,"应该是吧,我记不太清了。"

"好的,那您还记不记得,转弯的时候您滑到了路边上?"

"啊,没错。"商人回答,目光冷漠地盯着这个自己并不想认识的陌生人。

"因为一个轮子轧到了马路外边,马又无法让它回到正道上?"

"确实如此。可您那时在哪儿呢?"

"这个我待会儿告诉您，"梅利托冲医生眨了眨眼睛，笑容满面地说，"然后，您下了车，但您也抬不动马车。是这样吧？"

"确实如此。而且很不巧，老天还安排了一场雨。"

"啊对，还下雨了！"梅利托十分满意地继续说，"当您在想尽办法抬车时，是不是来了一个古怪的男人，高高的，整张脸都是黑的？"

"呃，这个我不记得了。"施罗德打断了他，"不好意思，医生，这些蚂蟥要吸多少血？它们都鼓得像蟾蜍那么大了。我受够了。我告诉您，我还有很多事情要做。"

"再坚持几分钟！"医生说，"耐心一点儿，亲爱的施罗德！等等看，放完血您会觉得像换了个人。都还没到十点呢，时间充足得很！"

"是不是一个个子高高的、脸全黑的男人？头上还戴了一顶奇怪的高顶礼帽？"梅利托坚持问道，"是不是还拿着一只铃铛？您记不记得他一直在摇铃铛？"

"好吧，对，我记得，"施罗德毫不客气地回答，"抱歉，您到底想说什么？"

"没什么！"梅利托说，"只是为了告诉您，我之前就认识您。而且我记性很好。只可惜那天我离得很远，在一条水沟边上，至少离您有五百米。我正躲在一棵树下避雨，所以正好能看见。"

"那个人是谁？"施罗德厉声问道，仿佛想要弄清楚梅利托是否话里有话，而且立马就想让他说清楚。

"啊，我不知道他是谁，我是从老远看到他的！您呢，您知道他是谁吗？"

"应该是个可怜的家伙，"商人说，"似乎是聋哑人。我请求他来帮我，他嘀嘀咕咕的，但我一个字也听不懂。"

"您走了过去，他连忙往后退，然后您抓住了他的胳膊，强迫他与您一起推马车，是这样吗？请说实话。"

"问这个干什么？"施罗德多疑地说，"我又没有对他造成任何伤害。而且，之后我还给了他两里拉。"

"听到了吗？"梅利托低声对医生说。然后，他又提高嗓门对商人说："谁说您伤害他了？我只是说我目睹了一切，这一点您要承认。"

"亲爱的施罗德，别激动，"医生看到商人脸色不好，于是说，"唐·瓦莱里奥是个爱开玩笑的人。他只是想给你个惊喜。"

梅利托转身看向医生，点了点头。转身的时候，他的风衣边缘微微敞开。施罗德震惊地看着他，脸色变得苍白。

"抱歉，唐·瓦莱里奥，"他用比往常平和许多的语气说，"您带了枪。我认为您不该把枪带出来。而且这边镇子的习俗也是这样，如果他们没有骗我的话。"

"天啊！非常抱歉！"梅利托用手拍了一下脑门，表示歉意。

"我不知道该如何表示歉意！我真的忘了。平时我从来不会把枪带出来的，这次是我疏忽了。今天我要去乡下骑马。"

听起来很诚恳，但实际上他仍把枪别在腰间，继续摇着头。"您说，"他又对施罗德说，"您对那个可怜鬼有什么印象？"

"我应该有什么印象？就是可怜鬼，不幸的人呗。"

"那个铃铛呢,那个一直响个不停的小玩意儿,您没问问是什么吗?"

"好吧,"施罗德一边回答,一边小心翼翼地组织语言,以免掉进什么陷阱,"应该是个吉卜赛人吧,我有好几次看到他们摇着铃铛把人们吸引过去。"

"吉卜赛人!"梅利托惊呼道,然后笑了起来,仿佛这个说法让他觉得有意思极了。"啊,您觉得他是吉卜赛人?"

施罗德一脸愤怒地转向医生。

"他想干吗?"他毫不客气地问,"他问这么多问题是什么意思?亲爱的卢戈西,这个话题我一点也不喜欢!请您直接告诉我,您到底想知道什么!"

"别激动,拜托……"医生一脸无辜地回答。

商人继续说:"如果您想说这名流浪汉发生了意外,并且是我的错,请说清楚。"商人的声音越来越高,"亲爱的先生们,请说清楚。你们是想说他被害死了?"

"什么害死了!"梅利托笑着回答,他已经完全控制住了局势,"您是想起什么来了吗?如果我打扰到您,我表示很抱歉。但医生跟我说:'唐·瓦莱里奥,您也一起来吧,是施罗德先生。'我说,'啊,我也认识他。'好吧,是他跟我说您也来吧,他见到您会很高兴,所以我才来的。如果我惹您不高兴了,我很抱歉……"

商人意识到自己失言了。

"该抱歉的应该是我,我刚刚语气不好。但您就跟审讯似的。

如果有什么事，请尽管说，不用多虑。"

"好吧，"医生十分谨慎地打断了他说，"是的，确实有件事。"

"有人报警了？"施罗德问。他对自己的猜想越来越肯定，同时试着把刚刚发怒时甩掉的蚂蟥再放回到手腕上，"我有什么嫌疑吗？"

"唐·瓦莱里奥，"医生说，"也许您来说更好。"

"好，"梅利托说，"您知道那个帮您抬马车的人是谁吗？"

"不知道，我发誓，还要我说多少遍？"

"我相信您，"梅利托说，"我只是问一下您是否能猜到他是谁。"

"我不知道。我猜是吉卜赛人，流浪汉……"

"不，他不是吉卜赛人。给您一点提示吧，那个人是 L 开头的。"

"L 开头的？"施罗德机械地重复了一遍，试图努力回想。恐惧的阴影笼罩着他的脸。

"对，L 开头的。"梅利托肯定道，露出了狡黠的笑容。

"您是说小偷①？"商人两眼放光，对自己的猜想十分肯定。

唐·瓦莱里奥哈哈大笑起来："啊，小偷！真会猜啊！医生，您说得没错，施罗德先生是个非常幽默的人！"这时，他听到窗外响起了雨声。

---

① 在意大利语中，"小偷"为"ladro"。

8　一个 L 开头的词

"抱歉，我得送客了。"商人语气坚决地说，"外面下雨了。我该出发了，否则我会迟到的。"

"是个 L 开头的词。"梅利托重复道，然后在宽大的风衣下面摸着什么东西，并站了起来。

"我不知道。我不擅长猜谜语。如果有什么事就直接告诉我吧……一个 L 开头的词？……难道是雇佣兵①？……"他用嘲讽的语气补充道。

梅利托和医生肩并肩地站着，后背靠在门上。这次，他们两个都没有笑。

"不是小偷，也不是雇佣兵，"梅利托缓缓地说，"是麻风病人②。"

商人震惊地看着他们，脸色如同死人一样惨白。

"什么？他是麻风病人？"

"很不幸，是的。"医生一边说，一边胆怯地躲到了唐·瓦莱里奥背后，"而且，现在您也是了。"

"够了！"商人愤怒地大喊，"滚出去！别跟我开这种玩笑。你们两个都给我滚出去！"

这时，梅利托从风衣里掏出了一把枪。

"亲爱的先生，我是镇长。请您冷静一点。"

"我这就让您看看我是谁！"施罗德大喊道，"您现在想对我

---

① 在意大利语中，"雇佣兵"为"lanzichenecco"。
② 在意大利语中，"麻风病人"为"lebbroso"。

做什么?"

梅利托注视着施罗德,他摆出了一副准备抵挡攻击的姿势。"这个包里有您的铃铛,"梅利托回答,"您要摇着铃铛立即离开这里,离开这个镇子,然后离开这个国家。"

"我现在就给您看那只铃铛!"施罗德说。他想喊却喊不出声来,被揭穿的恐惧让他恼羞成怒。他终于明白了:昨天医生替他看病时产生了怀疑,于是通知了镇长。镇长在三个月前偶然看到他抓过一个路过的麻风病人的胳膊,所以现在,施罗德变成了嫌疑人。蚂蟥只是用来拖延时间的借口。于是他说:"不需要您命令我,我会走,浑蛋,等着瞧,等着瞧……"

"把外套穿上,"梅利托命令道,脸上露出邪恶的满足感,"穿上外套,然后马上出来。"

"等我拿一下我的东西,"施罗德说,语气不再像之前一样盛气凌人,"我收拾好东西就走,放心。"

"你的东西都应该烧毁。"镇长笑着提醒他,"只要拿个铃铛就行了。"

"我自己的东西也不能拿吗?!"施罗德大喊,而在这之前他都是如此地高傲和无畏,现在却像个孩子一样乞求长官,"我的衣服,我的钱,这些至少要给我吧!"

"外套、风衣,就这两件,其他衣服全都要烧毁。马车和马都已经处理好了。"

"什……什么?您什么意思?"商人结巴地问。

"按照法律规定,马车和马都已经烧毁,"镇长一边回答,一边享受着商人绝望的样子,"您无法想象一个麻风病人还会坐着马车到处转悠,不是吗?"

说着,他哈哈大笑起来。然后,又残酷地对施罗德吼道:"出去吧!快出去!还想在这儿聊多久?几个小时吗?快出去,蠢货!"

魁梧的施罗德浑身颤抖,耷拉着脑袋,眼神茫然,在手枪的挟持下走出了屋子。

"铃铛!"梅利托又冲他大喊了一声,吓得他跳了起来。他把那个神秘的小包扔到地上,发出金属的撞击声,"把铃铛拿出来,挂在脖子上。"

施罗德弯下腰,动作缓慢得像个疲惫不堪的老人。他慢慢拉开拉链,从里面拿出一个木制手柄的全新铜铃。"挂到脖子上去!"梅利托又喊道,"快点儿,不然我毙了你!"

施罗德吓得双手颤抖,这让他很难顺利地执行镇长下达的命令。但他最后成功地把铃铛上的皮带绕在了脖子上,铃铛就这样挂到了他的肚子上。他每动一下,铃铛都会叮叮当当响起来。

"天啊,把铃铛拿在手里摇!你不是很会吗,大块头?快走,麻风病人!"唐·瓦莱里奥愤怒地吼道,而医生则被眼前这个令人反感的场面吓得退到了角落。

施罗德迈着沉重的步伐走下楼梯。他左右摇晃着脑袋,就像街上那些白痴一样。走了两步后,他回头寻找医生,然后注视了他很久。

"不,不能怪我!"卢戈西医生结巴地说,"真不幸,太不幸了!"

"走,快走!"镇长像对待动物一样催促他,"把铃铛摇起来,我告诉你,你要提醒别人躲开!"

施罗德继续走下楼梯。不一会儿,他走到了旅馆门口,然后缓缓穿过广场。几十个人都围到了他的前面,每当他前进一些,他们就后退一点。

广场很大,很长,要走很久。他僵硬地摇着铃铛,发出清脆而欢乐的响声。叮叮叮。

9
老疣猪

我们要考虑一下老疣猪的心理。到了某个年纪,尽管不屑一顾,但这种非洲野猪通常开始思考自己悲惨的人生了。天伦之乐变得黯淡无光,饥渴且不安分的小野猪们总是围在脚边,成为难以摆脱的烦恼。更不用说那些不可一世的年轻人了,他们总以为世界和女人都在自己手中。

现在,它觉得自己是主动想要独居的,这是为了保持威严,它想说服自己过得很幸福。但是看看它——总是在沙漠里不安地徘徊,时不时会因闻到的气味而分神。因为这会突然勾起某种回忆,会让大自然的巨幅画作变得不对称,因为其他人都成双成对。事实上，你是被父权制家族赶出去的，老疣猪。因为你变得笨拙却狂妄，年轻人忍无可忍，用尖牙顶你，把你推到一旁；女人们没有吱声，意味着她们也受够你了。就这样，日复一日，直到有一天，你终于离开了他们。

现在它在这儿，伊巴德平原的中部。傍晚时分，它准备咬一点儿干芦苇吃。周围什么也没有，只有一片荒凉的沙漠，到处都是干涸的白蚁穴，地上还有一些神秘的黑色锥形物。南边遥远的地方可以看到山脉，但还是不要相信为好，也许那只是海市蜃楼，纯粹是因为渴望才臆想出来的。另外，它也看不到，因为疣猪的视力与我们不同。当太阳下山，疣猪会心满意足地看着自己的影子渐渐变长。它的记忆很短暂，就像每天晚上，当看到自己变大的假象时，它都会感到自豪。

与其他年轻同伴相比，它的身材不太庞大。但是从某种意义上来说，它也很魁梧，它是世界上最丑陋的野兽之一。随着年龄的增长，它的尖牙变长了，长出了标志性的黄色鬃毛，鼻子两侧的四个疣也鼓了起来。它变成了童话里怪物的样子，无助的龙之后代。现在，它浑身散发出野性的气息，仿佛被一种黑暗的咒语缠身，受到古老的诅咒。但是，在它肮脏的脑袋上有一丝微光，在它粗糙的皮毛下有一颗心脏。

一颗在沙漠里开始跳动的心脏。沙漠里出现了一种新型的黑色怪物，它微微呻吟，以一种奇怪的方式靠近，不像跑也不像爬，从未见过。

这个怪物体形庞大，或许比瞪羚还高，但是疣猪仍然静静地等待着，并不怀好意地看着它（尽管疣猪孤身一人，并已产生不详的预感）。

现在，我们的汽车也停了下来。

"你在看什么？"我问同伴，"怎么停车了？你没到那儿有头牛吗？"

"我也觉得像，"他说，"但它是一头疣猪。它在等我开枪。"

那个奇异的怪物不再呻吟，而是安静了下来，也停了下来，看上去就像死了一样。疣猪突然颤抖一下，感到被什么击中了，紧接着是一声干脆又痛苦的嚎叫，就像老树轰然倒地或者山体滑坡的声音。"我的天，好样的，你打中了！"我惊呼，"看，它倒在地上了，看，多大的沙尘啊！"

确实如此。穿过旧芦苇丛可以看到，野兽突然一个翻身又从地上站了起来，怒气冲冲的样子。"什么啊，"我的同伴说，"你没看到它要跑了吗？"

事实上，疣猪正拖着受伤的右腿逃跑。它顽固地朝着东边一路小跑，离落山的太阳越来越远，就像是害怕看到自己的侧影一样。金属怪物的呻吟声又响了起来，开始追赶它。因为有几束枯草阻碍了道路，所以距离既没拉近也没拉远。

现在，它独自一人迷路了。无论是空旷的天空、密闭的白蚁穴，还是地上的任何地方，都没有谁能救它。它的影子在身前引路，变得越发可怕且模糊。现在影子已经毫无用处，前不久的自豪感从伤口里与血液一起流了出来，淌了一路。

多么遥远啊。太阳在慢慢降落，大地和天空之间的交界处有一条灰暗地带，那里有多刺的刺槐和河流。

还有其他人，它很清楚，它的整个家族，妻子们，残酷的年轻人，讨厌的小猪们。噢，不可否认的是，也许它还没有意识到，但在过去的日子里，它一直在跟着它们，远远地，小心翼翼地，不让自己被发现。当然这很荒谬，但每当它嗅到它们最近的行踪，辨认这个或那个脚印时就会感到很高兴。看，它们一定来过这里，那里的树根都被刨了出来，一个不剩。它是被抛弃的疣猪，一个自以为是的老疣猪。但它无法脱离群体，无法独自生活，现在，它唯一存活的希望也在它们手中。

第二枪击中了它的大腿中部。太阳很快就会落到地平线下，阴郁的黑暗从遥远的河流蓄势而来。从汽车上可以看到，它的动作变得有些疲倦和沉重，就好像是本能在拖着它逃跑，而非对生活的真诚期待。沙漠变得越发无边无际，似乎反而离河流越来越远。

我对同伴说：“看，它停下来了，它累了。下去吧，再过几分钟光线就没了。"由于我们继续沿着道路前进（没有人用毛瑟枪袭击我们），越来越近，疣猪显得越来越大。我们终于看到了那张黄褐色的脸，长着刚毛的耳朵，还有高贵的鬃毛。

它站着一动不动，两只小眼睛看着我们。它应该已经筋疲力尽，但它的身体里也许有一位孤独的天神，举着玻璃权杖责备它的逃跑和怯懦。

枪管已经按照准确的瞄准路线准备就位，这么短的距离不可能有任何差错，食指已经放到了扳机的凹口上。然后（黑夜之龙从东方隐秘的洞穴飞来，让担心它迟到的人放下心来），我们看到它的脸缓缓转向太阳落山的方向。现在，沙漠上只剩一小片紫色的光了。一片安宁的景象，让人脑海中浮现出一座九世纪的别墅，玻璃窗里的灯亮了，映出一个女人模糊的身影，她在悠扬的音乐中发出了一声叹息，被宠坏的狗们在花园门口闲聊着贵族和狩猎的逸事。

发动机熄火了。也许之后，一阵神秘的风会把河畔的同伴自由而幸福的声音带到疣猪的耳旁。但为时已晚。夜幕即将降临。它只是努力看了一眼太阳的余光，仿佛不是出于伤感和后悔，也不是为了抓住眼前最后的光亮，而只是想让它作为这不公平之事的见证。

枪声消失之时，它向左边侧躺，眼睛已经闭上，腿垂在地上。天空中出现了闪烁的星光。它在我们的眼皮底下呼出了最后一口气：两声深沉的哀嚎，伴随着鲜血的涌动。什么也没有发生。没有灵魂从死去的怪物身体里钻出来飘向天空，甚至连一个小气泡都没有。因为掌管这些事的智者杰罗尼莫愿意接纳灵魂，哪怕是低等的灵魂：狮子、大象和其他被选中的食肉动物。心情好的时候，他甚至也愿意仁慈地接受鹈鹕。但疣猪不行，从来都不行，绝对不行。尽管我们坚持，但他还是拒绝授予它第二次生命。

10
斯卡拉大剧院的惊恐之夜

　　为了参加皮埃尔·格罗格慕斯的《残杀无辜者》首演（轰动意大利的大新闻），音乐大师老克劳迪奥·科特斯毫不犹豫地穿上了燕尾服。

　　已经是五月下旬，在那些古板的人看来，斯卡拉大剧院的客流量开始呈现下滑趋势。面对大多是游客的观众，比较稳妥的做法是安排无须高投入却能保证演出效果的传统剧目。至于导演人数是不是最多、演唱者（大多是老斯卡拉风格）是否能引起观众的好奇，都无关紧要。在此期间，女士们不用穿晚礼服，只需穿日常的简单服饰；男士们也只需穿蓝色或深灰色上衣搭配各色领带，就像去好友家做客一样，似乎这才是品味好的表现。而高雅之士则认为，在最神圣的几个月里，这是斯卡拉大剧院的丑闻。一些长期票订购户，为了摆绅士架子，甚至即便不去剧院，也不把空缺的座位留给其他人（如果有熟人注意到就更好了）。

但那天晚上有一场空前盛大的演出。首先，《残杀无辜者》本身就是一个大事件，因为五个月前，这部作品在巴黎的首演曾经轰动了半个欧洲。据说，创作这部作品（坦白说，按照作者的定义，它是"由合唱和台词构成的民间清唱剧，共十二幕"）的音乐家来自阿尔萨斯，是最伟大的现代音乐大师之一。尽管年事已高，但他在这部作品中独辟蹊径（在进行多次变更之后），运用了比以往更加大胆且令人费解的形式。他对外宣称，自己的用意"是把音乐戏剧从通往被遗忘的真理之国的冰冷流亡中唤醒，是'炼金术士们'试图用猛药保住的性命。用他的仰慕者的话来说，他断绝了与过去相连的桥梁，却重拾了（但需要知道如何做）19世纪的光荣传统。有人甚至发现，他引用了希腊悲剧的元素。"

但无论如何，最引人关注的还是这部作品的政治影响。皮埃尔·格罗格慕斯出生于德国血统家庭，外表像是普鲁士人，尽管受年龄和艺术熏陶的影响，他的面容已经变得十分柔和。他在法国格勒诺布尔定居多年，曾在德国占领法国期间举止可疑。当时，德国人邀请他指挥一场慈善音乐会，他没有拒绝，传闻他还为那个地方的士兵们提供了许多帮助。于是，他绞尽脑汁想要证明自己并没有朝秦暮楚。在解放前最关键的几个月里，他把自己锁在豪华的别墅中，就连钢琴声都没有响起过一次。但是格罗格慕斯是一位伟大的艺术家。如果他没有创作和表演《残杀无辜者》，那么关于他的流言也许不会再被提起。对这部音乐剧最犀利的诠释出自年轻的法国诗人菲利普·拉萨尔。他受到圣经情节的启发，认为这是纳粹屠杀的寓言，希特勒就是暴虐的希律王的原型。然而，极左派批评家抨击格罗格慕斯，指责他在肤浅而虚幻的反希特勒比喻下，掩盖了胜利者犯下的大屠杀罪行，不论是每个村镇里微不足道的小仇杀，还是纽伦堡的绞刑。更有甚者认为《残杀无辜者》是想成为一种预言，暗示未来的革命和大屠杀。因此，应尽早预防这种暴乱，并警告那些能及时遏止暴乱的人，这是一种甚至带有中世纪精神的诽谤。

可以猜到的是，格罗格慕斯仅用寥寥几句就干脆有力地否认了这些影射。如果有，《残杀无辜者》也应被视为基督教信仰的见证，仅此而已。但这在巴黎的首演上引发了争论，并且很长一段时间内，报纸都用"火"和"毒"这样的字眼对其争相批判。

除此以外，还有人们对难度很大的音乐剧表演的好奇，对舞台场景（号称疯狂）、对编舞设计（著名的约翰·蒙克拉，布鲁塞尔人）的期待。一周以来，为了彩排，格罗格慕斯和他的妻子、秘书都在米兰，他自然会参加演出。总而言之，所有的一切都给表演奠定了非同寻常的基调。整个演出季都没有如此重要的晚会。为了这一盛会，意大利的主要评论家和音乐家纷纷抵达米兰，还有一小群格罗格慕斯的狂热追随者从巴黎远道而来。

警察局长已经预见到安排额外警力的必要，以应对随时可能出现的突发状况。

而原本负责斯卡拉大剧院片区的一些警官和许多警员却改为在别处执勤。下午的晚些时候，突然出现了更加令人担忧的威胁。各大媒体相继报道，也许就在同一晚，莫尔齐叛军将采取武装行动。这项伟大运动的领导人从未掩饰过他们的终极目标，即推翻现有既定秩序并建立"新正义"。过去几个月里已经出现了一些躁动的迹象。现在，莫尔齐叛军正在极力反对即将获得议会批准的国内移民法案。这个借口足以让他们一干到底。

整整一天，在各大广场和中心街道上，都能看到神色坚定甚至略带挑衅的人群。他们没有徽章，没有旗帜，没有标牌，没有组队，也没有要游行的意愿。

但要猜到他们的身份简直易如反掌。

说实话，这并不奇怪，因为几年来这种无关痛痒的事件已经反复出现过很多次。这一次警察也没有插手。然而，令人们恐惧的是省督府的机密信息：几小时内可能会出现为夺取政权而造成的大肆暴动。罗马很快接到了通知，警察和宪兵立即进入紧急状态，甚至军队也戒备起来。但是，不能排除这也许是个错误警报，就像前几次一样。莫尔齐叛军也在散布这类流言，这是他们最热衷的游戏。

但无论如何，一种不可言喻的危机感已经遍及整个城市。没有任何事实可以证明这一点，甚至没有任何流言提及其中的信息，没有人知道什么，但是空气中形成了一种极为明显的压抑感。那天晚上，许多资产阶级人士都早早离开办公室，匆匆赶回家，忧心忡忡地审视着各条街道，时刻关注着是否有黑压压的人群挡住路口。这已不是公民安宁受到的首次威胁了。有些人渐渐习以为常，这也是大多数人仍继续处理手头事务的原因，就好像这只是一个与平常无异的夜晚。然而，一些人还注意到一种奇怪的现象：即将发生大事的预言已经四散开来，虽然不知谣言源自何处，但无人真正谈及它。也许说话的语气与平常有所不同，还有一些弦外之音，但人们聊的仍是日常话题，仍然说着你好、再见，仍然约定第二天的约会时间。总之，他们更愿意心照不宣，仿佛只要谈论到它就会破坏诅咒，导致怨恨，招来不幸。就像在战舰上，规矩是不能提及关于遭受鱼雷或袭击的任何一个字，哪怕是开玩笑也不行。

在那些无视这些担忧的人中，克劳迪奥·科特斯大师就是其中之一。他是一个坦率并且在某种程度上有些无趣的人，他的眼里只有音乐，别无其他。他出生于罗马尼亚（虽然很少有人知道），很小的时候就在意大利定居了。在20世纪初的黄金年代，他凭借高超且娴熟的技艺一举成名。即使在公众的狂热消退之后，他仍是一位伟大的钢琴家，曲风更偏细腻，而非强劲。受最著名的爱乐乐团的邀请，他会定期到欧洲的主要城市举办巡回音乐会，这持续到1940年左右。特别是，他不止一次在斯卡拉大剧院的交响乐季演奏并大获成功。加入意大利国籍后，他与一位米兰人结婚，并在音乐学院教授高级钢琴课程，兢兢业业。现在，他已经觉得自己是米兰人了。不得不承认的是，在他生活的环境里，很少有人的方言比他讲得更好。

尽管克劳迪奥·科特斯已经退休（仅在音乐学院的某些考试

中担任名誉委员），但他仍然只为音乐而活。他只与音乐家和音乐爱好者交往，从不错过任何一场音乐会，并以一种紧张而胆怯的心情关注着儿子阿尔杜伊诺的成绩。儿子二十二岁，是一位才华横溢且颇有前途的作曲家。用胆怯这个词，是因为阿尔杜伊诺是一个非常自闭的男孩，他缺乏自信，并且敏感得有些夸张。

自从妻子去世，老科特斯发现自己在面对儿子时会变得笨拙且束手无策。他不懂儿子。他不知道儿子想要什么样的生活。他意识到，即使是在音乐方面，自己的建议也会被置若罔闻。

科特斯从来都不是一个英俊的男人。现在，他67岁，却是个英俊的老头儿，那种大家所谓的很会打扮的老头儿。随着年龄的增长，他隐约长得越发像贝多芬，也许连他自己都没意识到，这一点令他很高兴。他精心收拾着长而蓬松的白发，就像一顶极具"艺术感"的王冠。一个身世毫不悲惨的贝多芬，性格开朗，爱笑，善于交际，几乎乐于在任何地方寻找美好事物。"几乎"是因为面对其他钢琴家，他很少不指指点点。这是他唯一的缺点，大家都愿意谅解。

"怎么样，大师？"朋友们在采访时问他。他回答："很好啊，但不知道贝多芬会不会有意见？"或者是："怎么了？他还能听到不成？他不是长眠了吗？"

还有其他类似的老式笑话，他还演奏过巴克豪斯、科尔托和吉泽金的乐曲。

天生的好性情让他对所有人都很和善，也让斯卡拉大剧院的管理层始终对他十分尊重。他丝毫不觉得自己会因为年龄大而被排除在活跃的艺术生活之外。

在歌剧季，票房从来不是问题。在有些冷清的夜晚，科特斯的观众是票房的一小部分核心保障。至少人们可以以他个人对作品的欣赏作为参照。毕竟，一位著名演奏家的领头作用，很可能会让许多有异议的人保持中立，让犹豫不决的人表示赞同，让态度平平的人热情更甚。当然，这还不算这位钢琴家"斯卡拉式"的外形和他过去的功绩。因此，他的名字在"永久免费订购户"的秘密名单中。

首演期间的每个早晨，他都会无一例外地在派桑路7号的邮箱里收到装着软座门票的信。

里面是两张软座席位门票，位于票房较差的"前排"区域，一张给他，另一张给他的儿子。但阿尔杜伊诺并不在乎，他更愿意与朋友独处，或者参加一般的排练，因为这没有精心打扮的强制要求。

其实，小科特斯去听了《残杀无辜者》在首演前一天的最后一场彩排。他在吃早餐时还和父亲谈论过，只是用词一如既往地含糊。他用"音色有趣""复调空洞"和"声音更像表演而非发自内心"等词加以暗示（说这些词时带着轻蔑的表情）。天真的父亲听不出来演出是好是坏，或者说儿子是喜欢还是不喜欢。他也没有坚持想知道。年轻人总喜欢用他们的神秘术语。

现在，他一个人在家。女佣来过几个小时，已经走了。阿尔杜伊诺在外面吃午饭，钢琴终于安静下来，谢天谢地。毫无疑问，"谢天谢地"是老演奏家内心的声音，但他从来没有勇气承认。每当儿子作曲时，克劳迪奥·科特斯都会陷入内心极度焦躁的状态。从每时每刻听起来都令人费解的和弦中，他都抱着一种本能的希望，期待他最终能弹奏出能称得上是音乐的东西。他知道这是老派人士的弱点，始终无法摆脱老式的路线。他不断提醒自己要避免无力、衰老和怀旧的迹象。他知道新艺术尤其应该让听众难以忍受，这是它生命力的标志。他总在隔壁房间默默听着，时不时攥紧拳头，紧得都嘎吱作响，就好像这样用力能帮助儿子"解脱出来"。但儿子并没有解脱，音符越发挣扎着纠缠在一起，和弦呈现出更加嘈杂的声音，全部悬在空中，甚至陷入更顽固的摩擦之中。上帝保佑。父亲失望地松开了双手，微微颤抖地点起一根烟。

现在科特斯独自一人，他感觉很好，温暖的空气从敞开的窗户外飘进来。已经八点半，但太阳还没落山。他刚穿好衣服，电话就响了。"请问科特斯大师在吗？"一个陌生的声音说。"嗯，我就是。"他回答。"阿尔杜伊诺·科特斯大师？""哦不，我是克劳迪奥，他的父亲。"电话挂断了。他回到卧室，电话又响了。"那阿尔杜伊诺在家吗？"还是之前的那个声音问，听起来有些无礼。"不在，他不在家。"他没有在意对方的唐突，回答道。"那他糟了！"说完对方挂断了电话。什么人，科特斯心想，会是谁呢？阿尔杜伊诺平时交的都是什么朋友？"那他糟了！"又是什么意思？

这通电话让他感到有点烦闷，还好只持续了片刻。

从衣柜的镜子里，老艺术家看到了自己宽大的老式燕尾服，既适合他的年龄，又带有波希米亚风。显然，科特斯还受到了传奇人物约阿希姆的启发，因为他特意穿上了黑马甲，以摆脱因循守旧的刻板印象。他看起来就像服务员一样，对，服务员。但世界上有哪个瞎了眼的人会把他克劳迪奥·科特斯错认成服务员呢？他觉得有些热，但为了避开路人好奇的目光，他还是穿上了一件轻便的大衣，然后带上一副小双筒望远镜离开了家。心情似乎不错。

那是一个迷人的初夏夜晚，甚至连米兰也变成了一座充满浪漫气息的城市：新月高挂空中，街上空荡荡的，万籁俱寂，椴树的阵阵香气从花园中飘散出来。多么令人期待的美好夜晚，可以与许多朋友会面、聊天，可以见到美丽的姑娘，还可以在剧院演出结束后的招待酒会上品尝美味的起泡酒。科特斯一边这样想，一边朝音乐学院那条路走去。这样走会稍微绕远一些，但可以避开人满为患的纳威格力酒店。

路上，大师见到了一个奇特的景象。一个留着长鬈发的年轻人把麦克风举到离嘴边只有几厘米的地方，在人行道上唱着那不勒斯的浪漫曲。麦克风上的一根电线连接到一个带扬声器的录音机上，发出狂妄的声音，回荡在周围的房子之间。那首歌里有一种狂野的发泄、一种愤怒，尽管歌词充满爱意，但这位年轻人的语气是充满威胁的。周围除了七八个一脸茫然的小男孩，没有其他人。街道两侧的窗户都紧闭着，百叶窗也拉上了，仿佛拒绝聆听他的歌声。

这些公寓都没人住吗？还是租客们因为害怕什么而把自己关

在屋子里,假装不在家?克劳迪奥·科特斯经过时,这位歌手没有挪动,但增加了声音的力度,以至于扬声器都开始震动起来:这是一种强制性的邀请,暗示他把钱放到录音机上方的盘子里。

但大师不知为何,也许是内心感到不安,便加快了步伐。走出几米远后,他感到背后有一双怨恨的眼睛在盯着他。

"什么玩意儿!"大师暗暗痛骂道。不知为何,粗糙的表演破坏了他的好心情。然而,当他即将抵达圣巴比拉广场时,心情变得更加糟糕,因为他遇到了曾经音乐学院的学生邦巴塞伊,现在是一名优秀的记者。"您是去斯卡拉大剧院吧,大师?"他的目光落在科特斯大衣领口的白色领带上。

"傲慢的臭小子,你是想说我这个年纪应该……?"

"您很清楚,"对方一脸无辜地恭维道,"如果没有您科特斯大师,就没有现在的斯卡拉大剧院。阿尔杜伊诺呢?他不来吗?"

"阿尔杜伊诺已经看过彩排了。今晚他有别的事。"

"啊,明白了。"邦巴塞伊露出狡黠的笑容说,"今晚……他还是待在家里比较好……"

"什么?"科特斯隐约感到话中的含义,问。

"今晚有太多朋友了。"说着,他向经过的路人点头示意。

"……而且,如果我是他,我也会这样做……不好意思,大师,我的电车来了……玩得开心!"

老科特斯不安地呆在原地,一脸茫然。他看了看人群,没发现有什么异常:除了人比平常少一些,还有一些人衣着随便而且神情紧张。然而,尽管邦巴塞伊的话是个谜,但他的脑海中开始浮现出一些破碎而混乱的回忆：阿尔杜伊诺曾经讲过的只言片语、最近出现的新伙伴、儿子从未解释过的并且总以模糊的借口来掩饰的某些夜间活动。儿子难道有什么麻烦吗？

可今天晚上有什么特别之处？"太多的朋友"又是指谁呢？

带着这些疑问，他来到了斯卡拉剧院。

在看到剧院门口热闹的氛围、争相聊天的女士、张望的人群、一长排从车窗里隐约可见珠宝、白色假胸襟和裸露香肩的漂亮汽车之后，这些令人不快的想法瞬间烟消云散。虽然一个充满威胁，甚至可能是悲惨的夜晚即将来临，但斯卡拉大剧院并没有受到丝毫影响，依旧呈现出往日的繁华。在最近的季节里，从来没有出现过如此多人、如此和谐的景象。也许，已经蔓延到整个城市的焦虑感反而倍增了剧院的活力。在知情者看来，整个世界似乎都要躲到心爱的城堡之中，就像在阿提拉抵达时宫殿里的矮人们一样，即将度过一个极其疯狂的荣耀之夜。

事实上，知情者很少。大多数人都在享受夜晚的甜蜜，认为黑暗时期已经随着冬季尾声的消逝而结束，美好而宁静的夏天即将到来。

几乎没有任何人发现克劳迪奥·科特斯，他很快就混入了人群的旋涡中，然后出现在绚丽灯光下的观众席里。现在是八点五十分，剧院已经人山人海。

科特斯环顾四周，像个小男孩一样欣喜若狂。时光飞逝，但每次走进大厅时，他的第一印象仍然是纯洁而生动的，仿佛面对大自然的奇观一样。许多对他致以简单问候的人也有同样的感觉，他知道。于是由此产生了一种特殊的兄弟情义，一种无害的惺惺相惜的感觉，对于外人、对于没有到场的人来说，也许会显得有些荒谬。

谁没有来呢？科特斯用专业人士的目光逐片巡视观众席，发现所有座位都坐满了。他旁边坐的是著名的儿科医生费罗，他总让成千上万的小患者排队排到绝望，只是为了不失去"第一"的名号（科特斯觉得这是一个不错的文字游戏，暗指希律王和加利利的孩子们）。右边是一对被他称为"穷亲戚"的夫妇，夫妻俩年事已高，是的，他们穿着晚礼服，但很老旧，而且是那种不缺少任何旧式元素的样式。不管听到什么，他们都会热情地鼓掌。他们没有与任何人交谈，没有向任何人打招呼，甚至互相之间也没有交流，以至于所有人都以为他们是坐在观众席贵宾位置的专业喝彩者，专门负责领头鼓掌。再旁边是优秀的经济学家希斯基斯教授，他以常年追随托斯卡尼尼到各地举办音乐会而闻名。由于那时很缺钱，他向来骑自行车旅行，睡在花园里，吃登山包里带的食物。亲戚朋友都认为他疯了，但仍然很爱他。

还有液压工程师贝西安，他也许有数十亿资产，却是一个卑微且不快乐的音乐狂热爱好者。他来这里有一个月了，在被任命为四重奏协会理事后（他数十年来一直为此蠢蠢欲动，并做出了不懈的外交努力），一下子在家里和公司里变得无比傲慢，甚至到了令人无法忍受的地步。还有珀塞尔·和丹第，低音提琴的爱好者。还有曾经做过售货员的美丽的马蒂·卡奈斯特里和她那身材矮小的丈夫，每次新作品上演时，她都会在下午找一位音乐史教授请教，以免出洋相。她那迷人的胸部在人群中闪闪发光，有人说就像好望角的灯塔一样。还有大鹰钩鼻伍尔兹·蒙塔古公主，她带着四个女儿专程从埃及赶来。舞台的最前面，是大胡子诺斯伯爵，他只对那些承诺会有芭蕾舞者的音乐剧感兴趣，并且孜孜不倦地表达对这种一成不变的表演的满意之情："啊，多美的人啊！啊，多美的腿啊！"舞台的第一排是古老的米兰家族——萨尔塞蒂部落全体成员，他们自称自1837年以来就从未错过"任何一场"斯卡拉大剧院的演出。

第四排，几乎就在舞台幕前，是可怜的马里佐尼侯爵一家——母亲、姨母和未婚的女儿，他们正神情痛苦地注视着坐在第二排14号豪华座位区的世仇。因为今年人多，他们不得不放弃那个位置，只能浑身僵硬地挤在长期票观众的窄小座位里，希望没有人注意到他们。此时，一位肥胖且身份不明的印度王子正在睡觉，旁边是一名身穿制服的助手。他的头巾露在座椅外，随着呼吸的节奏像波浪一样上下起伏。不远处，一位三十岁左右的女士令人印象深刻。她身穿一袭火焰红裙，衣襟敞开至腰间，裸露的手臂上缠绕着黑色的丝带。她站在观众席中，似乎在享受别人羡慕的目光。有人说她是一位好莱坞女演员，但对她的名字众说纷纭。她旁边坐着一位帅气的男孩，只是脸色苍白得吓人。他一动不动，仿佛随时都会死去。

贵族和富裕的资产阶级是两个对立的圈子，他们都按照风俗放弃了半空的雅座。"伦巴第最优秀的绅士"成群结队地聚集到一起，他们都有着古铜色的面孔，身穿闪亮的衬衫和带有大铭牌的燕尾服。可以发现，为了证实当晚演出的巨大成功，与往常不同，许多漂亮的女性身着对身材要求极高的低领露肩礼服。有一段时间，科特斯不由得走神了好几次，就像青葱岁月里时常发生的一样。他选择了第四排的座位，他的好朋友，优秀的女低音弗拉维亚·索尔也坐在那里，戴着闪闪发光的巨大祖母绿。

在这种浮华的荣耀中，只有一个座位区尤为突兀，就像藏在花束中的一只坚定的黑眼睛。这个区域位于第三排。那里有三位绅士，两位坐着，一位站着，年龄大约三四十岁，身穿双排扣黑色外衣，系着深色领带，脸庞消瘦且冷酷。他们正襟危坐、神情阴郁，与周围的一切都格格不入。他们固执地将目光投向了幕布，仿佛那是唯一值得关注的事情。他们似乎不是来欣赏演出的观众，而像是险恶法庭上的法官，已宣告完判决，正在等待执行。等待时，他们不愿去看那些受刑之人，不是出于同情，而是出于反感。不只一个人在观察他们，他们让人感到不适。他们是谁？他们怎么能像参加葬礼一样哭丧着脸来哀悼斯卡拉大剧院？这是挑衅吗？有什么目的？科特斯大师也注意到了他们，也感到很困惑。一种邪恶的违和感和隐约的恐惧感令他不敢用望远镜看他们。这时，灯光熄灭了。突然，黑暗中亮起一束白色追光，指挥家马克斯·尼伯单薄的身影出现在舞台上。

如果那天晚上有什么让表演厅里的人感到恐惧或不安，那么一定是格罗格慕斯的音乐、四重奏乐团的演奏、浮躁且几乎不间断的合唱——就像一群乌鸦栖息在锥形悬崖上（他的恶言谩骂就像开了闸的洪水冲向观众，他本人也不时气得跳起来）。

对，很有力量（震撼人心），但代价也不小。乐器、演奏者、合唱团、歌手、舞蹈团（几乎每时每刻都在进行最细致的演绎，而主演们的动作则很少）、指挥，甚至连观众也要全力以赴。第一节表演结束后，掌声如雷。与其说是出于对精彩演出的共识，不如说是出于释放压力的生理需要。整个表演厅都在震动。在观众的第三次呼唤声后，格罗格慕斯高大的身影出现在众多演员之中。他露出看似勉强且短暂的笑容，有节奏地低头致意。克劳迪奥·科特斯想起了那三个神情阴郁的先生，于是继续鼓着掌，抬眼向他们看去：他们仍坐在那里，像之前一样纹丝不动，甚至连一厘米都没移动过。他们没有鼓掌，没有说话，看起来甚至都不像是大活人。他们是假人吗？几乎全场的人都涌到一起了，他们却仍坐在原来的位置。

就在第一场演出之时，城里已经掀起一场革命的传言，并在观众中传播开来。出于观众本能的克制，传言在剧场是一点一点悄然散开的。当然，他们不能让传言喧宾夺主，掠去对格罗格慕斯作品的热烈讨论。老科特斯也参与其中，但他没有发表任何评判，只是引用了梅内金的幽默评论。最后，钟声响起，宣布幕间休息。科特斯从剧院博物馆的楼梯上走下去，与一个似曾相识的人并肩相遇，但他不记得他的名字。这个人看到他后，冲他露出狡黠的笑容。

"噢，亲爱的大师，"他说，"很高兴见到您，我正想告诉您一件事……"

他说话很慢，声音拉得很长。他们一起下楼。人潮涌动时，他们一度被分开。

"啊，您在这儿，"当他们又重新走到一起时，那个熟人说，"您之前怎么不见了？知道吗，我还一度以为您人间蒸发了呢？……就像唐·乔瓦尼一样！"他以为自己做了个非常有趣的比喻，开始大笑起来，没完没了。从毫不显眼的打扮来看，他应该是个乏味的人，但从他那过时的燕尾服、并不时髦的宽松衬衫和灰色的指甲可以知道，他至少是一位出身不错的知识分子。老科特斯有些尴尬。他们快走到楼梯的尽头了。

"好吧，"那个不知道是在哪里相识的人谨慎地继续说，"您必须答应我，您会保密……一定要保密，明白我的意思吗？……总之，请您不要胡乱猜想一些子虚乌有的事……请您不要认为我是……怎么说呢？认为我是官方代表……发言人，现在都用这个词，是吧？"

"好，好，"科特斯说，心里又感到有些不安，就跟遇到邦巴塞伊时一样，但更加强烈，"好吧……但我向您保证我什么都不知道……"

第二声警钟响起了。他们站在走廊的左边，旁边是观众席。他们正准备走上通往软座的小阶梯。

这位奇怪的先生在这里停了下来。"我得走了，"他说，"我没买这场演出的票……嗯……我只告诉您：您的音乐家儿子……也许……最好再低调一点，对……他不是小孩子了，对吧大师？……您走吧，快走吧，他们已经关灯了……噢，我讲得是不是太多了？"他没有挥手，只是笑着低头致意，然后几乎是小跑着离开了，消失在空荡荡的走廊的红地毯上。

老科特斯呆板地走进已经漆黑的表演厅，一边向其他人致歉，一边走到自己的位置上。他心烦意乱。阿尔杜伊诺那个小疯子到底做了什么？

似乎整个米兰的人都知道，而他，作为父亲，却一无所知，甚至毫无头绪。那个神秘的男人是谁？是在哪里认识他的？他试图努力回想他们第一次见面的情景，但一无所获。似乎能排除与音乐相关的场合。那么是在哪儿呢？或许是国外？度假时的某个酒店？不，他完全想不起来。这时，性感诱人的玛莎·维特出现在舞台上。她像野蛮人一样裸露着，作为"恐惧"之类的化身，婀娜多姿地走进泰特拉克宫殿。

如上帝所愿，第二次幕间休息的钟声也敲响了。灯刚一亮起，老科特斯就焦急地四处寻找之前的那位先生。他要好好问他，让他解释清楚。这种想法挥之不去，但他没见到那个男人。最后，他的目光被莫名吸引，落到了那三个神情阴郁的人身上。他们不再是三个人，而是又出现了第四个人。他坐得靠后一些，穿着燕尾服，看起来也并非善类。一件过时的燕尾服（现在科特斯毫不犹豫地拿起了望远镜），一件并不时髦的宽松衬衫。与其他三个人不同的是，新来的人脸上挂着狡黠的笑容。科特斯感到背后一阵凉意。他扭头看向费罗教授，就好像是溺水者慌乱之下想要抓住看到的第一根救命稻草一样。

"不好意思，教授，"他急忙问，"您知道坐在那边的那几个家伙是谁吗？就是第三排，坐在那位穿紫色衣服的女士旁边的？"

"你是说那些亡灵巫师吗？"儿科医生笑着回答，"那是总参谋部啊！几乎全体都来了。"

"总参谋部？什么是总参谋部？"

费罗似乎觉得很好笑："大师，您还真是不问世事啊。愿主保佑您。"

"什么是总参谋部？"科特斯不耐烦地坚持问道。

"就是莫尔齐啊，上帝保佑！"

"莫尔齐？"老科特斯下意识地重复了一遍，内心更加忐忑不安。莫尔齐，令人毛骨悚然的名字。科特斯既不支持也不反对，他从来对他们都不感兴趣，只知道他们是危险人物，最好避而远之。而阿尔杜伊诺那个小浑蛋却跟他对着干，已经与他们结了仇。

没有其他解释了。那个没头脑的男孩其实是在玩弄阴谋和政治，而非将精力投入到音乐上。

他是个溺爱孩子的父亲，对，无论何时，他总是表现出通情达理的样子。可明天他要好好说说他！他将因为愚蠢的疯狂行为毁了自己！与此同时，他放弃了询问之前那个男人的念头。

他知道，即便再去问问，他也无能为力。别人不会拿莫尔齐开玩笑。他们能够来通知他已经是多么善良了啊。他看了看背后。

他觉得整个表演厅里的人都在看着自己。莫尔齐，一帮恶棍，强大而难以捉摸。为什么要去招惹他们呢？

他百思不得其解。"大师，您不舒服吗？"费罗教授问他。

"什么？……怎么会……"科特斯回答，逐渐回过神来。

"我看您脸色苍白……有时太热了会这样……抱歉。"

科特斯说："哦不……谢谢您……我只是有点儿累了……噢，老了！"说着，他站起身朝出口走去。走到门廊的大理石旁，人性（健康、优雅、芬芳而鲜活）把老艺术家从揭露真相的黑暗深渊里拉了回来，就像清晨的第一缕阳光消解了困扰整夜的噩梦一般。他决心分散自己的注意力，于是走到一小群正在争论的批评家旁边。

"无论如何，"一个人说，"至少合唱是保留了，这点不能否认。"

"合唱之于音乐，"第二个人说，"就像头像之于绘画。很容易就能达到效果，但效果远远不够。"

"好吧，"一个以坦率著称的同事说，"就这样？……现在的音乐都不追求效果了，不轻浮、不激情、不易上口、不能产生共鸣、不简单、不赤裸，一切都很好。但是留下什么了呢？"科特斯想到了儿子的音乐。

演出大获成功。只是非常值得怀疑的是，整个斯卡拉大剧院里是否有一个人是真心喜欢《残杀无辜者》的。通常人们都只是想要展现自己高雅的情趣，成为率先表态的一分子。

从这个意义上讲，某种竞争已悄无声息地形成。然后，我们再竭尽全力地倾听音乐，去发现每一处可能存在的美感、天才的创造力和富有意义的编排，以进行无尽地自我暗示。此外，为什么现代作品从来都无法令人愉悦呢？一开始大家就知道，新乐派的创立者们是回避娱乐的,在他们看来,追求娱乐是不可原谅的错误。那些想找乐子的人就别无选择了吗?城墙上不是还有"月神公园"吗?格罗格慕斯乐团总是令人精神紧绷,声音总是高亢激昂,特别是节奏感强的合唱,让人片刻都无法放松。尽管紧张,但从某种意义上来说,观众还是受到感动的,如何能否认呢?躁动的情绪在观众中不断蔓延,当音乐戛然而止时,台下瞬间爆发出雷鸣般的掌声、喝彩和激动的呼喊,这不正是音乐家所期待的结果吗?

然而,真正振奋人心的是"清唱剧"最后一个漫长而紧迫的场景。当时希律王的士兵闯入伯利恒搜查孩子,母亲们拦在家门口拼死一搏、步步后退,然后天空突然暗了下来,舞台下面响起了响亮的小号和弦,宣布主人已获救。不得不提的是,舞台设计师、服装设计师,尤其是编舞和所有舞台布置的灵感设计师约翰·蒙克拉,成功避免了所有可能出现的令人生疑的演绎:巴黎首演上的丑闻给了他警示。因此希律王不再像希特勒,虽然仍有明显的北欧人的外形,但让人更容易联想到齐格弗里德而非加利利的主人。而他的军队,尤其是头盔的形状,绝对不会造成误会。"可那是谁啊,"科特斯说,"希律王的宫殿里,不是纳粹军官吗?"

舞台很美。正如之前所说,有一种令人无法抗拒的感觉。是屠杀者和母亲们的最后一支悲剧之舞,同时,舞台的悬崖下传来慷慨激昂的合唱。蒙克拉的造型(并不新颖)极度简单。士兵们一身漆黑,包括脸;母亲们则一身纯白;孩子们是几个用木工车床制作的鲜红色木偶（图纸上写着雕刻家巴拉林），木偶打磨得很亮，闪烁着激动人心的光。在小镇的紫色背景下，白色、黑色和红色这三种元素在越发急促的节奏中不断地组合、分解。掌声经久不息。"看格罗格慕斯，多么光彩照人啊！"当创作者从人群中亮相时，科特斯身后的一位女士大声喊道。"真不错！"科特斯说，"简直壮发冲冠！"而这位著名的作曲家实际上是个秃头（或者剃光了头发？），像个光溜溜的鸡蛋。

第三排，莫尔齐的座位已经空无一人。

演出大获成功。当大多数观众回家时，美酒已经被端入门厅准备庆祝。灯火通明的表演厅的角落里，摆放了白色和粉色绣球花的精美花瓶，幕间休息时还未曾见到。两扇门前，一边是艺术总监罗西·丹尼，一边是主管赫希博士和他那其貌不扬却温文尔雅的妻子，站在门口迎接宾客。他们身后不远处是博尔塔拉夸女士，通常大家都称呼她为"克拉拉夫人"，正在与克拉罗大师聊着天。她总想受人瞩目，却又不想炫耀并不真正属于自己的名望。

多年前，她就是艺术总监塔拉大师的秘书兼得力助手了。那时博尔塔拉夸还不到三十岁，却成了寡妇，但十分富有。嫁入米兰最大的工业资产阶级家族后，她成为了家族不可或缺的一员，即便是在塔拉去世后也同样如此。当然她也有一些敌人，但连敌人也觉得她风姿绰约，如果在路上遇见她，会随时准备向她致敬。她给人一种莫名的敬畏感，历任艺术总监和主管都很快意识到善待她的好处。制作广告牌时，他们请教她；选择演员时，他们咨询她；就连与当局官员和艺术家产生矛盾时，也总是请她解决。不得不说，她很出色。毕竟不知从何年开始，克拉拉夫人就担任自治机构议员了，那是所有人梦寐以求的职位。只有一个人曾冷落她，就是法西斯的指挥官马尔库斯。他很优秀但缺乏阅历，三个月后，他就莫名被迫离职了。

克拉拉夫人是个其貌不扬的女人，身材矮小瘦削，不修边幅，看起来毫不显眼。青年时她曾摔下马造成股骨骨折，因此还有点儿跛脚（敌对家族给她起的绰号是"跛脚魔女"）。但只需短短几分钟，你就能惊讶地感受到她脸上闪耀的智慧光芒。

因此，尽管难以置信，但不止一个人爱上了她。

现在她已经六十多岁了，年龄赋予她的声望令她在交际圈游刃有余。事实上，剧院主管和总监比她的下属官员还略多一些，但她懂得如何在他们完全意识不到的情况下机智地操控他们，并使他们错以为剧院里的人更少。

到场的人络绎不绝：受人敬仰的名人、贵族，从巴黎而来的燕尾服、昂贵的珠宝、嘴巴、肩膀和乳房，哪怕是最古板拘谨的人都无法抗拒。但一同进入的还有别的，是直到那时也只是在人群中转瞬即逝的，就像遥不可及且令人难以置信的回声，却未伤人分毫——恐惧。

形形色色的声音最终汇集到一起，然后相互试探、确认。到处都在交头接耳，空气中充斥着窃窃私语和可疑的咯咯笑声，还有把一切都视为玩笑的惊叹声。这时，格罗格慕斯在演员们的陪同下出现在表演厅里。音乐家用法语费力地进行完介绍之后，就被引到自助餐旁。他从始至终都是一副冷漠的态度，像往常一样。他身边是克拉拉夫人。

通常在这种场合，人们的外语水平也要经受严峻的考验。

"杰作，真正的杰作！"主管赫希博士不断夸赞着，仿佛没有其他话可说。他是那不勒斯人，尽管名字并不典型。

虽然格罗格慕斯也在达芬妮住了数十年，但听懂他的话并不轻松：他的口音让人难以理解。

德国管弦乐队指挥家涅伯尔大师对法语也知之甚少，因此在谈话步入正轨前还须多花些时间。在这些最会献殷勤的人之中，唯一的安慰和惊喜来自布雷马的舞者玛莎·维特，她字正腔圆地讲着意大利语，令人好奇的是，话里还带有博洛尼亚口音。

服务员端着盛有起泡酒和糕点的托盘穿梭于人群中，厅里的人都已经三五成群。

格罗格慕斯低声与女秘书聊着似乎十分重要的事情。

"我敢打赌，我看到了勒诺特，"他对她说，"你确定他不在这儿吗？"①勒诺特是勒蒙德的音乐评论家，曾在巴黎首演时言辞激烈地抨击过他。如果今晚他在场的话，这对格罗格慕斯来说意味着一场漂亮的反击。可惜勒诺特不在。

"我们都在什么时候读《晚邮报》？"他仍用伟人般傲慢的语气问克拉拉夫人，"这是意大利最权威的报纸，不是吗，夫人？"

---

① 楷体部分原文为法文。

"至少大家都这样说。"克拉拉夫人笑着回答,"但要到明天早上……"

"我们是在晚上读它吗,夫人?"

"早上我们才能读到。不过我可以向您保证,那肯定将是溢美之词。有人告诉我,评论家勒诺特大师深受震撼。"

"噢,好吧。那就太好了。"他试图从中得到赞扬。

"夫人,今晚是一个盛大的夜晚,是幸福的,也是疯狂的。顺便说一句,我记得另一份报纸……《信报》,如果我没记错的话。"

"《信报》?"克拉拉夫人没听明白。

"也许是《信使报》?"赫希博士问。

"对,对,我想说的是《信使报》……"

"什么《信使报》,那可是罗马的!"

"但他还是寄来了他的评论。"一个大家都不认识的人用胜利的语气说。然后,他说出了那句十分著名,并且似乎只有格罗格慕斯无法欣赏的话:"现在他正在后面为自己的报道打电话。"

"噢,谢谢。希望明天我能看到这份《信使报》,"格罗格慕斯说,"毕竟这是罗马的报纸,你明白吗?"

这时,艺术总监出现了,并以斯卡拉大剧院自治机构的名义向格罗格慕斯授予了一块金牌。金牌用蓝色缎面袋子包裹,刻有日期和歌剧名。随后是惯常的对贵宾的致谢,某一时刻,这位伟大的音乐家似乎真的深受感动。然后袋子转交到了女秘书手里。她打开袋子,欣喜地欣赏着金牌,然后低声对大师说:"太棒了！但我知道，这其实是镀金的！"

许多受邀者的关注点并不在此。令他们担心的是另一场不同于《残杀无辜者》的大屠杀。莫尔齐叛军的行动早已不是仅限于少数消息灵通人士之间的秘密了。如今，传言甚至已经传到了那些不问世事的人耳朵里，比如克劳迪奥·科特斯。但说实话，并没有多少人真正相信。"本月警力也增加了，仅在这个城市就有超过两万名警察。还有宪兵……军队……""军队！可是谁能保证军队会闻风而动呢？如果上面下令开火，他们会开吗？""我前天正好和德·马泰斯将军交谈过。他说可以振奋士气……当然武器不太适合……"

"适合什么？""用来维持公共秩序……需要更多的催泪弹……然后他说，这些情况下，骑兵是最好的……可是现在骑兵在哪儿？……不但没有危害，还效果惊人……""听着，亲爱的，回家是不是更好？""回家？为什么回家？你觉得在家会更安全吗？""拜托，夫人，我们别小题大做了。首先要看叛乱是不是真的会发生……其次，就算发生也是明天、后天、大后天的事了……从没见过哪场革命是在晚上爆发的……家门紧闭……路上没人……对于公共警力来说，就像是去参加一场婚礼一样……！""革命？天哪，听到了吗，贝培？……这位先生说会有革命……贝培，告诉我，我们该怎么办？……你说啊，贝培，张嘴啊，你怎么像个木乃伊一样一声不吭！""你们注意到了吗，第三幕的时候，莫尔齐的座位上空无一人？""但他们也没在警察局和省督府，亲爱的……也没在军队，也没去找女人……这是全体出逃……就像是收到命令一样。""噢,他们才不会去省督府……莫尔齐叛军里……有政府的内线。"

诸如此类。此时,每个人心中都更希望待在家里。但另一方面,他们又不敢离开。他们害怕独处,害怕安静,害怕收不到消息,害怕只能躺在床上抽着烟干等,等着第一声尖叫划破夜空。而在这里,在远离政治的氛围中,有许多熟人、许多权威人物,让他们更有安全感,就好像斯卡拉大剧院是一片无法触及的土地,像外交避难所一样。可以想象,这个幸福、高贵、文明且如此坚固的旧世界,所有这些才华横溢的男人,所有这些善良美好的女人,有可能瞬间被消灭吗?

三十年前被称为"意大利的阿纳托尔·法朗士"的特奥多罗·克里西认为,玩世不恭是很好的品质。他长着天使般的红润脸庞,两撇知识分子特有的过时的灰胡子,正愉快地描述着大家害怕的即将发生的事。

"第一阶段,"他一边用右手握住左手大拇指,就像老师在教孩子们数数一样,一边用教授的口吻说,"第一阶段:占领所谓的城市神经中枢……当然不会很顺利。"然后,他笑着看了看手上的腕表,继续说:"第二阶段,亲爱的先生们、女士们:采取敌对行动……"

"我的天哪,"金融家的妻子玛丽·加布里埃利突然对丈夫说,"我的孩子们,独自在家!"

"孩子们不会有事的,亲爱的夫人,别担心,"克里西说,"这次行动不牵扯孩子,只针对成年人,而且是身强力壮的成年人!"说着,他自以为风趣地笑了。

"你家里没有保姆吗?"美丽的凯蒂·内特罗兹像平时一样没头没脑地大喊。

这时传来一个清新动人的声音。

"抱歉,克里西,您真的觉得很有趣吗?"

是年轻的里瑟洛尔·比尼,米兰最杰出的人物。她的脸上充满朝气和真诚,展现出绝佳的精神面貌和极强的社会优越感。

"对,"这位小说家有点摸不着头脑,依然开玩笑地说,"我觉得是时候让这些女士也知道知道新闻了……"

"抱歉,什么?克里西,请您回答我:如果今晚您不在受保护之列,您还会在这里说风凉话吗?"

"什么保护?"

"噢,克里西,别逼我说出来,所有人都知道。而且,就算您有好朋友是,怎么说呢,是革命人士,也不能责备您吧?……您做得很好,非常好。也许不久后我们就能看到他……您很清楚您也得依靠豁免……"

"什么?什么豁免?"他的脸色苍白。

"天哪!墙外的豁免啊!"说完,她便在其他人极力抑制的笑声中转身离开。

人群四散开来,几乎只留下克里西独自一人站着,其他人都围到了里瑟洛尔身边。就好像这是某种露营,世界上最后一次令人绝望的露营。里瑟洛尔没精打采地蹲到散落着烟头和香槟的地上,把大约二十万里拉的礼服都弄皱了。她开始与一个假想的控告者激烈地争辩着，试图为自己的阶级辩护。

然而没有人反驳她，所以她觉得自己说得不够清楚，于是抬起头愤怒地对站着的朋友们继续说："他们知不知道我们所做的牺牲？知不知道我们银行里一分钱都不剩了？……珠宝！对，还有珠宝！"说着，她摘下了手上镶嵌着两盎司黄宝石的黄金手镯。"好东西！可就算我们交出首饰，又能解决什么问题？……不，不是因为这个。"声音几乎带着哭腔，"只是因为他们讨厌我们的脸……他们不能忍受文明人的存在……他们不能忍受我们不像他们一样臭气熏天……这就是那些粗人想要的'新正义'！……"

"小心点，里瑟洛尔，"一个年轻人说，"不知道有没有人在偷听我们的谈话。"

"小心个屁！你以为我不知道我丈夫和我就在第一批名单里吗？小心有什么用？我们就是太小心了，所以惹了麻烦。现在也许……"她停顿了一下，"算了，还是不说了。"

所有人中，唯有一人瞬间头脑空白，就是克劳迪奥·科特斯大师。做个老式的比喻，他就像个怕惹麻烦的探险家一样，远远地绕开了食人族的地盘，连续走了好几天的路才到达安全地带。然而当他自以为安全时，却突然看到帐篷后的灌木丛里冒出了数百支标枪，还有树枝间凶神恶煞的目光。这与老钢琴家听到莫尔齐叛军已经开始行动的新闻后战战兢兢的心情一模一样。一切都发生得太快了，短短几个小时：最开始是接完电话后不安的预感，然后是邦巴塞伊模棱两可的话，再是那位可疑男子的警告，现在是即将来临的灾难。阿尔杜伊诺那个白痴！如果发生暴动，那他绝对是莫尔齐叛军的首要目标。可现在为时已晚。于是，他安慰自己："不久前那位先生还来警告过我，这不是个好兆头吗？是否意味着他们对阿尔杜伊诺只是有所怀疑？因为在暴乱中大家都杯弓蛇影！"但他心里又响起了另一个声音："可是谁又知道来警告的人是否用心险恶，否则为何偏偏在今晚给他警告，让他完全没有时间救阿尔杜伊诺呢？"

这位老人惴惴不安地四处走动，希望能听到一些稍稍令人放心的消息。但没有任何好消息。朋友们看惯了他平时谈笑风生的样子，突然看到他如此沮丧，都大吃一惊。但他们有太多要为自己考虑的事情，而没有担心那个无辜的老人，他没有什么感到害怕的理由。

他就这样游荡着，为了能够松口气，他心不在焉地喝了一杯又一杯服务生端来的起泡酒，脑子却愈加混沌。

直到他突然想到了最简单的办法。

他之前竟然没有想到：回家，通知儿子，让他躲在某个公寓里。肯定还是有朋友愿意接待他的。

他看了看表：一点十分。于是，他赶紧朝楼梯走去。

但刚走了几步，他就被拦住了。"这个点您还去哪儿，亲爱的大师？您的脸色怎么不太好？您不舒服吗？"是克拉拉夫人，她没和名门望族待在一起，而只是与一位年轻人站在门口。

"噢，克拉拉夫人，"科特斯回过神来说，"我都这么大年纪了，您认为我还能去哪儿？当然是回家了。"

"听着,大师,"克拉拉夫人用一种秘密的口吻说,"听我的,在这等一会儿。最好别出去……外面有行动,明白吗?"

"什么?已经开始了吗?"

"亲爱的大师,别害怕。没有危险。纳尼,你陪大师喝一杯怎么样?"

纳尼是他的老朋友作曲家季贝利的儿子。说着,克拉拉夫人便走开了,去拦下门口的其他人,而年轻人则陪着科特斯来到自助餐桌旁,把目前的情况告诉他。几分钟前,弗里杰里奥律师来了,他是省长哥哥的内线,消息通常是最灵通的。他跑到斯卡拉大剧院来通知大家不要离开。莫尔齐已经在城外各个地方集合完毕,准备进城。省督府实际上已经被包围了。警局里各个部门都孤立无援,并且没有警车。

总之,情况紧迫,因此不建议大家离开斯卡拉大剧院,何况大家还穿着晚礼服。最好在这里耐心等待。当然,莫尔齐是不会袭击剧院的。

最新消息以惊人的速度口口相传,在宾客中引起了不小的骚动。

因此,现在已经不是开玩笑的时候了。嗡嗡声消失了,只有格罗格慕斯周围还有一小群人在议论着。

他的妻子感觉很累,一小时前就已经坐车去酒店了。

现在他该怎样穿过很可能已遭暴乱的街道呢?是的,他是位艺术家,一个老人,一个外国人。他们为什么要威胁他呢?但仍然有这个风险。酒店很远,在火车站对面。要不派一队护卫?可能会把情况弄得更糟糕。

赫希想到了个主意："听着，克拉拉夫人。如果能找到莫尔齐的某位大人物……您有在这儿见到过吗……也许会是个完美的安全通行证。"

"啊，对，"克拉拉夫人沉思了一会儿说，"……对啊，这个主意简直太棒了……真幸运……我不久前还见过。不是大人物，但至少也是指定代表。我是说拉雅尼……对，我马上去找。"

这位拉雅尼是个衣品十分乏味的人。那天晚上，他身穿一件款式过时的燕尾服，一件并不时髦的衬衫，袖口是灰色条纹的。他主要负责处理土地纠纷，很少到米兰来，所以很少有人认识他。

而且，直到那时，他也没去自助餐厅，而是独自一人去参观剧院博物馆。几分钟前，他刚回到门厅，坐在门口的沙发上抽着烟。

克拉拉夫人径直朝他走去。他站起身来。

"请您实话告诉我，尊敬的先生，"克拉拉夫人开门见山地说，"请您实话告诉我：您是来这里守卫我们的吗？"

"守卫？什么？为什么？"代表惊讶得挑起眉问，"您来问我？"

"您肯定知道啊，您可是莫尔齐的人！"

"噢，如果是因为这个……我当然知道一些……老实说，我之前就知道……对，可惜我之前就知道作战计划。"

克拉拉夫人没有注意到"可惜"这个词，继续坚定地说："听着,尊敬的先生,我明白您可能会觉得可笑,但我们确实处在一个十分尴尬的境地。格罗格慕斯累了,想睡觉,但我不知道该如何把他安全送到酒店。明白吗?因为路上有暴乱……不知道会发生什么……误会……意外……只是一瞬间的事……而且要怎么跟他解释呢?我觉得这样对一个外国人不太友好。还有……"

拉雅尼打断了她:"所以,如果我没理解错的话,您是想让我去陪他,想利用我的权威保护他,是吗?哈,哈哈……"他突然大笑起来,让克拉拉夫人不知所措。他边笑边点头,好像在说他明白了,对,他笑得很粗鲁,但实在太可笑了。他好不容易才喘过气来,解释道:"最后人选,亲爱的女士!您知道最后人选是什么意思吗?就是斯卡拉大剧院所有人包括服务生在内……不论是谁都不会轮到我去保护优秀的格罗格慕斯,最后的人选才是我……您觉得我有权威?确实!但这里这么多人,您知道莫尔齐第一个会揪谁出去?您知道吗?……"他等着克拉拉夫人的回答。

"不知道……"克拉拉夫人说。

"是我,亲爱的夫人!他们毫无疑问会第一个跟我算账。"

"您的意思是,您会出事?"她不知道该说些什么。

"对,没错。"

"这么突然?就是今晚?"

"对,该发生的总会发生。就在第二幕和第三幕之间,在简短的商量之后。但我觉得他们已经谋划好几个月了。"

"好吧,可至少您看起来心情还好……"

"噢，不然呢！"他一脸苦涩地解释道，"我们要随时准备应对最糟糕的结果……这是我们的习惯……如果不是这样，那就糟了……"

"好吧。大使馆似乎已经人去楼空了。抱歉……祝您好运，如果真的发生……"克拉拉夫人一边说一边离开，然后回头又补充道，"也无能为力。"随后，她对主管说："他已经没有能力解决了……您别操心了……格罗格慕斯就交给我吧……"

不远处，宾客们几乎都默不作声地看着他们俩谈话，并且勉强听到了几句话。除了科特斯目瞪口呆外，没有人像他一样：有人给他指出了拉雅尼，正是之前跟他提及阿尔杜伊诺的神秘男人。

克拉拉夫人的谈话，以及他对莫尔齐代表镇定自若的态度，还有由她去护送格罗格慕斯的事实，引发了许多议论。因此，热议许久的真相终于浮出水面：克拉拉夫人与莫尔齐有关系。她表面上远离政治，实际上明争暗斗。毕竟，他们知道她是什么样的女人。很可能是克拉拉夫人为了上位，没有预测到所有可能，也没有与莫尔齐建立足够的友谊。女士们都很愤慨，男士们则更多地表现出怜悯。

但是格罗格慕斯与克拉拉夫人的一同离开意味着晚会的结束，使得大家的议论达到了高潮。

再没有任何一个留下的理由了。伪装的面具已被撕毁。

当重新面对沉重的日常生活时，丝绸、低领露肩裙、燕尾服、珠宝以及所有派对用品突然都带上了狂欢节面具的苦涩与凄凉。可惜这次没有四旬斋，甚至还有更可怕的事在等待着第二天的黎明。

一群人走到露台上张望。广场上空无一人,汽车丢弃在路边,前所未有地黑暗。司机呢?他们是在看不见的后座上睡觉吗,还是已经弃车去参加起义了?大灯的光时不时照射过来,一切都陷入沉睡。人们竖起耳朵想要听清从远处传来的越来越近的响声,那种夹杂着喧闹声、枪击声、货车轰隆声的回音。但什么也听不见。"我们疯了吗?"一个人喊道,"他们要是看到这么亮的光怎么办?一点光亮就会把他们引过来!"于是,所有人都迅速回到了屋里,把外面的百叶窗尽数拉上,然后去找电工。不一会儿,门厅的大吊灯就熄灭了。

"面具们"拿着十几个烛台放到地上。这让大家的心情愈加沉重,像个坏兆头。

男士们和女士们都很疲惫,但因为沙发位置有限,他们陆续席地而坐,并垫着外套以免弄脏礼服。博物馆壁橱前的电话亭旁排了一长队的人,科特斯也在其中。他至少想试试:警告阿尔杜伊诺他很危险。周围再没有一个人开玩笑,没有一个人记得《残杀无辜者》或格罗格慕斯。

他至少等了四十五分钟。终于轮到他进入电话亭时(里面没有窗户,电灯一直亮着),他连续输错了两次号码,因为他的手颤抖不止。最后,他终于听到了电话里等待应答的声音。

这个声音如此亲切,是从家里传来的令人安心的声音。可为什么没人接听?阿尔杜伊诺还没回去吗?都已经过两点了。还是莫尔齐已经把他抓走了?他尽力抑制着自己的焦虑。天啊,为什么没有人接听？终于。

"喂？"传来阿尔杜伊诺昏昏欲睡的声音，"谁啊？这个点打电话干吗？"

"喂，喂？"父亲说，但他马上就后悔了。也许保持沉默更好：因为他突然想到电话线可能被监控了。他该跟儿子说什么呢？劝他逃走？跟他解释发生了什么？万一他们在窃听呢？

他试图找个无关痛痒的借口。例如，让他马上来斯卡拉大剧院听音乐会。不，这样阿尔杜伊诺就必须得出门。找一个平常的借口？比如告诉他自己忘带钱包了很担心？更糟糕。儿子可能不会明白，何况如果莫尔齐在窃听，肯定会怀疑上他。

"听着……"他为了拖延时间说。也许唯一的办法就是告诉他自己忘带家门钥匙了：这是这么晚打电话唯一合理的理由。

"听着，"他又重复了一遍，"我忘记带家门钥匙了。我二十分钟后到楼下。"一阵恐惧向他袭来。

万一阿尔杜伊诺下楼等他，并走到街上去呢？

也许他们已经派人在街边等着抓他了。

"哦不，"他纠正道，"你在家等着，等我到了吹口哨你就下来。"多么愚蠢啊，这不就是在教莫尔齐最简单的抓住他的方法吗？

"听着，"他说，"听着……是等我用口哨吹《罗马交响曲》你再下来……这个曲子你知道的，对吧？……就这样说好了，记住了。"

说完他便挂断了电话，以免儿子问他什么危险的问题。他到底惹了什么祸？阿尔杜伊诺还没意识到危险，莫尔齐就已经采取行动了。也许他们中的某些音乐学家也知道《罗马交响曲》，也许到家时会碰到埋伏的敌人。这样岂不是更愚蠢？要再给他打电话说清楚点吗？就在这时，电话亭的门打开了一条缝，露出一张年轻女孩忧愁的脸。科特斯一边擦汗一边走了出来。

在门厅昏暗的灯光下，他发现周围的氛围愈加凝重。女士们冻得缩成一团，一个紧挨着一个坐在沙发上，唉声叹气。许多人都摘掉了引人注目的珠宝首饰，放进手提包里；另一些人在镜子前摆弄着头发，让发型看起来不那么招摇；还有一些人戴着面纱和披肩，装扮得就像忏悔者一样。

"这样等下去太恐怖了，最好想办法结束。""不，没想到啊……我似乎有过这种预感……今天我们本来要去特雷梅佐，但乔治说就这样错过格罗格慕斯的首演就太可惜了。我跟他说大家都在等我们，但他说没关系，打个电话解释下就行了，他就是不听我的。现在……头疼……我可怜的头啊……""噢抱歉，别抱怨了，他们不会把你怎么样的，不会有事的……""您知道我的园丁弗朗切斯科说什么吗？他说他亲眼看到了黑名单……莫尔齐的黑名单，他说……仅米兰就有四万多个名字。""我的天啊，这么夸张吗？……""有没有什么新消息？""没有，什么都不知道。""有人来了吗？""没有，我说了什么都不知道。"

有人双手合十开始祷告，有人像着了魔似的不停在朋友的耳畔絮絮叨叨。男士们躺在地上，很多人脱了鞋，解开了衣领，任由白领带在胸前荡着。有抽烟的，有打哈欠的，有打呼的，有低声讨论的，还有用金笔在演出传单上写写画画的。

四五个人充当哨兵，直勾勾地盯着百叶窗的缝隙，随时准备传达外面的消息。在一个角落里，拉雅尼仍独自一人抽着烟。他脸色苍白，背有点儿驼，眼睛睁得大大的。

但在科特斯缺席期间，周围的情况变得怪异起来。就在他去打电话前不久，有人看到了水龙头配件店店主克莱门蒂与赫希主管在一起，然后把他单独拉到了一边。他们一起朝大剧院博物馆走去，然后在那里，在完全漆黑的环境里待了好几分钟。然后，赫希再次出现在门厅里，跟四个人低声嘀咕了些什么，那四个人就跟着他走了。他们是作家克里西、女高音波里、普罗西多米和年轻的纺织商人马托尼伯爵。这一小群人来到了在原地等候的克莱门蒂那里，一起在黑暗中开起了秘密会议。然后，一名"面具人"自觉地从门厅拿了一个烛台，拿到他们所在的博物馆的屋子里。

起初未被注意到的这一动作，引起了大家的好奇，甚至是警惕。在那种情境下，任何一个小动作都足以引人怀疑。有人假装碰巧经过，特意过去瞧一眼。不是所有人都回到了门厅。事实上，赫希和克莱门蒂看到有人在门外张望，便暂停了交谈，强烈邀请他们加入。不一会儿，分裂者就已经有三十多人了。

要知道这些人的意图并不难。克莱门蒂、赫希和他们的同伴无非是想自成一派，提前站到莫尔齐的一边，让他们明白自己与门厅里其他肮脏的有钱人毫无关系。在这之前，一些人已经在许多场合表现出对这个强大组织的肯定与向往，也许更多是出于恐惧而非真心。尽管克莱门蒂霸道专横，但也并不奇怪，因为他的一个儿子甚至在莫尔齐的部队中担任指挥。不久前有人看到这位父亲走进了电话亭，让排队的人不得不干等了一刻钟都不止。假设克莱门蒂知道自己身处险境，打电话向儿子求救，而儿子不愿亲自露面，于是建议他立即采取行动：组织成立一个对莫尔齐有利的委员会，类似斯卡拉革命军政府，然后等莫尔齐抵达时就会默认其存在，最重要的是他们就能得以幸免。

毕竟，血浓于水。

但是，许多分裂者仍旧惊慌失措。

他们是莫尔齐最憎恶的一类。他们或至少像他们这样的人经常制造各种麻烦，随随便便就能为莫尔齐提供宣传和煽动的素材。

而现在，他们突然站到敌对的一方，完全否定过去的一切，甚至是几分钟前才说过的话。显然，很长一段时间以来，他们一直不惜代价地与敌方阵营往来，以确保在关键时候为自己留条后路。但这些往来都是通过第三方秘密进行的，以免在高雅的交际圈里丢脸。当危险时刻终于到来，他们迫不及待地捅破这个秘密，毫不顾忌是否形象尽毁，毫不顾忌人际关系、崇高的友谊、社会地位，因为现在性命攸关。

如果说会谈最初是悄然进行的，那么很快他们便明目张胆起来，以表明自己的立场。博物馆的房间里，电灯重新亮了起来，窗户也打开了，可以很清楚地看到外面的情况。这样，当莫尔齐叛军抵达广场时，就能立刻意识到里面有可以信赖的朋友。

因此，回到门厅后，科特斯大师便意识到了这个新情况。他注意到镜子里的反光是从博物馆里传来的，还听到了那边谈话的回声。但他不明白原因。为什么博物馆里的灯又亮了，但门厅的灯没亮呢？发生了什么？

"他们在那里做什么？"最后他大声问。

"在做什么？"

里瑟洛尔·比尼坐在地上，背靠着丈夫，用甜美的声音说："保佑无辜的人吧，亲爱的大师！……那些马基雅维利的拥护者成立了斯卡拉分队。真是一刻也没耽搁。大师，赶紧去吧，过几分钟就停止招新了。他们真厉害，对吧？……之前还说会竭尽全力拯救我们……现在却分裂了出去，还制定法规，授权我们重新开灯……您快去看看吧，大师，值得一看……真是可爱啊，对吧？……一帮恶心人的大蠢猪！"说着，她提高了音量，"我敢发誓，如果什么也没发生……"

"好了，里瑟洛尔，冷静点。"丈夫闭着眼睛微笑道，仿佛在享受着一场新鲜的体育冒险。

"克拉拉夫人呢？"科特斯困惑地问。

"啊，那个小瘸子！……她做了最聪明的选择，尽管很累，但克拉拉夫人选择了两头走。两头走，明白吗？就是走来走去……这边说两句，那边说两句，无论形势如何，她都不会有事……她不偏向任何一边……不表态……也不坐下……时而到这边，时而到那边……来回走……真不愧是我们无与伦比的女总统啊！"

这是事实。在护送格罗格慕斯回酒店后，克拉拉夫人仍在在两个党派之间徘徊，不偏不倚。因此，她假装不知道博物馆里集会的目的，似乎仅把它当成宾客们的一时兴起。但这迫使她片刻都无法停留，因为一旦停留，就相当于她做出了偏颇的选择。

她经过了一次又一次，试图鼓励那些沮丧的女士，为她们提供新的座位，然后机智地为第二轮的丰盛茶点而奔波。她端着托盘和瓶子忙碌地游走在两个阵营之间，让两方的人都愿意接纳她。

"吱吱……"这时，在百叶窗后监视的人示意大家看广场那头。六七个人跑过去看。一条狗从凯斯罗特路走了出来，正沿着商业银行前进：看起来不是条好狗，它低着头，沿着墙，随后消失在曼佐尼路上。

"你把我们喊过来，就为了看一条狗？"

"呃……我以为狗后面……"

于是，被困者们的心理变得怪诞起来。外面是空荡荡的街道，万籁俱寂、绝对和平，至少表面如此。而大剧院里面，却是一片萧条的景象：数十位有钱有势、受人尊敬的名流正无奈地忍受着未知风险带来的耻辱。

几个小时过去了，大家四肢的疲劳和麻木感愈加强烈，但头脑却越发地清醒。奇怪，如果莫尔齐叛军已经行动，为什么到现在还没有一个人抵达斯卡拉广场？白白承受如此大的恐惧是多么令人痛苦啊。

科森兹律师在闪烁的烛光下，右手端着一杯起泡酒朝着一群最受尊敬的女士们走去。他以擅长追求女人而闻名，在有些老妇女眼里他仍是一个危险人物。

"听着，亲爱的朋友们，"他用一种讨好的声音说，"也许，我是说也许，明晚我们在场的许多人，委婉地说吧，会身处十分危急的险境之中……（这里他停顿了一下）但也有可能，当然我们并不知道哪种假设更加可靠，也有可能明晚整个米兰的人都会耻笑我们。给我点时间,请不要打断我……让我们冷静地权衡一下目前的情况。是什么让我们相信危险迫在眉睫?我们可以把所有征兆列举出来:首先,第三幕时莫尔齐叛军成员、省长、警察局长和军队代表都失踪了。但恕我直言,谁能排除他们是受够了音乐才离场的可能?

"其次,各方传闻都不谋而合地声称即将爆发一场叛乱。再次,也是最重要的事实,是我可敬的同事弗里吉里奥带来他的听闻的,我再说一遍,是他所听闻的消息。但他说完就立马离开了,我们几乎没有人再见到他。没关系。

"我们先入为主地认为:弗里吉里奥说莫尔齐叛军已经开始攻占城市,省督府已经被包围等等……我想问:凌晨一点,弗里吉里奥是从哪里收到这些消息的?这类机密信息是否可能在深夜发送?是谁?又为什么?而且现在已经三点了,但周围没有丝毫可疑的迹象,也没有听到任何的声响。总之,只是很可疑。"

"为什么所有人打电话都没任何消息呢?"

"没错,"科森兹喝了一口香槟,接着说,"第四个让大家担忧的原因是电话打不通。那些尝试与省督府和警察局联系的人说联系不上,或者至少是无法获得任何消息。好吧,如果你们是政府官员,凌晨一点有个身份不明的陌生人给打来电话询问事情进展如何,你们会回答吗?请注意,现在属于非常微妙的政治阶段。就连报纸都保持沉默……许多编辑部的朋友都没有内部消息。一位《晚邮报》的朋友贝尔蒂尼的原话是:目前为止,还没收到任何具体消息。'没有任何具体消息?'我问他。他回答:

'对，没有任何具体消息，什么也不知道。'我坚持问：'那你们不担心吗？'他回答：'我觉得不必担心，至少是现在。'"

他深呼吸了一下。所有人都耐心地听着，内心极度渴望自己能像他一样乐观。香烟的烟雾凝滞在空中，散发出一种夹杂着汗水和香水的混合气味。

"总而言之，"科森兹说，"对于电话里的消息，或者更确切地说是没消息，我不觉得需要如此惊慌。连报社都知之甚少，说明这场悄无声息的革命即使真的有，也尚未成形。你们觉得莫尔齐作为城市的主人，会放过《晚邮报》吗？"

两三个人忍不住笑了几声，打破了一直以来的沉寂。

"还没说完。第五点可能是因为那边的一群人。"说着，他示意博物馆，"我们过去看看：你们觉得他们会如此愚蠢吗？莫尔齐叛乱都还没成功，没有任何保障，他们就如此明目张胆地投诚了？但我也想过：如果确实有叛乱并且叛乱失败，那么该如何解释他们在这里搞的阴谋呢？设想一下，这样一来他们的选择就会很尴尬：例如试图伪装、两面派战术、关心斯卡拉大剧院的未来等等……大家听着：那些人，明天……"

他犹豫了一刻，左手停在半空中。在短暂的沉默中，突然从不知多远的地方爆发出一声巨响：爆炸的轰鸣，让在场的人都心惊肉跳。

"上帝，上帝啊！"玛丽·加布里埃利一下跪倒在地大喊，"我的孩子们！""他们开始了！"另一个声音也歇斯底里地大喊起来。"冷静，冷静点，什么也没发生！别像个没见过世面的小女孩一样！"里瑟洛尔·比尼赶紧说。

然后，科特斯大师冲出了人群。他面容憔悴，肩上披着外套，双手紧紧抓住燕尾服的翻领，双眼直勾勾地盯着科森兹律师。

然后他郑重地宣布："我要离开这里。"

"您去哪儿？"好几个人异口同声地问，声音里充满了难以言喻的希望。

"回家。你们还想让我去哪儿？反正这里我待不下去了。"说着他便朝门口走去。但他晃晃悠悠的，看起来就像喝醉了。

"现在吗？不，不，再等等！很快就到早晨了！"有人在他身后喊道。没有用。两个人拿着烛台为他开道，昏昏欲睡的看门人毫无异议地为他开了门。

"还是先打个电话吧！"他身后传来最后一个建议。但科特斯毫不理睬地继续往前走。

门厅里，许多人跑到窗边，透过百叶窗的缝隙窥视着外面。会发生什么？他们看到老人穿过电车轨道，几乎是跌跌撞撞地朝着广场中央的花圃走去。他穿过第一排停在路上的汽车，进入了空无一人的区域。突然，一声巨响，他瞬间应声倒地，就像被人挥了一拳。但除了他以外，广场上半个人影都没有。他脸朝下趴在沥青地上，双臂张开，从远处看就像只巨大的蟑螂。

他似乎已经没有了气息。

其他人呆呆地站在原地，恐惧无措，一言不发。然后，传来一位女士可怕的尖叫声："他们杀了他！"

广场上毫无动静。路边的汽车里没有一个人下车去帮这位老钢琴家。一片死寂。大剧院里已经宛如人间炼狱。

"他们开枪了。我听到了枪声。"一个人说。

"什么啊，那是他倒地的声音。"

"我听到了枪声，我发誓。是自动式手枪。"

没有人反驳他。他们就这样待着，有人绝望地抽着烟，有人瘫倒在地上，有人扒在百叶窗后继续窥视。他们预感到了正在等待自己的命运，正从城市的入口朝他们一步步走来。

直到一缕昏暗的灰色光线照到了沉睡的大楼上，一辆自行车吱吱呀呀地从路上经过，还有从远处传来类似电车的轰鸣声。然后，一个弯着腰的小个子推着小推车出现在广场上。他从马里诺大街的入口开始极其平静地扫起地来。好样的！只扫几下就干净了。他扫掉了纸屑和垃圾，也一并扫除了人们的恐惧。然后，又来了一个骑自行车的人、一个步行的工人，还有一辆皮卡车。米兰逐渐苏醒过来。

什么都没有发生。清洁工把科特斯大师摇醒了。他一边喘气一边站起身来，吃惊地环顾四周，然后拿起地上的外套，摇摇晃晃地赶回家去。

黎明的阳光透过百叶窗照进门厅，大家看到那个卖花的老姑娘迈着悄无声息的步伐走了进来。她似乎还穿着首演之夜的礼服，脸上的脂粉也还在，那一晚并没有在她身上留下任何痕迹：黑色薄纱拖地长裙，黑色面纱，黑色眼影，盛满鲜花的篮子。她穿过脸色铁青的人群，露出忧郁的笑容，把一束完好无损的栀子花递给了里瑟洛尔·比尼。

11

中邪的资产家

夏日的一天，四十四岁的粮食商人朱塞佩·加斯帕里来到了妻子和女儿们度假的山村。他抵达时刚好是午餐后，几乎所有人都睡觉了，于是他独自一人外出散步。

他沿着陡峭的山路往上爬，顺便欣赏沿途的风景。

然而，尽管有阳光，他还是略感失望。他原本希望这个地方坐落于长满松树的浪漫山谷之中，周围高墙林立，但实际上，它却只是原阿尔卑斯山里的一座荒芜且阴森的山谷，四周除了低矮的山峰别无其他。猎人的天堂，加斯帕里心想。让他遗憾的是，自己从没在那样的山谷里生活过，哪怕只是短短几天。人类生活的幸福画面依托在壮丽的悬崖之上，城堡状的白色旅馆静静俯瞰着充满传奇色彩的古老森林，多么令人心驰神往。他想到自己的一生如此充满遗憾，不禁悲从中来：虽然他什么都不曾错过，但一切都低于自己的预期。他总是在不断妥协，不断压制心底的欲望，从未有过真正的欢喜。

此时，他已经爬了好一段山路了。他转过身，惊讶地发现身后的村庄、旅馆和网球场变得如此遥远且渺小。当他准备继续上山时，他听到了从低矮的峭壁里传出的声音。

在好奇心的驱使下，他偏离了山路，穿过灌木丛，来到悬崖边。这是一座荒芜的小峡谷，走正常山路无法发觉，边缘环绕着红色土壤和摇摇欲坠的峭壁。地上散落着一块大石头、一片灌木和一棵枯木的残骸。往上约五十米处，一条坑道向左弯曲，一直延伸到山的另一头。这条蜿蜒的小路在烈日的照耀下显得异常神秘。

眼前的一幕令他喜悦，连他自己都不知道是为什么。小峡谷并没有什么特别之处。

然而，它却唤醒了加斯帕里心底某种强烈的欲望，那是他多年来都从未有过的感觉。他仿佛认出了那些摇摇欲坠的峭壁，那个已经废弃却装着无数秘密的坑道，还有那些滚落下来的窃窃私语的山石。许多年前，他曾见过这些景象。多少次啊，多么美好的时光，那片承载着梦想和冒险的神奇土地，在他对一切都充满期待的时候。

这时，他发现在下面，在一座用木桩和荆棘做成的简易篱笆的后面，五个男孩正在聊天。他们半裸着身子，戴着奇怪的帽子，系着腰带，像是在模仿异域风情或者海盗的服饰。其中一个男孩拿着一把弹簧枪，他是年龄最大的，大约十四岁，额头上插着三根羽毛。其他人都拿着用榛子树枝制成的小弹弓，并用树杈制成的小木钩作为木箭。

"听着，"年龄最大的男孩说，"我根本没把他们放在眼里……对西斯托我不亲自动手，交给你和基诺，希望你们俩可以搞定。我们按照计划行事即可，一定会打得他们措手不及。"

加斯帕里默默听着他们的谈话，明白了他们是在玩荒野求生或者打仗的游戏，敌人困守在前方一座假想的堡垒里，而西斯托就是他们的领袖，也是最厉害的人物。为了占领堡垒，五个男孩需要用到一块大约三米长的木板（已经准备好），把它架在敌方巢穴后的一条沟壑或裂缝（加斯帕里不太确定是哪个）的两边作为桥梁。

两个男孩将从山谷底部往上爬，发动正面进攻；另外三个男孩则利用那块木板悄悄埋伏到敌人身后，从背面进攻。

就在这时，一个男孩从峡谷边缘看到了加斯帕里：一个老头儿，几乎已经秃顶，额头很高，眼神清澈善良。

"看那边！"他对伙伴们说。他们突然安静下来，警惕地看着陌生人。

"早上好，"加斯帕里容光焕发地说，"我刚刚一直在看你们……所以，你们什么时候发起进攻呢？"

孩子们挺喜欢这位陌生的大人，因为他不但没有责备他们，反而还鼓励他们。但是他们仍然害怕得不敢吱声。

加斯帕里的脑海里浮现出一个荒唐的想法。

他跳下了小峡谷,脚踩在砾石堆上,朝着男孩们大步流星地走过去。男孩们都下意识地站了起来,但他却说:"我可以加入你们吗?我来拿那块木板吧,对你们来说太重了。"

男孩们微微笑了。这个陌生人想干什么呢?以前从没见过他。然后,他们又看了看他那张友善的面孔,开始认真地考虑起来。

"可是西斯托在那里。"年纪最小的男孩说,想看看他会不会害怕。

"西斯托很可怕吗?"

"他战无不胜,"男孩回答,"而且他总爱把手放在脸上,好像要把眼珠子挖出来一样,他是大坏蛋……"

"大坏蛋?那我们可得抓住他,等着瞧吧!"加斯帕里饶有兴趣地说。

于是他们开始行动。加斯帕里在一个男孩的帮助下抬起了比他想象中要重得多的木板。然后,他们沿着山间小道爬到了底部的巨石上。

男孩们都吃惊地看着他,充满好奇:他似乎丝毫没有敷衍的意思,不像其他大人屈尊和他们玩耍时那样。他看起来很认真。

到达小山谷转弯处,他们停下了脚步,悄无声息地趴在石头后面,微微探出身子窥探。加斯帕里也照着他们的样子,趴在石头上,丝毫不怕弄脏自己的衣服。

于是，他看到了峭壁另一面的景色，更加奇特且荒芜。到处都是看起来毫不结实的红土丘，如同一座座毫无生气的大教堂的尖顶。它们令人隐隐不安，仿佛已经在那里纹丝不动地待了好几个世纪，等待着某人的到来。在山谷的最高点，也就是那个最高的山顶，可以看到一面石头堆砌的矮墙，还有三四个不时探出来张望的脑袋。

"他们就在那儿，看到了吗？"一个男孩低声说。

加斯帕里点了点头，只是感到有些困惑。从空间距离来看，两地相隔并不远。但令他不解的是，他们要如何抵达那里，如何攀登上那悬挂在峡谷之上的遥远悬崖。今晚之前能抵达吗？他走神了片刻，突然清醒过来。他的脑袋里在想什么？只是几百米而已！

两个男孩留守待命，仅在必要时伺机而动。其他人和加斯帕里一起从一侧往上爬，一直爬到山谷的边缘，并随时避免被人发现。

"阿达吉奥，别踩到石子。"加斯帕里低声嘱咐道。他比任何人都担心这次行动的结果。

"加油，我们很快就要到了。"

他们终于到达了山脊，然后沿着小山谷的一侧下滑了几米。随后，他们继续攀登，把木板扛在身后。

路线计算得十分精准。当他们重新出现在山谷前时，野蛮敌人的"堡垒"就在前方几十米处，位于视线下方。现在需要潜入灌木丛，然后把木板架在狭长的裂缝上。敌人正安静地坐着，西斯托也在其中,格外引人注目。他的脑袋上插着一绺鬃毛,脸上戴着一面淡黄色的硬纸板面具,故意做成骇人的模样,遮住了半边脸。(但这时,一片云朵飘到了他们的头顶上,遮住了阳光,小山谷瞬间昏暗下来。)

"我们到了,"加斯帕里轻声说,"现在我拿着木板继续前进。"

说着,他用双手抬起木板,慢慢滑入荆棘丛中,男孩们紧随其后。他们成功抵达了目的地,敌人丝毫没有察觉到。

但加斯帕里突然停下了脚步,若有所思(云朵仍然停滞不前,远处传来了一声哀号)。"真奇怪,"他心想,"两小时前我还在旅馆里,跟妻子和女儿们坐在桌边吃午餐。现在却在数千公里外的荒郊野岭,准备和野蛮人战斗。"

加斯帕里环顾四周。这里不再是适合儿童游戏的小山谷,低矮的山峰消失了,上山或返回旅馆的路消失了,就连红色的网球场也消失了,脚下是无边无际的悬崖和形态各异的林海。他看到更远处是沙漠的粼粼波光,再远处还有其他光亮,其他蕴含世界奥秘的符号。而他的面前,在悬崖的顶端,有一间奇怪的茅屋。墙壁灰暗歪斜,扁平的屋顶上铺满了骷髅头骨,在阳光下洁白无比,仿佛还在笑。这里是神话和诅咒的国度,笼罩着无尽的孤独和缥缈的梦想!

一扇半掩的木门(并不存在)上贴满了邪恶的符号,在风中吱呀作响。加斯帕里已经与目标近在咫尺了,也许只有两米远。他慢慢抬起木板,准备把它架到沟壑的对岸。

"有叛军!"就在这时,西斯托发现有人袭击,突然大吼一声，然后露出邪恶的笑容，背起大弓一跃而起。但看到加斯帕里时，他迟疑了片刻，回过神后，他才从口袋里掏出一个木钩——一种不会伤人的箭头，并把它架到大弓的弦上，瞄准目标。

然而，加斯帕里眼里看到的情景却是：一个巫师从贴满黑暗符号的虚掩的木门（并不存在）里走了出来，身上布满了麻风病状和地狱酷刑的伤口结痂。巫师不断变高，非常高，眼神空洞，手里握着一把弓，浑身散发出邪恶的力量。他吓得赶紧扔掉了木板，连连后退。但箭已出弦。

加斯帕里胸口中箭，一头栽入荆棘丛中。

回到旅馆时已经是晚上。他筋疲力尽地瘫坐在门口的一张长椅上。旅馆里的人进进出出，有人跟他打招呼，有人没有认出他来，因为天色已经很黑了。

但他并没有理会这些人，而是完全沉浸在自己的世界里。经过的人都没有发现他的胸口插着一支箭。从外表上看，这是一根弯曲度堪称完美且无比坚硬的深色木箭，从血迹正中间直穿而出，露出衬衫约三十五厘米。加斯帕里惶恐地盯着它，神情里还夹杂着一种奇异的幸福感。他曾尝试徒手把它拔出来，但太疼了：侧钩已经牢牢地扎在肉里，鲜血不时从伤口流淌出来。他感觉到血滴落到胸口和小腹，还有些滞留在衬衫的褶皱里。

朱塞佩·加斯帕里的时辰到了，充满诗意与残酷。他想，他很可能快死了。他的脑海里都是对生活、他人、言论、面孔和平庸的报复，挥之不去。多么美妙的报复啊。噢，现在，他当然不是从那个距离科罗娜旅馆几分钟路程的小峡谷回来的，而是从一片遥远的土地，一个远离无礼人类的巫术王国。为了抵达那里，除他以外的人需要翻山越岭，忍受漫长的荒凉和孤独，不断同与人类敌对的天性和软弱抗争；并且即便如此，也不能保证就一定会抵达。然而他……

是的，他在四十多岁的时候，仍愿意和孩子们玩耍，相信自己和他们一样。只有在孩子们身上，才有一种天使般的轻盈。当他怀着一种沉重又愤怒的信念认真地确信之时，不禁自问，为何这么多年来自己如此怠惰而从未发觉。这种强烈的信念使一切都变成了现实：山谷、野蛮人、鲜血。他已经进入了那个不再属于他的童话世界，越过了在生命中的某个时刻不再能肆无忌惮地试探的界限。他曾对一扇秘密之门说"开门"，只是玩笑话罢了，但是那扇门真的开了。

他曾说"野蛮人"，然后他们就出现在他眼前。

然后是"弓箭"，做游戏的那种。但出现的却是真正的弓箭，并将他射死。

他为这个艰辛的咒语付出了代价。他走得太远，无法回头，但换来的却是报复。噢，他的妻子、女儿、旅馆的伙伴们还在等他，等他晚上一起玩桥牌！汤面、煮牛肉、广播新闻，真可笑。他，已走出这黑暗的世界了！

"贝皮诺，"妻子站在露台上，准备好了晚餐，"贝皮诺，你坐那儿干什么？这么长时间了还在磨蹭些什么？还在穿袜子吗？怎么还不去换衣服？你知道现在几点了？都八点多了，我们都饿了……"

"……阿门……"加斯帕里听到那个声音了吗？还是他已经神游得太远？他微微挥了挥右手，仿佛在说别管他，就当他不在，他并不在意。他甚至笑了。是一种心酸的喜悦，尽管他的呼吸正越发微弱。

"快点儿，贝皮诺，"妻子喊道，"还想让我们等多久？你怎么了？怎么不回答？能告诉我为什么不回答吗？"

他低下头，好像在说是的。但没有再抬起来。

他是个真正的男人，不是心胸狭隘之人。是英雄，不是蝼蚁，不同于其他人，现在已经超凡脱俗，孑然一身。

他的头垂在胸前，仿佛甘愿接受死亡。冰冷的嘴唇微微上扬，表示不屑。我赢了，我战胜了你，这个痛苦的世界，你无法再留住我。

12

水　滴

一滴水滴到了楼梯的台阶上。听到了吗？

我躺在床上，在黑暗中聆听它神秘的步伐。怎么做？往上跳？滴答，滴答，断断续续。然后，水滴停了下来，或许整个晚上它都不会再发出声音了。然而，并非如此，它继续往上爬，沿着台阶一层一层往上爬。它与世界上的其他水滴截然不同，后者都是遵循重力定律垂直下落，发出噼里啪啦的响声。

这一滴却非如此：它沿着大厦E座楼梯的井道慢慢往上。

发现它的不是我们这群高雅且极其敏感的成年人，而是住在二楼的女仆，一个又脏又愚昧的小女孩。她是在一个深夜发现的,那时所有人都已入睡。过了一会儿,她实在忍不住了,便下床叫醒了女主人。

"夫人,"她怯生生地喊,"夫人!"

"怎么了?"女主人惊醒了,不耐烦地问,"发生什么事了?"

"有一滴水,夫人,一滴水在爬楼梯!"

"什么?"女主人惊呼。

"有一滴水在爬楼梯!"女仆又说了一遍,几乎带着哭腔。

"走开,赶紧走,"女主人呵斥道,"你疯了吗?快回去睡觉,玛茜!对,你是不是喝酒了?真不害臊!难怪早上酒瓶里的葡萄酒没了!下贱的东西,你以为……"

但这个小女孩早就一溜烟儿逃跑了,钻进了被窝。

"那个蠢货,不知道脑子里整天都在想什么。"女主人心想,但她已经睡意全无。万籁俱寂,她不由得竖起耳朵仔细听起来。她果然也听到了奇怪的声音。一滴水在努力爬楼梯的声音。

为了一探究竟,某一瞬间,女主人甚至想出去看看。可是,从悬挂在栏杆上的昏暗灯泡发出的微弱光线中,她能找到什么呢?在寒冷的深夜,她该如何在楼梯上追踪一滴水呢?自此以后,流言就这样一家一家慢慢传开,直到整栋楼里的所有人都知道了这件稀奇事,尽管他们并不想谈论它,好像这是件令人感到羞耻的蠢事。但每当夜幕降临时,都会有很多只耳朵在黑暗中静静聆听。有人这样猜,有人那样想。

在某些夜晚,水滴一声不吭。而在另一些夜晚,它会不断往上攀爬,甚至几个小时都不停歇。每当温柔的脚步声似乎要经过门口时,许多颗心会剧烈跳动起来。谢天谢地,它没有停下。滴答,滴答,声音又变得越来越远,继续上楼。

我敢肯定,低层的住户一定觉得他们现在已经安全了,因为水滴已经从自己家门口经过了,不可能再来打扰他们;而其他人,例如住在七楼的人,现在就很可能焦虑不安,不仅是他们。可谁说在接下来的夜晚,水滴一定会从上次抵达之处开始继续前进,而不是从头开始,从堆满垃圾、永远潮湿黑暗的第一层台阶开始呢?

不,他们仍不安全。

早晨,大家出门后,仔细检查楼梯上是否留下了什么痕迹。不出预料,没有任何蛛丝马迹。再说,到了早晨,谁还会在意这件事?在阳光下,人是强大的,如雄狮一般威风凛凛,不再是几个小时前那惊慌失措的模样。

或许那些低层的住户是对的?毕竟,在此之前我们都毫无察觉。那些夜晚并没有令我们受到困扰,虽然听到了些动静,但事实是水滴还很遥远。滴答声穿过层层墙壁,已经变得无比微弱。但是,从声音上听,它确实在向上爬,并且离我们越来越近。

哪怕睡在远离楼梯井道的最靠里的卧室也无济于事。不过,或许听到它的声音更好,总比整夜辗转难眠、猜测它是否还在要强。

住在外边卧室的人有时实在无法忍受,就冒着严寒蹑手蹑脚地走到客厅,躲在门后,屏住呼吸,偷听门外的动静。如果听到,就会惊恐万分,再不敢挪动半步。然而,如果外面一片寂静，反而更糟糕：这种情况下，保不准一回到床上，声音又会再次响起。

人生真是奇怪。既无法控诉，又无法补救；既无法找到宽慰心灵的解释，又无法说服不知情的他人。可这滴水会是什么呢？他们极其真诚地问道。或许是一只老鼠？一只从地窖溜出来的蟾蜍？不，不是。

那么，他们仍坚持问道，是有什么寓意吗？是象征死亡吗？还是预示某种危险？或者代表已逝的岁月？不，完全不是，先生们：它只是一滴水，只是一滴会爬楼梯的水。

或者从某种更巧妙的角度来想呢？它描绘的是美好的梦想或幻想？还是传说中幸福的遥远国度？总之是某种充满诗意的东西？不，绝对不是。

再或者，是我们永远无法到达的，世界上最遥远的地方？不，我告诉你，不是开玩笑，它没有双重含义，只是单纯的一滴水，并且应该是喜欢在晚上爬楼梯的一滴水。

滴答，滴答，一步一步，一层一层。神不知鬼不觉，令人害怕。

13
战争之歌

国王从用钢铁和钻石制成的大工作台上抬起头。

"我的士兵们在唱什么破歌？"他问。

实际上，外面举行加冕典礼的广场上，各个营的将士们正一边高歌一边朝边境进发。对他们来说，这次任务轻而易举，因为敌人已经溃败而逃。茫茫草原，千里征程，他们必将载誉而归。

国王也无比自信，想到自己身强力壮，仿佛世界都触手可得。

"是他们的军歌，陛下。"丞相回答。他也身穿钢铁铠甲，因为这是战争纪律。国王说："他们就没有稍微高兴点的歌吗？施罗德不是为我的军队写了好几首非常好听的歌吗?我听过,那才能称得上军歌。"

"您有何吩咐,陛下?"老丞相回答。他的驼背被沉重的兵器压得更弯了,"士兵们有他们自己的执着,有点孩子气。即便我们把世界上最动听的歌曲交给他们,他们也还是更喜欢自己的歌。"

"可这根本不是战争歌曲,"国王说,"甚至可以说,他们唱歌的时候还有一丝悲伤。我觉得这毫无理由。"

"我倒不觉得,"丞相露出谄媚的笑容说,"也许只是一首情歌,没什么其他的寓意。"

"歌词是什么?"国王坚持道。

"这我不太清楚,"老伯爵古斯塔沃回答,"我会命人向您汇报。"

军队抵达了边境战场,所向披靡,敌人闻风而逃。疆域不断扩大,胜利的吼声席卷了整个世界,但马蹄声离王国的银色圆顶越来越远,最终消失在广袤的平原上。不知名星座下的营帐里,总是传来同一首歌:不喜、不悲,无关胜利,无关战争,只是充满苦涩。士兵们吃饱喝足,穿着柔软的服饰、亚美尼亚皮靴和暖和的皮衣。战马奔驰在浩浩荡荡的战场上,越行越远,背上的敌军旗帜也越来越重。

但将军问:"这些士兵在唱什么破歌?就没有更高兴点的歌了吗?"

"他们天生如此,将军,"总参谋部的人立正回答,"都是很优秀的年轻人，就是比较固执。"

"这可不是什么好的固执，"将军一脸不快地说，"唱得跟哭一样。他们还想怎样？还有什么不满意吗？"

身为胜利者的士兵们，每个人都应该很高兴，怎么可能还别有所求呢？接二连三的胜仗，丰富的战利品，数不胜数的女人，即将到来的凯旋。那些英俊且充满活力的年轻面孔，仿佛已经预示着敌军将永远从这个世界消失。

"歌词是什么？"将军好奇地问。

"啊，歌词！都是些蠢话。"总参谋部的校官们回答。出于古老的习俗，他们仍然保守且时刻警惕。

"愚蠢与否，都说来听听。"

"确切来说，我也不知道，将军。"其中一个人说。

"那你呢，迪勒姆，你知道吗？"

"这首歌的歌词吗？我也不知道。但玛伦队长，他一定……"

"这不是我的强项，上校先生，"玛伦回答，"不过，或许我们可以问问彼得斯元帅，如果您批准……"

"去吧，快去，不要废话了，我敢打赌……"但将军最后还是没有把话说完。

彼得斯元帅像竹竿一样站得笔直，有些激动地回答："尊敬的将军，第一段是这样的：穿过田野和村庄，鼓声已奏响，岁月流逝，归途无期，归途无期。然后是第二段：何去何从……"

"什么？"将军问。

"'何去何从'，歌词是这样的，尊敬的将军。"

"'何去何从'是什么意思？"

"我不知道，尊敬的将军，但就是这样唱的。"

"好吧，然后呢？"

"何去何从，岁月流逝，我把你留在，把你留在，十字架旁。然后是第三段，但几乎没有人唱，歌词是……"

"够了，足够了。"将军说，然后元帅向他行了个军礼。

"听起来不太愉快，"下属离开后，将军评论道，"不管怎样，至少不适合战场。"

"的确不适合。"总参谋部的校官随即附和道。

每天晚上，当战斗结束，硝烟仍未退散时，信使就已快马加鞭，把战胜的喜讯带回城去。城里国旗高挂，男男女女在街上争相拥抱，教堂的钟声不绝于耳。然而，凡是晚上经过城市偏远街区的人都能听到有人在唱歌，男人、女孩、女人，还是同一首歌，不知开始于何时。歌声十分悲伤，饱含许多无奈。年轻的金发女郎倚靠在窗台上，怅然若失地不停唱着，唱着。

世界历史上，即便往前追溯几个世纪，都找不到类似的辉煌战绩。从未有过如此幸运的军队、如此勇猛的将军、如此迅速的进攻，也从未有如此多的土地被征服。哪怕是最低等的步兵也终会变成富有的绅士，有万贯家财可以尽情享用。在大家的期望中，边境已经不复存在。城里已然一片举国同庆的景象。每到夜晚，人们把酒当歌，就连乞丐都翩翩起舞。但觥筹交错之间，朋友们都会合唱一首歌。"穿过田野和村庄……"他们这样唱着，唱着，也自然而然地唱起第三段来。

每当新的军队穿过加冕典礼的广场奔赴战场时，国王都会从一堆羊皮卷和法令文书上抬起头来，聆听一会儿。但他不理解为何歌声总令他感到不快。

穿过一片片田野、一座座村庄，年复一年，军队越行越远，但归期仍然未知。之前打赌战争即将结束、幸福生活即将来临的人终究还是输了。战争，胜利，胜利，战争。现在，军队在无比遥远的土地上前行，遥远得令人难以置信，遥远得连名字都叫不出来。

14

霍尔姆哈格的国王

这是在帝王谷以外的霍尔姆哈格地区发生的事情,具体地点位于梅内法塔二世宫殿的挖掘工地。

挖掘项目负责人吉恩·勒克莱尔是一位年迈却堪称天才的人,他收到了一封来自古物服务局秘书的来信,信上称一位备受瞩目的杰出外国考古学家——曼德兰尼科伯爵将登门拜访。

勒克莱尔不记得有哪位考古学家名叫曼德兰尼科。他认为此人在信中被提及的名望并不是依靠实际成果获得的,也许只是得益于某种高级血统。

但他并没有感到厌恶。十天来他都是独自一人,他的伙伴度假去了。在如此偏僻的地方能见到一个基督徒,还对自己的破石头感兴趣,也不是什么令人不快的事。

他派了一辆卡车到阿克海姆搬运物资,并在一个可以俯瞰整片挖掘现场的木凉亭下,建了一座堪称高雅的小餐厅。

在那个闷热的夏日早晨,渺小的希望随着沙漠朝阳的升起而诞生,又融化在炎炎烈日之中。就在前一天,在第二座内部庭院尽头的一堆横七竖八的柱子中间,一块刻有碑文的石碑从泥沙里冒了出来。在历经数百年的黑暗后,这块石碑备受关注。因为迄今为止,人们对梅内法塔二世国王仍一无所知,而它就是最好的见证。碑文上提到的"各国国王曾两次从北方诸地和沼泽而来,向代表生命、健康和力量的法老陛下跪拜",可能是指尼罗河诸侯的臣服。还有"战败者在寺庙门外等候象征着生命、健康和力量的阿蒙之子梅内法塔,他们头戴崭新的香油假发,手捧鲜花花环,但目光异样,四肢不受控制,双耳不听命令,言语毫不恭维……",可惜由于前一天晚上油灯灯光微弱,其他内容还没被破译出来。

现在,尽管勒克莱尔不再像以前一样重视学术成果和名望,但这一发现仍让他有一种由衷的喜悦。他遥望东方,面朝无形的河流,视线尽头的行车道消失在一望无际的砂岩阶地中。考古学家扬扬得意地要向不知名的客人宣布这一惊世发现,就像人们都喜欢将好消息传递给他人一样。

还不到八点,他看到一股旋风从遥远的地平线升起、落下,然后升得更高、幅度更大,在纯净静止的空气中如海浪般翻涌。

一阵风吹来，勒克莱尔那头艺术家般的白发在风中飘舞，一并而来的还有嗡嗡的引擎声。陌生人的汽车即将抵达。

勒克莱尔冲门口的两个小伙子拍手示意，两人便跑到围栏门口，挪开了坚实的大门横梁。没过一会儿，汽车便开了进来。勒克莱尔立即注意到了汽车的车牌，是外交使团的标志，不禁有些失望。汽车刚好停在他面前。先下来了一位年轻人，勒克莱尔觉得自己一定在开罗的某个地方见过他；接着是一位棕色头发、神情严肃的先生；最后是一位行动迟缓的矮胖老头儿，脸跟乌龟似的毫无表情。勒克莱尔这才明白，最后这位才是真正的宾客。在棕发先生的搀扶下，曼德兰尼科伯爵下了车，拄着拐杖朝工地走去。直到这时，似乎没人注意到勒克莱尔的存在，尽管勒克莱尔的白色大衣和臃肿的装束尤为引人注目。终于，第一个下车的年轻人朝他走去，用法语介绍，他们是宫廷卫队的中尉阿弗格·克里斯塔尼和范丁男爵（显然后者指的是那位棕发先生），并称他们很荣幸（谁知道为何如此一本正经）能陪同勒·孔德·曼德兰尼科先生来此进行"备受瞩目的"参观拜访。

这时，勒克莱尔突然认出了来宾：流亡到开罗的外国国王，埃及报纸经常刊登他的照片。杰出的考古学家？这么说来，也不是骗人的。埃及学家回忆，国王年轻时就表现出对伊特鲁里亚学的浓厚兴趣，并曾正式公开支持相关研究。

于是，勒克莱尔略显尴尬地走上前去，友善地鞠了个躬，脸蛋微微泛红。宾客挤出一丝笑容，嘀咕了几句，与他握手。然后介绍了其他几个人。

勒克莱尔很快便如释重负。

"这边走，请往这边走，伯爵先生，"他一边领路一边说，"我们最好现在就开始参观吧，再晚些天就热了。"他用眼角瞥了瞥，注意到镇定的范丁男爵向伯爵伸出了手臂。但老人几乎是愤怒地拒绝了他，只身迈着小碎步往前走。年轻的克里斯塔尼把一个白色皮包夹在腋下，紧随其后，笑容灿烂。

他们来到了一片岩脊上。那里，两面峭壁中间恰好有一面长长的斜坡。底部张开，就像一个又大又平的坑；中间是一根破碎的柱廊，岿然不动；旁边则是古代宫殿的外墙。

中庭和入口处的残垣断壁东倒西歪地交叠在一起，在这片死气沉沉的风景中向世人揭示，这里曾经也是人类的王国。

勒克莱尔郑重地向他们解释挖掘项目的难度之大。在挖掘初期，一切都被埋在沙石之中，就连立柱和三角墙的最顶端都看不见。他面对的是一座完全由建筑材料堆砌而成的小山，因此他首先要把这座小山挖开、搬走，某些地方甚至有20米的垂直落差，一直要挖到建筑物的底层为止。而目前这项工作才进行到一半。

"塔辛迪迁乔坦凝恰迪来沃……？"曼德兰尼科伯爵用沙哑的声音问。他的嘴一张一合，很是奇怪。

勒克莱尔一个字都没听明白，迅速看向神情严肃的男爵求助。男爵似乎对这种状况早已驾轻就熟，因为他立马面不改色地翻译道："孔德先生想知道挖掘进行了多久。"言语之中隐约有一丝不屑，仿佛老国王这样讲话完全合情合理，谁大惊小怪谁就是白痴。

"七年了，伯爵先生，"勒克莱尔怯生生地回答，"我很荣幸从揭幕开始就能亲眼见证……就在这里，现在我们从这里下去，这是唯一一处路不太好走的地方。"说着，他瞥了一眼年迈的伯爵和打滑的斜坡，不免感到尴尬。

男爵试着再次伸出手臂，这次没有被拒绝。他与伯爵以相同的速度一起沿着斜坡往下走，勒克莱尔走得也非常缓慢。斜坡陡峭，气温越来越高，阳光下的影子不断缩短。尊贵的客人轻轻抖了抖左腿，抖落白色皮鞋上的灰尘。大坑的尽头传来有节奏的敲击声，像是锤子击打的声音。

他们来到底部后就看不见工地上面的棚屋了，塔被山脊完全挡住；只能看到古老的大石块，以及周围林立的残垣断壁。

他们面朝西边沿着斜坡往上走，眼前出现了一座真正的山丘，比以往任何时候都显得光秃，完全暴露在阳光下。

勒克莱尔彬彬有礼地向大家解释，曼德兰尼科伯爵时不时机械地点头表示赞同，但可以说他并没有在听。这里是门口的柱廊、狮身人面像门柱、精雕细刻的浮雕（随着时间的流逝已经磨损了一半），还能辨认出上面描绘的是神灵和君主。古城墙如大山一般岿然不动，对旁人的到来无动于衷。然后，陌生人发现天空中的奇异云彩正从非洲中心缓缓上升。云朵的上下方都被截断，好像有一把刀将它们径直切开，只有侧面才显现出柔软的泡沫旋涡。出于稚气的好奇心，伯爵用拐杖指了指它们。

"沙漠上的云，"勒克莱尔解释道，"没有头也没有腿……就像被两个盖子压扁了一样，是吧？……"

伯爵注视了他片刻，仿佛忘了法老之事，然后转向男爵问了些什么。

男爵露出疑惑和内疚之意，连连道歉。可以猜得到，范丁忘了带相机。老伯爵毫不掩饰自己的愤怒，转过身去。

他们进入了第一座宫殿。它已被完全摧毁，只能从石头和碎片的对称排列大致猜出柱廊和墙壁曾经的位置。但是底部两座巨型斜顶塔楼仍矗立在原地，由一面低矮的凹墙相连，那里还有一扇大门打开着。

这是宫殿内部的三角墙，勒克莱尔指了指两面墙上描绘的巨型浮雕人物：激战中的梅内法塔二世。

一位身穿白色长袍的老人从圣殿中走了出来，来到勒克莱尔身边，兴奋地跟他说起了阿拉伯语。勒克莱尔笑着摇了摇头。

"抱歉，他说什么？"克里斯塔尼中尉好奇地问。

"他是我的助手，"勒克莱尔回答，"希腊人，知道的比我还多，从事挖掘工作至少有三十年了。"

"可是发生了什么事？"克里斯塔尼坚持问道。他从他们的谈话中看出了一些端倪。

"都是老生常谈了，"克里斯塔尼回答，"他说今天神灵有些躁动不安……每当进展不顺利时他都会这么说……有一块巨石他们搬不动，从车上滑下来了，现在他们得重新做一辆绞车。"

"躁动不安……嗯……嗯……"曼德兰尼科伯爵突然精神起来念叨道，不知是什么意思。

随后，他们进入了第二座庭院，这里也完全变成了荒芜的废墟。只有位于右侧的巨柱仍然岿然矗立,从零星的碎片中可以想象出庭院曾经雄伟的轮廓。最里面,大约有二十个小伙子在工作。他们看到伯爵这行人时,就像疯了似的,兴奋地手舞足蹈、大喊大叫。

外国国王又看了看沙漠上空的奇异云彩。

它们似乎在不断聚集,准备变成一片静止且沉重的巨型云朵。

阴影从西面山上掠过。

勒克莱尔和身后的助手把客人带进了右边的边厅,这是唯一一处保存较好的地方。那是一个丧葬礼拜堂,屋顶仍在,只是遍布着裂缝。他们走到屋顶下的阴影中。伯爵脱下了厚重的帽子,男爵立即递来一块手帕让他擦汗。阳光从从缝隙里透进来,炽热的光斑落在浮雕上,仿佛想唤醒它们。四周影影绰绰,肃穆神秘。透过半明半暗的光线,可以瞥见两侧宝座上高大而僵硬的雕像和挂在腰带上的头颅,让人不禁领略到帝国的严酷与庄重。

勒克莱尔指了指一个手臂残缺但头颅几乎完整的雕像,它的神色贪婪邪恶。走近时,伯爵才发现那其实是一只鸟的脸,只是喙断了。

"这座雕像很有意思。"勒克莱尔说,"是托特神。至少可以追溯到第十二王朝。既然它被搬运到这里,说明一定很珍贵。法老们曾问它……"说到这里,他突然停下来,竖起耳朵一动不动。事实上,他听到了些声音,但不确定是从哪里传来的,是一种沉闷的沙沙声。

"没什么，是沙子，可恶的沙子，我们的敌人。"勒克莱尔恢复了神色，继续说，"很抱歉……据说诸位国王在出征之前都会向这尊雕像征询意见，某种神谕……如果雕像静止不动，就表示否定……如果它摇摇头，则表示赞同……有时这些雕像还会说话……谁知道声音是什么样的……只有国王才能聆听……因为国王也是神……"说着他转过身，怀疑自己可能失言了。但出乎意料，曼德兰尼科伯爵注视着雕像，似乎十分感兴趣。他甚至用拐杖的一端碰了碰斑岩底座，仿佛想试试它牢不牢固。

"顿恰来杰尼佳诺安特诺嘉里？"终于，他用难以置信的语气问。

"孔德先生问，国王是否都是亲自来询问这些雕像的。"男爵猜想勒克莱尔完全听不懂，便主动翻译道。

"没错，"考古学家满意地肯定道，"据说，至少传言是这样说的，托特还真的回答了……而且这里，就这里，底部的碑文也有记载……你们是第一个见到这些碑文的人……"他张开双臂，一动不动，姿势略显夸张，再次竖起耳朵聆听起来。

所有人都下意识地保持沉默。周围再现了神秘的沙沙声，仿佛几个世纪的岁月在缓缓地包围这座圣殿，试图重新将其埋葬。

光线变得越来越垂直，几乎已经平行于立柱边缘，直射到地面了。但光不再像之前那样强烈，天空也乌云密布，变得昏暗起来。

勒克莱尔刚要开始解说时，男爵瞥了一眼手表。十点半。天气已变得酷热难耐。

"先生们，要不我们过会儿再继续参观？"勒克莱尔友好地问，"我为大家准备了午餐，十一点半可以用餐……"

"午餐？"伯爵语气生硬地问，然后转头对范丁说，"可我们一会儿就要出发……最迟十一点，最迟了……"

"所以我没这个荣幸了……？"勒克莱尔落寞地说。

男爵赶紧用更圆滑的语言打圆场："真的非常遗憾……您的好意令我们很是感激……但实在是没有时间……"

埃及学家很不情愿地精简了介绍，跳过了许多对他而言非常重要的内容。随后，这一小群人便跟着他准备返程。太阳已经完全被乌云遮蔽，天空中宛若有一条红毯铺开，给人一种不祥之感。

这时，伯爵对范丁轻声说了几句话，范丁便先行离开了。勒克莱尔以为老人想上厕所，于是也和另外两个人朝出口走去。伯爵独自一人站在这些古代雕像之间。

勒克莱尔走到外面，抬头仔细瞧了瞧天空：一种奇怪的颜色。这时，一滴水滴到了他的手上。下雨了。

"下雨了，"他惊呼道，"已经三年没下过一滴雨了！……这在以前可是个坏兆头……因为如果下雨，法老们就不得不推迟行动……"

他转身准备把这个特别的消息告诉留在圣殿的伯爵，然后他看见伯爵正站在托特的雕像前对它说话。考古学家听不到声音，但清楚地看到他的嘴巴像乌龟一样奇怪地一张一合。伯爵先生在自言自语吗？还是真的像古代的法老一样在请教天神？可他会问些什么呢？

如今没有战争可以打，没有法律可以颁布，没有计划也没有梦想。他的国家在海洋的另一头，已经不复存在。

无论如何，都已然如此。

剩下的都是艰难冗长的日子，但已经别无选择。那么是何种执念让他敢于征询众神呢？或者，他很健忘，已经不记得曾经发生的事，还幻想自己的生活能像遥远的过去一样美好？又或者，他只是开个玩笑。

不，他不是这种人。

"伯爵先生！"勒克莱尔突然焦急地大喊，"伯爵先生，我们在这儿……外面开始下雨了……"

可惜太迟了。圣殿里传来一个可怕的声音。

勒克莱尔脸色惨白，范丁男爵下意识地后退了一步，腋下的白色皮包掉落下来。雨停了。

是空心木头滚动的声音，或者是沉闷的鼓声，似乎从托特雕像传来。然后，变为空洞的呻吟声，连续不断，就像骆驼分娩时的哭声一般，甚至更糟。

仿佛里面是一座地狱。

曼德兰尼科伯爵仍然目不转睛地看着雕像，没有任何后退或者逃跑的意图。托特的喙已经张开，露出一丝窃笑，喙的两个残片野蛮地一张一合。最恐怖的是，雕像的其余部分仍是静止不动的，毫无生命的迹象。声音从喙中传出，神灵说话了。寂静之中，他嘶哑的诅咒（至少听起来是这样）引发了阴郁的共鸣。

勒克莱尔双腿发软,一步也抬不起来。前所未有的恐惧让他的心狂跳不止。伯爵?伯爵怎么能受得了?也许因为他也曾是国王,可以像已逝的法老一样不受影响?

可现在,那个声音在一阵低吟后不见了,消失了,只留下可怕的沉寂。直到这时,老伯爵才动起身子,迈着蹒跚的小碎步朝门口走去,不紧不慢,不见丝毫畏惧。他走到大惊失色的勒克莱尔身边,不住地点头称赞:"太精巧了,真是太精巧了……可惜也许弹簧坏了……毕乔那瓦恰丝塔布里齐卡塔……"

但这次,男爵没有翻译他最后的那句胡言乱语。甚至在这个老头儿的威严下,男爵始终沉默不语,仿佛对生命的奥秘充耳不闻,甚至不知道神灵曾开口对他说话。

"是神谕,"最终,勒克莱尔含糊其词地说,"您没听到吗?"

满脸皱纹的君主抬起头,用专横的语气说:"呓话!都是呓话!"(他想说的是"蠢话"?)

突然,他又皱了皱眉问:"汽车备好了吗?已经不早了,不早了……范丁?"看起来有些愤怒。

勒克莱尔努力克制住自己,困惑地打量着他,心情复杂,介于惊恐和仇恨之间。突然,挖掘工地爆发出雷鸣般的诅咒声。伙计们惊慌失措地叫喊,助手尖叫着从圣殿后面冲了过来。

"什么声音?发生什么事了?"范丁惊慌地问。

"是山体滑坡,"年轻的克里斯塔尼回答,"一个伙计被埋到土里了。"

勒克莱尔握紧拳头。为什么那个外国人还不走?

他还没玩够吗？为什么要唤醒已经沉睡千年的咒语？

事实上，曼德兰尼科伯爵已经离开，正沿着斜坡往上爬。与此同时，勒克莱尔注意到烧焦峭壁周围的沙漠正在移动。到处都是一个个小滑坡，像机警的野兽一样悄无声息。它们沿着小山谷、运河、沟壑，在阶地上一层一层往下滚落，时而停止，时而继续，朝着已被埋葬的古迹不断爬行。没有一丝风。随后，汽车引擎的隆隆声令人稍稍放下心来。

在正式告别和感谢之后，伯爵面无惧色地匆匆离去。

他没有问为什么伙计们大喊大叫，没有看一眼沙子，也毫不关心脸色煞白的勒克莱尔。汽车驶出围栏，驶入尘土飞扬的小路，最终消失不见了。

勒克莱尔独自留在山脊上，凝视着他的王国。

沙子受一种神秘力量的驱使，仍在不断滚落。他看到伙计们慌乱地跑出宫殿，四处逃散，神色惊恐，然后几乎都莫名地消失了。身穿白色大衣的助手怒气冲冲地吼叫着，试图让他们冷静下来，但只是徒劳罢了。

然后，他也沉默了。

此时，可以听到沙漠不断前进的声音：成百上千种沙沙声交融在一起。已经有少量的沙子顺着斜坡滑下，一直滑到第一根柱子的基座，在彻底把整个基座埋葬后，又开始朝第二根柱子进发。

"我的上帝啊，"勒克莱尔喃喃自语，"我的上帝啊。"

15

世界末日

一天早上十点左右,城市上空出现了一个巨大的拳头。它慢慢地张开爪子,像一顶巨型天棚,岿然不动。

它看起来像石头,又不是石头;看起来像肉,又不是肉;看起来像云,但也不是云。是上帝之手——世界末日到了。然后,它发出了呜咽声,再是尖叫声。声音蔓延到居民区,直至变得急促而可怕,陡然上升,像喇叭一样。

这时,阳光灿烂,路易莎和彼得正在一个小广场上,周围是梦幻的宫殿和花园。但在一望无际的高空,那只手始终悬挂着。随着恐惧的惊叫声,窗户纷纷打开,而最初出现在城里的尖叫声逐渐减弱。衣着暴露的年轻女士们纷纷抬头仰望天空的异象。人们都从屋里走了出来,大多是小跑着,觉得有必要搬家,至少要做些什么,但不知道该往哪儿去。路易莎突然嚎啕大哭起来。"我就知道,"她一边抽泣,一边结结巴巴地说,"最后会是这样的……什么教堂,什么祈祷……我从来都不在乎,都不在乎,现在呢……我就有预感最后会变成这样!……"彼得该说些什么才能安慰她呢?

他也像个孩子一样开始哭泣。而且,大部分人都在流泪,特别是女人。只有两个活泼的小老头儿(修道士),如愿以偿般地离开了:"聪明人的时代终于结束了!"他们欣喜若狂,迈着欢快的步伐,不断对路过的名人要士说:"你们不再是聪明人了吧?现在聪明人轮到我们做了!"(咯咯笑)。"我们总是被当成白痴、傻瓜,现在让你们瞧瞧谁才是聪明人!"他们俩高兴得像小学生似的,穿梭在越发密集的人海之中。人们愤怒地看着他们,却不敢反抗。最终,两个修道士消失在一条小巷子里。几分钟后,一位先生下意识地加入到尾随他们俩的队伍中,他突然拍了下脑门,好像错过了一个难得的机会:"我的天哪!"想到可以抓住那两人向他们忏悔,又说:"该死!我们是多愚蠢啊!就在眼皮底下,还让他们跑了!"可谁能追上那两个活泼的小修道士呢?

女人们,甚至是傲慢自大、身强力壮的大男人,都骂骂咧咧地从教堂回来,满脸失望和沮丧。因为最优秀的祭司都已消失不见,可能是被最高政府和实力雄厚的企业家抓获。太奇怪了,金钱竟然又神奇地保留了他们的某些声望，即便在世界末日。对，世界末日，谁知道呢，或许还剩几分钟、几小时，说不定几天。至于那些留下的祭司，也想都不用想了，各个教堂都已被受惊的人群围得水泄不通。有人谈论着因过度拥挤而造成的严重事故；有人谈论着伪装成神父的骗子，他们可以提供上门聆听忏悔的服务，并收取高昂的价格。另一方面，年轻夫妇们不再受到礼教的约束，纷纷躺在花园的草地上，旁若无人地再做最后一次爱。与此同时，尽管阳光灿烂，但人们面如土灰，更加令人恐惧。

此时流言四起，有人称灾难已近在咫尺，有人保证中午之前一定会发生。

这时，一位年轻的牧师正站在一座略高于街道的高雅凉廊里（可以从两段扇形楼梯进入）。他低着头匆匆走过，似乎害怕得恨不得马上离开。很奇怪，这个时候，在这座住满妓女的豪宅里竟然还有一位牧师。"是牧师！牧师！"从某个地方传来了叫喊声。突然，在他逃离之前，人们如铜墙铁壁般把他拦截了下来。

"快听我们忏悔，听我们忏悔！"人们叫嚣着。他脸色苍白，被拖拽到了凉廊外一处用作布道坛的高雅小楼里，似乎是故意安排好的。

数十个男男女女成群结队地从下面闯入，沿着柱子和围栏边缘从装饰壁架爬上来，倒并不太高。

牧师开始聆听大家的忏悔。很快，那些陌生人滔滔不绝的肺腑之言就如潮水般向他涌来（如今他们已经毫不在乎其他人是否也会听到）。临结束前，他用右手简短地比画一个十字架的手势，宣告免罪，然后又马上接待下一位有罪之人。但有多少人啊。牧师茫然地环顾四周，估算着那些争先恐后想要消除罪恶的人，但人数还在不断增加。路易莎和彼得好不容易挤到了最前面，终于轮到他们了，于是他们竭尽全力把嗓门提到最高。"我从来没做过弥撒，我说了谎……"小女孩满脸羞愧地大喊，生怕来不及，"还有您认为的一切错事……一切错事……我来这里不是因为害怕，请您相信我，只是因为我想离上帝更近一些，我发誓……"她坚信自己是真诚的。

"主会宽恕你的……"牧师喃喃自语，然后轮到彼得。

但一种难以言喻的焦虑感仍在人群中不断发酵。一个人问："离最后的审判还剩多久？"另一个消息灵通的人看了看手表，信誓旦旦地回答："十分钟。"牧师听到他的声音，突然想要撤离。但是，永不满足的人们把他死死按住。他几乎快疯了，这些忏悔之词显然都变成了混乱且毫无意义的杂音。他接二连三地比画着十字，嘴里不断机械地重复着："主会宽恕你的……"

"只剩八分钟了！"人群里传出了一个男人的声音。牧师浑身颤抖，在大理石上直跺脚，就像孩子们撒娇时那样。"那我呢？我呢？"

他开始绝望地哀告。这些该死的人剥夺了他自己对灵魂的救赎，魔鬼会把他们全部带走。可是如何摆脱呢？如何聆听自己的忏悔？他急得快哭出来。"那我呢？我呢？"他质问对天堂趋之若鹜的数千民众。但没有一个人理睬他。

16

给两位真正绅士的有用线索
（其中一名被暴力致死）

1月16日晚上十点，一名男子走在菲奥伦佐拉路上。他叫斯特凡诺·康森尼，大约35岁，穿着讲究，左手拿着一个白色小包。此时路上已空无一人。突然，他听到周围有什么声音，就像嗡嗡的苍蝇在耳边飞一样。可是现在已是寒冬，这么冷的天还有苍蝇？

他很惊讶，不停挥舞着手臂想把它们赶走。

可嗡嗡声却越来越近。直到某一刻，他似乎听见有人说话，声音非常细微，就像有时候打电话时把听筒扔在桌上，而对方却仍在继续讲话的声音。他环顾四周，心跳不禁加快起来。街上空荡荡的：一侧是房屋，另一侧是铁轨的围墙，路灯都已亮起，可他连半个人影都没看到。

"是谁？"最后，当他发现无论如何都赶不走那些奇怪的嗡嗡声时，只能鼓起勇气怯生生地问。

康森尼有些不知所措。他想，一定是自己晚上喝太多了，但并不是。他感到一阵恐惧向他袭来。

声音是如此细微，就在某个地方。如果是人类的声音，距他最多不会超过二十厘米。他努力振作起来："好了，臭苍蝇，让我看看是谁？"

"嘿，嘻嘻！"另一个不同于之前的声音从他右侧很近的地方传来："嘿，是我们，我们可小了呢！"

斯特凡诺·康森尼警惕地抬起头，朝周围的房屋看去，想确定声音是否是从某个窗口传来的。但所有的门窗都紧闭着。

"没错。"这时，最初的那个纤细的声音说，带着一种可笑的严肃与认真："马克斯，你为什么不告诉他？（显然他在和他的同伴说话。）我是彼得康迪·朱塞佩教授……叫我朱塞佩就行……这位打扰到您的是我侄子马克斯，马克斯·阿迪诺尔菲。如果方便的话，我们能否有幸知道您的名字？"

"康森尼，我叫康森尼。"男人粗声粗气地说，仍然一头雾水。然后，他思考了片刻问："你们……不会是鬼魂吧？"

"呃……从某种意义上来说，"彼得康迪承认道，"也可以这样称呼我们……"

"嘿，嘻嘻！"马克斯欢呼雀跃，用更为纤细的声音说，"我们，我们小着呢！昨晚您应该就听到我们的声音了……应该听到了，声音比现在大多了……"他笑得前仰后合。

"什么意思？"康森尼渐渐平静下来，问。

"事实上，"彼得康迪谦卑地说，"我们的身体会逐渐虚弱。我们在这里最多只能待二十四小时，所以很快就会消失。从午夜开始我们就在四处转悠了……还剩两个小时的时间，亲爱的先生。"

"啊，哈！"听到这里，康森尼笑了笑，终于放下心来。

（不管怎样，这些鬼魂最多只能待到午夜，说不定还能变成日后吹牛的谈资。）因此，他一脸轻松地说："所以，彼得康迪教授……"

"天哪，不错呢，"教授打断了他，"您的接受能力真强，记忆力真好，这么快就记住了我的姓名。"

"这个……"康森尼有些尴尬地继续说道，"我刚想说，您的名字我想不起来了。"

"嘻嘻！"侄子马克斯毫不客气地在他的左耳旁窃笑，"听到了吗，叔叔？他想不起来了！他可真厉害呢！"

"好了，马克斯，"彼得康迪竭尽全力喊道，尽管声音依旧微乎其微，"康森尼先生，谢谢您。事实上，我可以毫不谦虚地告诉您，我曾经是一名优秀的外科医生。"

"挺不错啊，"男人心想，"现在我还真想找点乐子了。"于是，他压低声音一字一句地说，"请问有什么事呢，教授？"然后他又强调道，"请问您找我有什么事吗？"

16 给两位真正绅士的有用线索（其中一名被暴力致死）

"噢,"外科医生彼得康迪解释道,"我们是来这儿找一个人,有笔小账要跟他算。您知道吗?我很不幸,是被谋杀的!"

康森尼惊讶地问:"被谋杀?您吗?为什么?"

"因为遭遇抢劫。"那个小声音干脆而认真地回答。

"什么时候?在哪里?"康森尼不假思索地问。

"就在那个角落里,那个角落……确切地说是两个月前……"

"啊,天哪!"康森尼从没碰到过这么有意思的事,"所以……现在您来找他了……您是来找他的……"

"没错,先生,如果您……"

"可是,"康森尼张开双腿摆出挑衅的姿势,"即使您找到了他,您又能……"

"嘻嘻!"年轻的马克斯冷笑着说,"没错!我们现在这么小!上帝啊,我们怎么变得这么小!"

"康森尼先生,您的意思是,"教授异常冷静地继续说,"我能怎么样呢?坦白说,我明白您的意思……我承认如果我找到他……"

"对,没错,"康森尼笑着说,"我刚就是想问这个……"

但这时,整条街道突然陷入了一片无边的寂静之中。康森尼疑惑不解地等待着,有些不安。

"咳,咳!"最后,彼得康迪清了清嗓子说,"您这么问的话……首先,我们可以吓唬他。像您这样的人一定是问心无愧的,而他就另当别论了!如果换作他听见我说话,康森尼先生,您不觉得他会吓得不轻吗?"

"呃,"康森尼忍不住笑了,"当然,他应该会觉得有些尴尬,我觉得……"

"对,没错……然后……"

"然后,"侄子马克斯气鼓鼓地说,"然后,我们还可以预测未来……"

"预测未来?"康森尼一脸疑惑地问,"什么意思?"

"马克斯的意思是,我们可以把那个浑蛋的未来告诉他。"

"万一他的未来很美好呢?"康森尼反驳道,然后他点了一根烟,微微低了低头,补充道,"希望你们不介意我抽根烟……"

"没有人,"彼得康迪说,丝毫不在意抽烟这事,"没有人的未来是真正美好的。例如,如果一个人知道他什么时候会死,康森尼先生,我相信单凭这个就会让他的余生都痛苦不堪。"

"啊,教授,这么说的话确实!您觉得冷吗?走一走可能会暖和些……"说着他走动起来,边走边用手在耳畔挥了挥,就像是要把令人难以忍受的马克斯赶走一样。

"啊哈哈!"马克斯禁不住大笑起来,"叔叔,快让他别给我挠痒痒啦!"

康森尼走了大约二十步。从远处,很远处,传来微弱的电车声。

"然后呢?"康森尼左耳里的彼得康迪问。

"然后,当然……我不知道……也许……给一些有用的线索……亲爱的教授,也许我可以给您一些有用的线索……"

"嘻嘻!"马克斯笑得合不拢嘴,"听到了吗,叔叔?一些有用的线索,听到了吗?这个人还真是搞笑呢!"

"笑够了吗?"康森尼停下来,生气地抱怨道。

"嘻嘻!"马克斯又笑了,但几乎没有出声,"抱歉,先生。能告诉我这个包里是什么吗?能告诉我吗?"

康森尼沉默不语。

"是甜点吗?"马克斯猜测道,"看起来像一包糖果。是吗?"

康森尼仍没有回答。他思考了片刻,然后用一种嘲讽的语气说:"抱歉,教授,可你们不是应该好好利用这二十四小时吗?如果是我的话,我宁愿做一些有意思的事……"

"什么有意思的事?"

"周围肯定有小姑娘吧!……我的意思是,跟你们一样小的,比如藏在短裙里,哈哈……那简直太棒了。"

"可是,"彼得康迪一脸严肃地解释道,"我没有这种爱好……总之,我们是不可能考虑那些事的,明白吗?"

"啊,哈!"康森尼又笑了,"不过……不过万一女孩放了个屁怎么办?想象一下,教授,您的第一反应会是什么?想象一下?"说着,他不顾形象地捧腹大笑起来……

只有马克斯,尽管有些后知后觉,也跟着他一起大笑起来,但仍然用他那讨厌的语气说:"嘻嘻!啊,没错,我们真是太小了!"

彼得康迪把对话拉回了正题:"康森尼先生,请您告诉我,您会给我什么有用的线索……我将不胜感激……可惜时间不多了……"

"对，对，"男人回答，"可以考虑……不过也得看情况……知道吗？我和警察关系非常好……"

"嘻嘻！"马克斯仍低声念叨着，"我们太小了，太小了……我们能预知未来……"

康森尼看了看手表。十点三十五分。

无论如何，即便是最糟糕的结果，他也将在一个半小时后得以解脱。

"好了，快说吧，叔叔。"这时马克斯插话道，语气还是一如既往地滑稽，"看康森尼先生：他鼻子旁边是什么？"

"对啊，"彼得康迪说，"我都没注意到……让我看看……对，有个红色斑点，对对，那个斑点可不是什么好东西……"

"什……什么意思？"

"康森尼先生，"教授解释道，"我一点都不喜欢这个斑点，坦白说，我并不想……您碰到它的时候会疼吗？"

"这个？"康森尼边问边用右手食指轻轻摸了摸它。

"会疼，是吗？"彼得康迪问，"多久了？"

"有什么问题吗？"康森尼的语气似乎不像之前那样肯定了，"大概有两个月了吧。"

"非常好，"彼得康迪用专业的口吻说，"所以，您是两个月前长的……的确很奇怪……"

"怎么了？什么意思？"

"这样情况就彻底变了，亲爱的康森尼先生。"

（他的声音如此细微，以至于男人不得不把头歪到一边才能听见。)"早知道是这样,我就不用费这么大劲儿了。"

康森尼停下了脚步,又摸了摸鼻子旁的红色斑点,忐忑不安地问:"跟这个有什么关系?"

"您还不明白吗?"教授坚持道,"没有任何区别了!"

"什么区别?"

"咱们之间已经没有区别了……亲爱的先生……"彼得康迪教授说。

马克斯扬扬得意地说:"我好像明白了,叔叔……可是也太不可思议了!他现在居然还活蹦乱跳的,可是……他逃不过的!"说着,空荡荡的街道上响起了一阵令人不快的细微的笑声。

"这到底是什么?能不能快告诉我?"康森尼恼火地说。

"是肉瘤,亲爱的先生。"彼得康迪冷冷地回答,"它就叫这个名字。谁都无能为力。"

"嘻嘻,相信吧,相信吧,"自以为是的马克斯笑嘻嘻地说,"我叔叔说的,肯定是准确的。只要是他说的,您完全可以相信……嘻嘻……我们可以预知未来,康森尼先生……"

"胡说八道!"男人一脸厌恶地大吼,"我可以去看医生!就算像您说的一样,我也会治好的,不用担心……"

"医生?嘻嘻!"马克斯窃笑道,"您还不明白吗?医生也无力回天……你已经是我们中的一员了。"

康森尼正要张嘴,马克斯又嘲笑道:"滚吧,带上你的糖果滚吧!"

"快跑啊,年轻人!去找些有用的线索吧!"

"真是世界之大无奇不有啊,"彼得康迪用严肃且几乎毫无波澜的语气说,"其实我早就认出你了,康森尼……你刚出现在街道尽头的时候我就认出你了……现在,你也就剩两个月的寿命了,最多超不过三个月……我们可以走了,侄子……"

康森尼把手放到衣领上,有些透不过气。

"我们很快就会见面的,年轻人,"马克斯无情地说,"我建议你再吃顿奶油意大利面!"

这次,彼得康迪也大笑起来,他看上去像一只大黄蜂。两个人一边咯咯窃笑一边离开,最后消失在了漆黑路堤上的铁路围墙后面。

"该死的!该死的浑蛋!"康森尼咒骂道,"你们两个!该死的!要是再敢出来我绝不会绕了你们!"

他茫然地环顾四周。悄无声息,一个人影也没有。只有一只老鼠从阴井盖上滑了下来。

他食指上的绳子滑落,白色袋子掉落到地上,发出了沙沙的声响。"该死的。"男人嘀咕了一声,然后又小心翼翼地抚摸了一下鼻子旁边的那个东西,很疼。

17

徒劳的邀请

　　我想让你在一个冬日的夜晚来找我,我们一起在玻璃窗后,观赏冰冷而孤独的街道,回忆我们曾共同度过的童话般的冬天。事实上,你我曾胆怯地走在梦幻的小路上,一起穿越满是狼群的森林,看尽塔顶的簇簇苔藓和在空中飞舞的群群乌鸦。我们在不知不觉中一起等待着即将到来的神秘生活,那是我们心中第一次涌现疯狂和温柔的欲望。"你还记得吗?"我们在温暖的房间里温柔相拥,互诉衷肠。当屋外的金属板被风吹得发出沉闷的声响时,你满怀信任地对我微笑。可是现在我想起来了,你并不知道那些关于无名国王、兽人和鬼屋的古老童话。你从未在会用人类声音说话的魔法树下经过,从未敲过废弃城堡的大门,从未在深夜朝着遥远的光亮前行,也从未在东方星空下的独木舟里酣然入睡。冬日的夜晚,玻璃窗后,我们可能会沉默不语。我沉醉于童话故事,你却在做其他我所不知道的事。然后我问:"你还记得吗?"你不记得了。

我想与你一起散步,在一个灰蒙蒙的春日,在某个星期日,去年的老树叶被风刮落在郊区的路上。在这样的地方,往往会诞生忧郁而伟大的思想。在特定的时间里,诗歌也由此诞生,把相爱之人的心紧紧凝聚在一起。希望也由此诞生,不知从何说起,源于房屋背后漫无边际的地平线,源于飞驰而去的火车,源于北方的云彩。我们只是手牵手走着,迈着轻快的步伐,聊着毫无意义、傻里傻气却又无比珍贵的事。直到路灯亮起,老旧的房屋里传来了城市里的惊险故事、冒险经历和令人向往的小说桥段。我们始终牵着手,沉默不语,因为默契的灵魂无须言语。可是现在我想起来了,你从来没有和我聊过毫无意义、傻里傻气却又无比珍贵的事,你也不喜欢我说的那些星期日,你的灵魂无法和我的默契交流,你无法识别城市的魔咒,也毫不关心那些从北方传来的希望。你更喜欢灯光、人群,更喜欢那些注视着你的观众和那些能遇见幸运的街道。你我截然不同,如果那天让你步行,你会抱怨自己很累。仅此而已。

我还想与你在某个夏日同去一座幽静的山谷,途中我们有说有笑,哪怕是一件芝麻大的小事都能让我们笑个不停。我们一起探索树林、白色山路和某些废弃房屋的秘密。我们站在木桥上观赏潺潺的流水，聆听电线杆上那些叽叽喳喳没完没了的故事，不知从何而来，也不知将向何而去。然后我们去采花，躺倒在草地上，在阳光下静静地凝望朗朗晴空、云卷云舒和高山流水。你会说"真美啊！"，除此以外别无其他，因为我们很幸福，我们的身体毫无岁月的痕迹，灵魂充满活力，就如刚重生一般。

可现在我觉得，恐怕你只会困惑地四处张望，会担忧地检查自己的长筒袜，会问我要一支烟，会不耐烦地想要赶快返回。你不会说"真美啊！"，而是一些我并不关心的扫兴事。因为你就是这样的人，我们在一起一刻都不曾幸福过。

请让我说下去。我还想在十一月的某个黄昏，与你一起顶着如水晶般纯净的天空，在城市的大街小巷漫步。精灵们飘过教堂圆顶，穿过黑压压的人群，来到充满焦虑的街道尽头。当幸福的岁月和崭新的预言经过时，都会在身后留下一阵乐曲。我们像天真骄傲的孩子一样，注视着身边经过的成千上万张脸庞。我们将不知不觉地散发出喜悦的荣光，让所有人都情不自禁地把目光投向我们，但没有掺杂丝毫嫉妒或恶意，而是露出善意亲切的笑容，在夜晚的街道上，足以治愈任何人的脆弱。

可是我非常清楚，你不会仰望晶莹剔透的天空和灿烂阳光里的飞机，而只会驻足观看橱窗、黄金、财富、丝绸和那些小玩意儿。你也不会注意到精灵或预言，不会像我一样感觉受到命运的眷顾。你不会听到那种音乐，也不会明白为什么人们都笑盈盈地看着我们。你满脑子都只想着自己悲惨的明天，甚至看不到头顶尖塔上的金色雕像，它高举宝剑直至最后一缕余晖落下。

没有用。也许，这一切都是胡言乱语，你比我优秀，不会对生活有这么多苛求。也许你才是对的，任何尝试都是愚蠢的。可至少，对，至少，我想再见到你。不管怎样，我们还会以某种方式在一起，我们会找到快乐。无论白天还是黑夜，夏季或秋季，在一个陌生的国家，在一间朴实无华的屋子，或是在一个肮脏的旅馆，都没关系。只要你在我身边就已足够。我保证，我不会再在这里聆听屋顶神秘的吱吱声，不会再看云卷云舒，不会再听任何音乐或风声。

我将放弃这些无用的东西，尽管我喜欢。如果你不明白我在说什么，如果你与我谈论一些我觉得很奇怪的事，如果你向我抱怨衣服破旧、生活穷困，我会耐心倾听。

所谓的诗歌、共同的希望、甜蜜的忧伤都将不复存在。但我会把你留在我身旁。相信我，我们一定会变得非常幸福，只有你和我，简简单单，就像世界上的其他情侣一样。

可现在我知道，你离我是如此遥远，在数百公里之外，一段无法逾越的距离。你过着我所不知道的生活，有其他男人陪伴着你，也许你会冲他微笑，就像曾经对我一样。

只是很短的时间，你就已经忘了我。也许你甚至记不起我的名字。而我从你身边离开，迷茫地穿梭在形形色色的人影之中。可是，我的脑子里都是你，我想把这些都告诉你。

18

圣诞故事

主教们的教堂是一座阴暗古老的尖顶式建筑，墙壁上甚至不时有硝石滑落，在冬季的夜晚显得愈加沧桑。与之相邻的大教堂则气势恢宏，颇为壮观。要想把每个角落都走遍，恐怕一辈子的时间都不够。教堂和圣器室像迷宫般错综复杂，在废弃了几个世纪后，至今仍有一些未被人发掘。圣诞夜，当整个城市都在欢庆节日时，骨瘦如柴的大主教却独自一人，不禁令人好奇。他会做些什么呢？他会如何摆脱忧郁呢？其他人都能获得慰藉：孩子有火车和木偶，小姐姐有洋娃娃，母亲有儿女陪伴，病人满怀新的希望，老单身汉相互作伴，监狱里的囚犯隔着牢房的栏杆攀谈。

可大主教会做些什么呢？当大主教的助理，热情的唐·瓦伦蒂诺听到人们这样谈论时，不禁咧嘴笑了。圣诞夜，大主教有上帝啊。

唐·瓦伦蒂诺独自跪在空荡冰冷的大教堂中心，乍一看好像在接受惩罚，但并非如此！他不孤单，不冷，也从未感到被抛弃。圣诞夜，圣殿里载满了上帝的灵光，在教堂的每个过道里不断膨胀，多到甚至连门都快关不上了。而且，尽管没有炉子，教堂里却很温暖，以至于古老的白蛇都从历届主教的坟墓里苏醒过来，由地下的通风口往上爬，然后亲切地把脑袋贴在忏悔室的栏杆上向外窥探。

那晚的大教堂里，上帝的灵光满得快要溢出去。尽管唐·瓦伦蒂诺知道这不是自己的责任，但他非常乐意为大主教效力。圣诞树、火鸡和起泡酒对他来说并不重要。

圣诞夜他就在教堂度过。正当他思绪万千时，门口传来一阵敲门声。"圣诞夜，"唐·瓦伦蒂诺自言自语道，"会有谁来大教堂呢？"

他们祷告得还不够吗？又有什么新的愿望了？尽管这么嘀咕，但他还是走过去打开了大门。一阵风刮进来，门口出现了一位衣衫褴褛的乞丐。

"您这儿的上帝灵光可真多啊！"他笑盈盈地环顾四周说，"真美啊！甚至从外面就能感受到。主教阁下，您可以施舍我一点儿吗？今天可是圣诞夜。"

"您是想找大主教吧，"神父回答，"他不在，几个小时后才过来。他是圣徒，您可别妄想他会分上帝灵光给你！而且，我也不是什么主教阁下。"

"一丁点儿都不给吗,牧师?这里可不少呢!您的主教阁下一定不会发现的!"

"都跟你说了没有……你可以走了……大教堂不对公众开放。"说着,他塞给乞丐一张5里拉的零钱,把他打发走了。

但就在乞丐离开教堂的同时,上帝的灵光都消失不见了。唐·瓦伦蒂诺失落地环顾四周,仔细巡视着漆黑的拱顶:那里也没有。平时神秘且壮观的圆柱、雕像、檐篷、祭坛、灵柩台、枝形吊灯和幕帘,此时却突然变得荒凉和险恶起来。怎么办?再过几个小时,大主教就要来了。

唐·瓦伦蒂诺忐忑不安,于是稍稍打开外面的一扇门,探出身子朝广场望去。什么也没有。尽管是圣诞节,但没有任何上帝的踪影。远处灯火通明,上千扇窗户里不断传来笑声、杯盏声、音乐声,甚至亵渎神灵之言。但没有钟声,也没有歌声。

唐·瓦伦蒂诺离开了教堂,来到世俗的街道上,穿梭于纵情肆意的宴会之中。但他知道该去哪里找上帝。当他走进屋子时,全家人都幸福地围坐在桌旁。所有人都友善地你看我,我看你。他们的周围有一点上帝的灵光。

"圣诞快乐,牧师。"一家之主说,"您想跟我们一起庆祝吗?"

"我有急事,朋友,"他回答,"因为我的疏忽,上帝抛弃了大教堂,而大主教阁下不久之后就要去教堂祷告了。请问能否把你们的上帝给我?毕竟你们全家人都团聚在一起,并不需要他的陪伴。"

"我亲爱的唐·瓦伦蒂诺，"一家之主说，"您忘了今天是圣诞节。难道我们的孩子们不应该拥有上帝的陪伴吗？您的话让我感到很震惊，唐·瓦伦蒂诺。"

话音刚落，上帝就从房间里溜走了。欢快的笑容瞬间消失不见，人们嘴里的烤鸡突然变得像沙子一样索然无味。

于是，唐·瓦伦蒂诺再一次离开，回到了空荡荡的街道上。

他走着寻着，终于再次见到了上帝。在城市的入口，周围一片漆黑，面前是广阔的乡村，皑皑的雪地。上帝的灵光在草地和桑树林的上空晃动，仿佛在等待着什么。唐·瓦伦蒂诺屈膝跪拜。

"您在做什么，牧师？"一个农夫问，"这么冷的天，您想冻感冒吗？"

"看那里，孩子。你没看见吗？"

农夫瞧了一眼，并不惊讶。"那是我们的。每个圣诞节，他都会到这里为我们的田地送来祝福。"

"听着，"神父说，"你能分给我一点儿吗？城里一丁点儿都没有了，甚至教堂里都是空荡荡的。我只要一点点就行，至少让大主教过个体面的圣诞节。"

"亲爱的牧师，这你可想都别想！谁知道你们在城里做了什么罪大恶极的事。这只能怪你们自己，与我无关。"

"对，肯定是有罪的。可谁没犯过错呢？孩子，你可以拯救许多灵魂，只要你点点头。"

"我只要能拯救我自己的灵魂就足够了！"农夫冷笑起来。但话音刚落，上帝就离开了他的田地，消失在黑暗之中。

唐·瓦伦蒂诺越走越远，继续搜寻着上帝的踪迹。可是上帝的灵光似乎越来越稀少，但凡拥有一点点的人都不愿放弃（只是在他们拒绝的那一刻，上帝就会消失不见，越行越远）。

最后，在地平线尽头的荒野上，唐·瓦伦蒂诺终于发现了上帝，他像一片长方形的云朵般温柔地散发着光芒。小牧师一下跪倒在雪地里，恳求道："等等我，上帝。都怪我，让大主教孤身一人，可今晚是圣诞节啊！"

他的双脚冰冷，艰难地走在雪地里，白雪一直没到膝盖，时不时就会摔倒。

他还能坚持多久呢？

就在这时，他听到了一曲安静而悲伤的合唱，是天使的声音，随后一缕阳光透过雾气照射到雪地上。他打开了一扇小木门：那是一座很大的教堂，一位牧师正在微弱的烛光中祷告。教堂里面是天堂。

"兄弟，"唐·瓦伦蒂诺冻得浑身颤抖，声嘶力竭地喊道，"请您可怜可怜我吧。我的大主教因为我的过错而孤身一人，他需要上帝。请给我一点儿吧，拜托了。"

那个正在祷告的人缓缓转过身来。唐·瓦伦蒂诺认出了他，脸色变得更加苍白。

"圣诞快乐，唐·瓦伦蒂诺，"大主教边说边走到他面前，周围满是上帝的灵光，"亲爱的孩子，你跑到哪里去了？能否告诉我，这么冷的夜晚，你跑到外面找什么去了？"

19
巴利维那的坍塌

一周之后即将举行巴利维那坍塌案件的审判。我会怎样?他们会来找我吗?

我很害怕。我不断叮嘱自己没有人会仇视我,法官丝毫不会怀疑我有责任。即使我被起诉,也一定会被无罪释放。我的沉默不会伤害任何人,就算我主动认罪,也不会减轻被告的罪名。但这些都只是徒劳,无法让我得到丝毫安慰。此外,受到主要指控的会计专员多利奥迪三个月前因病去世,如今被告席只剩下当时的市政评估师。但这只是形式上的起诉,事实上,该如何控告一个才刚上任五天的人呢?如果要控告,对象也应该是上一任评估师。但他上个月也去世了,又如何将一个躺在漆黑坟墓里的死人绳之以法?

尽管这起骇人听闻的事件已经过去两年,但所有人仍对它记忆犹新。巴利维那是一座庞大且相当阴森的砖砌建筑,由圣塞尔索的修道士们于17世纪建成。教会解散后,这座建筑在19世纪成为军营,并在战争打响之前一直隶属军事部门管治。

直到被军队弃用,在有关当局的默许之下,这里收容了一群流离失所和无家可归之人——家园被炸弹摧毁的可怜人、流浪汉、"流亡者"、绝望者,甚至还有一小群吉卜赛人。随着时间的推移,市政当局接管了这座建筑并制定了一些纪律,要求对租户进行登记以提供必不可少的服务,并将暴徒拒之门外。然而巴利维那依然臭名远扬,这与当地抢劫事件的频发脱不了干系。如果说它是黑社会的窝点,未免有些夸大其词,但没有人会愿意大晚上到附近转悠。最初,巴利维那周围都是乡村,但经过几个世纪的发展后,它几乎已经与城市的郊区接壤了。

可尽管如此,一眼望去,附近并没有其他建筑。

破旧阴森的营房周围只有铁路路堤和野草地,还有一座座散落在成堆的瓦砾碎片之中的简陋茅舍,那是乞丐们的府邸。从外观上看,人们会联想到监狱、医院或堡垒。建筑平面呈矩形,长约八十米,宽约四十米。里面还有一个没有门廊的宽敞庭院。

我常常在周六或周日的下午,在这里陪我的昆虫学家表哥朱塞佩一起在草地里找各种昆虫。其实这只个借口,我只是想出来呼吸新鲜空气,并找人做伴。

我得承认，从第一眼看到这座阴暗的建筑时，我就有一种感觉。砖头的颜色、墙上不计其数的窥视孔、斑斑点点、支撑的横梁，仿佛无一不在预示着它的衰败。尤其令人印象深刻的是那堵完全裸露的后墙，上面的开口很少、很小且不规则，更像是洞而不是窗户。因此，它看起来比配有拱廊和大窗户的前墙要高得多。"你不觉得墙有点儿向外倾斜吗？"我记得有一天我曾这样问表哥。他笑着说："希望不会，不过应该只是你的错觉，高墙总会给人这种感觉。"

七月的一个周六，表哥在墙下散步，还带着他的两个女儿（还是小女孩）和一位大学的同事斯卡韦兹教授。后者是一位动物学家，四十岁左右，面色苍白，神情阴郁，言行举止尽是一派耶稣会士的作风，让我始终对他没什么好感。虽然表哥说他是位出色的科学家，也是个优秀的学者，但我认为他就是个白痴：否则他不会如此目中无人，只因为我是裁缝，他是科学家。

在巴利维那，沿着我说的那堵后墙，有一大片尘土飞扬的空地。男孩们经常在那里踢足球，空地两侧分别固定了几根杆子用来标记球门的位置。但那天男孩们不在，只有几个妇女带着孩子坐在草丛旁的台阶上晒太阳。

现在是午休时间，大出租屋里传来些许轻声细语。惨淡的阳光无力地打在黑暗的墙壁上，窗户上伸出的电线杆上晾着衣服。没有一丝风，衣服都纹丝不动，就像一面面死亡的旗帜。

作为登山爱好者，当其他人都专注于寻找昆虫时，我突然想试着爬上那堵满目疮痍的墙壁：墙上的坑洞、砖头凸起的边缘、镶嵌在墙上的老旧铁杆都可以作为非常好的支撑点。当然我不认为我会爬到顶。只是拉伸一下，活动活动筋骨，练练肌肉。这是我的小愿望，尽管有点幼稚。我毫不费力地沿着一根已经砌入墙壁的大门立柱往上爬了几米。到达楣梁一般高时，我把右手伸向弦月窗上一排扇形的生锈铁杆，根根都像长矛一样（也许这个洞里曾经摆放过某些圣人的画像）。

我抓住铁杆的一头用力往上爬，可铁杆突然断裂，从墙上脱落。幸好我离地面只有几米的距离。我尝试着靠另一只手把自己往上拉，但只是徒劳。失去平衡后，我只能向后纵身一跃，跳落到地上。尽管落地声很重，但我毫发无伤。断裂的铁杆也跟我一起掉到了地上。

几乎同时，中间另一根更长的铁杆也松动起来，垂直伸向上方的搁板。它应该是一种用于加固承托的支撑杆。于是，在失去铁杆的支撑后，搁板也松动了（想象一下那是一块有三块砖头大的石板），但没有脱落。它歪斜地靠在一边，一半在里面一半在外面。

我无意间造成的错误还未结束。搁板上立着一根老旧的杆子，约一米半高，它是用来辅助支撑阳台的（乍一看已经与宽敞的墙壁融为一体，但直到这时，一切缺陷才显现出来）。杆子只是被楔入两个凸起物之中，并未固定到墙壁上。搁板移动后才两三秒的时间，杆子就向外弯曲，幸好我及时纵身一跃才没被砸中脑袋。杆子重重地摔到了地上，发出一声巨响。

这下结束了吧？不管怎样，我迅速逃离了那堵墙，朝着三十米外的同伴们跑去。

他们四个都在原地面向我而站，但目光并不在我身上。他们目不转睛地盯着那堵比我高出不少的墙壁，脸上是令我永生难忘的表情。

突然，表哥大喊起来："我的天哪，看！快看！"

我转过身。小阳台上方偏右的位置，原本紧实而规则的墙体竟然膨胀了。可以想象一下，就像是在一块平铺的织物下面放了一把直尺一样。刚开始是一阵蜿蜒的轻微震动；然后，墙壁上出现了一条细长的突起；紧接着砖块开始掉落，形成了齿轮状的坑洞；最后，在砖块扬起的阵阵尘土中，墙上出现了一条黑色的大裂缝。

大概有几秒或几分钟的时间？我不确定。那一刻，从空洞的建筑物深处传来一阵类似军号的悲鸣声，可以说我当时都疯了。四周空旷的大地上，充斥着此起彼伏的狗叫声。

此时的记忆混乱地交叠在一起。我跑得上气不接下气，试图跑到已经走得很远的同伴那里。路边的妇女们站起来不断尖叫，一个人滚到了地上，一个半裸的女孩满脸好奇地从最高的窗户里探出身子，而她的下方出现了一个大裂口。眨眼之间，整面大墙轰然倒塌。然后，在堆成山的废墟后面，整座后院在不可抗拒的巨大力量的拖拽之下微微移位。紧接着，又是一声骇人的巨响，就像数百枚炸弹同时爆炸的声音。地动山摇，地面腾起一大团浅黄色的尘雾，并迅速扩散到空中，将巨型坟墓完全掩藏。

我赶紧跑回了家，迫切地想要离开那个灾难之地。消息以惊人的速度传到了大家的耳朵里，他们惊恐地看着我，也许是因为我浑身上下积满了尘土。但我尤其无法忘记表哥和他两个女儿那充满恐惧和怜悯的眼神。他们一言不发地注视着我，就像我是一个已经被判处死刑的人。（或许，这只是我单纯的猜想？）

在家里，当他们得知我所目睹的一切后，并没有对我的不安感到惊讶；没有把我锁在房间里，让我无法与任何人联系；也没有不让我看报纸（我只在哥哥进房问我感觉如何时，在他的手里瞥见了一份。头版是一张非常大的照片，上面是一排一眼望不到尽头的黑色货车）。

这起大屠杀的罪魁祸首是我吗？是因为那根铁杆的断裂引起了一连串连锁反应，最终导致整座庞大的城堡成为废墟？还是最早的一批建造者丧心病狂地设置了一种隐蔽的平衡机关，只要触动那根小小的铁杆，就能瞬间摧毁一切？可我的表哥，或者他的女儿们，还有那个斯卡韦兹，他们是否注意到我做了什么？如果他们毫不知情，为什么朱塞佩似乎总是躲着我呢？还是因为我自己害怕，所以下意识地尽可能地避开他？

可是，为什么斯卡韦兹教授一再要求要见我？虽然他经济状况不佳，但从那天起他已经在我的裁缝铺里订购了十多件衣服，这不奇怪吗？而且他总在试衣服时露出虚伪的假笑，不厌其烦地盯着我看。

不仅如此，他还是个挑剔到令人抓狂的人。这里不需要褶皱，那里落肩落得不太好，不管是袖子上的纽扣还是翻领的宽度，总有需要调整的地方。每件衣服他都要试穿七次。他时不时会问我："您还记得那天吗？""哪天？"我问。"就是在巴利维那的那天！"他的眼神总像在含沙射影。我说："我怎么可能忘记？"他摇摇头："对啊……怎么可能忘记？"

当然，我会给他特别折扣，尽管会亏本。但他却装作没事人一样。"对，对，"他说，"您是会亏点钱，但您花得很值得，这一点我可以保证。"

这时我不禁问自己：到底他是白痴，还是他就喜欢玩这种勒索的小把戏？

对，也许是因为他看到我弄断了那根致命的铁棍。也许他知道一切，他可以举报我，让我受到民众的谴责。但他很阴险，他不说，而是来找我订购一件件新衣服，然后盯着我的眼睛，享受着我虽不情愿却不得不为他服务的满足感。我是老鼠，他是猫。他不停地玩弄我，直到给我致命一击。

他在等待，为这最后一幕做准备。等到那时，他会站起身来大声说："我知道是谁造成了坍塌，我亲眼所见。"

今天他也来我这里了，试穿了一件法兰绒西装套装，说话比平时更虚情假意。"事情快要了结了！"

"什么了结？"

"什么？当然是庭审啊！全城的人都在谈论呢！您还真是两耳不闻窗外事啊。"

"您是说巴利维那的坍塌事件？"

"没错，巴利维那……呃，谁知道能不能找出真正的罪魁祸首！"

然后，他用夸张的手势向我告别。我送他到门口，目送他下楼。他走了，只剩一片寂静。我很害怕。

20

见过上帝的狗

1

提斯镇的一位富商面包师斯皮里托,将财产遗赠给了侄子德芬登特·萨博里,但完全出于恶意,他开了个条件:在五年内,侄子必须每天早上在公共场所向穷人分发五十公斤的新鲜面包。

在这个由教会异端分子组成的镇子里,侄子属于第一批异教徒和亵渎者。想到他要在众目睽睽之下致力于所谓的善事,哪怕是死神将至,叔叔都不禁想要偷笑。

德芬登特是他唯一的继承人,从小就在面包店工作。侄子认为斯皮里托的财富理所应当该属于他,并且坚信不疑,可这个条件让他很是恼火。该怎么办呢？难道要放弃上帝所有的恩典，包括面包店？不，于是他只能一边咒骂一边服从。他尽量选择了人流量最少的公共场所：面包店后面的小庭院。每天早上，人们都能看到他在这里称量新鲜出炉的面包（按照遗嘱规定），然后把它们堆到一个大篮子里，一边分发给贪婪的穷人，一边对已故的叔叔恶语相向。每天五十公斤！真是太愚蠢、太不道德了。

遗嘱的监督者是公证员斯蒂法洛，他很少会每天一大早就去欣赏分发面包的表演，而且他的存在是多余的。想要监督是否忠于遗嘱，没有人能比那群乞丐更在行。然而，德芬登特想到了一个补救措施。他把盛放五十公斤面包的大篮子放在墙边，然后偷偷在篮子底部切了一个小开口，关上时从外面完全看不出来。

一开始他都是亲自分发面包，然后离开，让妻子和一个小伙子继续分完，因为他声称面包店需要他。而事实上，他都是急匆匆地跑到地窖，爬到椅子上，悄悄打开院子大篮子正下方地板边缘小窗户的格栅，然后打开篮子底部的小开口，从里面取出尽可能多的面包。面包的消耗速度惊人，可是穷人们怎么会知道呢？毕竟面包分发的速度原本就很快，因此篮子迅速清空似乎也是合乎逻辑的。

最初几天，德芬登特的朋友都会特意调好闹钟，早早去欣赏他每天的新工作。他们会站在院子门口的一小群人中间一脸嘲讽地看着他。"你简直像上帝一样伟大！"他们说，"是不是已经给自己在天堂预订了位置？瞧我们的大慈善家真不赖呢！"

"都拜那个卑鄙的老头所赐！"他边回答，边把面包扔给纷纷争抢的乞丐。但想到那个用来欺骗这些不幸之人的完美诡计，还有已故叔叔的灵魂，他不禁窃笑起来。

2

同年夏天，老隐士西尔维斯特听说那个镇几乎没人信上帝，便决定到附近定居。距离提斯镇约十公里处有一座孤独的小山丘，山上有一座古老教堂的废墟，除碎石瓦砾外别无其他。于是，西尔维斯特开始在这里定居，喝就喝附近的泉水，睡就睡在一个隐蔽的角落里，吃就吃青草和角豆。白天他常常跪在一块高处的大石头上，全神贯注地向上帝祷告。

从这里，他能看到提斯镇的房屋和附近一些农舍的屋顶：例如弗萨家、安德隆家和利美纳家。他一直在等待某人的出现，尽管是徒劳的。他为那些罪人的灵魂所作的热切祷告都升上了天空，却毫无结果。但西尔维斯特继续坚持不懈地膜拜造物主，每当他感到悲伤时就会实行斋戒，并和鸟儿们聊会儿天。没有人来。除了之前的一个晚上，两个男孩从远处偷窥他。他亲切地与他们问好，然后他们跑开了。

3

到了晚上，在废弃教堂的方向，农民们陆续看到奇怪的光亮。看起来像是森林大火，但光亮是白色的，轻轻跳动着。弗里吉米利卡在好奇心的驱使下决定去一探究竟。但谁知道为什么，他的摩托车在半路突然出了故障，他不敢冒险步行过去。返回家后，他说从隐士居住的小山丘上发出了一圈光晕，不是火光也不是灯光。于是，农民们自然而然就认为那是上帝之光。

有几个晚上，提斯镇也能看到这圈光晕。但是村民们通常对与宗教相关的一切事物都漠不关心，隐士的到来、他的超凡脱俗以及夜晚的奇异光亮，并没有在他们之中掀起任何波澜。如果有人提及，他们也当是很久以前就知道的事情一样谈论，丝毫不想寻求解释，总是说那句"隐士在生火"，仿佛就像"今晚下雨或刮风"一样司空见惯。而他们的冷漠是真真切切的，因此西尔维斯特始终是孤独一人，向他朝拜的想法显得荒谬至极。

4

一天早上，当德芬登特·萨博里又在向穷人分发面包时，一条狗溜进了小院子里。看起来是条流浪狗，体形庞大，毛发粗硬，神情温驯。它穿过等待面包的乞丐们，来到篮子旁，叼了一块面包就走。那模样完全不像小偷，而是来拿一个本就属于他的东西。

"嘿，菲多，看这里，臭狗！"德芬登特一边大喊，一边飞奔而去，"这里讨饭的已经够多了，现在还有狗来抢！这些畜生真是可恶！"

第二天，相同的事情再次上演：同一条狗、同样的做法。这次，面包师追赶那条狗一直追到了马路上，还冲它扔石头，但没有抓到它。

奇妙之处在于，这样的偷窃每天早上都会准时重演。令人吃惊的是，狡猾的狗总是能看准时机适时动手。对，看准时机，甚至不紧不慢。身后的石头一块也砸不中它。每次，乞丐们都会爆发出粗俗的笑声，气得面包师咬牙切齿直跺脚。

第二天，气急败坏的德芬登特拿着一根棍子偷偷躲在院子大门后，但毫无用处。也许这条狗混在了人群里面，肆无忌惮地进出自如。毕竟穷人们都爱看笑话，没有理由举报它。

"嗯，今天它又成功了！"路边的几个乞丐谈论道。"哪里？它在哪里？"德芬登特从隐蔽处跳出来大喊。"看，快看，他要去打狗了！"一个乞丐指着愤怒的面包师幸灾乐祸地说。

事实上狗并没有理睬他：它嘴里叼着面包，像个意识清醒的人一样慵懒安静地离开了。

要不就睁一只眼闭一只眼？不，德芬登特无法忍受别人的嘲笑。由于无法在院子里逮住这条狗，他决定找个有利的时机在半途中逮它。也有可能这条狗不完全是流浪狗，它也许有个固定的住所，也许有个可以索要赔偿的主人。所以事情不能就这么算了。由于最近这些天德芬登特的心思都在狗身上，因此他都会比平时晚一些进地下室，偷运的面包也就比平时少很多，损失了不少钱。

为了治这条狗，他甚至试图在面包里下毒，然后把毒面包放到院子门口的地上，但仍然空手而归。狗嗅了两下就又跑到篮子那去了。

5

为了解决这件事,德芬登特·萨博里决定蹲守在街对面的邮局大门口,还带了一辆自行车和一把步枪:自行车是为了方便追赶狗,枪是为了射它。如果发现没有可以索赔的主人,就立即开枪杀死他。

只是一想到那天早上篮子里的面包肯定会被穷人一扫而空,他就感到心痛不已。

那条狗会从哪里出来,怎么出来呢?这是个谜。面包师睁大眼睛一眨不眨,但仍然没有看到它。然后,终于,他看到它平静地从院子里走了出来,嘴里叼着面包。院子里传来一片哄堂大笑的声音。德芬登特等着狗再走远一些,以免惊动到它。然后站了起来,尾随其后。

最开始,面包师以为那条狗不久之后就会停下来把面包吃掉。但狗并没有停下。他便又猜想,不久之后它会走进一间屋子。但它也没有。

它始终叼着面包,沿着墙壁匀速小跑,既不停下闻闻,也不尿尿或好奇地四处转悠,就像平时狗都会做的那样。那么它到底会在哪里停下呢?德芬登特抬头看了看灰暗的天空。

很明显,很快就要下雨了。

他们穿过圣阿涅塞广场,途经小学、车站和公共洗手间。现在,他们已经抵达小镇的边界。最后,他们越过操场,来到了乡下。

从院子离开后,这条狗就从没回过头。也许它丝毫没发现有人在跟踪它。

现在,德芬登特已经完全不指望它有主人可以索要赔偿了。它确实是一条流浪狗,是那些破坏农民田地、偷鸡、咬牛犊、恐吓老妇人,最后到城里散播疾病的野狗之一。

也许唯一的办法就是对它开枪。可如果要开枪,就必须停车,把枪从肩上卸下来。这段时间,就算它不加速,也足够让它逃脱了。于是,德芬登特继续追赶。

6

那条狗走着走着,眼前出现了一片森林。它先选择了一条小路,然后是另一条虽然更窄却更平坦易走的小路。

他们已经走了多远?也许八九公里。为什么狗还不停下来吃面包呢?它在等什么?还是它要把面包给别人?这时,路变得越来越陡峭,狗转弯上了另一条小路,自行车则无法通行。

幸运的是,由于小路十分陡峭,狗也微微放慢了步伐。德芬登特从自行车上跳下来继续跟踪,但狗逐渐拉开了与他的距离。

正当他怒不可遏、准备开枪射击时,突然在一片荒芜的山坡上看到了一块大石头:大石头上跪着一个男人。

然后,他的脑海里浮现出了那位隐士、夜里的光亮和所有那些与他相关的荒谬传言。狗跳上了稀疏的草地,继续平静地奔跑着。

德芬登特拿着枪,站在约五十米远的地方。他看到隐士中断了祷告,极其敏捷地从大石头上一跃而下,然后狗把面包放到了他的脚边。隐士从地上拿起面包,撕下一小块放到他肩膀上的袋子里,然后笑着把剩下的还给了那条狗。

隐士身材矮小、皮肤黝黑,身上穿着一件长袍。他神情友善,但不乏一种孩子般的狡猾。这时,面包师决定上前与他理论。

"欢迎你,兄弟,"西尔维斯特看到他走过来,便冲他打招呼,"你是怎么找到这里的?难道是在周围打猎吗?"

"说实话,"德芬登特语气生硬地回答,"我是来找……一条狗……它每天都……"

"啊,是你啊?"老人打断他说,"是你每天为我提供这么美味的面包吗?……这可是有钱人才能吃到的面包……对我来说真是奢侈呢……"

"美味?当然美味!这可是每天新鲜出炉的……亲爱的先生,我的手艺我知道……可这不是偷面包的理由!"

西尔维斯特低下头看着草地,略带悲伤地说:"我知道,你完全有理由抱怨,可我之前并不知道……以后加莱奥不会再去你的镇子了……我会把它留在身边……就算是狗也不该这么做……我向你保证,以后它不会再去了。"

"算了,"面包师稍稍平静下来说,"如果是这样,狗也可以来吧。有一个该死的遗嘱我不得不遵守,就是每天要扔掉五十公斤的面包……扔给穷人,这群浑蛋一无是处……反正都是给,给你们一块也无所谓……"

"上帝会记住你的功德的,兄弟……不论是不是有遗嘱,你都是在做善事。"

"可我宁愿不做。"

"我知道你为什么会这么说……人总是会有种羞耻感……你们总想表现得很坏,比真正的自己差劲,因为世界就是如此!"

德芬登特原本积压在肚子里的一大堆脏话卡在嗓子眼,愣是咽了下去,没有说出来。

不论是因为尴尬还是沮丧,他都已经生不起气来。而且想到自己是整个镇子第一个也是唯一一个如此近距离接触隐士的人,他不禁暗自得意。

对,他心想,隐士的情况一目了然:从他那里得不到什么好处。可是,谁能预见未来呢?如果他与西尔维斯特建立秘密的友谊,说不定将来有一天会从中受益。例如,万一这位老人创造了什么奇迹,那么民众就会膜拜他,还会有络绎不绝的大主教和高级教士从大城市远道而来,组织各种庆典、游行和节日活动。而他,德芬登特·萨博里,作为这位新圣人面前的红人,会受到全镇人民的爱戴,说不定还会成为镇长。

所以,为什么不呢?

这时,西尔维斯特说:"你的枪可真漂亮!"说着,他便礼貌地从面包师的手上拿过枪。这时不知为何,山谷里突然发出一声枪响。但隐士手里的枪并没有动弹。

"你背着这支枪到处走不害怕吗?"隐士问。

面包师疑惑地看着他:"我又不是小孩子了!"

"对了,"西尔维斯特马上说,然后把枪还给了他,"礼拜日真的无法在提斯镇的教区找到一席之位吗？我听说并不是真的满了。"

"什么啊，根本就很空呢。"面包师一脸得意地说。然后他又改口道，"嗯，坚持去的人很少！"

"那弥撒呢？一般有多少人去做弥撒？除了你以外还有多少人？"

"我觉得礼拜日的话，多的时候三十几个吧，圣诞节会有五十个。"

"请告诉我，提斯镇的人都是自愿亵渎神灵的吗？"

"对于基督徒来说才叫亵渎。对于那些不祷告的人来说压根儿不算什么。"

隐士看着他，摇了摇头："所以可以说，大家几乎都不相信上帝。"

"几乎？"德芬登特心里暗暗偷笑，"应该说都是一群异教徒……"

"那你的孩子们呢？你会把孩子送去教堂吗……"

"当然会送！洗礼、坚信礼、第一次和第二次圣餐！"

"真的吗？还有第二次？"

"对，没错，第二次。我的小儿子……"

但话到嘴边他又咽了下去，似乎担心说大话。

"那你真是一位出色的父亲。"隐士严肃地称赞道（可他为什么露出这样的笑容？），"兄弟，以后再来找我吧。我现在要去见上帝了。"说着，他做了个小手势，好像是祝福的意思。

德芬登特有些猝不及防，不知如何回答。

在意识到这一点之前，他微微低下头，做了个十字的手势。幸好没有任何人看到这一幕，除了那条狗。

7

与隐士的秘密联系是一件好事，但前提是面包师沉醉在将来会成为镇长的美梦之中。实际上，他该清醒一点。尽管不是他的错，但在乡民眼里，分发面包给穷人的事已经让他声名狼藉，更不用说要是他们知道他还在胸前画十字会怎么样！谢天谢地，似乎没有人注意到他的离开，就连面包店的伙计们都没注意。可是真的是这样吗？狗的事又该怎么解决呢？每天的面包他无法再堂而皇之地拒绝，但他也不能在那么多乞丐的眼皮底下如此大方地施舍。

正因如此，第二天，在太阳升起之前，德芬登特便等候在家附近通往山丘的路上。当加莱奥出现时，他冲它吹了一声口哨。狗认出了他，便跑了过来。面包师手里拿着面包，把它带到面包店旁一间用来堆放木头的小木屋里。他把面包放到一条长凳底下，用来表示以后狗要在这里领取食物。第二天，加莱奥真的来了，然后到长凳底下取走了面包。德芬登特甚至都没看见它，乞丐们也没看见它。

面包师每天都在日出之前把面包放到小木屋里，隐士的狗也每天都去。秋天快到了，白昼越来越短，狗的影子和清晨的阴影很容易混淆。德芬登特·萨博里的生活又归于平静，因此他可以全心全意地投身于面包的分发,通过篮子底下的秘密小洞克扣本应分发给穷人的面包。

8

这样日复一日,几周过去了,几个月过去了,直到冬天来了,窗上结满了霜花,烟囱整日冒着烟,人们穿得严严实实。清晨,几只麻雀在树篱脚下叽叽喳喳,山丘披上了一层轻盈的雪花。

一天晚上,寒风刺骨,星辰满天,北边一座废弃的古老教堂的方向出现了前所未见的大片白光。提斯镇响起了警铃声,人们立即跳下床打开百叶窗,相互呼喊,路上好不热闹。然后,当大家得知这又是从西尔维斯特那儿发出的光亮,一定是上帝来见这位隐士时,便又纷纷关上窗户,一边失望地钻进被窝,一边咒骂这虚惊一场的警铃。

第二天,不知是谁传出的消息,镇子里到处在传,称老西尔维斯特晚上被冻死了。

9

由于法律要求死者必须下葬,因此,殡仪馆安排了一名泥瓦匠和两名工人去埋葬隐士,随行的还有教区的唐·塔比亚,他之前一直故意无视自己教区管辖范围内隐士的存在。

五个人发现西尔维斯特躺在雪地里,双臂交叉成十字状,双眼紧闭,神态安详,如圣人一般。他身边坐着的一条狗正在哭泣。

他们把西尔维斯特的尸体装进棺材，然后背诵祷告文，把他埋葬到尚存教堂的穹顶下面，最后在土墩上插了一根木制的十字架。随后，唐·塔比亚和其他人都离开了，只留下那条狗蜷缩在坟墓上面。镇上没有人向他们打听任何消息。

那条狗没再出现。第二天早上，当德芬登特照例把面包放到凳子下时，他发现前一天的面包还在那儿。第三天同样如此，面包变得有些干瘪，蚂蚁已经开始挖掘隧道了。日复一日，在徒劳的等待后，德芬登特也不再想这件事了。

10

但两周以后，正当德芬登特在天鹅咖啡馆与工头卢西奥尼和骑士伯纳迪斯玩纸牌时，一个年轻人盯着街上大喊："看，是那条狗！"

德芬登特大吃一惊，立即转过头。一条瘦小丑陋的狗正在街上游荡，它的头摇来晃去的，看着都头晕。它快饿死了。德芬登特记得，隐士的狗体形更大也更强壮。谁知道在两个星期的绝食后它怎么会变成现在这个样子。面包师似乎认出了它。这条狗在坟墓上哭泣了太久，也许最后还是扛不住饥饿，抛下主人到镇子里找食物来了。

"很快你们就要掏腰包了。"德芬登特轻蔑地笑着说，以此展现自己的冷漠。

"我不觉得是它。"卢西奥尼露出似笑非笑的表情，合上了手里的一把纸牌。

"谁?"

"我不觉得,"卢西奥尼说,"它是隐士的狗。"

后知后觉的伯纳迪斯骑士显得异常激动。"可我见过这条狗,"他说,"我真的在某个地方见过。应该是在你那儿,德芬登特?"

"我这儿?怎么可能在我这儿?"

"应该没错,"伯纳迪斯肯定地说,"我觉得应该是在你的面包店见过。"

德芬登特不禁有些心虚。"呃,"他说,"每天都有那么多狗跑来跑去的,也许吧,我不记得了。"

卢西奥尼若有所思,神情严肃,好像喃喃自语着什么。然后他说:"对,对,应该就是隐士的狗。"

"为什么呢?"面包师挤出一丝笑容问,"为什么说应该就是隐士的狗呢?"

"符合逻辑,明白吗?按理说它确实会瘦很多,只要算算时间就知道了。它在坟墓上待了那么多天,狗都这样……然后实在饿得不行了……就到镇子里来了……"

面包师沉默不语。这时,狗四处张望,突然,它的目光透过咖啡馆的玻璃窗,停留在了三个坐着的男人身上。面包师擤了下鼻涕。

"对,"伯纳迪斯骑士说,"我发誓我一定见过它,而且不止一次,就在你店里。"他边说边看向德芬登特。

"好吧，也许吧，"面包师说，"我是真的不记得了……"

卢西奥尼露出狡黠的笑容说："就算拿全世界的黄金来换，我也不收留这种狗。"

"因为它很凶恶？"伯纳迪斯警惕地说，"你是觉得它会很凶恶？"

"什么凶恶不凶恶的！是因为我不会信任一条这种狗……一条见过上帝的狗！"

"它怎么就见过上帝了？"

"它不是隐士的狗吗？那些光不是从隐士那里发出来的吗？我敢说，所有人都知道，那些光是什么！它作为隐士的狗，你认为它会没看见？你认为在那种情形下它还会睡着了不成？"说着，他哈哈大笑起来。

"胡说八道！"骑士反驳道，"谁知道那些光是什么！更别说是上帝了！而且那些光昨晚也出现了……"

"昨晚？"德芬登特隐隐有些期待地问。

"我亲眼所见。虽然没有之前那么亮，但也非常清晰了。"

"你确定吗？昨晚？"

"对，昨晚。就跟之前一模一样……难不成昨晚也是上帝显灵了？"

卢西奥尼却露出一副狡黠的神情："谁知道昨晚的光是不是为了它呢？"

"为了谁？"

"当然是那条狗啊。也许这次上帝没有亲自显灵，而是派隐士从天堂下凡而来。隐士看到它守在自己的坟墓上，或许会说：瞧瞧我这可怜的狗啊……然后他便告诉它不用再悼念自己了，它已经哭得够多了，现在可以去找肉吃了！"

"可它应该来过这儿，"伯纳迪斯骑士坚持道，"我在面包店附近见过它。"

11

德芬登特脑袋里一片混乱。

什么破事。他越想说服自己不可信，就越确信那就是隐士的狗。当然，其实并没有什么可担心的。只是这样一来，他每天还要去给它面包吗？他心想：如果我不给，那么它就又会到院子里来偷面包，那我该怎么做呢？一脚把它踢走吗？这条狗，不管它是不是自愿的，是否真的见过上帝呢？我该怎么解开这个谜团？

这件事并不简单。首先：昨晚，隐士的灵魂真的在加莱奥面前显灵了吗？他会对它说什么呢？他是否对它施了什么咒？或许现在那条狗能听懂人话了，谁知道呢，说不定哪天它也能开口说话了。只要是与上帝有关，就一切皆有可能，这些年听闻的稀奇事还少吗？而他，德芬登特，已经被嘲笑得够多了，可不能再被人知道他还有这档子事！

于是，在回家之前，德芬登特去木屋瞧了一眼。十五天前放在凳子底下的面包竟然不见了。所以是被那条狗叼走了，还是被蚂蚁搬空了？

12

可第二天，狗没有再去拿面包，第三天也没有。这正是德芬登特所期望的。在西尔维斯特去世后，他利用友谊的所有幻想都已破灭。至于那条狗，最好敬而远之。然而，当面包师独自一人待在空荡荡的木屋里，再次看到面包孤独地躺在地上时，他不禁有一种失落感。

又过了三天，当他再次见到加莱奥时，他的心情变得更加糟糕。那条狗跑到了冰冷的广场上，似乎很无聊，看起来完全不像之前透过咖啡馆的玻璃见到的那样。

现在，它不再晃头晃脑，而是昂首挺胸。尽管仍然很瘦小，但它的毛发柔顺多了，耳朵竖着，尾巴高高翘起。是谁喂养了它？

德芬登特环顾四周。过往的行人都神情冷漠，就像那条狗根本不存在一样。中午之前，面包师又在长凳下放了一块新鲜的面包和一片奶酪。那条狗还是没有露面。

加莱奥一天比一天精神，毛发像那些绅士养的狗一样光滑紧致。所以，一定是有人在照顾它，或许同时有好几个人，但都相互隐瞒，不知道彼此的存在。也许他们担心这条狗见过太多的东西，也许他们希望廉价购买上帝的恩典，而不用冒险受到镇里人的嘲讽。甚至，也许整个提斯镇的人都有同样的想法？每当夜幕降临，家家户户都试图把狗引到自己家，用美味的食物喂它？

也许正因如此，加莱奥才不再来拿面包了，也许今天它有更美味的食物。但从来都无人提及它，包括隐士。就算不经意间提起，也会很快转移到另一个话题。当这条狗出现在街上时，所有人都视而不见，好像它就是令世界各国都十分头疼的众多流浪狗之一。德芬登特沉默不语，本以为自己很聪明，但刚刚才意识到原来其他人比自己更胆大，他们偷偷占有了狗，并从中获得了不当利益。

13

不论加莱奥是否见过上帝，它都是一条奇怪的狗。

它几乎像人一样镇定自若地走家串户，去商店、去厨房，还会好几分钟一动不动地看着来往的人。然后，悄无声息地离开。

那双忧郁而美丽的眼睛后面到底隐藏着什么？造物主的形象很可能曾出现在这双眼睛前。给它吃些什么呢？他颤抖的双手为狗送上的是鸡肉和鸡腿切片。

加莱奥已经吃饱喝足了，它的双眼盯着男人，似乎能看穿他的心思。终于，看得男人再也忍受不了，从房间里走了出来。提斯镇的流浪狗从未遭到过棍棒或拳脚殴打。有它在，没人敢这么做。

长此以往，他们逐渐感到自己似乎陷入了某种阴谋之中，但没有勇气谈论。老朋友们相互凝视着对方的眼睛，徒劳地试图寻找一种默契，每个人都希望从对方眼里认出自己的同谋。但谁又会对另一个说呢？

只有卢西奥尼毫不畏惧地提及了这个话题："看，看！是那条见过上帝的狗！"就这样，他不知羞耻地宣告了加莱奥的出现。

他一边窃笑，一边来回打量周围的人。其他人大多表现得听不懂似的。他们心不在焉地询问，然后摇着头，露出同情的神色说："胡说什么！真是可笑！女人的迷信！"另一些人则保持沉默，更有甚者像工头一样大笑起来。他们认为这是个愚蠢的笑话。不过，如果伯纳迪斯在那儿的话，他也总是同样的回答："什么隐士的狗。我跟你们说，它就是一条流浪狗，在提斯镇转悠了很多年，我每天都能看到它从面包店出来！"

14

有一天，德芬登特像往常一样在地窖搞暗中操作，他卸下了小窗户的格栅，正准备打开面包篮子底下的小洞。院子外面可以听到等候的乞丐们的叫喊声，还有妻子和伙计让大家排好队的声音。德芬登特打开了锁，小洞打开了，面包开始迅速掉落到下面的袋子里。这时，他眼角的余光瞥见地窖的阴影里有一个黑色的东西在移动。于是他转过身。是那条狗。

加莱奥站在地窖的门口，正平静地看着眼前的情景。但在昏暗的灯光下，狗的眼睛竟发着磷光。德芬登特呆若木鸡。

"加莱奥，加莱奥，"他用轻柔礼貌的口吻结巴地说，"来，好家伙，加莱奥……过来，拿着！"

说着，他朝狗扔了一个面包。但狗看都没看一眼，就好像早就看厌了。它缓缓转身，朝楼梯走去。

又剩下面包师独自一人了，他神情恍惚地离开了地窖，就像被下了可怕的诅咒。

15

一条见过上帝的狗,它闻到了味道。谁知道它还撞破过多少秘密?人们你看我我看你,仿佛在寻求支持,但没有人说话。终于,有个人准备开口。"如果这只是我的想法呢?"他心里暗暗自问,"如果其他人压根儿都没想过呢?"

于是,他假装什么事都没有,最终还是没有开口。

加莱奥对各个地方都惊人地熟悉,它经常出入各种酒馆和小摊。当它没什么想吃的时,就一动不动地待在角落里,凝视前方,时不时嗅两下。即使在晚上,在其他的狗都睡觉时,它的身影还会突然出现在白墙上,迈着典型的懒散步伐。它无家可归吗?连狗窝都没有吗?

人们不再感到孤单,即使是待在家里,家门紧闭。他们会一直竖着耳朵,听外面草地上的风吹草动:路边石头上的谨慎且温柔的爪子声,遥远的狗吠声。呜,呜,呜,加莱奥的声音颇具特色,既无愤怒也不刺耳,却能穿透整个小镇。

"好吧,没关系,也许是我算错了。"经纪人在为了几个钱与妻子吵得面红耳赤后说。"总之,这次就算了。但下次……"弗里吉米利卡说,他突然决定放弃解雇工人的主意。"总而言之,她是个伟大的女人……"最后,比兰兹夫人出人意料地总结道,与之前所说的话完全相悖,她指的是镇长的妻子。呜,呜,呜,是那条流浪狗,也许它只是在朝另一条狗、一个影子、一只蝴蝶或者一轮月亮吠叫，但也不排除它有其他充分的理由。它穿梭在各家各户、大街小巷和乡村，见识过人类的邪恶。听到狗嘶哑的声音后，从酒馆被驱逐出的醉鬼们都不由得调整了站姿。

加莱奥出人意料地出现在储藏室里，会计师菲德里奇正在写一封匿名信给他的老板（面食工厂的所有者），检举会计罗西与危险分子有来往。"会计师，你在写什么？"它那两只温驯的眼睛仿佛在说。菲德里奇友好地冲它指了指门。

"狗狗，快走吧，出去，出去！"他说，心里却已是骂声一片。然后他把耳朵贴到门口仔细聆听，直到确定狗已经离开。然后，为了保险起见，他把信件扔进了火炉。

它又出现在通往美丽的芙洛拉的小公寓的木制楼梯底下，绝对是出于偶然。已经是晚上，但五个孩子的父亲、园丁古依多脚下的台阶仍然吱嘎作响。两只眼睛在黑暗中闪闪发光。"不是这里，该死！"为了让狗听见，男人提高嗓门喊道，似乎因误会而感到生气，"黑咕隆咚的，难免会弄错……但这里不是公证员的家！"

当宾宁和炅法晚上潜入工地的储物间，把手放到两辆自行车上时，似乎也听到了它低沉的叫声，一种像是带着责备口吻的温柔低吟。"托尼，好像有人来了。"宾宁警觉地低声说。"我也这么觉得，"炅法说，"还是快跑吧。"于是他们俩没有偷任何东西就溜走了。

或者它会在某个适当的时刻发出一阵长叹，是那种唉声叹气，就在面包店的墙边。这次，德芬登特特意在身后的门上上了两道锁，然后走下地窖，准备再从为穷人分发面包的篮子底下偷面包。

面包师恨得牙痒痒：那条该死的狗是怎么知道的？然后他耸了耸肩。

但随后，他不禁担心起来：万一加莱奥用某种方式举报了他，那么所有的遗产都将灰飞烟灭。于是，德芬登特拿着空空的麻袋，回到了店里。

这种煎熬要持续多久？狗会不会永远都不走了？如果它留在镇子里，还能活多少年呢？

是否有其他办法可以摆脱它？

16

事实是，在受到几个世纪的冷落之后，教区的教堂又开始有人气起来。每个星期天做弥撒时都能碰上老朋友，但每个人都为自己找好了借口："知道吗？这么冷的天，教堂是唯一一处可以避寒的地方。瞧，它的墙壁多厚实，重点就在这里……夏天储存的热量，现在都释放出来了！"另一个人则说："神圣的教区长唐·塔比亚……承诺会给我些日本紫鸭跖草的种子，你知道它的颜色有多漂亮吗？……没办法……他很死板，如果我不偶尔去去教堂，他就会假装忘了这事……"

还有人会说："知道吗，艾尔米尼亚夫人？我想做个像圣心祭坛上那样的蕾丝花边，可我没办法把祭坛搬回去，所以只能来这儿学……做起来可不简单呢！"

她们微笑着聆听朋友们的解释，但每个人其实都只关心自己的借口听起来是否合理。"唐·塔比亚正在看着我们呢！"她们像小学生一样窃窃私语，随后全神贯注地投入到弥撒书之中。

没有人是没找好借口就来的。例如埃尔梅林达夫人是因为找不到其他人来教女儿唱歌，于是作为大教堂管风琴音乐的爱好者，她便亲自来教堂聆听颂歌。熨衣工的借口是要与母亲在教堂相见，因为丈夫不喜欢自己在家里接待她。甚至还有医生的妻子：几分钟前在广场上扭伤了脚，所以要到教堂里休息一会儿。两侧过道的尽头是积满尘土的灰色忏悔室，那边更是人头攒动，只有一个身影一动不动。唐·塔比亚站在布道坛上环顾四周，惊愕得说不出话来。

这时，加莱奥正躺在教堂前院晒太阳：它似乎理所应当该在那里休息。人们做完弥撒离开时，它动都没有动弹一下，只是斜了斜眼。女人们陆续从门口走出来，有人从这边绕过，有人从那边绕过，谁都没有瞧它一眼，但直到她们走到转弯处时，仍感到身后有一双眼睛像铁钉一样直勾勾地盯着她们。

17

任何一条普通的狗，只要长得有点像加莱奥，就会让人心神不宁，生活充满焦虑。

凡是有人的地方，不论是去菜场还是傍晚散步时，都能看到那条四足动物的身影。它似乎很享受众人的冷漠，只有当他们独自一人时才会偷偷亲切地呼唤它的名字，喂它吃饺子和甜点。

"唉，过去的时光可真美好啊！"现在的人经常这么感叹，但只是这样说个大概，并不细说原因。尽管如此，所有人都能立即心领神会。过去美好的时光，不用说就知道指的是那些随心所欲的日子，结伴去田间偷看农村妇女，或者偷些东西，或者星期天在床上躺到日上三竿。而现在，店家都使用特别薄的纸袋子，也不缺斤少两了；女主人再也不殴打女仆了；当铺的卡米奈·埃斯波西托收拾好了所有东西准备搬到城里；陆军准将维纳里耶洛坐在警察局前的长凳上无聊地晒着太阳，时不时伸下懒腰，心里暗暗嘀咕小偷是不是都死绝了。没有人再提及那些亵渎神灵的话，除非是在荒郊野外，并且还要经过仔细观察，确保树篱后面没有藏着任何狗的踪影。

可是，谁敢反抗呢？谁又有勇气一脚踢开加莱奥，或者扔给它一块下了毒的炸猪排？尽管所有人心里都希望如此。他们无法对天意抱任何希望：从逻辑上说，神圣的天意一定是站在加莱奥这一边的。

因此，对于这件事只能妥协。

一个风雨交加的夜晚，电闪雷鸣，仿佛世界末日就要到来。但面包师德芬登特·萨博里长着一双顺风耳，尽管雷声滚滚、震耳欲聋，他听到从楼下院子里传来了不寻常的翻箱倒柜的声音。应该是小偷。

他一下子从床上爬了起来，摸黑拿起枪，然后透过百叶窗的板条往下看。似乎有两个人，他们正在摸索着想打开仓库的门。外面大雨倾盆，在一道闪电的照耀下，他还看到院子的正中间有一条体形庞大的黑狗。一定是它,那条该死的狗,也许就是它把那两个无赖带过来的。

德芬登特心里暗暗咒骂,然后举起枪,慢慢打开百叶窗,直到刚好可以伸出枪管。等到另一道闪电出现后,他立即瞄准了那条狗。

第一枪的枪声完全被雷声所掩盖。

"有小偷!有小偷!"面包师大喊起来,然后重新装上子弹,在黑暗中疯狂射击,直到他听到急促的脚步声逐渐消失,然后整个屋子响起了各种说话声和敲门声:妻子、孩子和伙计们都惊恐地跑了过去。"德芬登特,"从院子里传来一个声音,"快看,一条狗被打死了!"

是加莱奥,也有可能搞错了,尤其是在这样的夜晚。但从姿势来看似乎就是它,一动不动地躺在水塘里:一颗子弹穿过了它的额头。它死了,死得很干脆,连腿都没伸一下。可德芬登特甚至没去看一眼。他下楼检查仓库的门是否已被撬开,在确定没有之后,他向所有人说了句晚安,便钻进了被窝。"终于。"他喃喃自语,然后满心欢喜地准备进入美美的梦乡。但他再也无法闭上眼睛了。

18

早晨,天色还没亮的时候,两个伙计就把狗的尸体带走了,埋到了一块田里。德芬登特不敢直接让他们保密:这样会让自己惹上嫌疑。但他努力让这件事很快过去,而不要引起太多议论。

可是谁揭露了真相？晚上，当面包师出现在咖啡店的时候，他立即注意到所有人都在盯着自己。但很快大家都把目光移开了，似乎是为了不惊动他。

"昨晚开枪了？"在日常的寒暄后，伯纳迪斯骑士突然说，"昨晚，面包店里是有场大战吗？"

"谁知道是谁，"德芬登特假装毫不在意地回答，"有两个浑蛋想偷偷潜入我的仓库，估计是新手。我胡乱开了两枪，就把他们赶跑了。"

"胡乱？"卢西奥尼用挑衅的语气问，"为什么不瞄准后再开枪呢？"

"黑咕隆咚的！谁看得见啊！我听到楼下有人挠门的声音，就随便开了两枪。"

"是这样啊……所以你就这样把一只无辜的可怜虫送上了黄泉。"

"啊，是的，"面包师若有所思地说："我打死了一条狗，谁知道它是怎么进来的。我家里没有狗。"

随后是一阵沉默。所有人都看着他。文具商特雷瓦利亚起身朝门口走去。"好了，晚安，先生们。"然后，他特意一字一顿地朝面包师说，"您也晚安，萨博里先生。"

"非常荣幸，晚安。"面包师说完便背过身去。

那个毫无礼貌的人想暗示些什么？他们不但没有感谢自己，还责怪他杀死了隐士的狗吗？是他把他们从噩梦中解救出来了啊，现在他们却对他嗤之以鼻。他们想怎么样？以前他们待人可都挺真诚的。

伯纳迪斯极不合时宜地试图解释道:"看见了吗,德芬登特?……有人想说你最好不该杀死那条狗……"

"为什么?难道我是故意这样做的吗?"

"他们说不管是不是故意的,那都是隐士的狗,他们说还是把它留下比较好,他们还说它会给我们带来灾难……你都不知道,外面传得可凶了!"

"我怎么知道那是隐士的狗?这群白痴,满口基督基督的,他们现在想怎么样,要对我进行审判吗?"说着,他努力挤出一丝笑容。

卢西奥尼说:"冷静,冷静一点,朋友……可是谁说那是隐士的狗?是谁传播的这个谣言?"

德芬登特说:"好吧,不知道就瞎说!"然后耸了耸肩。

但骑士打断了他:"听说他们是今天早晨看到的,埋狗的时候……他们说就是那条狗,它左耳顶上有一撮白色的毛。"

"其他地方都是黑色的?"

"对,黑色。"一位在场的人回答。

"体形很大?尾巴像毛刷一样?"

"没错。"

"你们是说那是隐士的狗?"

"对,隐士的狗。"

"看那里,那才是你们说的狗!"卢西奥尼指着马路大喊,"它看起来比之前更活蹦乱跳呢!"

德芬登特脸色苍白，就像白石膏像一样。加莱奥正迈着悠闲的步伐走在路上，然后停下了片刻，透过咖啡馆的玻璃窗朝这群人看了看，然后又平静地离开了。

19

为什么早上乞丐们会觉得分到了比平时更多的面包？为什么多年来一个子儿都没有的施舍箱里现在叮叮当当响个不停？为什么曾经叛逆的孩子现在自愿去上学？为什么现在葡萄可以一直高挂枝头而没人去偷？为什么没有人再朝驼背的马蒂诺扔石子和烂南瓜呢？还有许多类似的事，为什么会变成这样？没有人会承认，提斯镇的居民都爱口是心非，永远无法从他们的嘴里听到真相：因为他们害怕一条狗，不是怕被它咬，而只是怕它会把他们当作坏人。

德芬登特痛苦不堪。这是一种奴役，让他即使在晚上也无法呼吸。对于那些不想要上帝的人来说，是多么沉重的负担。在这里，上帝不再是一种神话，不再被隔离在教堂的蜡烛和香炉之中，而是在一条狗的带领下走街串巷。造物者的每一寸肌肤、每一次呼吸都已融入加莱奥的身躯之中，并且通过加莱奥的眼睛去观察、去评判，然后铭记于心。可那条狗什么时候会变老呢？至少如果它没有力气，就只能安静地待在角落里；当它老得无法动弹时，就再也无法惹什么麻烦了。

年复一年，现在，即使是工作日，教堂里也挤满了人。女孩们不再游荡在柱廊之间，午夜过后也不再与兵士们打情骂俏。德芬登特买了个新篮子替换原来的旧篮子,但没有再在底下开秘密小洞(只要加莱奥四处溜达,他就不敢再偷偷克扣穷人的面包)。陆军准将维纳里耶洛现在正躺在宪兵车站门口的藤椅上睡大觉。

许多年过去了,加莱奥逐渐老去。它走得越来越缓慢,步态也越来越蹒跚,直到有一天,它的后腿突然瘫痪,无法再站立行走。

这起不幸的事故发生在广场上,当时它正在大教堂旁的一面矮墙下打盹儿。墙下是一面陡峭的斜坡,连接大大小小的道路,一直延伸到河边。从卫生角度来看,加莱奥的位置得天独厚,因为它可以从上面把排泄物排到下面的草坡上,而不会弄脏墙壁或广场。但这个位置是敞开的,不能挡风遮雨。

当然,这次也没有人表现出注意到加莱奥的存在,尽管它浑身颤抖、不断呻吟。一条流浪狗生病,并不是什么值得关注的事。在场的人从它痛苦的神情里就可以猜出发生了什么,但他们只是心中一紧,很快又重新燃起了希望。首先,那条狗再也无法四处游荡了,它现在甚至走不出一米。不仅如此:谁会在众目睽睽之下去喂它?谁会最先承认自己与狗之间有秘密联系?谁会愿意第一个受到人们的嘲讽?因此,加莱奥饿死的概率很大。

午餐前,广场的人行道上像往常一样人来人往,大家都在谈论着各种无关紧要的事,诸如牙医的新助手、打猎胜地、墨盒的价格以及最新引进的电影。他们的外套总是不经意地拂过加莱奥的鼻子。加莱奥喘着粗气蜷缩在墙边,但人们的目光都不约而同地越过这条生病的狗,机械地投向远处壮丽的河畔风光,夕阳下的景色竟是如此美丽。大约八点时从北边飘来了几朵云，然后开始下起雨来，广场上空无一人。

但在半夜，持续的降雨之下，一些神秘的阴影沿着街道移动起来，像是在秘密进行某种犯罪阴谋。他们弓着腰、迈着大步，鬼鬼祟祟地潜入广场，与拱门和走廊的阴影重叠在一起，等待着合适的时机。这时灯光已经十分昏暗，放眼望去，到处漆黑一片。

有多少阴影呢？也许有十几个。他们拿着食物来喂狗，但每个人都想尽办法乔装了一番，让别人认不出自己来。狗没有睡觉：在河谷的黑色背景下，墙檐上能看见两个发着磷光的绿点。时不时传来一阵短暂的哀嚎，回荡在广场上。

这是一次复杂且耗时的行动。终于，一个人冒险走到了那条狗的面前，他的脸被围巾裹得严严实实，自行车帽的帽檐压到最低挡住了额头，黑暗里完全认不出他是谁。所有人都做好了充分的准备，确保万无一失。

随后，这些无法识别身份的人一个接一个地把一堆东西放到了大教堂的墙下，但每两个人之间都会相隔很长时间，以免碰见别人。哀嚎声停止了。

早晨，人们发现加莱奥睡着了，身上盖着一条防水毯。墙边堆满了各种好东西：面包、奶酪、肉片，甚至还有一个装满了牛奶的碗。

20

自从狗瘫痪以后，整个镇子的人都以为可以喘口气了，但这种幻想转瞬即逝。因为尽管待在矮墙边,加莱奥仍注视着镇子里的一举一动。至少有一半的提斯镇在它的监控之下。谁知道它的目光有何等犀利?哪怕是在加莱奥监视下的郊区里都能听到它的声音。现在该如何恢复过去的习惯?人们并不情愿承认是一条狗改变了大家的生活,承认这么多年来精心维护的充满迷信色彩的秘密。

德芬登特的面包店在狗的视线之外,但他并没有继续亵渎神灵,也没有再想从地窖的小窗子里克扣穷人的面包。

现在加莱奥比以前吃得更多了,而且每天都不动弹,胖得像猪一样。谁知道它还会活多久。随着狗患上感冒,人们破灭的希望又重新燃起。尽管有防雨布,但狗还是吹了风受了凉,并且可能染上了狗瘟。

但这次,恶毒的卢西奥尼又让一切幻想破灭了。

一天晚上,在一家小餐馆里,他讲了一个狩猎的故事,说很多年前他的狗曾在雪地里过过夜,此后就得了恐水症;说他不得不一枪杀了它,但每次想起内心仍然非常伤感。

"那条狗,"又是伯纳迪斯骑士,他总爱提及令人不快的话题,"就是大教堂矮墙旁边的那条瘫痪的丑狗,总有人给它提供食物,我说,就不怕这条狗有危险吗?"

"你这么生气干什么!"德芬登特说,"毕竟它都不能动了!"

"谁告诉你的?"卢西奥尼说,"恐水症会让它力量倍增的。如果它现在能像鹿一样跳跃,我一点儿都不会感到惊讶!"

伯纳迪斯一脸惊愕:"呃,好吧。"

"对我来说,我是一点儿都不在乎的,因为我一直带着一个安全的好东西。"说着,卢西奥尼从兜里掏出一把沉重的左轮手枪。

"你!你!"伯纳迪斯惊呼道,"那是因为你没孩子!要是你像我一样有三个孩子,你就肯定会在乎。"

"我之前就跟你们说过。你们现在再好好想想!"工头边说边用袖子擦拭起枪管来。

隐士已经去世多少年了?

三年,四年,五年,还有人记得吗?十一月初的时候,为加莱奥准备的木头狗窝就差不多完工了。虽然大家都认为这显然是一件无足轻重的小事,但仍在镇议会上对此进行了专门的讨论。没有人提议要把狗杀死或者转移到别的地方,尽管这是最简单直接的方法。木匠斯特凡诺负责制造一种全部用活砖砌成且可以固定在矮墙上的狗窝。此外,狗窝全部涂成红色,以便与大教堂的外墙颜色相匹配。

"多么低级,多么愚蠢啊!"每个人都努力表现出这是别人的主意。所以,对那条见过上帝的狗的恐惧已不再是秘密了吗?

但狗窝最终未能如期安装。十一月初,面包店的一个伙计像往常一样在凌晨四点经过广场,突然发现矮墙下的那个黑影一动不动。于是,他走过去摸了摸,然后一口气冲到了面包店。

"发生什么事了?"德芬登特看到他跑得上气不接下气的样子,问。

"它,它死了!死了!"伙计喘着粗气,结结巴巴地说。

"谁死了?"

"就那条该死的狗……我看到它躺在地上,身体已经僵硬了,就像块石头一样。"

人们终于可以大口呼吸了?可以随心所欲了?那个总令人不舒服的上帝的代表终于走了,没错,可已经过去了太久的时间。他们该如何回到过去?

从头开始吗?这些年,年轻人都养成了不同的习惯,毕竟礼拜日的弥撒是一种消遣。而且,谁知道为什么,那些亵渎神灵的话现在也变成了一种夸张而虚假的声音。总之,人们本以为会得到极大的宽慰,事实却并非如此。

其次,如果他们重拾过去的习惯,不就等于承认一切了吗?这些年他们始终小心翼翼地保守着这个秘密,现在却要将耻辱公之于众吗?

一个因为一条狗而改变生活的镇子!

这会让人笑掉大牙的。

与此同时:该把那条狗埋葬在哪里呢?在公共的花园里。不,不,不能在镇中心,人们已经受够了。下水道里呢?大家面面相觑,没有人敢吱声。

"这不在法规涉及范围内。"政务秘书最后说,为大家摆脱了尴尬。用熔炉火化?可如果引起感染怎么办?那么把它埋到乡下,对,这是正确的解决方案。但哪里的乡下呢?谁会同意呢?已经有人开始质疑了,没人愿意把这条死狗埋在自己的地里。

把它埋在隐士旁边呢?

于是，这条见过上帝的狗被装进一个小盒子里，放上一辆小推车运到了隐士所在的小山丘上。这是一个礼拜日，许多人借口去山上郊游。六七辆坐满男男女女的马车跟在小盒子的后面，人们都努力表现出高兴的样子。尽管阳光灿烂，但乡野已经很冷，树木都光秃秃的，看起来没有一点儿美感。

抵达小山丘后，大家都纷纷从马车上下来，步行前往古老教堂的废墟。孩子们跑在前面。

"妈妈！妈妈！"他们喊道，"快点儿！快来看！"

于是家长们加快步伐，急忙赶到西尔维斯特的墓前。

自从很久以前的某天将隐士下葬后，就再没有人来过这里。隐士坟墓上方的木制十字架下，有一小副白骨。长期的风吹雨淋和冰天雪地令它磨损严重，变得纤细而苍白。是一条狗的骨架。

21
有事发生

火车刚行驶几公里时(路程很长,在抵达遥远的目的地之前没有经停站,因此火车要连续行驶十个小时),我透过车窗,在一个交叉路口看到一名年轻女子。

这纯粹是偶然,我本可以看向其他事物,却偏偏把目光落在了她的身上。她既不漂亮,身材也不好,没有丝毫特别,谁知道我为什么会碰巧看到她。她倚靠在栏杆上,欣赏着我们的火车:特快专列、北方快车、漂泊者的象征,车上满载亿万富翁、暴发户、冒险家、商贾名流、电影明星,这精彩的表演每天都能欣赏到一次,而且完全免费。

然而当火车经过她面前,她并没有朝我们这边看(也许她已经在那待了一个小时),而是扭头看向身后一个从街尾跑过来、嘴里喊着什么的男人,当然我听不见:他慌忙跑来,似乎是为了警告女子那里有危险。一切发生在片刻之间,画面转瞬即逝,我不禁好奇那个男人惊慌失措地朝女子跑去是为了什么。火车富有节奏地摇晃前行,当我昏昏欲睡,偶然(纯属偶然)又注意到一个农民站在一面矮墙上冲着田野大声呼喊,双手放在嘴边充当扩音器。这个画面同样转瞬即逝,因为火车正在飞速行驶。但我仍然瞥见六七个人一路飞奔,穿过草地、田野、苜蓿丛,他们毫不顾及脚下踩着什么,肯定发生了一件非常重要的事。他们从四面八方而来,有的从屋子里,有的从树篱的洞中,有的从葡萄藤下,但所有人都朝着同一个方向,朝着那个站在矮墙上大声呼喊的年轻人奔去。他们狂奔的样子看起来就像是被某种突如其来的警告吓到了,把他们从原本平静的生活中拽了出来。但我再重申一遍,这只是片刻之间的事,转瞬即逝,我并没来得及观察到其他东西。

真奇怪,我心想。短短几公里就已经有两拨儿人收到了突发新闻,至少我是这么认为的。现在,我看着窗外的田野、小路、村庄、农场,不禁隐隐担忧。

也许是某种特殊的心态作祟,不过,我越观察那些人,那些农民、车夫,就越觉得到处都散发着一种不同寻常的气息。

是的,为什么后院里人头攒动,女人们一脸焦虑?还有那些车,那些牲畜?无论哪里都是一样。

由于车速太快,我难以将他们的神情区分清楚,但我认为,他们的异样都出于同一个原因。

也许这个地方有节日?人们正忙着赶去集市?可从火车沿途的混乱画面来看,农村完全处于动乱之中。而且,我还联想到了交叉路口的女子和矮墙上的年轻人:一定有事发生,但我们在火车上一无所知。

我看了看火车上的旅客们,有些在车厢里,有些站在走廊上,都没有注意到任何异常。他们看起来神色平静,我面前一位六十岁上下的女士都快睡着了。还是他们其实也有所怀疑?对,对,他们也一个个忐忑不安,只是不敢吱声。我不止一次扭头看向窗外,令他们惊讶不已。特别是那位昏昏欲睡的女士,对,她一直在眯着眼偷看,看我有没有注意她。可他们在害怕什么?

那不勒斯。火车通常会在这里停站,但我们的特快专列不停。窗外,一排排老房子不断后退。在昏暗的院子里,我们能看到亮着灯的窗户,房间里的男男女女似乎都在弯着腰收拾行李(只是一瞬间的画面),至少看起来是这样。或者是我自欺欺人,这些都是幻觉?

他们正准备离开。去哪里呢?看来,让城市和农村都灯火通明的并不是一个好消息。威胁?危险?抑或塌方警告?然后我又想:如果遇到了大麻烦,火车应该会紧急停车。可一切井然有序,信号灯一路畅通,岔口转轨完美,就像首次通车的演习一样。

我身边的一名年轻人站起来,假装漫不经心地伸了伸懒腰。

实际上，他是想看得更清楚些，他弯腰时身子朝我这边倾斜，从而离窗户更近。窗外晴空万里，底下是大片的农田和白花花的道路，路上有形形色色的货车、卡车和步行的人群。他们排成长队，就像在守护神诞辰当天在圣殿前排成的长龙一样。人很多，随着火车不断向北行驶，人数还在不断增加。所有人都朝着同一方向南下，逃离危险，而我们却在以疯狂的车速逆流而行，等待我们的也许是战争、革命、瘟疫、火灾，不然还能有什么呢？我们只有在五个小时后抵达终点站时才会知道，可那时也许为时已晚。

所有人都一言不发，没有人想第一个开口。也许每个人都像我一样心生怀疑，不确定这种警报到底是真实存在的，还是只是乘坐火车感到疲惫时产生的一种疯狂的臆想、一种幻觉、一种荒唐的想象。

我对面的女士叹了口气，假装自己刚刚从睡梦中醒来，呆滞地抬了抬眼，然后看似漫不经心地把目光落到了警报器的手柄上。所有人都不约而同地朝警报器看去，但没有人说话，或者说没有人敢打破这种沉默，或询问别人是否也注意到外面有什么不同寻常的事发生。

现在，放眼望去，路上车水马龙，大家都在朝南行进。与我们迎面相遇的火车络绎不绝。人们用震惊的目光看着我们朝北方疾驰而去。

站台上人山人海。有人冲我们挥手，有人朝我们喊叫，但那些声音在我们听来，就像是山间的回声，完全听不清喊的是什么。

我面前的那位女士开始注视我。她戴满珠宝的双手紧张地揉搓着手帕，仿佛在用眼神向我哀求：快开口啊，快把他们从沉默中解救出来，快说出那个所有人都在优雅等待却无人敢最先提出的问题。

又到了另一座城市。火车驶入车站时，速度稍有放慢，两三个人忍不住站了起来，希望火车会停下。然而伴随着涡轮机的轰鸣，火车沿着站台驶出了车站。站台上四处都是凌乱不堪的行李堆，一群神色慌张的人正争先恐后地往一辆即将出发的火车上挤。一个小男孩拿着一沓报纸，在后面不停地追赶着我们，从他手里挥舞的报纸头版上可以看到一个黑色的大标题。我面前的女士突然往外探出身子，敏捷地抓住了那张报纸，可惜风又把它吹跑了，她的手指间只残留下一点碎片。我发现她的手在颤抖。那是一块三角形的碎片，只能看到报头和大标题的四个字母：IONE。

女士一言未发，稍稍将碎片高举，让所有人都能看到。但其实刚刚所有人都已经看过了，只是假装没有注意。随着恐惧感的不断加剧，每个人都要更加努力地克制自己。我们绞尽脑汁猜着那个以 IONE 结尾的词，那则新闻一定骇人听闻，才让所有人落荒而逃。是一件惊天大事，打破了整个国家的平静，让男男女女毫不犹豫地抛弃了房子、工作、生意，抛弃了一切，只为自救。然而，我们的火车却没有。这辆该死的火车仍然按部就班地向前行驶，就像忠实的士兵逆行返回以支援溃败的军队，而敌人此刻已在堡垒前安营扎寨。为了保持体面,为了对别人可悲的尊重,我们之中没人有勇气做出任何反抗。

噢,火车与人生是多么相似!

还有两个小时。两小时后,抵达终点之时,我们就能知道我们这车人共同的命运了。两个小时,一个半小时,一个小时,天色已暗。我们已经能从远处看到城里的灯光。静止不动的灯光与夜空中皎洁的月光遥相呼应,仿佛给了我们一丝勇气。火车鸣响一声汽笛,车轮在错综复杂的迷宫中不断旋转。车站、顶棚的黑色曲线、路灯、指示牌,一切一如往常。

可是,太过可怕!这辆火车继续向前行驶,我发现车站、站台竟然都空无一人,尽管我用目光不断搜寻,但仍然一个人影也没看到。火车终于停了下来。我们急忙下车,沿着人行道朝出口跑去,试图找到其他人。终于,在尽头最右边角落的昏暗灯光里,我隐约瞥见了一个戴帽子的铁路工人,他挂在一扇门上,满脸惊恐。到底发生了什么?这座城里再也找不到一个活着的人了吗?突然,一个女人的尖叫划破夜空,高亢有力,我们甚至感觉到空气的震颤。

"救命!救命!"她的尖叫声在玻璃穹顶下不断回荡,在这座废弃之城里显得尤为空洞。

22

老鼠

我的朋友科里奥一家怎么了？那座古老的多加内拉乡村别墅发生了什么？不知何时开始，每年夏天，他们都会邀请我去那里待上几个星期。可今年，他们没有邀请我。乔瓦尼只是给我写了一封简短的道歉信。一封奇怪的信，含糊其词地暗示家里遇到了麻烦或不幸，但其实什么也没解释清楚。

我曾在他们家度过了多少快乐的日子。今天，当我回想过去在森林里的欢乐时光时，突然，我的脑海里第一次闪现出一些当时觉得稀松平常、微不足道的小事。

例如，我的脑海里浮现出以下画面。这发生在很久很久以前的一个夏天,当时战争还未爆发(这是我第二次去科里奥家做客):我回到二楼转角正对着花园的房间(接下来几年我也总是住在那里),正准备上床睡觉。忽然,我听到了细微的动静,从门底下传来的抓挠。于是我走过去开门,一只小老鼠从我的双腿中间钻了进来,穿过房间,躲到了梳妆台下面。

它跑起来很笨拙,我完全可以一脚踩死它,但它看起来如此娇小脆弱。

第二天早上,我偶然与乔瓦尼谈起此事。"啊,对,"他心不在焉地说,"屋子里偶尔是会有老鼠窜来窜去。"

"一只特别小的老鼠……我都不忍心……"

"对,我能想象,别介意……"说着,他很快换了话题,似乎并不喜欢听我说这些。

第二年。一天晚上,我们在玩纸牌,大约午夜时分,隔壁房间(这个时间,客厅的灯都已经关了)传来咔嚓一声,就像弹簧发出的金属声。"什么声音?"我问。"我什么也没听到啊,"乔瓦尼神情闪躲地说,"你呢,埃莱娜,你听到什么了吗?"

"没有。"他的妻子回答,脸微微泛红。

"怎么会呢?"我说,"好像是从客厅传来的……像是什么金属的声音……"说着,我发现气氛有些尴尬,于是说:"好吧,是轮到我出牌了吗?"

不到十分钟,又传来一声咔嚓声,这次是从走廊传来的,伴随着一声细微的呻吟,像是动物发出的。"告诉我,乔瓦尼,"我问,"你们是不是装了捕鼠器?"

"据我所知没有，是吧，埃莱娜？我们有装捕鼠器吗？"

妻子回答："你觉得呢，怎么可能？就这么点老鼠！"

又过了一年。我一进别墅，就注意到两只体形庞大的猫：虎斑猫，肌肉发达、毛发柔滑、生龙活虎，一看就是那种会抓老鼠的猫。我对乔瓦尼说："啊，你们终于下定决心了。不知道会是怎样的一场恶战。这里可不缺老鼠。"

"没有，"他说，"它们只是偶尔吃吃……老鼠可养不活它们……"

"可这猫看起来多胖多可爱啊。"

"对，它们的日子很滋润，身体好着呢。要知道，它们在厨房里能找到不少好东西。"

又过了一年，我还是像往年一样来别墅度假，又见到了那两只猫。但它们看起来不再像之前一样充满活力、身姿矫健，而是变得骨瘦嶙峋、垂头丧气。它们也不再敏捷地在房间之间穿梭，相反，总是趴在主人的脚下，一副昏昏欲睡的样子，动也不动。于是我问："它们生病了吗？怎么这么无精打采？还是没老鼠可吃了？""没错，"乔瓦尼·科里奥神采飞扬地说，"它们真是我见过的最愚蠢的猫了。自从它们来这里以后，把老鼠都吃灭绝了……连个种都不剩！"说着，他哈哈大笑起来。

后来，他的长子乔治把我叫到一边悄悄跟我说："你知道是为什么吗？是因为害怕！"

"谁害怕？"

他说："猫啊，猫害怕。爸爸不喜欢别人谈论这件事，会让他很反感。但猫真的害怕。"

"怕谁?"

"问得好!怕老鼠!一年的时间,这里的老鼠从十只变成了一百只……而且不再是以前那种小只的!个个都跟小老虎似的,个头比鼹鼠还大,毛很硬,浑身漆黑。总之,猫不敢攻击它们。"

"那你们就撒手不管吗?"

"是啊,我们应该想办法做点什么,可爸爸总是犹豫不决。也不知道为什么,这是个忌讳的话题,一提,他就精神紧张……"

又过了一年,从第一晚开始,我房间的天花板就一直有很大的响动,仿佛有人在上面奔跑。咚咚咚,咚咚咚。但我知道上面没有任何人,只是间无人居住的阁楼,专门堆放旧家具和箱子。"该死的,跑得没完没了,"我心想,"这些老鼠的个头肯定很大。"因为声音大到令我难以入睡。

第二天用餐时,我问:"你们不对老鼠采取点措施吗?昨天它们可是在阁楼闹了整整一宿。"我看到乔瓦尼脸色一沉:"老鼠?什么老鼠?感谢上帝,家里早就没有老鼠了。"他年迈的父母也附和道:"哪儿来的老鼠啊。你一定是做梦了吧,亲爱的。""可是,"我说,"我觉得至少得有四五十只,一点儿不夸张,我保证。而且,有时候我甚至能看到天花板都在震动。"乔瓦尼若有所思,然后说:"你知道是怎么回事吗?我从来没跟你说过,怕吓到你,是因为这个屋子里闹鬼。我也经常听到……特别是晚上,闹得很厉害!"我听了大笑起来:"你这是把我当成三岁小孩吗？！什么闹鬼，就是老鼠，我可以保证，就是老鼠，大鼠，褐鼠！……对了，之前那两只猫去哪儿了？"

"实话告诉你，已经被我们赶走了……你怎么老是盯着老鼠的话题不放！就不能说点别的吗！……这里毕竟是农村，免不了……"

我惊讶地看着他：为什么这么生气？平时他可是非常温和友善的啊。

随后，依然是长子乔治跟我讲了家里的情况。"别信爸爸的鬼话，"他说，"你听到的的确是老鼠，有时吵得我们也无法入睡。你是没见到，简直是怪物，对，怪物。它们浑身漆黑，有如煤炭，毛硬得就像刺猬的刺……那两只猫，实话告诉你吧，是被它们赶跑的……在一个晚上。当时我们已经睡了几个小时，突然被一阵可怕的猫叫惊醒，是从客厅传来的。然后我们下了床，但没有发现猫的踪影……只有几簇皮毛……到处都是血……"

"可你们就没想想办法吗？捕鼠器？下毒？我不明白你爸爸为什么会若无其事……"

"怎么没有？这甚至成了他的心病。但现在连他也很害怕，说最好不要去招惹它们，那会更糟。他说毕竟现在它们已经太多了，什么法子都不管用……除非一把火把房子烧掉……然后，然后你知道他还说什么了吗？想想就可笑。他说最好不要跟它们作对。"

"跟谁？"

"老鼠。他说如果有一天，等它们数量更多，可能会报复我们……有时候我会觉得爸爸是不是疯了。你知道吗？有一天晚上，我甚至撞见他把一根香肠扔进了地窖，吓了我一跳。这简直就是在养宠物！他讨厌它们，但也害怕它们。他想和它们友好相处。"

就这样度过了几年。直到去年夏天，我像往年一样在房间里静静地等着天花板上的骚动。但，一片安静。万籁俱寂，只能听见花园里几只蟋蟀的鸣叫。第二天早上，我在楼梯上碰到了乔治。"恭喜啊！"我说，"可你能告诉我你们是怎么把老鼠清理干净的吗？昨晚天花板上一只小老鼠都没有。"

乔治看着我，露出一丝勉强的笑容，然后说："来，过来，过来看吧。"

他把我带到地窖，那里有一扇关着的地板门。"它们都在下面，"他轻声说，"几个月前，它们都跑到下面的下水道里去了，所以家里几乎没有什么了。都在下面……你听……"

他不再说话。地板传来一种难以形容的声音：一种嗡嗡的声响，一种阴沉的颤动，一种躁动的喧哗；还有零星的吱吱声、尖锐的叫声、口哨、低语。"有多少只？"我颤颤巍巍地问。

"谁知道呢。可能有上百万……你自己看吧，但只能看一眼。"

说着，他点燃了一根火柴，然后抬起活板门的盖子，把火柴扔了进去。仅一瞬间，我看到在一个山洞一样的地方，一群疯狂的黑色的东西密密麻麻地攒在一起，有如湍急的漩涡。在那丑陋的骚乱中，有一种力量，一种地狱般的生命力，无人能挡。是老鼠!成千上万双眼睛恶狠狠地看着我。这时,乔治咚的一声盖上了盖子。

现在情况怎么样了呢?为什么乔治写信给我,告诉我今年不能再邀请我去做客了?发生了什么事?我想去拜访他,几分钟就够了,我想知道情况。但坦白说,我没有勇气。我从各个地方听到了奇怪的传言。人们像讲故事一样翻来覆去地讲,然后再嘲笑一番。但我没有笑。

比如,有人说科里奥年迈的父母已经去世;有人说他们再没有人离开过别墅,村里的一个人专门负责给他们送食物,把包裹放在森林边上;有人说没人能进入那座别墅,因为大老鼠占领了它,而科里奥一家成了它们的奴隶。

一位曾经去过那边的农民(但没太靠近,因为别墅门口有十二只老鼠虎视眈眈地把守)说他隐约看到了我朋友的妻子,温柔可爱的埃莱娜·科里奥女士。她站在厨房的炉火旁,衣衫褴褛,像个乞丐。她不停地搅拌着一口巨型大锅,周围是一群臭气熏天的老鼠,它们贪婪地盯着食物,不断催促她动作快点。

她看起来神情沮丧,疲惫不堪。当她发现门外有人在看她时,只是落寞地挥了挥手,仿佛在说:"别操心了,为时已晚。我们已经毫无希望。"

23
与爱因斯坦之约

去年十月的一个傍晚，结束一天的工作后，阿尔伯特·爱因斯坦在普林斯顿大街上散步。那天他独自一人，遇到了一件非同寻常之事。突然之间，没有任何特殊原因，他的思绪宛若脱缰的野马般自由地奔腾起来，然后，他的脑海中出现了自己穷极一生都在追求的奥秘。

就在这时，爱因斯坦看到四周出现了所谓的弯曲空间，既可从正面观察，也可从反面观察。

通常人们都说，我们的大脑永远无法构想出空间的曲度、长度、宽度和厚度。而且，已经可以证实，第四个神秘维度是真实存在的，只是人类无法触及。就像一堵将人类囚禁其中的墙，任凭里面那颗永不满足的大脑如何天马行空，不断攀升、再攀升，也永远飞不出去。就连毕达哥拉斯、柏拉图或但丁都未曾做到。即使现在他们还在世，也无法穿越这道屏障，真理远比我们想象的浩瀚。

也有其他人认为，通过对大脑的积极探索以及年复一年的锻炼与应用，总有一天可以实现。当世界焦躁不安，当火车和高炉吞云吐雾，当数百万人在战争中丧生，当恋人在市民公园的暮色中热吻，一些孤独的科学家，一些富有英勇精神的科学家，一些至少带有传奇色彩的科学家，始终在坚持不懈地观察和思考弯曲空间（也许只是一瞬间，就像刚刚从悬崖上探出身子，又立马被拉了回来），这个造物主妙不可言的登峰造极之作。

但这种现象往往悄然发生，没有任何夸张的仪式。没有夸夸其谈、没有采访、没有荣誉勋章，因为那是完全属于个人的胜利。他可以说：我构想出了弯曲空间，但没有任何文件材料、照片或其他可以证明他所说属实的证据。

然而，当这一刻到来，这种思绪就以惊人的速度，从一条极其狭窄的缝隙钻入我们原本无法触及的宇宙，曾经的固定程式在我们所属空间之外诞生、成长，最终成为我们的另一段生命。噢，然后我们在三维空间的忧虑瞬间瓦解，我们感到自己沉浸并悬浮在某种类似于永恒的东西之中。

这一切都是阿尔伯特·爱因斯坦在十月的一个无比美丽的傍晚想到的。当时，天空像水晶一般晶莹剔透，路灯开始一盏盏亮起，仿佛在与金星媲美。而心脏，这块奇特的肌肉，正愉快地享受着上帝的恩惠！尽管他是个淡泊名利的学者，但在那一刻，他认为自己已然超凡脱俗，就像贫困潦倒之人突然发现自己的口袋里装满了金子。这种骄傲感完全包围了他。

但就在那时，几乎如同惩罚，这种神秘的景象瞬间消失，像出现时一样突然。

与此同时，爱因斯坦发现自己身处一个从未见过的地方。他走在一条很长的大街上，两旁都是树篱，但没有一座房屋、别墅或棚屋。只有一根黄黑色条纹的汽油柱，顶上装有玻璃显示器，还有一名黑人坐在附近的一张木凳上等候着顾客。他穿着一条围裙式的裤子，头上戴着一顶红色的棒球帽。

爱因斯坦刚走过去，那个黑人就站了起来，朝他走了几步说："先生！"他站起来后，身材魁梧，算得上英俊，颇具非洲特色，浑身散发一种令人敬畏之感。他笑了笑，露出洁白的牙齿，笑容在深蓝的暮色里显得格外灿烂。

"先生，"黑人说，"可以借个火吗？"说着，他晃了晃手里的烟头。

"我不抽烟。"爱因斯坦停下脚步，一脸惊讶。

然后黑人说："您不请我喝一杯吗？"他身材高大，相貌年轻且狂野。

爱因斯坦翻了翻空荡荡的衣兜："可是……我身上一分钱都没带……我没这个习惯……真的很抱歉。"说着，他准备离开。

"没事，还是谢谢您，"黑人说，"不过……请留步……"

"还有什么需要吗?"爱因斯坦问。

"我需要您的帮助。我是特意在这儿等您的。"

"等我?什么事……?"

黑人说:"是一件隐秘的事情。我得到您耳边悄悄说。"天色暗了下来,他的牙齿看起来比之前更白了。然后,他俯身对着爱因斯坦的耳朵低声说:"我是魔鬼伊比利斯,我是死神的使者,我要带走你的灵魂。"

爱因斯坦下意识地后退了一步。"我觉得,"他一脸严肃地说,"我觉得你喝多了。"

"我是死神的使者,"黑人又重复了一遍,"看。"

说着,他走到树篱旁折断一根树枝。片刻工夫,树叶逐渐干瘪,变成灰色。随后,黑人对着树吹了一口气,所有的一切——树叶、树枝、树干和树根,瞬间化为灰烬,消散在空中。

爱因斯坦低下头说:"该死,好吧……可就在这里吗,今晚……在这条路上?"

"这是我的工作。"

爱因斯坦环顾四周,半个人影也没有。大街上灯火通明,远处的十字路口还有汽车大灯的光亮。他又抬头看了看天空,天朗气清,繁星闪烁。金星已经落下去了。

爱因斯坦说:"听我说,请再给我一个月的时间吧。现在还不是时候,我的研究快要完成了。我只求再多给我一个月的时间。"

"只要跟我走,"黑人说,"你研究的东西,立刻就能知道结果。"

"那不一样。不费吹灰之力就能知道的东西有什么价值呢？对我来说，这是一项极具意义的研究。我花费了整整三十年的时间。现在，就差一点了……"

黑人冷笑了一声："你刚刚说一个月？……不过我劝你别想躲起来。就算躲到天涯海角，我都能立马找到你。"

爱因斯坦还想再问一个问题，但黑人已经消失不见。

如果等待的是心爱之人，那么一个月将会无比漫长，但如果等待的是死神，那么一个月就如眨眼之间。就这样，整整一个月过去了。晚上，爱因斯坦只身来到了约定的地点。还是那根汽油柱，还有坐在凳子上的黑人，只是这次他身上又披了一件旧的军大衣——天气的确很冷。

"我来了。"爱因斯坦用手拍了拍他的肩膀，说。

"你的研究怎么样了？完成了吗？"

"还没有。"科学家神情落寞地说，"再给我一个月吧！我发誓绝对够了。这次我一定能完成。相信我。我已经加班加点、夜以继日，可惜还是没来得及。但我就差一点儿了。"

黑人没有转身，只是耸了耸肩说："你们人类都是一个样，永远不知满足，总是恳求我再给点儿时间，然后每次都有新的借口……"

"可我的研究难度极大，无人能及。"

"噢，我知道，我知道，"死神的使者说，"你在寻找打开宇宙之门的钥匙，是吗？"

两人都陷入沉默。已经是冬日的夜晚,雾蒙蒙的,让人感到浑身不舒服,只想待在家里。

"那么?"爱因斯坦问。

"好吧……可一个月过得很快。"

时光飞逝。四个星期的时间从未让人觉得如此短暂。十二月的那个夜晚,寒风凛冽,仅有的几片叶子在沥青地上沙沙作响。贝雷帽下,智者鬓角的白发在寒风中瑟瑟颤抖。还是那根汽油柱,旁边是那个戴着一顶巴拉克拉法帽的黑人。他蹲在地上,仿佛睡着了似的。

爱因斯坦走到他身边,怯生生地碰了碰他的肩膀:"我来了。"

黑人紧了紧外套,牙齿冷得直哆嗦。

"是你啊?"

"对,是我。"

"搞定了?"

"是的,感谢上帝,我终于完成了。"

"你的伟大事业完成了?你找到了想要找的东西?撬开了宇宙之门?"

爱因斯坦清了清嗓子,玩笑般地说:"是的,从某种意义上说,现在宇宙已经井然有序了。"

"所以你可以跟我走了?准备好上路了吗?"

"嗯,当然。这是我们约定好的。"

突然,黑人猛地站了起来,发出了典型的非洲人的笑声。然后他用右手食指戳了一下爱因斯坦的肚子,差点儿让他摔倒。

"走吧走吧，老家伙……要是不想肺充血，就赶快跑回家吧……现在，你对我来说已经毫无用处了。"

"你要放我走？……可为什么搞出这么多事来？"

"重要的是你完成了你的研究，其他都无所谓了。我也完成了任务……上帝明鉴，要不是我吓唬你，谁知道你要拖到什么时候。"

"我的研究？跟你有什么关系？"

黑人笑了："跟我是没什么关系……但这是老板们，就是下面那群魔鬼大佬的意思。他们说你之前的创举都很有用……你不必有负罪感，事实就是如此。亲爱的教授，不管你喜欢与否，那些发现可都让地狱受益匪浅……现在他们都迫不及待地等着新的发明……"

"一派胡言！"爱因斯坦愤怒地说，"你到底想从这个无辜的世界得到什么？那些小公式都是完全抽象的东西，对人毫无害处、公正无私……"

"说得好！"伊比利斯一边大声说，一边又用手指戳了戳爱因斯坦的肚子，"说得真好！可要是真如你所说，他们还派我来干什么？你觉得是他们弄错了吗？……不，不，你做得很好。下面的老板们会非常满意的……噢，可惜你不知道！"

"不知道什么？"

但说完，死神的使者就消失了，汽油柱和凳子也一并消失不见。夜晚，只剩下寒风凛凛。远处是来来往往的汽车。新泽西州普林斯顿。

24
朋友们

制琴师阿梅迪奥·托蒂和他的妻子正在喝咖啡。孩子们已经上床睡觉了。两个人像往常一样沉默不语。忽然，妻子说："有件事我想跟你说说……今天一整天我都有种奇怪的感觉……我总觉得阿帕凯今晚会来找我们。"

"别开这种玩笑！"丈夫一脸不悦。事实上，托尼·阿帕凯是一位小提琴家，也是他们多年的密友，但在二十天前就已经去世了。

"我知道，我知道很可怕，"妻子说，"但这种感觉一直挥之不去。"

"好吧……"托蒂含糊其词地回应道。他并不想深入探讨这个话题,只是摇了摇头。

两人又陷入了沉默。九点四十五分。门铃响了。铃声很长,带着一种不容拒绝之感。

两人都吓了一跳。

"这么晚还会有谁来?"妻子说。然后她听到伊内斯踏着小碎步跑到前厅,门打开了,传来一阵低沉的说话声。最后,女仆出现在她的面前,脸色苍白。

"伊内斯,是谁?"妻子问。

女仆看着男主人,结结巴巴地说:"托,托蒂先生,是他,他来了,在那边……您知道的!"

"谁?是谁?"女主人恼火地问,尽管她心里已经很清楚。

伊内斯凑到她耳边,仿佛要说一件极其神秘的事。

她支支吾吾地说:"是……是……托蒂先生,是他来了……是阿帕凯大师回来了!"

"胡说八道!"托蒂见她那神神秘秘的样子,心里一股子火往上冒,对妻子说,"我去看看……你留在这儿。"

他穿过黑漆漆的走廊,不小心撞到了家具的一角,然后一把打开通往前厅的大门。

阿帕凯正站在门口,稍显胆怯。

他和从前的阿帕凯并不完全相同,看起来没有那么真实,轮廓有些模糊。

是鬼魂吗?也算不上。他并没有完全脱离人类对物质的定义，或者说是某种仍有一定物质性的鬼魂。他像往常一样穿着灰色西装和蓝色条纹衬衫，搭配一条红蓝相间的领带，手里拿着一顶松垮的毡帽，紧张地揉搓着。（总体来说，是一个穿着西服打着领带的鬼魂。）

托蒂不是一个轻易流露情感的人，甚至恰恰相反。但他此刻呆若木鸡。亲眼见到最亲爱的老朋友在墓地安葬二十天后重新出现在自己眼前，可不是什么开玩笑的事。

"阿梅迪奥！"可怜的阿帕凯露出试探性的微笑，冲他打招呼。

"你，你怎么会在这里？"托蒂质问道。此刻他内心抗拒、头脑混乱，但谁知道为什么，语气里只有满满的愤怒。再次见到已失去的朋友不是应该感到巨大的安慰吗？为了这样的重逢，托蒂不是不惜一掷千金吗？是的，当然，他会毫不犹豫，不惜一切代价。那现在他为什么完全高兴不起来呢？反而气愤不已？在经历如此多的焦虑，如此之多的泪水，如此之多的麻烦之后，又要从头开始吗？在分别的日子里，他对朋友的感情已经消耗殆尽，现在完全找不回来了。

"是的，我来了，"阿帕凯一边回答，一边揉搓着帽檐，"我……你很清楚，我们之间不用说恭维话……也许我打扰……"

"打扰？你说打扰？"托蒂气呼呼地说，"我压根儿不想知道你是从哪里回来的，还变成这副样子……然后还要说什么打扰！你可真行啊！"托蒂越说越激动，气得面红耳赤，"现在你想让我做什么？"

"听着,阿梅迪奥,"阿帕凯说,"别生气……毕竟这也不是我的错……那边(他做了个模糊的手势)也是一片混乱……总之,我还要在这儿待一个月……就一个月,应该差不多……你知道的,我家的房子都已经拆了,现在有新房客住在里面……"

"所以呢,你的意思是想睡在我家?"

"睡?我现在已经不用睡觉了……所以我也不需要床……我只要一个小角落就够了……我不会打扰你们,我不用吃也不用喝,而且……总之,我连厕所都不用上……好吗?我只是不想整晚在外面游荡,特别是下雨天……"

"下雨天……你还会被淋湿吗?"

"当然不会,"他微微笑了笑,"但总会让人觉得很烦躁。"

"那么晚上你想在这儿过夜吗?"

"如果你允许的话……"

"什么叫如果我允许!……我不明白……你是个聪明人,也是我的老朋友……你现在都已经离开人世了……你怎么还不明白?对啊,难怪你生前连个家都没成!"

阿帕凯困惑地朝门后退了几步。

"抱歉,我以为……而且只是一个月……"

"你怎么就听不明白!"托蒂气愤地说,"我担心的不是我自己,而是孩子们!……是孩子们啊!……你就没想过,如果两个无辜的孩子看见你会怎么样?他们还不满十岁啊。不管怎样,你得清楚自己现在的处境。请原谅我的残酷,可你,你是个鬼魂啊……我不会让孩子们跟一个鬼魂住在一起,亲爱的……"

"所以不行吗?"

"是的,亲爱的,我不知道该怎么说……"阿梅迪奥一时语塞。突然,阿帕凯消失不见了。只能听到下楼梯的脚步声。

午夜时分,音乐学院院长马里奥·坦伯拉尼在听完音乐会后回到了家里。他刚把钥匙插进公寓大门的门锁里,便听到身后有人轻声喊他:"大师!大师!"他立即转过身,看到了阿帕凯。

坦伯拉尼以善于社交、精明机智和老谋深算著称,不管这些是天赋还是缺点,都让他获得了远远超出自身能力可带来的成就。眨眼之间,他就迅速摸清了眼前的情况。

"噢,亲爱的,亲爱的,"他用一种非常亲切且充满同情的语气低声说,并向小提琴家伸出了手,但停留在离对方足足一米远的地方,"噢,亲爱的,亲爱的……你知道你的离去让……"

"什么?什么?"阿帕凯有点听不清,因为鬼魂感官的灵敏度大大降低,"不好意思,现在我的听力大不如前了……"

"噢,我明白,亲爱的……不过我不能太大声,阿达还在家里睡觉呢,而且……"

"抱歉,你能让我进去待一会儿吗?我已经在外面走了几个小时了……"

"不,不行,要是让布里兹特发现就糟了。"

"什么?你说什么?"

"布里兹特,我养的狼狗,你见过吗?……它一定会大喊大叫的……这样就会把门卫吵醒……谁知道会……"

"所以,我能不能在这儿暂住几天……"

"你想在我家住几天？噢，亲爱的阿帕凯，当然，当然可以！……你可是我的好朋友，这不算什么……可是，你知道的，我们该怎么对付家里那条狗呢？"

院长的婉言拒绝让阿帕凯感到震惊。于是，他试着动之以情："大师，可是一个月前，你还在我的墓地前哭了呢，就是下葬前你发表追悼词的时候，哭得很伤心……你还记得吗？我听到了你的抽泣声，知道吗？"

"噢，亲爱的，亲爱的，别提这些了……让我觉得心如刀绞（他把一只手放到胸前）……上帝啊，布里特兹……"

事实上，从公寓里的确传来了一阵沉闷的警告声。

"稍等片刻，亲爱的，这条狗真是令人难以忍受，我进去让他安静点……亲爱的，我很快回来。"

说着，他像鳗鱼似的滑进了屋子里，然后关上了身后的大门，上了锁。一片安静。

阿帕凯在门口等了几分钟。然后低声喊道："坦伯拉尼，坦伯拉尼。"没有任何回音。他用指关节轻轻叩了叩门，仍然毫无动静。

他只能继续开始游荡。阿帕凯想试试贾娜家，那是个穿着朴素、心地善良的姑娘，他们曾见过很多次。贾娜住在一所偏僻老旧并且人满为患的筒子楼里，她有两个小房间。阿帕凯抵达的时候已经三点多了。幸运的是，入口处的大门是半开着的（这种蜂窝似的楼房经常会这样）。他气喘吁吁地爬到了六楼，筋疲力尽。

走廊上,到处都漆黑一片,阿帕凯好不容易才找到了贾娜家的房门。然后,他小心翼翼地敲了敲门。他接连敲了好几下,直到听到里面有了动静。然后,传来了一个睡意蒙眬的声音:"谁啊?这深更半夜的是谁啊?"

"你一个人在家吗?请开门……是我,托尼。"

"这么晚?"她懒洋洋地重复道,但声音仍像平时一样温柔,"等等……我现在去开门。"然后是一阵无精打采的拖鞋声、电灯开关的咔嗒声和开锁的转动声。"你怎么这么晚过来?"打开门后,贾娜正准备赶紧跑回被窝里去,让这位不速之客自己关门。但突然,阿帕凯奇怪的模样让她吃了一惊。她目瞪口呆地看着他,直到这时才想起了什么,瞬间从蒙眬睡意中惊醒。

"你……你……你……"她想说的是,我想起来了,你已经死了。可她没敢。

她不由得退后了几步,伸出双手做出一副自卫的姿势,仿佛只要阿帕凯想靠近半步,她就会立马把他推出去。"你……你,"她几乎尖叫起来,"出去……求你快出去!"她恳求道,吓得瞪大了眼睛。阿帕凯说:"贾娜,拜托了……我只是想休息一会儿。"

"不,不,出去!你想怎么样……我要疯了。出去!快出去!你想把整栋楼的人都弄醒吗?"

见阿帕凯仍没有要走的意思,女孩便一边用双眼死盯着他,一边伸手在身后的餐具柜上胡乱摸索。她摸到了一把剪刀。

"我走,我走。"阿帕凯不知所措地说。女孩像绝地求生般,鼓起勇气把这柄可笑的武器抵到了他的胸前。剪刀没有遭受任何阻力，轻柔地插入了鬼魂的身体里。"噢，托尼，原谅我，我不是故意的。"受惊的女孩说。

"不，不……啊，好痒啊，住手……好痒啊！"阿帕凯一边说，一边像疯子一样哈哈大笑起来。这时，外面院子里的一扇百叶窗被掀开了一角，里面传出一个愤怒的声音："在干什么？都快四点了！天啊，有没有点道德！"话音未落，阿帕凯已经像风一般逃跑了。

还能去谁那里呢？圣卡利斯托教区牧师兼体育馆的老伙伴，优秀的唐·雷蒙多？临终前是他为自己办了最后的宗教仪式。"别过来，别过来，你这个恶魔。"这是这位令人尊敬的牧师在见到小提琴家时的欢迎词。

"我是阿帕凯啊，你不认得我了？……唐·雷蒙多，让我在你家待一会儿吧，很快就天亮了。没有人收留我……我的朋友们都把我拒之门外。至少你……"

"我不知道你是谁。"牧师用忧郁而庄重的声音回答，"你可能是魔鬼，或者是我的幻觉，我不知道。可如果你真的是阿帕凯就进来吧，这是我的床，你可以躺下休息一会儿……"

"谢谢，谢谢，唐·雷蒙多，我就知道……"

"放心，"牧师继续温柔地说，"放心，虽然主教已经对我心生怀疑了……你的出现会让事情变得更糟，但千万放心……总之，你完全不用顾虑我。如果你的到来是为了将我摧毁，那也是上帝的旨意！……不过你怎么了？你要走了吗？"

这就是为什么鬼魂不愿意与我们同住（有一些不快乐的鬼魂

固执地想留在人间），而宁愿退居到废弃的房屋里、神秘的高塔废墟里、偏僻森林的小教堂里以及受海水日夜拍打并逐渐侵蚀的孤独悬崖上的原因。

25

蜘蛛

大主教独自一人住在乡下。他来到一片树篱旁，拿一根棍子从蛛网上打下了一只巨大的蜘蛛：它年轻、强壮且漂亮，精致细腻的彩色图案装饰着半球形的腹部。蜘蛛悬挂在自己织出的蛛线上，不知道发生了什么。

但附近的窟窿里还有一只更强壮的蜘蛛，它正待在蛛网的正中心，看起来很像摩洛神，或者是名唤撒旦的远古龙蛇。在光辉灿烂的生命中，它一动不动却心满意足地统治着这个小小的世界。大主教为了做实验，把刚刚打下的第一只蜘蛛放入了它的网里。这只蜘蛛黏在网上，也开始织起网来。

大主教还没来得及看清，原本似乎在安眠的第二只蜘蛛，眨眼间已经扑到了外来者身上。

它用爪子把外来者卷入自己用口水织成的银色纱网中。没有丝毫挣扎，短短几秒，外来者就被裹得严严实实，再也无法动弹。

已经是晚上，乡间万籁俱寂。太阳落下山去，一如往常，蛛网在微小的画卷中闪闪发光。一切都恢复了平静。大蜘蛛像之前一样待在蛛网正中间纹丝不动，好像在冬眠。下面悬挂着一团蛛丝，里面裹着它的敌人。

它死了吗？两条前腿时不时发出难以察觉的颤抖。

蓦然，囚犯挣脱了牢笼。没有明显的挣扎，没有任何晃动。或许，它苦思冥想，然后破译了陷阱的秘密？它从蛛丝里钻了出来，看上去毫发无损，然后不紧不慢地沿着支撑蛛网的一根径向丝线前进。快，快走啊，大主教心想，你还想再被逮住？可蜘蛛并不着急。

宝座上的摩洛神纹丝不动，甚至连眼睛都没眨一下。两者之间难道订了什么契约？比如，个头更大的蜘蛛对另一个说：如果你能自己逃脱，那么我就饶你不死，诸如此类。事实上，它始终像座雕塑一样一动不动，假装毫不知情，故意放过敌人。体形较小的蜘蛛已经钻进了树叶里。

但大主教的动作更快，他再次成功地把逃跑的蜘蛛从树叶上抓了下来，并且完好无损。他拿着蜘蛛晃了两三下，然后再一次轻轻地放到那张蜘蛛网上。

大蜘蛛再次以迅雷不及掩耳之势逮住了它。它扑到了小蜘蛛的身上，张开爪子准备再次将它包裹。

一场短暂的争斗。小蜘蛛完全被困在网上，甚至无法翻身跟敌人面对面地战斗。

但它在用某种方式防守，并不断向后扭动。

由于处于一种倾斜的姿势，它很快就被制服了。

但这次的蛛网远没有之前那么完美。

前一次的冲突中，由于大蜘蛛毫无保留地喷吐，现在黏液已经所剩无几。所以它只能把小蜘蛛困在一个简易的蛛网中，蛛丝之间的空隙很大。这时，大主教身后似乎有一个黑色的小东西在移动，也许是一只鸟、一片落叶或者一条蛇。他转过身去，但什么也没看到。获胜的蜘蛛没有立即回到自己的宝座。这次，它在囚犯周围努力地忙活着，慢慢地咬它的背部，想要将它毒死。

被困的蜘蛛放弃了抵抗，默默承受，似乎并不痛苦。

大蜘蛛咬了很久，才回到蛛网中心，然后似乎后悔了，又开始咬它。如此反复三次。

第三次时，被困的蜘蛛从蛛网的小洞里伸出了钳子，迅速抓住了刽子手的一条腿。摩洛神被突如其来的袭击吓了一跳，丢下小蜘蛛试图撤离。但是对手已经怒不可遏。它的爪子绷得紧紧的，甚至稍微再用力一点就会折断，直到力气消耗殆尽才松开了爪子。

大主教怀疑背后有人在盯着他，于是再次转过身。但他身后依旧空无一物：只有田野、落日和黄色的云朵，云朵伸出一条长长的手臂,像是一种警告。也许是对他的警告?大蜘蛛一瘸一拐地回到了自己的宝座,神色慌张。它害怕中毒。于是,它开始温柔地抚摸自己被敌人抓住的那条腿。它把它拉平,拉得像其他七条腿那样,然后放到嘴边舔舐,接着再对它测试,就像我们在关节扭伤之后所做的那样,仿佛是妈妈对待孩子。几分钟后,它的忧虑逐渐消退。现在它开始测试那条腿的抓握力,看它是否能牢牢地抓住蛛网。然后,它又将其抚摸了一会儿。

最后它终于放下心来,怒气冲冲地回到之前残酷的斗争中。它的钳子一下插入敌人的腹部,像开罐器一样穿破如叶片般纤薄的皮肤。随后,裂缝里流出了一股浓稠的白液。

此时太阳已经落山,云朵的手臂悬挂在山谷上方,向远处无限伸展,鲜活而炽热,仿佛要覆盖整个世界。小小的树篱也在云朵的光照下闪闪发光。然而现在一切又恢复了安静,甚至比之前更静,因为之前有两只潜伏的蜘蛛,而现在只剩下一只,一动不动、屏气凝神,就像什么都没发生一样。另一只已经不再是蜘蛛,变成了一个柔软的茧。腹部流出的黏液也开始凝结。但它还没有死:茧里的两条已失去知觉的前腿移动了 0.1 毫米。

一辆马车从附近的路上经过,小马儿欢快地朝着北边一路小跑,消失不见。然后,大主教听到河对岸有一位农妇忘我地唱起了歌儿。

只有他一人。于是他以外科医师的精确度,用棍子将包裹的蛛网扯断,释放了那个饱受折磨的小蜘蛛,然后把它放到一片树叶上。

由于注入性的麻痹，小蜘蛛已经浑身僵硬，仍像还被困在蛛网里时一样，仿佛刚从石膏模子里掉了出来。

然后它试着走了两步，但侧翻倒地。它的八条腿温柔而有节奏地跳动着，仿佛在表演一个被遗弃者、一名无辜者、一只任人宰割的羔羊。

大主教跪倒在草地上，为那个无法挽回的痛苦弯腰跪拜。上帝啊，他做了什么！只是个玩笑似的小实验就足以毁掉一个生命。他这样思考着，发现蜘蛛正在看着他：他从它那毫无生气的小眼睛里看到了某种坚定而炽热的东西。他还发现太阳已经完全落山了：树木和篱笆在朦胧的暮色中变得神秘起来，仿佛在等待着什么。现在，是谁在他的身后走动？是谁在轻轻念叨他的名字？不，似乎真的空无一人。

26

原子弹

　　我被一阵急促的电话铃声吵醒。或许是因为从睡梦中突然惊醒，或许是周围鸦雀无声，我觉得铃声比平时更长、更刺耳、更烦人。

　　我打开灯，穿上睡衣去接电话。天气很冷，家具完全沉浸在夜色之中（有一种充满预兆的神秘感！），我的突然惊醒让它们大吃一惊。总之，我很快意识到这是一个鲜有的美好夜晚，而命运却往往在世人全然不知的某些夜晚，悄悄迈出天翻地覆的一步。

　　"喂，喂？"电话那头是一个熟悉的声音，但我睡意蒙眬，听不出是谁。

"是你吗？……喂……请告诉我……我想知道……"

肯定是个朋友，但我怎么也想不起来是谁（那种不先说自己是谁的人很令人讨厌）。

还没等他说完我便打断了他："能不能明天再打电话来？知道现在几点了吗？"

"现在是零点十五分。"他回答。然后是很长时间的沉默，就像他已经说了太多一样。我从来没有在这样的深夜被吵醒过，不禁感到不安。

"什么事？有什么事吗？"

"没，没什么。"他回答，似乎有些尴尬，"……我只是听说……不过不重要……不重要……抱歉打扰你了……"

电话挂断了。

为什么这么晚还打电话来？还有，到底是谁？当然，肯定是某个朋友、某个熟人，可到底是谁呢？我想不到是谁。我正要回去睡觉，电话又响了。这次的铃声更加急迫且专横。是另一个人，不是之前那个，我的第六感立即告诉我。

"喂？"

"是你吗？……啊，谢天谢地。"是个女人的声音。

这次我认出了她：路易莎，一个优秀的女孩，律师秘书。我已经好多年没见过她了。她听到我的声音后似乎感到十分欣慰。可为什么呢？特别是在这么长时间不联系后，她非要在深夜给我打这个令人神经衰弱的电话？

"什么事?"我不耐烦地问,"可以告诉我吗?"

"噢,"路易莎高兴地回答,"感谢上帝!……我刚做了个梦,知道吗?一个可怕的梦……我醒来时心还一直扑通扑通地跳……所以我不得不……"

"什么事?你是今晚第二个给我打电话的人了。到底是什么事?"

"抱歉,抱歉……你知道的,我只是有点担心……快去睡觉吧,去吧,别感冒了……再见。"

电话挂断了。

我站在原地,手里拿着听筒,沉默不语。尽管电灯灯光再普通不过,但灯光下的家具却给人一种奇怪的感觉,仿佛想要说什么却欲言又止,因为在它们的心里这件事是秘密的,不能让我知道。

也许这是当晚得出的一个简单结论:我们的认知只是很小的一部分,而剩下未知的部分则巨大、不为人知。在仅有的几次机会能深入其中时,我们会大惊失色。

然而,夜晚仍然一片平静:屋内寂静得有如墓地,比乡村的夜晚还寂静得多。可是,那两个人为什么要给我打电话呢?是有什么关于我的消息传到了他们那儿吗?不幸的消息?不祥的预感,或者某种具有预兆性的梦?

真是无稽之谈。我重新回到床上,还好被窝还暖烘烘的。我关了灯,像平常一样趴在床上准备入睡。

这时,门铃响了。响了很久。

两次。这声音让我的后背感到一股凉意,沿着背脊直往上蹿。所以,一定是发生了什么事,或者将要发生什么事,而且毫无疑问,在这样不寻常的时刻发生,应该是一件不吉利的事,一件令人痛苦或性质恶劣的事情。

我的心开始不安地跳动起来。我又打开房间的灯,但谨慎起见,走廊的灯我没打开:谁知道对方从大门的门缝里是不是能看到我。"谁啊?"我努力装作若无其事的样子问。但我的声音却发哑、颤抖,真可笑。

"是谁?"我又问了一次。没有人回答。

我小心翼翼地摸黑来到门边上,弯下腰,从一个不易发觉的小洞里用一只眼睛往外看。外面空荡荡的,看不见任何移动的身影。

楼梯上像往常一样,灯光昏暗、吝啬且令人绝望,让任何一个夜归者都能感受到生命无情的重压。

"是谁?"我第三次问。仍没有人回答。

随后我听到一阵响声。不是从门外传来的,也不是楼道或者下面的斜坡,而是从地下,很可能是地窖,并且整座建筑都震动起来,就像是有人在一条狭窄的通道上艰难地拖拽着一件非常重的东西。

这个声音显然是由摩擦产生的,里面还掺杂着可怕的开裂声(上帝啊!),就像是横梁即将断裂或者钳子松开齿牙的声音。

我不知道那是什么,但我立即意识到,这就是不久前他们给我打电话以及按门铃的原因,特别是在这样一个黑暗且神秘的深夜！

响声始终没有消失，反而越来越强烈，伴随着长长的开裂声逐渐上升。与此同时，我听到从楼梯传来的窸窸窣窣的人声。我再也按捺不住，慢慢抽动插销，打开大门向外张望。

楼梯（我能看到两层）上已经挤满了人。住户们都穿着睡衣睡袍（有人甚至光着脚）出来了，靠在栏杆上焦急地往下看。我注意到他们脸色苍白、四肢僵硬，仿佛已经吓破了胆。

"嘶嘶。"我不敢穿着睡衣出去，于是从门缝里发信号。住在六楼的阿伦达女士（头上还戴着卷发器）转过头，一脸责备的神情。"发生什么事了？"我低声问。（不过既然所有人都醒了，我为什么要这么小声？）

"嘘。"她低声说，看起来万念俱灰，就像是已被医生诊断出癌症的病人。"是原子弹！"说着，她用食指指了指一楼。

"什么？原子弹？"

"它来了……他们正把它往里面搬……搬到我们这儿，我们这儿……你过来看吧。"

尽管我感到不好意思，但还是来到了走廊上，钻到两个我从没见过的人中间往下看。

我似乎看到有几个身穿蓝色制服的人正用杠杆和绳索抬着一个黑色的东西，就像一具巨型的尸体。

"就是那个？"我问。

"对，不然呢？"我身边的一个人粗声粗气地回答，然后似乎觉得有些不礼貌，补充道，"氢，知道吗？"

我听到一阵冷笑。"从埃及运来的!氢,是氢。该死的浑蛋!世界上有几十亿人,偏偏就选中了我们,要运到我们这儿来,运到圣古里亚诺路8号来!"

在第一次的震惊之后,人群里的嗡嗡声变得越来越杂乱,有女人强忍的抽泣,有谩骂,还有叹息。一个三十多岁的男人在花坛上跺着右脚,旁若无人地哭着说:"这不公平。我只是偶然路过!……只是路过!……跟我无关!……明天我就要离开!……"

他的抱怨令人难以忍受。"我明天,"一个五十多岁的男人(我觉得应该是九楼的律师)对他说,"我明天还要吃饺子呢,知道吗?意式饺子!这下吃不成了,吃不成了!"

还有一个女人像是失去了理智,她抓住我的手腕不停地摇。"你看看他们,你看看他们啊,"她指着她身后的两个孩子低声说,"你看看这两个小天使吧!你觉得是真的吗?这一切,难道是上帝的报复吗?"我不知道该说什么好,只觉得浑身发冷。

突然,楼下传来沉闷的轰隆声,应该是那些人在拖动那个庞然大物。我又往下看。那个讨厌的东西进入了电灯的灯光中。它周身深蓝,上面满布文字和标签。为了看得更清楚些,人们都冒着掉下去的危险从栏杆上探出身去。然后又是各种嘈杂的声音:"它什么时候爆炸?今晚吗?……马里奥!马里奥!你把马里奥叫醒了吗?……吉萨,你有热水瓶吗?……孩子们,我的孩子们!……你给他打电话了吗?对,快打电话!也许他能做点什么……太荒唐了,亲爱的先生,只有我们……谁说只有我们?你怎么知道?……贝贝,贝贝,抱紧我,求你了,抱紧我!……"紧接着是各种祈祷、祷告和膜拜的声音。一个身材矮小的女人手里甚至拿了一根熄灭的蜡烛。

但突然,从人们言语中的激动劲儿里不难知道,有一个消息从楼底下沿着楼梯一层层往上传来。而且,从他们形象生动的语气和神情中不难猜到,这是个好消息。

"怎么了?怎么了?"大伙儿都迫不及待地相互询问。

终于有只言片语传到了我们七楼。"地址上有名字。"他们说。

"什么?有名字?是的,原子弹收货人的名字……所以这是个人物品,明白吗?不是寄给整栋楼的,不是整栋楼的,只是寄给一个人的……不是整栋楼!"

他们像发疯似的大笑不止,相互拥抱、亲吻。

然后,突然间,一个疑问像一盆冷水浇灭了大家的热情。每个人都想到了自己,他们激烈地讨论起来,整个楼道里都充斥着疯狂的喋喋不休。"叫什么名字?看不清……好了,好像看清了……是个外国名字(所有人不约而同地想到了住在一楼的牙医斯特拉兹),不,不……他是意大利人……怎么样了?怎么样了?是T开头的……不,不……是B,贝加莫的B……然后呢?然后呢?第二个字母是什么?你是说U?乌迪内的U吗?"

所有人都看向我。我从未见过人的脸可以因为极度兴奋而变得如此扭曲。地毯商老梅卡里忍不住哈哈大笑起来,甚至笑到咳嗽不止,喘不过气来。我明白了。那个来自地狱的弹药箱是给我的，是一份专门为我而设的礼物，只冲我一个人而来。其他人都得救了。

　　还能怎么办呢？我退回到门口。邻居们都看着我，流露出难以抑制的兴奋。楼下，弹药箱发出的沉闷的隆隆声正沿着楼梯缓缓向上，突然又响起了手风琴的音乐声。是《玫瑰人生》的主题曲。

27

渴望病愈的人

在距城市几公里的山坡上有一大片麻风病人隔离区,周围高墙林立,墙顶总有哨兵来回巡逻。这些卫兵中,有些傲慢冷漠,有些则怀有恻隐之心。每到黄昏时分,麻风病人们就会聚集到城墙脚下,向卫兵们询问外面的情况。例如,他们会问:"嘿,加斯帕尔,今天看到什么了吗?路上有人吗?你是说有一辆马车?什么样子的马车?宫殿的灯亮了吗?高塔上的火把点燃了吗?王子回来了吗?"

他们可以这样孜孜不倦地问上几个小时,尽管这是明令禁止的,但有些善良的哨兵还是会回答他们,甚至杜撰些并不存在的东西出来,例如路上的行人、城里的灯光、森林里的篝火,甚至埃尔马克火山的爆发。因为他们知道,对于这些注定永远无法离开围墙的人来说,任何消息都可以分散他们的注意力,令他们感到片刻的愉悦。即使是病入膏肓、奄奄一息的病人,也都会由其他身体较好的病人抬着,加入到交谈之中。

唯独一个人没有来,一个刚入院两个月的年轻患者。他出身高贵,是个骑士。虽然麻风病让他的脸变得惨不忍睹,但从轮廓仍能依稀看出他曾经是个英俊帅气的美男子。他叫穆塞利冬。

"你怎么不去?"大家经过他的屋子时问,"你怎么不去听听外面的新闻?今晚会放烟花,加斯帕尔答应会讲给我们听呢。一定漂亮极了。"

"朋友们,"他走到门口,用一块白布蒙住脸,温柔地回答,"我知道,对你们来说,去听哨兵讲外面的见闻能够抚慰痛苦的心灵。这是我们与外面世界、与城市之间唯一的纽带。是这样吗?"

"对,没错。"

"也就是说你们已经放弃了,觉得永远出不去了。但我……"

"你什么?"

"我不会放弃,早晚有一天我会痊愈,我一定要回去,知道吗,我想回到原来的生活中去。"

这时,老智者贾科莫也从穆塞利冬的屋子前经过。他是麻风病院的元老级人物,至少有一百一十岁,几乎被麻风病折磨一个世纪之久了。他的四肢早已不是正常模样,完全分辨不出哪里是

27 渴望病愈的人　287

头、哪里是手臂、哪里是腿。他的身体也已经严重变形，就像一根三四厘米直径的细竹竿，干瘪得甚至都不知道他是如何保持平衡的。竹竿顶部是一簇白发，整体看来犹如阿比西尼亚贵族用的苍蝇拍。

他怎么看到我们，怎么说话，怎么吃东西，一直都是个谜，因为他已经彻底毁容，五官完全分辨不出，脸色苍白，就像一张白桦树皮一样。

至于走路，他的所有关节都已经消失不见，仅有的一只脚看起来就像是竹竿上的圆形套子，支撑着身体一蹦一跳地往前走。但整体外形并不可怕，反而有一种莫名的优雅感。而且他为人善良且睿智，所有人都十分尊敬他。

老贾科莫听到了穆塞利冬的话，便停下脚步对他说："穆塞利冬，可怜的孩子，我已经在这里近一百年了，可我从没见过进来的人还能活着出去的。这就是我们的命。但你会发现，其实我们在这里也一样能生活。有人工作、有人恋爱、有人写诗，有裁缝，也有理发师。我们也可以过得很快乐，至少不会比外面的人差。只要想开点就行。但是，穆塞利冬，如果你不服气，不愿接受现实，不努力去适应这里的生活，反而整天胡思乱想，幻想有一天自己会痊愈，那就真的无可救药了。"说着，老人晃了晃他那头漂亮的白发。

"可我，"穆塞利冬反驳道，"我必须痊愈。我很有钱，如果你能爬到那座高墙上，就能看到两个闪闪发光的圆顶，那是我的宫殿。我的马、我的狗和我的猎人，甚至还有年轻温柔的女奴，他们都在等待我的归去。你明白吗,睿智的竹竿,我必须痊愈。"

贾科莫善意地笑了笑,说:"要是你说必须痊愈,病就能痊愈,那一切未免也太简单了,每个人都能痊愈了。"

"可我,"年轻人坚持道,"可我有其他人不知道的秘诀。"

"噢,这个能猜到,"贾科莫说,"总有些浑蛋会向新人高价兜售一些所谓的秘方,号称可以治愈疾病。我小时候也受过骗。"

"不,我不吃药,我只靠祈祷。"

"祈祷?祈祷上帝显灵吗?所以你确信自己会痊愈?可我们所有人都祈祷啊,你觉得呢?谁晚上睡觉前不会向上帝祷告一番?可是谁……"

"对,所有人都会祈祷,但没人能做到像我这样。当你们晚上去跟哨兵打听闲聊时,我在祈祷;当你们去工作、去学习、去打牌,像其他正常人一样生活时,我在祈祷;除了吃饭、喝水和睡觉这些必须做的事,其他时间我都在祈祷,从未中断。而且,即使是我在吃饭,甚至睡觉时,我也会祈祷。我是如此的虔诚,甚至一段时间以来经常梦到自己在跪地祈祷。你们那种所谓的祈祷简直是开玩笑,真正的祈祷是一项无比艰巨的任务,以至于每到晚上我都会感到筋疲力尽。黎明更是折磨人,每天一醒来我就会立即开始继续祈祷,有时我甚至觉得或许死亡反而更容易些。但最后我总是会强迫自己跪下。贾科莫,你见多识广、英明睿智,你应该能明白我说的这些。"

这时,贾科莫的身子开始摇晃起来,仿佛在努力保持平衡,两行热泪沿着他苍白的脸颊流淌下来。

"对，对，"老人泣不成声，"我在你这个年纪的时候，我……我也曾全心全意投入到祈祷中，并努力坚持了七个月。当时疮口已经愈合，皮肤变得光泽起来……我在康复……可是稍一松懈我就再也无法坚持，所有努力付诸东流……你也看到了，我现在变成了什么样……"

"好吧，"穆塞利冬说，"所以，你不相信我会……"

"上帝会帮助你的，我只能说，全能的主会赐予你力量。"老人喃喃地说，然后他一跳一跳地朝人群聚集的墙底下走去。

穆塞利冬关上门，再次专注地投入到祈祷中，不再理会其他麻风病人的呼唤。他紧咬牙关，全神贯注地默默祷告。他在拼尽全力与病魔做斗争，很快就大汗淋漓。但渐渐地，那些丑陋的痂的边缘开始变皱，然后掉落，健康的皮肉得以重现。就这样，穆塞利冬的苦行事迹在病人中迅速传开，时不时会有一群好奇的围观者聚集到他的屋外张望。在他们眼里，穆塞利冬已经是圣人一般的存在了。

他会战胜病魔吗？还是即使付出如此艰辛的努力，最后仍旧毫无用处？对于这个执着的年轻人，病人们分成了两派：支持派和反对派。在将近两年的闭关后，穆塞利冬终于走出了屋子。阳光照在他的脸上，竟丝毫看不出任何麻风病的痕迹。他的脸不再坑坑洼洼，而变得英俊无比、容光焕发。

"他痊愈了，他痊愈了！"病人们大声疾呼，眼泪在眼眶里打转，不知是喜极而泣还是嫉妒得发疯。

事实上，穆塞利冬确实痊愈了。但为了离开麻风病隔离区，他还需要一份文件。

于是，他去找那位每周给来例行巡逻的医生，然后脱光了衣服让他检查身体。

"年轻人，你真幸运，"医生回答，"我得承认，你几乎痊愈了。"

"几乎？什么意思？"年轻人一脸茫然地问。

"看，看这个小痂。"医生用一个小棍子（为了不碰到他）指了指他小脚趾上一个还没虱子大的烟灰色小斑点，如果这个小斑点也消失，那我就能放你离开。"

穆塞利冬怅然若失地回到自己的屋子里，难以抑制内心的沮丧。他原以为自己已经痊愈，便彻底放松了绷紧的神经，满心欢喜地准备逃离苦海，现在却如遭当头一棒，不得不重新开始忍受磨难。

"振作起来，"老贾科莫鼓励他，"就差最后一把劲儿了，你已经付出了这么多，现在放弃岂不是太愚蠢了。"

小脚趾上只是一块很微小的斑点，但似乎异常顽固。一个月，两个月，他继续坚持不懈地努力祷告。毫无变化。三个月，四个月，五个月。还是毫无变化。穆塞利冬想打退堂鼓了，但突然有一天，当他像平常一样习惯性地用手抚摸病脚时，竟没有摸到那块小痂。

病友们欢呼雀跃地把他高高举起。现在他自由了。警卫室前挤满了欢送的人群。随后，老贾科莫独自一人，一跳一跳地陪他走到了最外面的大门口。检查完文件后，哨兵把钥匙插入锁眼，打开了大门。

清晨的阳光下，一切都如此新鲜且充满希望。郁郁葱葱的树林，绿油油的草地，歌声婉转的鸟儿。远处是美丽的城市，那里有纯白的塔楼、花园露台、飘扬的旗帜、展翅高飞的龙蛇形风筝；地上，尽管看不见，但一定有着多姿多彩的生活：女人、娱乐、奢华、冒险、宫廷、阴谋、权力、武器，这才是人的王国！

老贾科莫目不转睛地盯着年轻人的脸，看到他喜出望外、面泛红光的模样，不禁也心生好奇。事实上，自由的空气和大千世界的美景让穆塞利冬露出了发自内心的笑容。但只是刹那之间。突然，年轻的骑士脸色一下变得苍白。"怎么了？"老人关切地问，还以为他高兴过度，喘不过气了。哨兵催促道："快，动作快点，年轻人，快走吧，我要关门了，希望你以后都不会再来了！"

但穆塞利冬不由得向后退了一步，双手捂住眼睛："噢，太可怕了！"

"怎么了？"贾科莫又问了一遍，"不舒服吗？"

"不！"穆塞利冬大喊。他眼前的景色突然全变了。原本是塔楼和穹顶的地方，现在变成了肮脏不堪、尘土飞扬的棚屋，遍地都是粪便和污垢；屋顶上的旗帜也不见了，而是围满了成群的牛虻，就像个大垃圾堆。

老人问："你看到什么了，穆塞利冬？快告诉我，是不是曾经美不胜收的地方变得腐败而肮脏不堪？是不是金碧辉煌的宫殿变成了破旧的茅屋？是不是，穆塞利冬？"

"对，对，太可怕了。怎么会这样？发生了什么？"

"我就知道，"老人说，"我早就知道，但我没敢告诉你。这是我们人类的命运，一切都要付出昂贵的代价。你是否曾经想过，是谁赋予了你祈祷的力量？你的祷告让愤怒的天神都无法拒绝。你赢了，痊愈了。现在你要付出代价了。"

"代价？为什么？"

"因为你获得了恩典，即使是上帝的恩典也无法幸免。你痊愈了，但你已不同于往日。不论你是否知道，日复一日，当恩典在你身上发生作用时，你便已失去了生活的乐趣。你痊愈了，但你曾经为之努力奋斗的东西日渐与你无关，变成幽灵，变成常年漂浮在茫茫大海上的船只！我早就知道。我以为你赢了，结果还是上帝赢了。因为这样一来，你就永远失去了欲望。你腰缠万贯，现在却视金钱如粪土；你血气方刚，现在却对女人没有丝毫兴趣。在你眼里，城市也不过是个臭气熏天的大粪堆。过去你是名门望族的绅士，现在却是清心寡欲的圣人，你知道这笔账怎么做平吗？你终究还是我们的人，穆塞利冬！你余生唯一的幸福就是与我们麻风病人一起，给我们安慰……嘿，哨兵，关门吧，我们回去了。"

砰的一声，哨兵关上了门。

28
1958年3月24日

在一定的大气、时间和光照条件下，现在，我们仍可以用肉眼看到人类在1955年到1958年间从地球向星际空间发射的三颗小型人造卫星。它们悬挂在空中，不停地围绕我们转动（应该是永远）。在冬季的黄昏，当空气如水晶般晶莹剔透时，这三个小点就会发出恒定而忧伤的光。其中两颗相邻的卫星几乎紧紧挨着，另一颗则孤独地挂在另一头。但如果我们有一副好的双筒望远镜或高倍望远镜，就能更清楚地观察它们，就像看在高空飞行的飞机一般。（年逾八十的老弗雷斯特躺在乡下房子中庭的躺椅上，耐心地等待着它们，准备就此度过受哮喘困扰的不眠之夜。

当第一颗卫星从黑色的幕布边缘冒出来时,他戴上了一种特殊的小型望远镜开始观看,一看就是好几个小时。)

这是第一颗卫星,名叫"希望",意为希望在那个令人难忘的九月弥补全人类的遗憾,让他们忘记随着岁月的流逝终将消失殆尽的罪恶(然而这是个让人觉得可憎的目的,是一种绝不会受人承认的贪婪。凌晨4点53分,随着天空中响起一声长嘶,聚集在白沙的30万人不约而同地仰面)。从如此远的距离来看,"希望"是银色的,形状像一支粗短的铅笔,在漆黑的天空中闪闪发光。整颗星都歪斜着,所以看起来真的像是吊在那儿的一样。对,吊着,死了,被遗忘了。但仍需要凭借一定的想象力,才能使自己相信卫星上载着威廉·B.伯金顿、恩斯特·夏皮罗和伯纳德·摩根的尸体,那些我们所谓的英雄、开拓者,他们也在不断地转动,已经转了二十年了!

紧挨着它的是最大的卫星,按时间顺序排在第二:它至少有第一颗卫星的四倍大,橙色卵形,光滑美丽。在它的尾巴上可以看到许多根一模一样的风琴管,听说叫火箭筒。这颗卫星的名字缩写是"L.E.",意思是罗伊斯之蛋:用来纪念卫星创造者挚爱的妻子罗伊斯·贝尔格,他们俩一起随卫星发射并永远留在了那里,不断转动、转动。此外,需要一提的是,他们的同行者还有另外七人。

然后我们把望远镜移动24度,就能看到第三颗卫星"信仰",按照时间顺序也是排在第三。这个名字意为人类对重新探索他人未成功领域的信仰。它的形状与"希望"相似,只是体积更大一些。周身的黄黑色条纹至今仍令它脱颖而出，因为这些条纹比其他任何证据都更能证明是它是人造的，而非某些未知恒星大灾变留下的肮脏碎片。"信仰"携带五个人一起升空，他们的名字是帕尔默、萨夫、拉萨尔、科森蒂诺、汤普森。如今，在小小地球的五个不同的墓地里，始终有五个空墓在等待他们的回归，但他们不停地转动、转动，或许身体还未腐败。甚至直到最后一个人类灭绝，他们依然在不停地转动。

1958年3月24日是第三颗卫星升空的可怖日子，这一天没有被作为国家法定节假日来庆祝，甚至这颗卫星的周年纪念日也总被忽略，仿佛我们害怕提及，即使在教科书中也只是被一笔带过。然而无论是扎马、瓦尔米，还是库利科沃、沃特卢，抑或是美洲的发现、法国的革命，都不能与之相提并论（如果一定要形容其重要程度，可以说相当于我们的主耶稣基督的诞生）。

从那时起（噢，我还记得过去人们生活的样子），人类已经改变：思想、工作、欲望、风俗、娱乐、爱，都变得有所不同。虽然人们耻于承认，但实际上已经走上了另一条路。是好是坏呢？其实压根儿不用问，只要环顾四周，听听看看1975年里人们的言行举止就足够了。（假如夜空晴朗，老弗雷斯特就会躺在床上，孜孜不倦地观察着这三颗诡异的卫星。有人说，一场针对已发生之事的反叛、一场针对改变人类生活的决定性发现的抗议已拉开序幕。）

还记得吗？"希望"配备了功能强大的无线电。完美的发射、完美的轨迹，所有航程都由地面精准控制。

但它突然变得倾斜，摆出那副滑稽的姿势，就像挂在圣诞树上的蜡烛。再无任何信息，再无丝毫生命迹象。一切都被寂静吞噬。

至于"信仰"和"L.E."，它们从诞生之初就开始暗中较劲，看谁会成为最先的失败者。而它们之中，更早失败的是"L.E."。

鉴于之前葬身浩瀚星河的三个人，发射仪式的庄重感就显得格外浓重。这颗卫星于1957年11月发射，并且根据计算，卫星的运行轨迹就在"希望"的废墟附近。罗伊斯·贝尔格女士是最后一个进入火箭的人。

在金属门还未完全关闭之前，她曾优雅地探出头向狂热的人群致意。随后火光冲天，原子反流，还有那令人终生难忘的轰隆声。最后，"蛋"变成了空中一丁点儿微弱的火苗，并且变得越来越远，越来越小。

"一切正常，"卫星发射后，舱内很快传来消息，"震动轻微，温度正常……温度正常。"过了一段时间，消息又被重复了一遍。但随后突然传来一个神秘消息："什么声音？"收音机里发出"一种……一种奇怪的……"的声音，这时传输突然中断。然后是长久的沉默，勇敢的"蛋"就这样永远悬挂在了浩瀚的宇宙之中（始终安静地在地球上方转动、转动）。

这次机毁人亡的经历并没有阻止第三次远征的到来。是否还有必要讲讲"信仰"是如何在四个月后发射升空的？如何跟预期的一样被天空吞噬？以及无线电播报员汤普森如何通过电话传达第一则消息，如何在某个时候突然说："该死的，我们进入……"

这些够了吗？（如果你们想听，可以购买一些刻录这最后一通著名电话的光盘。虽然他大声喊叫，但声音清晰且安静："该死，我们进入……！"然后，你可以听到写字般的沙沙声，最后是令人恐惧的寂静。）

现在，十七年后，只有少数顽固分子仍会坚持讨论两则死亡信息的含义。如果前者难以破译，那么后者的秘密只需不到二十四小时就能解开，然后把二者结合，就可以解开"蛋"留下的谜团。因此今天已没有人还会怀疑（除了少数想维护人类自尊心的顽固不化之徒），没有人还会怀疑这三颗火箭弹是被我们可怜的人类无法承受的声音击中而毁灭的。"L.E."的无线电播报员想说的是"一种奇怪的音乐"，但说的时候他突然心脏破裂而亡。"……我们进入了天堂！"已故的汤普森想这样说，但那时也有件致命的事物让他暴毙。

随后几天，全世界都陷入了茫然不安，随后演变成喋喋不休的争论，变成毫无意义的愤慨。最后，美国总统发了一条冗长而详尽的信息，正如大家所想的一样，它在人群里引发了真正的恐慌，仿佛宣布了弥赛亚的到来。

"庸俗不堪，"科学家们纷纷反对这个荒谬的假设，"我们早已不在中世纪了好吗！"神学家们却对这种鲁莽的想法嗤之以鼻："奇耻大辱！天国明明离我们是如此之近，就在每个人的头顶上，甚至只要抬起头就能看到。"但科学家和神学家的这场争论却戛然而止，从某一天起，任何人都不再敢发表任何言论。

然而，坏事就是坏事。人们没有因为与上帝和天国奇妙的亲密距离而欢欣鼓舞，没有庆祝与欢呼，而是失去了对生活的热情，甚至不再争斗，不再相互憎恨。然后人们不禁自问：生活的乐趣在哪里呢？耶和华曾经说：你们不会来这里，这里是我的家园。结果地球变得像榛子一样大，变成一座我们再也无法逃脱的监狱。他很难过。他从未像现在这样目不转睛地盯着永恒天际的深处，任凭目光迷失在群星之中。甚至曾经似乎属于我们的月亮，也重新获得了威严，宛若人迹罕至的山脉。最后我们终于知道，贝亚蒂的透明军队就在我们的上空飘浮、歌唱。（并且我们相信，但丁·阿利吉耶里发明了一切！）

我们应该感到自豪：天使之家就建立在我们那颗邪恶古老的地球家门口，而地球在茫茫宇宙中是何等微不足道。

难道这不恰恰证明了我们是所有生物中最受宠爱的吗？但我却有另一种感觉，从某种意义上来说，我们所有人的内心都很受伤：好像流浪狗，自以为是生活的主人，直到遇到体形庞大的丹麦犬；或者像乞丐，当看到旁边有装满珠宝的袋子，顿时失去对食物的乐趣；抑或像个乡巴佬，一天蓦然发现国王在小树林后面，在距离自己的小屋仅一百步之遥的地方建造了一座宫殿。此外，这种神圣的音乐还有致命的危险。他们在上面弹奏、歌唱。

没有足够宽广的外墙（就像中国长城那样厚的），可以把这些美妙到令我们无法承受的音符隔绝在外。

因此，这令躺在露天中庭里的老弗雷斯特在饱经哮喘之苦的夜晚感到无比遗憾，也令我们感到无比痛苦。因为那里是天国，是永恒荣耀的国度，是九天之上，是神圣的殿堂。

但这也是最后的边界，阻挡了我们的去路。我们不是活人！我们可以真心实意地说：任何钢铁与巨石砌成的穹顶都不可能更重（比天堂更重）。这算亵渎神灵吗？

29

圣安东尼奥的诱惑

夏天快结束时,游客们陆续离开,最美的景点都变得空荡荡的(但山谷中仍有狩猎的猎人、拂过山间的大风、叽叽喳喳的杜鹃和第一批扛着神秘袋子下山的秋季魔法师)。日落时分,大约五点半到六点间,大片乌云在天空聚集,准备对可怜的乡村牧师发起挑衅。

在这段时间,教区的年轻助手唐·安东尼奥会在礼拜堂里(下班后则变成体育馆)教授孩子们教义。他站在前面,孩子们坐在长椅上。尽头是朝东的大玻璃窗,直通天花板,透过窗户可以看到落日余晖下寂静雄伟的吉安娜山。

"以圣父圣子之名……"唐·安东尼奥说,"孩子们,今天我将跟你们讲有关罪恶的事。有人知道什么是罪恶吗?比如,维多利奥,我不知道你为什么总是坐那么远……你能告诉我你觉得罪恶是什么意思吗?"

"罪恶……罪恶……就是一个人做坏事。"

"对,没错,确实如此。但更恰当的说法应该是对上帝的冒犯,也就是说,违反上帝的法则。"

这时,大片的云朵飘到了吉安娜山的上空,景色壮美,似乎还带着某种暗示。正在讲课的唐·安东尼奥可以透过窗户清晰地看到。

而且,他还看到一只蜘蛛栖息在窗户角落的蛛网上(那里的蚊蚋很少),还有一只停在玻璃上的苍蝇。起初这些云的形态如下:一个长而平的基部,其上各种突起,类似巨型的棉絮,然后在一系列黏稠的旋涡中勾勒出一个个柔软的轮廓。但它们想暗示些什么呢?

"比如,你们的妈妈告诉你们不要做某些事,而你们偏要去做,那妈妈就会不高兴……同样,如果上帝告诉你们不要做某些事,而你们偏要去做,那上帝也会不高兴。但是他什么都不会说。上帝只会看着,因为他能看到一切,包括你,巴特斯塔,你没有好好听讲,而是在用小刀划桌子。上帝会记住,哪怕一百年之后他仍然记得一切,就像一分钟前刚刚发生一样……"

说着,他偶然抬眼,看到阳光下又出现了一朵形状像床一样的云,上面还有一顶四面都挂着不停旋转的流苏的华盖——一张奇怪的床。唐·安东尼奥恰好很困。他四点半就起床在山上的教堂里做弥撒了，然后一整天都在四处奔波，穷人、新钟楼、两次洗礼、一个病人家、孤儿院、墓地、忏悔室等等，从五点开始他就跑上跑下，一刻不停。而现在，那张柔软的床似乎在等他，等他这个可怜的小牧师。

不觉得有点搞笑吗？正当累得半死，天空中恰恰出现了一张床，这是简单的巧合吗？想想，可以四仰八叉地躺在上面，闭上眼睛，把所有事情抛之脑后，该是多么美好啊。

但他的面前是孩子们一个个不安分的小脑袋，两两一组，按照长椅排列。"说到罪恶，"他解释道，"并没有特指，是个统称。例如，有一种与众不同的特殊罪恶，叫作原罪……"

这时，第二朵巨大的云向前飘来，呈现出宫殿的形状：柱廊、圆顶、凉廊、喷泉、顶部的旗帜。宫殿里是多姿多彩的生活，有宴会、仆人、音乐、炫目的灯光、香水、美丽的女仆、花瓶、孔雀，还有银制小号，仿佛在召唤他这个身无分文的腼腆的乡村牧师。（呃，当然，这座城堡里的生活一定很幸福，他想：这种事情永远不会发生在我身上。）

"原罪就是这样产生的。当然你们也可以问我：如果亚当做得不对，我们又有什么错呢？跟我们有什么关系？为什么我们要弥补他的过错？你们看这里……"

在第二或第三张椅子上，有个孩子正在偷偷吃东西：可能是面包或者其他松脆的东西，因为能听见咔嚓咔嚓的咀嚼声，就像老鼠偷食似的。但他小心翼翼：每当牧师停止说话，他就会立刻闭嘴。

这个细小的声音足以使唐·安东尼奥产生巨大的饥饿感。突然，他看见第三朵云正在水平铺开，看起来像只火鸡。它的体形巨大，足以喂饱一整座城市（例如米兰）的人。它绕着一根虚构的杆子旋转着，被夕阳染成了褐色。下面有另一朵紫红色的云，形状像个盘子。

"罪恶是怎么犯下的呢？"他说，"噢，人们发明了许多犯罪的途径，让上帝感到不悦。可以通过某些行为，例如偷窃；通过简单的言语，例如亵渎；还可以通过思想……对，有时候思想也可以……"

那些云朵真是无礼啊。最大的那一朵升到高空中，竟然变成了主教法冠的形状。它是在暗示牧师要感到自豪，要有雄心壮志吗？完成细节的勾勒后，天蓝色的背景将它映衬得越发洁白，从冠顶两侧垂下金色的丝质绸带。随后法冠越来越大，周围绽放出许多小花，甚至还变成了教皇的三重冠，散发出神秘的力量。某一瞬间，可怜的乡村牧师看着它，不禁心生嫉妒。

现在这个玩笑变得更加微妙，充满了扭曲的奉承。唐·安东尼奥开始感到不安。

这时，面包师的儿子阿迪里奥把一个玉米粒放进了一根木管，再放到嘴边，瞄准了同伴的脖子。就在这时，他看到唐·安东尼奥面色苍白。这让他吓了一跳，赶紧把枪管收了起来。

"……区分，"他说，"来自凡人的罪恶……凡人……为什么是凡人呢？或许是因为凡人会死？正是如此……如果肉体不死，灵魂就……"

不，不，他觉得不可能是巧合，不只是风的心血来潮。当然，对于他唐·安东尼奥来说，天空的力量并没有令他感到不自在。但是那个三重冠绝不寻常，散发着阴谋的气息。

会不会是大敌人搞的鬼，就是时不时从沙子里冒出来，戏弄隐士的脚的那个人？

在那座云朵密布的群岛中心，仍有一大片一直处于闲散状态的雾气。奇怪，除了唐·安东尼奥注意到的那些，其余的也都在不断地运动中，但除了那一片。在周围云朵的狂欢中，它始终沉默不语、冷眼旁观，似乎在等待着什么。现在，牧师正担忧地盯着它。

终于，那一大片云渐渐移动起来，让人联想到假装萎靡的狡猾的蟒蛇，充满了黑暗的邪恶。它像某些软体动物一样呈现出粉红珍珠贝母色，四肢圆润。它在准备什么？它会呈现出什么形状？尽管没有任何判断的依据，但出于教士的第六感，唐·安东尼奥已经知道答案。

他发现自己脸红了，于是下意识地低头看地板，地上有几根稻草、一个烟头（谁知道是哪儿来的）、一颗生锈的钉子和一些泥土。"孩子们，"他说，"主的慈悲和恩典是无限的……"他说话时大致计算了云完成变形所需的时间，然后他会抬头看吗？"不，不，要小心，唐·安东尼奥，不要相信，你不知道会是什么样子。"他喃喃自语，并严厉谴责从内心深处冒出来的无聊声音。但他似乎又听到了另一种声音，一种宽容、随和且友好的声音。每当我们失去勇气时，它就会跳出来跟我们讲事实摆道理。它是这样说的："你在怕什么，牧师？一朵无辜的小云朵？如果你不敢看它，这对你来说才是个不好的信号，因为这意味着你内心肮脏。你想想，一朵云能有什么罪？看它一眼吧，牧师，多美啊！"

牧师犹豫了片刻，但已经足够，因为他的眼皮微微颤动了一下，露出了一条小缝。看见了吗？某个肮脏惊人的邪恶形象，瞬间印刻在他脑海中。

暗黑的诱惑令他倒吸一口凉气。所以，是魔鬼来了，他们在天上对他虎视眈眈，并用无耻的暗示挑衅他？

难道这是对信仰上帝的人士的大考验吗？

可牧师有千千万，为什么偏偏挑中他呢？他想到了《忒拜战纪》，甚至隐约看见摆在自己面前的圣洁而荣耀的命运。他觉得有必要独自静静。于是他做了个小十字架的手势，表明下课了。孩子们离开了教室，留下一阵阵窃窃私语声。

现在他可以选择逃避，例如把自己关在小房间里，这样就看不见窗外的云了。但是逃避没用，逃避意味着投降。于是他选择寻求上帝的帮助。他开始祷告，咬牙切齿，就像长跑比赛的最后一公里那样。

谁会赢呢？是邪恶而温柔的云朵，还是纯洁的他？不管怎样，他仍在祈祷。他觉得自己似乎变得坚强了些，于是集中精力抬头往上看。

然而他却感到莫名的失望，因为在吉安娜山的上空，他只看到了漠然的云朵，神情呆滞，冒着水汽，周围是细碎的薄雾。这些云朵让人毫无联想,既不邪恶,也不会戏弄年轻的乡村牧师。显然它们没有任何折磨他的兴趣,就是简单的云朵。事实上,那天气象台播报的天气情况是:"天气晴,下午有时有积云。无风,气温稳定。"至于魔鬼,只字未提。

30

小暴君

尽管男孩乔治是家里公认的小神童,英俊、善良且聪明,却令人惧怕。

父亲、母亲、祖父、祖母以及女仆安娜和伊达,所有人都生活在他的阴影之下,唯他是从。但没有人敢承认,相反,他们不断称赞他是个性情温和、通情达理的孩子,世界上无人可及。每个人都想在这场疯狂的崇拜之战中摘得桂冠。只要一想到会惹他哭泣,他们就浑身发抖:并不是因为流泪本身(基本可以忽略不计),而是害怕其他人的指责。事实上他们总以对孩子的爱为借口,相互监视、相互制衡,以此发泄自己内心的邪恶,但只要乔治一发怒，他们就会感到惧怕。于是长此以往，凭借这个年纪的孩子特有的狡黠，乔治能很好地权衡各种报复的效果。他从以下几个方面研发了自身武器的用途：对于小矛盾，他只是哭，确切地说是轻声抽泣，就像提不上气那样。对于一些更严重的情况就要延长行动，直到遭遇反对的愿望得以满足，比如拉长脸、不说话、不玩耍也不吃饭。这样不到一天，家里人就会急得炸开了锅。对于再严重一些的情况有两种战术：要么假装骨头莫名疼痛，头疼和胃疼，但不建议，因为有洗胃的风险（在选择疼痛后，要表现出是无意识的行为，因为于情于理这会立刻令人想到小儿麻痹），要么尖叫不止（这是最坏的情况），从喉咙里发出一种恒定且尖锐的声音，大人根本不知道这是如何发出来的，简直要被刺穿耳膜。这些战术百试不爽，乔治轻而易举就能大获全胜，然后津津有味地欣赏大人们吵架的滑稽模样。比如一个人会当面责骂对方对一个孩子过于严厉，这让他备感满意。

　　对于玩具，乔治从未有过任何真正的喜好，只是虚荣心作祟，他才想要很多漂亮的玩具。他很喜欢带两三个朋友回家，然后欣赏他们震惊的模样。他会从一个上锁的小箱子里按照精美程度一件一件地拿出自己的宝物。伙伴们总是嫉妒得两眼发光，而他却乐此不疲地羞辱他们。"不，别碰它，你的手那么脏……喜欢吗？好了好了，还没看够呢……跟我说说，你是不是从没收到过一件这样的礼物？"（其实他内心很清楚他们没有）。父母和祖父母会从门缝偷看，然后低声评论道："多可爱啊，真是个小可爱……你们听听他那语气，多么骄傲！……他多么喜欢那些玩具啊，特别是奶奶送给他的小熊！"仿佛孩子对玩具的虚荣是一种非凡的美德。

一天，一位朋友从美国带了一件新奇的玩具送给乔治。是一辆"牛奶卡车"，根据真正的货车，按照一定比例制成的完美复制品。车身是白色和天蓝色的，车上有两名身穿制服的卡车司机，可以任意移动，还有能打开的前门和轮胎。车里面有许多金属的小篮子，通过某种特殊的导轨一个套一个地堆放着，每个里面都有装有八个用锡箔纸密封的微型瓶。

侧面有两扇一模一样的百叶窗，拉开的样子就跟真的一模一样。毫无疑问，这是乔治收到过的最漂亮、最特别的玩具，很可能也是最贵的。

一天下午，祖父（一名退役的上校）无所事事地从玩具箱前经过，下意识地拉了拉把手。他听到了箱门打开的声音。乔治像平时一样给箱子上了锁，但插销卡住了，没有插入门闩中，于是箱子打开了。

所有玩具都井然有序地摆放在四层搁板上，仍旧光鲜亮丽，因为乔治几乎从未玩过。现在，乔治正和伊达在外面，他的父母也出门了，祖母埃莱娜在客厅织衣服，安娜在厨房打瞌睡。家里静悄悄的，没有一点声响。上校先生像个小偷一样鬼鬼祟祟地环顾四周，然后把手伸向了那辆自己渴望已久的、在阴影中闪耀的牛奶卡车。祖父把它放在桌上，坐在旁边开始观察起来。据说有一条神秘法则，如果孩子偷偷碰大人的东西，那么这个东西就会立刻坏掉；同样，如果大人碰孩子的东西，也会是一样的下场，哪怕是之前被孩子野蛮蹂躏几个月也毫发无损的玩具。于是，当祖父如钟表师一般小心翼翼地拉起侧面的一扇小百叶窗时，他听到了咔嚓一声，一根锡条弹了出来，本应固定在百叶窗上的枢轴由于失去支撑而垂挂下来。老上校心跳加速，努力想让一切恢复原状，但他的双手禁不住地颤抖起来。他很清楚，他无法修复故障。而且这也不是一个容易掩饰的故障。与枢轴的铰接断开后，百叶窗关不上了，歪斜地悬吊着。

祖父感到绝望无助，这种感觉就像他曾经率领骑兵队来到蒙蒂洛山脚下，徒手对抗奥地利军队的机枪时一样绝望。突然，一股寒流沿着他的脊梁往上蹿，因为他听到了一个声音，犹如法官的终审判决："天哪，安东尼奥，你做了什么？"

老上校转过身。门口站着的是他的妻子埃莱娜，她正一动不动地瞪大眼睛盯着自己。"你把它弄坏了？弄坏了？"

"什么，不是……我跟你说……没事。"老上校一边结结巴巴地反驳，一边荒唐地用双手摆弄着那个玩具，试图修好它。"现在怎么办？现在你要怎么做？"妻子忧心忡忡地问，"如果被乔治发现了呢？你要怎么办？""我只是碰了一下，我发誓……它应该本来就坏了……跟我无关，我什么也没做。"上校竭力为自己辩解。他幻想从妻子身上看到某种精神上的声援，但老妇人的愤怒像一盆冷水泼下来，让这种幻想瞬间破灭："我没做，我没做，你是鹦鹉吗！……谁都知道，它不可能自己坏掉！……想想办法啊你，快想啊，别像根木头一样杵在那里！……乔治随时都有可能回来……谁……（她的声音因为愤怒而颤抖）……谁让你没事去开什么玩具箱？"

上校的脑子里已经一片空白。可惜今天是周日，找不到修理玩具卡车的工人。与此同时，埃莱娜夫人走了，似乎是为了撇清关系，不愿牵涉其中。上校在毫无人情味的生活里感到孤独无助。阳光变得暗淡起来。很快夜幕降临，乔治回来了。

祖父跑进厨房找了根绳子，然后他卸下车顶，用绳子设法固定住百叶窗的末端，使百叶窗几乎保持关闭状态。显然窗户无法再打开，但至少从外面看起来并无异样。他把玩具放回原处，关上箱门，放回到壁橱里。时间刚刚好。三声霸气十足的长门铃声宣布了暴君的归来。

只要祖母绝口不提，一切就神不知鬼不觉。当然这是不可能的。午餐时间，除了小男孩以外，其他所有人都听说了这场灾难，包括女仆。哪怕是比乔治愚钝百倍的孩子都能发觉空气中有些不寻常的可疑东西。上校有两三次都试图转移话题，但没有人帮他。"怎么了？"乔治用一贯无所顾忌的语气地问，"你们的脸怎么都蜡黄蜡黄的，跟满月似的？"

"啊，那不是很漂亮嘛，我们都像满月，哈哈！"祖父试图铤而走险开个玩笑，但他的笑声淹没在一片寂静之中。

男孩没有再问其他问题。凭借魔鬼般的机灵劲儿，他似乎已经明白，大家莫名的局促不安正是因为自己。整个家族因为某种未知原因感到内疚，而自己已经把他们牢牢捏在手中。

可他是怎么猜到的呢？从家人们焦急的目光（从未从他身上挪开一刻）？还是有人告发？事实是，晚饭过后，乔治似笑非笑地去拿玩具箱。他打开箱门,足足盯了一分钟,似乎是故意延长有罪之徒的焦虑感。做出选择后,他从箱子里拿出了小卡车,用一条胳膊紧紧夹着,走到一张沙发上坐了下来。然后他微笑着盯着大人,一个个仔细打量了一遍。

"你在干什么,小乔治?"最后,祖父用沉闷的声音问,"不是该睡觉了吗?""睡觉?"小孙子只是不假思索地发出一声嘲笑。"那你怎么不玩呢?"老祖父鼓起勇气问。在极度的压抑之下,他甚至觉得长痛不如短痛。"不,"顽皮的小男孩说,"我不想玩。"就这样,他一动不动地待了大概半小时,然后说:"我去睡觉了。"说着便夹着小卡车离开了。

真是令人抓狂。第二天一整天,甚至第三天,乔治都没有离开那辆玩具卡车一刻。甚至吃饭时他都要带着它,他可从来没有这样对待一件玩具过。但他没有玩,也没有展现出任何想往里看的欲望。

祖父如坐针毡。"乔治,"他不止一次说,"你为什么总拿着那辆小卡车,然后又不玩呢?这东西是有什么魔力吗?来,过来,让我看看车上漂亮的小瓶子!"总之,祖父已经迫不及待地希望孙子能发现卡车坏了,然后该发生什么就发生什么(但他不敢主动承认)。对他来说,等待更是一种折磨。但乔治没有动弹。"不,我就是不想玩。这是我的玩具,我想怎么样就怎么样。"

晚上,乔治上床睡觉后,大人们纷纷议论起来。"你快告诉他吧!"父亲对祖父说,"总比这样下去好吧!告诉他!这辆该死的卡车让大家都不安宁。""该死的?"祖母抗议道,"这话可不能说，开玩笑也不行……这件玩具可是他最珍贵的玩具。可怜的小宝贝儿！"父亲没有接她的话，而是用夸张的语气又重复了一遍："快告诉他！勇敢点，你可是打过两次仗的人，勇敢点好吗？"

事实证明没有必要。第三天，当乔治拿着他的小卡车出现时，祖父忍不住说："乔治，这件玩具你为什么从不离手？但又不玩呢？跟我说说，为什么总是把它夹在胳膊底下？"

男孩皱了皱眉，仿佛正在酝酿什么（不知是发自内心还是全是表演？）。

然后他开始尖叫、抽泣："这是我的车，我想带着就带着！你们别再烦我了。你们到底明不明白？……只要我喜欢，我甚至可以毁了它。我可以踩碎它……就那里……那里……看！"

说着，他双手举起玩具，用尽全力把它摔到地上，然后双脚跳到玩具上要把它踩碎。车顶破了，卡车破裂成好几块，小瓶子散落得到处都是。

这时乔治突然停了下来，也不再尖叫，他弯下腰仔细检查卡车内部，然后一把抓住祖父偷偷系在里面的绳子一端。他怒气冲冲地环顾四周，问："是谁？谁？谁动了我的车？谁弄坏的？"

老祖父上前了一步。"乔治，我的小心肝。"母亲恳求道，"别生气，你知道，爷爷不是故意的。原谅他吧。小乔治！"

祖母说："噢不，宝贝，你没错。是可恶的爷爷弄坏了你的玩具……我的小可怜，你是无辜的。明明是爷爷弄坏了你的玩具，还不准你生气，我的小可怜，爷爷真是太可恶了！"

突然，乔治恢复了平静。他看着周围大人们焦虑的面孔，嘴角不禁露出一丝微笑。

"我就说嘛，"母亲说，"我一直说他是个小天使！看吧，乔治原谅爷爷了！看，他多乖巧啊！"

但男孩仍在一个个地打量着他们：父亲、母亲、祖父、祖母、两个女仆。"看，他多乖巧啊……多乖巧啊……"他讽刺般地学着。然后，他把小卡车的残骸一脚踢飞到墙上，疯狂地大笑起来。"看啊，多乖巧啊！"他一边重复着，一边走出了房间。在场的大人都吓得一个字也说不出来。

31
里格莱托

在庆祝独立纪念日的军事杂志上,原子武器部门首次公开亮相。

这是二月的一天,天气晴朗却灰暗。灯光照在路边尘土飞扬的建筑物上,旗帜在楼顶迎风飘扬。威风凛凛的坦克从我面前经过,它们在队伍的最前方开道,石子路上发出轰隆隆的巨大响声,却没有激起人们的欢呼。当这些载有大炮和英俊士兵(戴着皮革钢盔从炮塔顶部窥视)的宏伟武装车辆经过时,鲜少能听到掌声。所有人的目光都集中到议会广场,集中到移动的队伍上,等待着什么新闻。坦克大约通行了四十五分钟,观众们看得头晕目眩。终于，最后一辆坦克的可怕喧嚣声渐行渐远，道路上变得空荡荡的。一片安静，阳台上的旗帜仍在风中飘扬。

为什么后面没人了？坦克的轰隆声都已经消失，只能隐约听见从远处传来的模糊的回声。路上空荡荡，人们仍在等待着。难道命令撤回了？

但是道路尽头悄无声息地出现了一个什么东西，然后是第二个、第三个、许许多多个，排着长长的队伍。每一个都有配有四个橡胶轮，但看起来既不像汽车、火车、坦克，也不像任何一种人们认识的车。它们外观奇特，从某种意义上来说比较小巧，看起来更像是某种奇怪的推车。

我站在最前面几排，可以看得很清楚。

它们的形状像大管子、消音器、野战炊事车、棺材，这里只是提出几个类似的概念。

它们不大、不显眼，外观棱角分明，看起来却并不坚固，但通常会使肮脏的车显得高档。

车身的金属外壳看起来像是"改制"的，让我想起一扇因为有凹陷而无法关闭的侧门，撞击时会发出金属薄板的声音。车身是黄色的，上面有奇怪的绿色图案用作伪装，让人想起蕨类植物。士兵们两两一组，位于车辆后部，只露出胸以上部分。制服、头盔和武器都很常规，武器是一种自动模型步枪，显然是出于装饰目的，就像很多年前还能看到的佩带军刀和长矛的骑士。

有两件事立即给人们留下了深刻的印象：首先，这些车辆前进时绝对安静，显然是由未知的能源驱动；其次，也是更重要的是车上士兵的样貌。他们不像坦克上的士兵那样，不是那种四肢发达、充满活力的年轻人，皮肤不是古铜色的，脸上没有骄傲的笑容，甚至看起来不像训练有素的样子。他们大多数人很瘦弱，像那种额头宽、鼻子大的奇怪的哲学系学生，所有人都配有电报耳机，很多人佩戴框架眼镜。从举止来看，他们似乎并不认为自己是士兵。从他们的神情中可以感受到一种无奈的忧虑。

那些并不负责车辆操作的士兵恍惚而冷漠地环顾四周。只有某些平顶厢式货车的驾驶员对人们的期待做出些许回应：他们的头上有一种顶部敞开的透明杯形罩，像戴了大面具一样，给人一种不安的感觉。

我记得在第二或第三辆车上，有个略微驼背的人比别人都坐得高一些，可能是位军官。他毫不关注路边的人群，只是不停地扭头检查后面的车辆，仿佛担心它们会停在路上一样。"快点，里格莱托！"一个站在阳台上的人大喊。他抬头挤出一丝笑容，并挥了挥手。

正是车辆极简的外表，让所有人都知道这些钣金容器里蕴藏着怎样的地狱般的破坏力——真令人沮丧。

也就是说，如果这些车辆更大一些，可能人们就不会对它有如此深刻的印象，这就能解释人们为什么如此焦虑，为什么既没有掌声，也没有欢呼。

怎么说呢，我觉得周围很安静。神秘的车辆发出有节奏的轻微吱吱声，类似于某些候鸟的鸣叫，但它不是鸟。

声音起初微乎其微，然后逐渐变得愈加明显，但始终保持着相同的节奏。

我看了看驼背军官。我看到他摘下了电报耳机，与坐在下面的同伴激烈地交谈起来。在其他车上我也注意到了紧张的迹象，好像发生了什么不寻常的事。

这时，路边的房子里有六七条狗不约而同地吠叫起来。由于窗台前挤满了观众，几乎所有窗户都敞开着，因此可以清晰地听到狗吠声在路上不断回荡。这些狗怎么了？它们如此激动，是在向谁求救呢？驼背军官做出了一个不耐烦的手势。

这时，我用眼尾瞥见身后有什么黑色物体闪过。于是我转过身，看到三四只老鼠从地窖的天窗上溜了出来，落荒而逃。

我身边的一位老先生举起手，用食指指了指天空。然后我们看到街道中间的原子车上方出现了很多奇怪的红色尘埃柱，类似于垂直的龙卷风，但都停滞着，并不旋转。几秒钟内，它们整齐划一地呈现出一种几何形状。很难描述：想象一下从工厂的高烟囱里冒出的那种烟雾吧，只是周围没有烟囱。现在，厚厚的灰尘聚成了令人不安的高塔，像鬼魂一般从建筑物屋顶向上升到三十米高处，最顶端还架起了烟灰色的星云桥梁。这样一来，这些烟雾形成了一个巨大的阴影框架，与游行队伍一样，一直延伸到视线的尽头。房子的里的狗继续吠叫着。

发生了什么？队伍停了下来，驼背军官从车上下来，跑到队伍里大声呼喊着如同外语一般的复杂命令。

士兵们都表现出难以掩饰的焦虑，慌乱地摸索着身边的武器。

烟雾或尘埃形成的尖塔（显然是原子车的放射物）高耸在人群上方，若隐若现，线条变得越发可怕。另一群老鼠跳出了天窗，疯狂地逃窜。为什么这些不祥的尖塔不像旗帜一样随风摇摆呢？

尽管焦躁不安，但人群仍然保持沉默。我前面房子四楼的一扇窗户突然打开，出现了一名衣衫不整的年轻女子。她直愣愣地盯着那些烟雾尖塔和将它们连接起来的高架桥看了好一会儿，然后双手抱头呈惊恐状，从喉咙里发出绝望的喊叫："天哪！噢，天哪！"

那个声音！我努力控制住自己，向后退了几步。最后一眼，我看见士兵们在车子周围疯狂地窜来窜去，仿佛不再能控制住它们（后来我意识到，尽管看起来苍白丑陋，但他们也是真正的士兵）。还来得及吗？我迈着大步敏捷地从人群中溜走，并且时刻注意不被任何人发现，直到跑进了一条小路上。

我听到身后传来人们惊恐的尖叫声。跑了大约三百米后，我鼓起勇气转身向后看去：在疯狂逃窜的黑压压的人群上方，红色的影子塔开始摇摆，它们之间的桥梁缓慢地旋转，可以说有一种巨大的力量在推动它们。这梦幻般的运动越来越快，甚至变得几近疯狂。然后，房子中间传来一声黑暗而残酷的叫喊声。

之后发生了什么，所有人都知道。

32

令人嫉妒的音乐家

作曲家奥古斯托·戈尔吉亚是一位德高望重、大名鼎鼎的人物，令人羡慕不已。一天晚上他独自在小区散步，突然听到了从一幢大楼里传来的钢琴声。于是，奥古斯托·戈尔吉亚停下了脚步。这是一种现代音乐，但与他或其他同事的音乐风格都不相同。他从未听过这样的音乐，甚至无法判断这音乐是庄严还是轻松。它的轻浮感令人联想到某些流行歌曲，此外它还蕴含一种苦涩的蔑视，听起来似乎是玩笑般的语气，尽管他内心深处能感受到一种热烈的信念。但最重要的是，戈尔吉亚被它的语言所打动，歌词完全摆脱了陈旧的搭配规则，不时显得傲慢刺耳，但同时却铿锵有力。此外，它的特别之处还在于动感十足、青春轻盈，没有任何费力之感。但钢琴声很快就消失了，尽管意犹未尽，乔治继续散起步来，等待着音乐重新响起。

"不知道是不是美国的音乐，"他心想，"毕竟就音乐而言，美国集结了最黑暗的混搭风。"然后他折返回家。但那天晚上，包括第二天一整天，他都感到莫名的烦闷。就好像一个人去树林打猎，不小心撞到了岩石或树干上，虽然有些窝火但也没太在意。但到了晚上，被撞的地方开始疼起来，却不记得是在哪里并且怎么撞的了。这块伤疤至少需要一个星期才会痊愈。

过了些日子，一天，大约下午六点左右，戈尔吉亚打开门时突然听到了客厅的收音机里传来的声音。凭借专业音乐人的敏感，他立刻分辨出了那个声音。这次是管弦乐，不再是钢琴独奏，但与那晚他听到的乐曲一模一样，具有同样精湛和动感的旋律以及同样怪诞的乐句，令人联想到一匹疾驰而来的骏马。

戈尔吉亚还没来得及关门，音乐就停止了。客厅里传来妻子异常急切的脚步声。"亲爱的，"她说，"我不知道你这么快就会回来。"可她为什么满脸尴尬呢？她有什么事瞒着我吗？

"怎么了？"戈尔吉亚困惑地问。

"什么怎么了？应该要怎么样吗？"玛利亚很快恢复平静回答。

"不知道，只是你打招呼的样子有点儿……算了，不过可以告诉我吗？刚刚广播里放的是什么？"

"啊，你觉得我会注意到那个吗？！"

"那为什么我一进来你就把它关了呢?"

"你这是在审问我?"妻子笑着回答,"没什么,你进来的时候我正要关掉。我刚刚在房间里就忘了关了。"

"里面在放一首音乐,"戈尔吉亚若有所思地说,"一首奇特的音乐……"他一边说一边朝客厅走去。

"哎呀,音乐你总是听不够的……从早到晚地听……永远听不够。那把收音机再打开吧!"

说着,她看到丈夫已经准备打开。

丈夫转过头看着她:她似乎有些不安,在害怕着什么。他有些不悦,打开了收音机的开关,屏幕亮了,里面先传出了像平常一样的嗡嗡声,然后是人声:"……大家刚刚收听的是室内乐节目。下一场由特雷梅尔公司举办的音乐会……"

"现在满意了吗?"玛利亚松了一口气。

当天晚上,戈尔吉亚在与朋友贾科梅利共进晚餐后买了一份广播电台的报纸,准备查查当天的节目单。"10:45 塞尔吉奥·安福斯大师指挥的室内乐音乐会,其中包含辛德米特、昆兹、迈森、里本茨、罗西和斯特拉文斯基的作品。"不,他听到的那段音乐肯定不是斯特拉文斯基的。报纸上的名字是按照首字母顺序排列的,音乐会上的作品顺序显然与此不同。也不会是辛德米特或是迈森的作品,戈尔吉亚对他们再了解不过了。

那么是里本茨?不,马克斯·里本茨是他在音乐学院时的老同学,十年前投身于复调音乐的创作,作品朴实但偏学术化。而且他早就停止创作了,在沉寂了这么长时间后,直到最近在国家大剧院上演了一出新作品，重回公众的视线。这几天应该正是他登台表演的时候，但根据他以往的创作风格，不难猜想他演奏的是什么。因此也不是里本茨。那么就只剩昆兹和罗西。可他们是谁？戈尔吉亚从没听说过他们的名字。

"你在找什么？"贾科梅利看到他专注的神情问。"没什么。就是我今天在广播里听到了一首音乐，我想知道作者是谁。一首很奇怪的音乐。但我还是没听明白。""什么样的音乐？""我不知道该怎么说，对，可以说是一种非常无礼的音乐。""好了，好了，别想了，"贾科梅利知道他的脾气，便开玩笑道："你比我清楚，能打动你的音乐家还没出生呢。"

"不，不，"戈尔吉亚听懂了朋友语气里的讽刺，"我很高兴，我早就知道总有人会……（一个烦人的念头一闪而过）……对了，明天是里本茨的预演吗？"贾科梅利没有立刻回答。

"不，不是，"他冷淡地说，"好像推迟了……"

"你去吗？""呃，不去，你知道的，"贾科梅利说，"这超出了我的承受范围。"听到这句话，戈尔吉亚顿时心情大好。"可怜的里本茨，"他说，"可怜的老里本茨啊，我真的为他感到高兴，至少感到满足……好了，好了！"

第二天晚上，戈尔吉亚在家无精打采地弹钢琴，突然听见紧闭的房门外有人在谈话。他觉得有些可疑，便过去偷听。在相邻的客厅里，妻子和贾科梅利正在低声说话。贾科梅利说："他迟早会知道的。"

"那就越晚越好，"玛利亚说，"至少他现在应该还没有起任何疑心。"

"但愿吧……可是报纸呢？总不能阻止他看报纸吧？"这时，戈尔吉亚突然打开了房门。

两人像被当场抓获的小偷一样吓了一大跳，脸色苍白。"呃，"戈尔吉亚问，"谁不能看报纸？"

"呃，呃……"贾科梅利说，"我刚刚在说我的一个堂兄因挪用公款被捕。而他的父亲，也就是我的叔叔，对此一无所知。"

戈尔吉亚叹了口气，原来如此。这反而令他对自己不加掩饰的突袭感到羞愧。强烈的怀疑感吞噬了他的理性。但随后，当贾科梅利继续讲话时，这种模糊的不自在感又向他袭来：堂兄的事是真的吗？还是贾科梅利临时编出来的？为什么他们要窃窃私语呢？

他开始戒备起来，就像医生和亲戚向他隐瞒了不可撤销的判决一样。他嗅到了谎言的味道，但其他人比他更机智，总是转移他的好奇心。因为如果无法安抚他，至少可以不让他知道这个可怕的事实。

即使在外面，他也觉得有很多可疑迹象：同事模棱两可的表情，或者因为他的到来而戛然而止的谈话，或者平时很健谈的人在与他交谈时表现出来的尴尬。

然而戈尔吉亚总是克制住自己，不确定这种不信任感是否是一种神经衰弱的征兆。随着年龄的增长，某些人会看到无处不在的敌人。那他害怕的是什么呢？他赫赫有名，受人尊敬，腰缠万贯，剧院和音乐公司常常为了他的作品大打出手。他的身体也再

32 令人嫉妒的音乐家

健康不过了，从没有过头疼脑热。所以，会有什么足以威胁到他的呢？但这样的推理还远远不够。

第二天晚饭过后，这种焦虑感再次侵袭了他。大约十点左右，他在翻阅报纸时看到里本茨的新作品就在当晚上演。

怎么会呢？贾科梅利不是说演出推迟了吗？为什么没有人提醒他参加呢？为什么剧院院长没有像往常一样给他送票呢？

"玛利亚，玛利亚，"他心怦怦直跳，喊道，"你知道里本茨的首演是今晚吗？"

玛利亚气喘吁吁地跑了过去。"我？啊对，我知道，不过我以为……"

"你以为什么？……演出的票呢？难道他们没有给我寄票吗？"

"有，有。你没看到信封吗？我把它放在梳妆台上了。"

"那你怎么什么都没告诉我？"

"我以为你没兴趣呢……你不是说你不会去的……还说跟我没关系……所以我就没在意……"

戈尔吉亚勃然大怒。"我不明白……我不明白，"他重复道，"现在都已经十点零五分了……就算现在过去也来不及了……贾科梅利那个白痴……（折磨他已久的疑虑现在终于可以解开：里本茨的作品里，因为某个他无法想象的原因，有着什么不幸的东西。他又看了看报纸，但似乎没发现什么。）对了，广播里会播的啊……我想听听。"

玛利亚用一种痛苦的声音说："抱歉，奥古斯托，收音机坏了……"

"坏了？什么时候坏的？"

"就是今天下午。五点我打开时听到里面咔嗒一声，然后就什么声音也没有了，可能是短路了。"

"偏偏今天坏的？你们所有人都商量好……"

"商量好什么？"玛利亚几乎带着哭腔，"这能怪我吗？"

"好吧，那我出去。总有地方有广播吧……"

"不，别出去了，奥古斯托……外面下着雨呢……你会着凉的……而且天也晚了……你以后总有机会听那首该死的作品。"

但戈尔吉亚已经拿着伞走出了家门。

他在路上漫无目的地走着，直到看到一家亮着灯的咖啡馆。里面人很少，但可以看到有一小群人聚集在最里面的小茶室里，里面有音乐传出来。奇怪，戈尔吉亚心想。通常只有在周日人们才会对广播感兴趣，因为会直播球赛。他又产生了一个疑问：难道他们在听里本茨的作品？

但这种想法很荒谬。那些在聚精会神地听广播的人没有任何可疑之处：有两个穿毛衣的年轻人，一个穿便装的女孩，还有一个穿白夹克的服务员。

顿时，戈尔吉亚仿佛被一种黑暗的召唤惊醒，就好像他在数日，甚至数月、数年前就知道自己会在这个预定的时间来到这里，而不是别处。随着他的接近，音乐的节奏和音符逐渐显露出来，戈尔吉亚心中一紧。

对他来说这是一种崭新的音乐，像溃疡般在大脑中蔓延。这就是他曾经在路上、然后是家里听到过的那种奇怪的音乐。但现在它变得更加自由而骄傲，超凡脱俗。就连最无知的人、技工、小妇人、服务员都无法抗拒。所有人都会瞠目结舌，臣服于它。天才！而这个天才叫里本茨，他的朋友和妻子想尽一切办法让他一无所知，因为他们同情他。人类等待了至少半个世纪的天才出现了，但不是他戈尔吉亚，而是与他同龄的另一个人，至今默默无闻、受人蔑视的人。那段音乐是多么令人生厌，应该曝光它，揭露它的虚伪；嘲笑它，为它感到羞耻。然而它却像凯旋的战舰一举打破沉默的浪潮，很快就会征服全世界。

一名服务员拉了拉他的胳膊："不好意思，先生，您不舒服吗？"事实上，戈尔吉亚已经双腿发软，颤颤巍巍。

"不，我没事，谢谢。"他什么也没喝，绝望地走入外面的大雨中。"上帝啊！"他自言自语，很清楚地知道，从这一刻起自己所有的快乐都已不复存在。为了让自己解脱，他甚至无法带着这种痛苦去见上帝，因为这些痛苦会让上帝愤怒不已。

33
费城的冬夜

1945年7月上旬，为了研究克罗峰岩壁的一条新路线，登山向导加布里埃莱·弗朗切斯基尼独自一人在卡纳利山谷（位于圣马蒂诺迪卡斯特罗扎）攀登。在距离岩石底端一百多米的高处，他发现有个白色的东西悬挂在陡峭的驼峰上。他定睛一看，原来是只降落伞。他还记得一月时有一架从奥地利返回的美国四引擎飞机在附近坠毁：其中七八十名空军将士在戈萨尔多附近降落，但安然无恙。另外两个人因受到大风的侵袭，降落到了克罗达格兰德山背后，音讯全无。

悬挂物的下方，可以看到晃动的白线，线上挂着一个黑色的小东西：是应急物资袋？还是饱受日晒雨淋和乌鸦啄食的空军的残骸？那里山体陡峭，但攀登的难度不大，大约"三级"左右。弗朗切斯基尼很快就抵达了那里，并发现之前那个黑色的东西是绑住飞行员的安全带，已经被人用刀切断。他把降落伞拉了下来。在下面的一块小石头上，他看到一件鲜红色的事物：一件配有两柄奇特金属杆的双层橡胶外套。他拉了拉其中一根金属杆，嘶的一声，外套瞬间鼓起来了。上面写着：F.P.穆勒中尉，费城。

再往下，弗朗切斯基尼还发现了一把弹药都已经射完的枪支装弹机。底部岩石的间隙和沟壑间的白雪上有一条军绿色的法兰绒围巾。此外，还有一把尖端已断裂的小刺刀。但没有任何人类的踪迹。

（最先跳下的是富兰克林·G.戈格，他紧随其后。其他人呢？他的白色降落伞已经打开，其他人还没往下跳。戈格继续下降了五十米。引擎的轰鸣声消失在耳边，身体似乎坠入棉絮之中。

他注意到他们被风推动，缓缓朝着山谷之外堆满积雪的山脉降落。放眼望去，山石险峻：奇形怪状的山峰、阴影笼罩的山谷，还有天蓝色背景下的白雪地。

"戈格，戈格！"他喊道。但突然，他和同伴之间矗立起一堵墙，一堵黄灰色的墙。他猝不及防地迎头撞了上去，下意识地伸出双手以减轻撞击力。）

下到山谷后，弗朗切斯基尼通知了最近的美军司令部。十二天后他回到了那里，此时，积雪已融化了不少。他搜寻了很长时间,但徒劳无功。当他正准备再次下去时,他看到山谷右侧的雪地里露出来了半截尸体:几乎完好无损,只是眼球不见了;尸体头顶有一道可怕的伤口,一个像碗一样宽的圆坑。这是一名二十四岁左右的年轻人,棕发,身材瘦长。已经有一些苍蝇围着他嗡嗡直叫了。

(他撞到了岩石上,但撞击感并没有预期的可怕。他无法稳住重心,奋力反跳,却发现自己仍然悬挂在半空但静止不动。降落伞卡在了向外凸起的一个小尖角上。

他就这样悬空。

周围是参差不齐、古老奇崛的峭壁,不知它们都是如何保持平衡的。阳光洒落在山石上,但他低头看向山谷的谷底(从上面看几乎是平坦的),那条光滑而亲切的白色轨道。他觉得自己很滑稽,像个木偶一样悬在半空。正对面是一个歪斜的尖顶,仿佛是个和尚正不动声色地注视着他。

周围太安静了。他摘下头盔,希望能听到一些人声,哪怕很遥远。但没有。没有任何喊声、枪声、钟声或卡车的隆隆声。他用尽全力大喊:"戈格!戈格!""戈格,戈格,戈格!戈!……戈!"回声不断在山间回荡,冰冷无情,仿佛在说这里只有我们,你喊破嗓子也没用。)

通知美国司令部后,十几个人在中尉的命令下,带着弗朗切斯基尼上山搜寻。他们对这座山毫不熟悉,费了九牛二虎之力才到达现场。向导和军官用磕磕巴巴的法语交流。他们把尸体装入麻袋,沿着堆满积雪的悬崖峭壁下山。但是,下到某个地方时,他们发现山路被切断了。于是中尉命令大家停下。弗朗切斯基尼借机查看了一番,然后,他眼尾的余光瞥到有个东西在移动。是装着尸体的麻袋滚下了岩石。弗朗切斯基尼看了中尉一眼,但中尉一脸冷漠。

（他脚下一米半处有块非常小的突起,上面覆盖着白雪。这是唯一的机会,他决定试一试。于是他切断了绑住自己的安全带,双手吊在悬在半空的绳索上,然后使劲晃动身体,直到脚能够到那个支点。终于,他落到了岩架上。

可是下面的雪墙突然崩塌。他斜倚着,无法看到远处。眼前,群山耸立。他从未如此近距离地见过,它们是如此怪异,甚至壮丽得夸张,可惜都站错了地方,多么令人讨厌。他必须出去。他本可以利用降落伞绳,但现在这些绳索在他的头顶上方,他拿不到了。该怎么爬上去拿呢?

光线越来越暗,太阳快下山了,这让他感到害怕。天气很冷。"喂!"他有些愤怒地大喊。"喂——!"回声在山间回荡,重复了七八次。

突然,他心中又燃起一丝希望。他拔出左轮手枪,高高抬起手臂,连续向天空射击,直到子弹耗尽,仿佛这样能让人听得更清楚。但仍只有回声,最后又重归寂静。

从没见过其他东西能像山这样岿然不动,就连房子也做不到吧。年轻人不只是待在半空,还要不断地搓手取暖。他试着点了根烟,但没有缓解寒冷。那些愚蠢的德国佬什么时候才会来把他抓进监狱?）

他们在岩石最下面发现了尸体。滚下去时，尸体从麻袋里掉了出来。于是他们重新把它装回麻袋。弗朗切斯基尼最终用两根裤腰带把它拖离了雪地，尸体被抬上担架。他们又停了一会儿。

（现在就连山顶也没有一丝阳光了，夜幕降临，他发现这里只有自己一人。人群、村庄、炉火、暖床、沙滩、美女，这些仿佛都是来自另一个世界的荒诞传说。

他吃掉了身上仅剩的一点粮食，大口喝光了瓶里的杜松子酒。当然，明天早上会有人来。他蹲下身又试着喊了几声，但周围已一片漆黑，伸手不见五指，此时的回声令他感到厌烦。不久之后他就睡着了。）

中尉让弗朗切斯基尼继续下山去马尔加卡纳利，那里有骡子。而他们将继续与死者慢慢下山，显然大家都已经筋疲力尽。弗朗切斯基尼离开了，但不久后他听到背后有声音。是跑下来的美军士兵。

"尸体呢？"弗朗切斯基尼问。

"我们把他放在那块岩石后面了。"

"那你们什么时候再去取？"

中尉回答："等重量变轻的时候。"

（他醒了，看到了费城。他的城市，上帝啊！

与他记忆里的模样截然不同，但他不可能记错。晚上，他看见摩天大楼的外墙在月光下闪闪发光，而背面是街道的阴暗角落。他看到了洁白的道路，为什么那么白？他看到了广场和纪念碑，教堂圆顶和古怪的广告牌，与星空相映成辉。对，下面

Dutchin Inc. 公司大楼背后,在成片的大烟囱后面,就是他的家,可为什么连灯光都没有呢?

为什么一盏灯都没开,一扇窗都没开,甚至连打火机点火时短暂的响声都没有呢?街道空无一人,十字路口没有一辆车经过。往高处看,亿万富翁的空中花园随处可见,花园的玻璃窗在夜空中闪闪发光,就像蓝色的石英。但即使在那里,一切也都已陷入了可怕的睡梦之中。

费城死了。就像遭受了一场神秘的大灾难,涡轮机停止了运转,电梯冻结在半空的钢筋混凝土里,锅炉关闭了,贵格会的教徒们身体僵直,手里还拿着无声的电话听筒。寒意渗透到了皮毛靴子里。这听起来像低沉喘息的声音是什么?是风,它胆怯地潜入柱廊,发出了一声哀叹。还是人声?有时他似乎听到了一种混乱的音乐,就像从周围建筑的房间里传出的小提琴和吉他声。寒冷刺骨。上帝呢,他总听很多人提起的上帝,在哪里呢?那不是费城,该死的,那只是地球上最后一个令人讨厌的土坑。)

穆勒中尉只身暴露在烈日之下,周围的群山峻岭仿佛都在注视着他。夏天上山赶羊的放牧人脱下了保养尚好的皮靴。然后,由于无法忍受尸体散发出来的恶臭,他们一把火焚烧了尸体。三个月后,美军士兵返回取走了这副尸骨。

(黎明来了,可是有什么用。夜晚的寒冷已经深入他的骨髓,哪怕是一千个夏日都无法温暖他,穆勒中尉只剩下一副昏昏欲睡的躯壳。山峰、峭壁、悬崖都仍在沉沉的睡梦中。没有任何人来。他看了一眼下方的深渊。他做这一切就像是出于职责,而不是信念。他脱下飞行靴,掏出短刺刀,将其插入岩石之间,以此支撑住自己。他选择了一条深入石壁的大裂缝。好像卡在里面了,他心灰意冷地试着用双手紧紧抓住自己。但这双手是如此麻木,就像不是他自己的一样。他被困在了岩沟里,一厘米一厘米地往下滑动。某一瞬间,他看到太阳在一块悬在高处的岩石上露出了脑袋。

他还能坚持多久?右脚下踩着的什么东西滑落了,他听到了石头滚落的声音。刺刀的尖端在岩石上费力地划过。一股缓慢却强劲的力量使他退缩。面前的崖壁不断下降,直至几乎变得水平。自由了!一阵笑声撞击到三块、五块、十块崖壁上,以奇怪的方式延伸开来,很快消失不见。刺刀在岩石间跳跃着,发出愉悦的叮当声。然后一切又恢复了静止和安宁,就像之前一样。)

现在,那里已经一无所有。尸体被丢在"特雷维索"避难所三个月,为了留作纪念,避难所的管理员用红色油漆在草丛里的几块石头上写上了死者的名字——F.P. 穆勒,并插了个十字架。下面还错误地写上了:英国。大概是因为对于神秘的卡纳利山谷来说,美国和英国同样遥远,都在数十亿公里以外,很容易混淆。

34
山体滑坡

他被一阵电话铃吵醒了，是报社的社长。"你马上开车出发，"对方说，"奥提卡山谷发生了严重的山体滑坡……对，戈罗镇附近的奥提卡山谷……那里有一座村庄，应该死伤不少……你亲自去看看。快出发吧，千万别耽误时间，拜托了！"

这是报社第一次对他委以重任，考虑到责任重大，他不禁有些担心。但在计算完行程时间后，他稍稍放心了一些。大约两百公里的路程，三个小时内应该可以抵达。

他有整个下午的时间可以做调查并写"报告"。看似是个舒服的活儿，完成任务、获得荣誉并不困难。

现在是二月，天寒地冻，他一早便出发了。街道上几乎空无一人，车子可以开得很快。似乎可以比他预计的时间更早抵达。山丘的轮廓越来越近，薄纱般的晨雾下，峰顶的积雪也逐渐显露出来。

此时，他满脑子想的都是山体滑坡。也许这是一场大灾难，有数百名受害者，也许专栏能连载上两三天。尽管他心肠不坏，但这些人的遭遇也没有让他感到多难受。他又想到了其他报社的竞争对手和同行，心情顿时变得糟糕起来，他都能猜到他们一定已经在现场争先恐后地收集有价值的新闻了，比他动作更快、更狡猾。他朝窗外看了看，所有朝相同方向行驶的车辆都让他感到焦虑。毫无疑问，他们都是去戈罗镇的，为山体滑坡而去。每当在前面的直道上看到一辆车时，他就会加速追上去看看里面是谁。每次他都确信里面是同行，结果都只是陌生的面孔，大多数是乡下人的模样，类似租户和中介，甚至还有牧师。他们个个看起来都百无聊赖、昏昏欲睡，就好像那场可怕的灾难与他们毫不相干。

车子行驶到某处后便偏离了直道，左转进入了通往奥提卡山谷的一条狭窄而尘土飞扬的山路。尽管已经不早了，但他没有发现任何异常：没有部队、没有救护车、没有急救卡车，与他之前所想的截然不同。一切似乎都仍在冬眠之中，只有寥寥几缕青烟从几家农舍里飘出来。

路边的石碑显示：距戈罗镇 20Km，距戈罗镇 19Km，距戈罗镇 18Km，但没有任何警示。乔瓦尼的目光不断在险峻的山脉间搜寻，但徒劳无获，没有发现任何裂缝或山体滑坡留下的白色疤痕。

中午时分，他抵达了戈罗村。这是一座掩没在山谷里的奇怪村庄之一，至少落后了一百年。村庄坐落在一片光秃陡峭的山坡上，周围都是荒凉的山峦，压得人喘不过气来。夏天没有树林，冬天没有积雪，只有三四个想不开的家庭才会来这里度假。

村中心的小广场空荡荡的，半个人影都没有。奇怪，乔瓦尼自言自语，难道这场灾难把所有人都吓跑了？或者全都躲在家里？他想，还有一个可能就是滑坡发生在另一个邻近的村子，所有人都跑去现场了。惨淡的阳光照在一家旅馆的外墙上。乔瓦尼下了车，推开旅馆的玻璃门，听到一阵热闹的交谈声，好像有好几个人在餐桌前高兴地侃侃而谈。

事实是旅馆老板正在和家人们共进午餐。显然，这个季节没什么客人。乔瓦尼向他们出示了自己的记者证，在征得同意后开始询问山体滑坡的情况。

"山体滑坡？"老板是个粗犷却热情的大个子，他说，"这里没有什么山体滑坡……不过您要是想吃点东西，就请坐，请坐吧。您愿意的话，可以坐在这里跟我们一起吃。那边的大厅没有开暖气。"

他的坚持让乔瓦尼难以拒绝，乔瓦尼便坐下与他们一起吃饭。这时，两个十五岁左右的孩子哈哈大笑起来，全然不顾客人的到来。旅馆老板是真心希望乔瓦尼能留下吃饭，并向他保证这个季节很难在山谷里找到能吃上现成食物的地方。但乔瓦尼却开始感到不安，他本来也是要吃饭的，但他想先看看山体滑坡，为什么戈罗村的人对此一无所知呢？社长明明给他下达了明确的指示。

坐在桌旁的两个孩子似乎并不同意父亲的说法，开始认真思考起来。"山体滑坡？"突然，其中一个大约十二岁的男孩说："对，对，在上面，在圣埃尔莫。"从声音里可以听出来，他很高兴自己能比父亲知道得更多。"在圣埃尔莫。昨天我听隆戈说的！"

"隆戈知道什么？"旅馆老板反驳道，"别胡说，隆戈能知道什么？他小时候倒是发生过一次山体滑坡，但是在戈罗村下面，而且远着呢。也许您能看到，离这里大约十公里，那条路……"

"不，爸爸，我没说错！"小男孩坚持道，"圣埃尔莫真的发生了山体滑坡！"

乔瓦尼打断了他们的争论："好吧，那我去圣埃尔莫看看。"

旅馆老板和他的孩子们陪乔瓦尼走到小广场上，他们对他的新款汽车很感兴趣，在山里从未见过。

戈罗村距圣埃尔莫仅有四公里的路程，但对于乔瓦尼来说似乎无比漫长。山路蜿蜒曲折、狭窄陡峭，以至于经常要倒两次车才能通过。山谷变得愈加阴森而荒凉，唯有远处的钟声能给予乔瓦尼一丝安慰。

与戈罗村相比，圣埃尔莫更小、更贫瘠、更荒凉。才十二点四十五分，却有一种夜幕即将降临之感。也许是因为山林里若隐若现的阴影，也许是因为景色萧条得让人心慌。

乔瓦尼顿时焦躁不安。山体滑坡到底在哪里？会不会是社长并没有确切的消息就匆忙把他派过来了？还是给了他错误的地名？时间一分一秒地过去，再这样下去任务恐怕很难完成。

乔瓦尼停下车向一个男孩问路，男孩似乎很快就明白了他的来意。

"山体滑坡？就在那里。"男孩指着上面回答，"二十分钟就到了。"然后，他看到乔瓦尼回到车里，提醒道："汽车上不去，只能步行，那里只有一条很窄的小路。"他同意担任向导。

他们离开了村子，沿着山上一条泥泞的小路往上爬。乔瓦尼爬得气喘吁吁，勉强能跟上男孩的步伐，哪还有力气问他问题。但这又有什么关系呢？他很快就能亲眼见到山体滑坡，可以完成社长交代的任务了，没有任何同行赶在他的前面。（很奇怪，周围一个人影都没有。几乎可以推断没有人员伤亡，因为没有急救车，最多就是一些倒塌的无人住居的房屋。）

"到了。"终于，当他们爬到某块大岩石上时，男孩伸手指着前方说。他们面前，山谷的对面确实有一片巨大的红土滑坡，从断裂的最高处到巨石堆积的山谷最底部可能足足有三百米。但目前尚不清楚里面是否有村庄或房屋倒塌。另外奇怪的是，悬崖的夹缝里有几株小草冒出来。

"看到那座桥了吗，先生？"男孩指着谷底红色巨石堆里那些建筑物的残骸，问。

"没有人吗？"乔瓦尼惊讶地问。他环顾四周，连半个人影都没看到。

只有荒芜的山脊、裸露的岩石、潮湿的溪流、矮石墙和石墙里的短季作物，到处都是凄凉的铁锈色，而天空中，云朵渐渐聚集起来。

男孩不解地看着他。"这是什么时候发生的？"乔瓦尼问，"已经好几天了吗？"

"谁知道啊！"男孩回答，"有人说三百年前，有人说四百年前。不过到现在，还时不时会掉几块石头下来呢。"

"浑蛋！"乔瓦尼勃然大怒，"你怎么不早说？"三百年前的山体滑坡，圣埃尔莫的地质奇观，只有导游才会感兴趣！谷底的那些砖石残片说不定还是某座古罗马桥梁的遗迹！真是荒唐，天大的误会。此时夜幕即将降临，可是山体滑坡在哪里呢？

乔瓦尼沿着山路一路往下跑，男孩在后面追，几乎快哭出来了，生怕会收不到小费。他无法理解为什么乔瓦尼会生气，他不断恳求，希望他能冷静下来。

"这位先生在找山体滑坡！"男孩指着乔瓦尼，对遇到的每个人都说，"我不知道在哪儿，我以为是旧桥上的那个，但并不是他要的。你知道哪里还有山体滑坡吗？"他问了很多人。

"等等，等等！"终于，一个在家门口忙碌的老妇人听到这些话后说，"等等，我去问问我丈夫！"

不一会儿，在一阵踢踏踢踏的脚步声后，门口出现了一个五十多岁的男人，身材干瘦，神情阴沉。

"啊，又来看了！"他瞥了一眼乔瓦尼说，"都已经够糟了，现在还有人专门来看热闹！好吧，好吧，过来看吧！"

他抓住乔瓦尼的胳膊，把他拉到了屋后的一条山路上，跟之前的那条很像，崎岖而狭窄，路边围着粗糙的矮石墙。这时，乔瓦尼将左手伸到胸前拉紧了外套（天变得越来越冷了），然后不由自主地瞥了一眼手表。已经是五点一刻，天很快就会黑了，可他对山体滑坡仍一无所知，甚至都不知道发生在哪里。但愿这个可恶的农民能把他带到现场！

"满意了吗？就在那里，看吧，该死的滑坡！"走到某处，农民停了下来。他冲着那个讨厌的东西抬了抬下巴，动作里充满了仇恨和蔑视。乔瓦尼发现，陡峭的山坡上有一块几百平方米的田地，一块很容易被人忽略的土地，一块被分割成了许多几英寸小格子的人工田地，周围用石墙隔开。但是，至少三分之一的部分被泥石流侵袭。也许是因为雨水或季节性的潮湿，或谁知道什么缘故，导致一小块山体滑落到了田地里。

"看到了吧？满意了吗？"农民骂骂咧咧地说。那块被摧毁的农田可能需要他们付出好几个月的辛勤耕耘才能补救。乔瓦尼没有理会，他惊讶地看着那个滑坡和山体的缺口，看着那个儿戏般的废墟，那个在他看来根本无足轻重的遭遇。这也不是社长所谓的山体滑坡，肯定是哪里弄错了。与此同时，时间继续流逝，夜晚前他必须给报社打电话。

他丢下农民，急匆匆地跑回停放汽车的小广场，看到三个乡下人正在检查轮胎。"山体滑坡在哪儿？"他焦急地问道，仿佛他们有义务回答一样。天色已暗，周围的山显得与世隔绝。

这时一个穿着得体、坐在教堂台阶上抽烟的高个子站了起来，朝乔瓦尼走去。"谁告诉你的？你从哪里听到这个消息的？"他开门见山地问，"是谁说有山体滑坡的？"

他的语气难以捉摸，暗含某种威胁，仿佛这个问题令他很不愉快。

乔瓦尼的脑海中突然闪过一个令人心安的念头：关于山体滑坡这件事，一定有什么黑幕或者与犯罪有关的东西。这就是为什么所有人都在耽误他的调查，为什么有关部门没有发布公告，也没有人赶到现场。噢，如果这不是一起司空见惯的单纯灾难，那么在这座与世隔绝的村子里，他莫不是要发现一些像小说情节般富有传奇色彩的阴谋！

"山体滑坡！"乔瓦尼还没来得及回答，那个人又用轻蔑的口吻继续说，"我从没听过这样的蠢话！您竟然相信！"说完他转过身缓缓离开。

乔瓦尼虽然很激动，但没有勇气追问。"那个人想说什么？"于是他找了刚刚三个人中看起来最朴实的一个问。

"哎呀，"年轻人笑着说，"又是这事！我可不说！我不想惹麻烦！我什么都不知道。"

"你是怕那个人吗？"两个同伴之中的一个责备道，"因为他是个骗子，你就闭嘴了？山体滑坡？谁都知道这里发生过山体滑坡！"

乔瓦尼两眼放光，迫不及待地想听那个乡下人说出事情的真相。那个家伙在圣埃尔莫附近有两处房屋要卖，但地基很不牢固，房子都已经出现裂缝了，早晚会倒塌。如果要修缮就需要花

34　山体滑坡

费大量的人力物力。本来很少有人知道这件事，万一传开了就没有人再愿意买了。这就是为什么那个家伙极力否认的原因。"

谜底就是这个？多么令人忧郁的夜晚，多么愚蠢又故作神秘的村民。天色已黑，寒风刺骨。模糊的人影一个个消失，小屋的门一扇扇关上，吱嘎作响。甚至那三个检查汽车的人也突然消失得无影无踪。

再问下去也只是徒劳，乔瓦尼心想。每个人都有不同的答案，就像目前为止发生的那样，每个人都会带我去不同的地方，但对于报社来说没有丝毫意义。

（事实上，每个人都有自己心里的滑坡，有人认为是被摧毁的田地，有人认为是正在塌陷的房屋，还有人认为是古代的卵石，每个人都有自认为悲惨的滑坡，但这些对乔瓦尼来说都毫无意义，他要找的是巨大的山体滑坡，是可以整整写满三篇报纸专栏的山体滑坡，是让他感到三生有幸的山体滑坡。）

山上万籁俱寂，但仍能听到遥远的钟声，仅此而已。乔瓦尼回到了汽车上，发动引擎，打开大灯，悻悻而归。

多么倒霉啊，他心想，谁知道竟然会这样。全都是些不值一提的新闻，或许只是那个愤怒的农夫的田里发生了轻微的塌方，然后莫名奇妙地传到了城市里，越传越夸张，最后变成了一场大悲剧。类似的事情并不少见，毕竟这是日常生活中的一部分，但现在却要乔瓦尼来买单。的确，他没有任何错，却空手而归，颜面扫地。

"除非……"他自己也觉得荒谬，不由得露出一丝苦笑。

汽车驶离了圣埃尔莫，穿过蜿蜒陡峭的山路，进入了漆黑的山洞，空无一人。汽车下山时，沙砾沙沙作响，车前灯的两束灯光四处巡逻，时不时在山谷对面的峭壁、低云、怪石和枯树上跳动。

它下降得很缓慢，似乎极度渴望能晚一点，再晚一点离开。

直到引擎声消失，或者至少听起来如此，因为乔瓦尼听到身后，也许是幻觉，但也可能不是；他听到身后有一声巨响，仿佛大地都在震动。他突然感到一种难以形容的心悸，奇怪的是，这种感觉与喜悦十分相似。

35
别无所求

烈日炎炎。仿佛在火车车厢过道站了一个世纪后，筋疲力尽的安东尼奥和安娜终于抵达了目的地。是座大城市，可以过夜。因为到第二天早上为止都没有开往下一站的火车。

他们走出火车站，来到被阳光晒得滚烫的广场上。安东尼奥一只手拎着一个小手提箱，另一只手架着安娜，安娜的脚已经累肿了。烈日炎炎。现在，要赶快找家旅馆休息休息。

火车站周围有很多旅馆。应该都是空的，百叶窗紧闭，门口一辆车都没有，入口大厅也空无一人。他们选择了一家看起来价格适中的旅馆，叫作"斯特格尼旅馆"。

前厅一个人影都没有，仿佛一切都还在沉睡，毫无动静。然后他们发现柜台后面有个人正躺在沙发上睡觉。"不好意思。"安东尼奥轻声说。那个人费力地睁开一只眼，缓缓站起身。他很高，黑着脸。在安东尼奥正想开口前，接待员就摇了摇头。他盯着他们俩，眼神里充满了敌意，然后用食指指了指柜台上的旅馆平面图。

"客满了，"他说，"抱歉，一个空房也没有。"他的语气就像是在厌烦地宣布多年来不断重复、从未间断的一个固定回答。

其他旅馆也都没有空房。它们的入口大厅也是空荡荡的，没有一个人进出，楼梯上也听不到任何人声。接待员大都睡得汗流浃背，一副闷闷不乐的样子。他们都亮出了房间的平面示意图，以此证明就连杂物间都没有。同样，他们也都用怀疑的目光看着他们俩。

他们在灼热的街道上走了大约一小时，感到越来越累。终于，在遭到第七或是第八家旅馆的接待员的拒绝后，安东尼奥只能妥协地问是否可以洗个澡。"洗澡？"接待员问，"你们要找浴室？那为什么不去日间旅馆呢？就在附近，两步路。"说着他为他们指了路。

他们去了。安娜黑着脸不说话，这表明她很生气。日间旅馆的门口有一块大型彩色告示牌，楼梯直达地下室。这里也没有一个人影。

但他们下楼后顿时感到灰心丧气。写着"浴室"字样的两个窗口前排了长长的队伍，显然已经买好票的人坐在旁边等着，窃窃私语。一个窗口是男浴室,另一个窗口是女浴室。

"天啊,我受不了了。"安娜说。

安东尼奥安慰道:"振作点,我们先在这里冲个澡精神精神,然后,上帝保佑,我们会找到旅馆的。"于是两人排起了队。

从浴室走廊冒出来的热气让那里变得异常潮湿闷热。与此同时,安东尼奥发现坐着的那些人正在打量他们,特别是安娜:他们瞥了她一眼,然后窃窃私语,看起来并无恶意,因为没有人笑。

安娜比他排得快。大约半小时,旁边队伍里的安娜已经超过他,排到窗口了。轮到自己时,安娜伸出了一张一百里拉的钞票。

这时,安东尼奥正在听排在他前面的人和柜员发生的小争执,没有注意到安娜。柜员没有零钱,而前面那个人只有面值千元的钞票。"请您站旁边点,别耽误其他人……"他们争论的声音很小,就好像害怕被别人听见一样。最后男人让步了,嘟嘟囔囔地站到一边,于是轮到了安东尼奥。

直到那时,他才发现安娜正在旁边的窗口说着什么。她满脸通红、气喘吁吁,焦急地在包里翻找着什么。

"你把钱丢了?"他问。

"没有,但是他们要出示身份证件。我怎么找不到了!"

"喂,先生,"柜员低声催促安东尼奥,"洗澡吗?……八十……"

"需要出示身份证件吗?"

柜员露出含糊的笑容："希望你有……"

谁知道他的回答是什么意思。安东尼奥拿出了身份证，柜员便把上面的信息誊写到一本登记册上。

这时，由于安娜的关系，女浴室的窗口前排起了很长的队伍，抗议声高涨。最后从窗口里传来一个不悦的声音："小姐，您如果没有证件，就请不要挡着别人了！……"

"可我很难受，我想……"安娜挤出一丝笑容坚持道，希望对方能怜悯她，"这里有一位先生我认识，他有证件……"

柜员言直截了当地打断她说："我没空跟您浪费时间……请您……"

安东尼奥轻轻把女孩拉到一边。

安娜再也沉不住气了，冲柜员吼道："什么态度！就算是对罪犯，也没有这样说话的吧！"她的吼声在安静的人群中回荡，如同一起丑闻。所有人都惊愕地朝她看去，然后又更加热烈地窃窃私语起来。

"这种事常有的。"安东尼奥安慰道，"那你现在怎么办？"

"我怎么知道？"安娜眼泛泪光，"这个该死的城市连洗个澡都不行……至少你买到票了？"

"对……我觉得可以这样：你用我的票去试试……"于是，他们往浴室门口的检票员跟前走去。她正在叫号，声音低沉，队伍在一点一点往前挪。

"不好意思，"安东尼奥用恳求的口吻说，"我买了票但我现在马上要走……我能把票给这位小姐用吗？"

"当然,"女人回答,"您只要去申诉窗口登记一下她的证件就行了……"

"您好,"安娜打断了她,"能不能行行好……我的身份证丢了……能不能让我进去洗个澡……我太难受了……看看我的脚……"

"不行,小姑娘,"检票员说,"如果被人发现,我就麻烦了……"

"我们走吧,"安东尼奥也火了,"这里简直像集中营。"在场的人都把目光投向了这对夫妇,似乎比任何时候都专注地目送这两个年轻人朝楼梯走去,然后离开。窃窃私语声瞬间消失了。

"喂,我们找个地方坐会吧,求你了。"安娜抱怨道,"我实在站不动了……看,那里有个花园!"

这条路刚好通往一座公共花园,从远处看似乎空无一人。但实际上树荫下的长凳上都坐满了人,他们只能勉强坐到一张被树枝遮挡住一半的椅子上。坐下后,安娜的第一件事就是解开鞋子。周围蝉声嘈杂,尘土飞扬。

再往前一点,在他们面前的圆形空地上可以看到一个圆形的大喷泉,正中间有一个喷口。尽管暴露在阳光下,但这是整座花园里唯一拥挤的地方。女人们(也有些男人)坐在水池边上,很多人把手浸在水里凉快凉快。喷泉的中间,还有一群半裸的孩子在水里嬉戏。他们高兴地相互泼水,还有人穿着衣服四脚朝天地躺在水里,全然不顾妈妈的叫喊。

此时,由于有松散的蒸汽(也许是来自周围腐烂的稻田)凝滞在城市上方，阳光变得暗淡下来，但热度却丝毫没有减少，反而更加浓重。

"看……是水！"安娜突然说，"等我一会儿……"还没等安东尼奥反应过来，她就脱掉了鞋子笑呵呵地朝喷泉跑去，然后在征求了坐在池边的人的"许可"后，她微微拎起裙子，灵敏地跳入了水里。"啊，真舒服啊！"她冲着男伴大喊。安东尼奥拎着行李箱和她的鞋子立马跑过来了。

人们的目光从清凉的水里转移到了这位漂亮的女孩身上，开始打量起她来。那些原本昏昏欲睡的脑袋顿时清醒了，开始展开激烈的讨论。然后一个清晰的声音传来："小姐，快上来，喷泉是给孩子玩的！"说话的是一位四十岁左右的女士，像是位家庭主妇，红光满面。

但水里的安娜完全沉浸在兴奋之中，再加上孩子们的吵闹声，她完全没有听见妇人的呼喊。

"小姐，"妇人提高嗓门又说了一遍，"你不能到喷泉里去，这是给孩子玩的。"其他人也纷纷点头表示赞同。

安娜惊讶地转过身，脸上仍挂着笑容。"不管是不是孩子，"她回答，"我只是想凉快一下，如果可以的话。"她的语气亲切，又带着某种略显俏皮的礼节感。说着，她继续朝喷泉中间走去，水逐渐变深。

另一个样貌精明的女人冲她挥了挥手，喊道："这是孩子玩的喷泉，听懂了吗？只有孩子能玩！"

其他人也附和道："快出来！出来！只有孩子能玩！"就连最

初没注意到她的孩子们也都把目光投向了这个水里的女孩。他们不再玩耍,好像在等待着什么。

"回来!这是禁止的!快出来!"安娜几乎快走到喷口了,那里的孩子最密集。水没到了她的膝盖。听到叫喊声,她再次转过身,谁知道为什么她一点也看不清这些瞬间变脸的女人:她们气得大汗淋漓、满脸通红。她看不清,自然就不害怕。"呃!"她回答,然后挥了挥手表示不耐烦。

喷泉边上的安东尼奥不想引发争吵,于是用安慰的口吻说:"安娜,安娜,回来吧,你已经够凉快了。"

但她知道安东尼奥是因她而感到羞耻,他是在以某种方式支持那些女人。于是,她像个小女孩一样踩着水回答:"好啦好啦,再玩一会儿!"她不想让那些老巫婆获胜。

咚。有个灰色东西从水面飞过,重重地砸到了安娜的背上,一大团泥巴沿着天蓝色的花布裙往下滑。是谁干的?

突然,一个高挑强壮的漂亮女人把手伸进水底,抓了一拳的污泥扔了过去。笑声与叫喊声交杂在一起。"快出来!快从喷泉里出来!出来!"男人们也喊了起来。刚刚麻木软弱的人瞬间都变得亢奋起来,他们乐此不疲地羞辱这个目中无人的女孩,从面孔和口音里就可以知道她是个外地人。

"浑蛋!"安娜一下子转过身大喊。她试图用手帕擦掉身上的污泥。但这个恶作剧很受欢迎,另一块泥打在了她的肩膀上,第三块在脖子的衣领上。这仿佛演变成了一场比赛。

"出来!出来!"大家叫喊着,带着一种扬扬得意的口吻。

这时，整整一大块泥巴砸到了安娜的耳朵上，让她的脸变得肮脏不堪，众人的笑声却更大了。她鼻梁上的太阳镜直接飞了出去，消失在水中。

在狂风暴雨般的袭击下，安娜一边气喘吁吁地东躲西藏，一边喊着别人听不懂的话。

这时，安东尼奥无法再袖手旁观，冲过去试图劝阻他们。但群情激愤，谁都不听他的，他断断续续地喊着："拜托，拜托，放过她吧！她没有得罪你们，拜托……我跟你们说……听我说……我建议……安娜，安娜，快出来！"

安东尼奥是外地人，而那里的所有人都说的是方言。

这让他的音调显得很奇怪，甚至很滑稽。

他身边的一个人开始大笑起来："拜托？拜托？"这是个三十岁左右的年轻人，穿着无袖背心，汗流满面，一脸奸笑。

"怎么？怎么了？"安东尼奥问，嘴唇发抖。这时，他的余光看见一个女人举起手正要扔泥巴。于是他纵身一跃，抓住她的手想要阻止她。泥巴从指间滑落。

"对女人动手？你居然对女人动手？"那个穿着无袖背心的年轻人质问道。"你是她的朋友？"安东尼奥问。"不是！"年轻人一边回答，一边挑衅地伸出拳头朝安东尼奥的脸挥去。但这一拳没打准，只是略微擦过他的肩膀。

年轻人也没有失去平衡。他笑了，似乎觉得非常有趣，开始像拳击手一样挥舞着拳头跳跃起来。"来啊，拜托！"

他伸出了左臂，看起来缓慢却有力量。但谁知道为什么，安东尼奥没有躲过。拳头落在了他的肝脏处，这一拳似乎打得轻轻松松。但突然，他屏住呼吸，感到肠子里一阵剧痛：深沉、阴暗而邪恶。他快喘不上气了。

"拜托！拜托！"年轻人哈哈大笑，仍在学他说话。他又伸出了另一只手臂。拳头似乎刚碰到安东尼奥，他就瞬间倒地呻吟，然后胃里翻起一股恶心的感觉。他的视线变得模糊，只能勉强看到一些阴影在晃动。他连连后退到最近的一棵树下，倚靠着树干。

现在（仅仅过去几分钟），喷泉那边正在发生新的状况。安娜仍站在喷泉中央，她浑身沾满了污泥，横眉竖眼、气喘吁吁，时而用手掩护自己，时而向那些用泥土瞄准她的人泼水。但她疲惫不堪，举步维艰。她始终站在孩子们中间，想到妈妈们为了不冒险打到孩子，也许也会放过她。"安东尼奥！安东尼奥！"她大喊，"看啊，他们是怎么对我的！上帝啊，看看他们是怎么对我的！"她机械地重复着，仿佛不知道除此之外还能喊些什么。

"出来！出来！接着！……出来！……你脏不脏？说，你脏不脏？出来！出来！……妮妮，过来……孩子们，都过来！"女人们喊道。事实上，孩子们已经开始向外面撤退，只留下安娜独自一人。

现在，即使安娜决定要出来也不是一件简单的事了。他们会放她走吗？还是继续这么丧心病狂？突然，周围树丛里传来愤怒而高亢的蝉鸣声，比之前大得多，仿佛恐惧已经穿透树叶。几乎就在同时，一个八九岁的男孩兴奋地叫喊着朝安娜走去，然后举起了一艘简陋的小木船。他一言未发，直接用力把玩具朝女孩的胫骨砸去。锡条加固的木船重重地砸到了女孩的骨头上。

短短一两分钟内发生了太多事。尽管烈日炎炎，稻田的腐烂气息笼罩着这座大城市，但在这段短暂的时间里，人可以做很多事，使生活充满了可恨的味道。女孩的喉咙里发出一阵尖叫。但其实只是一口气而已，没有声音，像某种嘶嘶声。女孩在痉挛中如闪电般一把抓住了小男孩，把他直接扔到了水里。男孩的脑袋瞬间就消失在了水面之下。

喷泉边上爆发出了一阵野兽般可怕的尖叫声："她要杀我的孩子！她要杀我的孩子！救命！救命！"

谁还会觉得热呢？这个借口真是太棒了。现在，没有任何东西能阻止来自灵魂深处的发泄：藏匿多年、从未有人意识到的肮脏的邪恶。妇女们疯狂地躁动起来。那个面相精明的女人开始原地打转，边跳边喊："刽子手！刽子手！刽子手！"毫无意义。

往后几十米处，安东尼奥正喘着粗气，在痛苦中挣扎。

他只能隐约看到事发现场，不明就里。但他注意到人们说话的方式变了。在那之前，他周围还都充斥着城里的方言，对他来说很容易听懂。而现在，他们的嘴巴似乎莫名地肿了起来，磕磕巴巴的，说的都是不同的话，杂乱无章，就像是从城市远郊的枯井中发出的肮脏而黑暗的回声。是老贫民窟的邪恶声音瞬间复活了吗？满载罪恶，混入这些人中，在一片遥远而怪诞的土地上对他张牙舞爪。

这时闹剧愈演愈烈。人们纷纷叫喊着跨过喷泉边缘跳入水中，乱作一团。然后，所有人都从喷泉里爬了出去，首先出现的是安娜，她被三个殴打她的女人野蛮地架着。她披头散发，衣冠不整，脸色铁青，上气不接下气。她在哭？在抽泣？在呼喊？无从知晓，因为人们的喊叫声完全盖过了她。在这些人的扭打下，她时不时就会跌倒，但女人们把她的手臂反绑在身后，拖拽着她继续走。她们要把她带去哪儿？

安东尼奥惊慌失措地看着她们。他周围全是愤怒的面孔、恶狠狠的眼神。他心跳加速，准备跑去找警卫。就在他离开时，人群里爆发出了一个新的喊声："把她关进笼子里！"他似乎听到她们在喊。但也许他听错了，那是什么意思？

跑了不到两百米，他就看到两名被骚动所吸引的市政警卫正朝这边走来，但不慌不忙。他气喘吁吁地说："快，她们要杀了那个女孩！她们抓住了她，把她带走了！"

两个人惊讶地看着他，好像没听明白，甚至丝毫没有加快步伐。但拖着安娜的那帮女人迎面走来。女孩已经筋疲力尽，神情恍惚。"妈妈！妈妈！"她不断重复着。那些人就像对待野兽一般推拉着她。

但很快，后面出现了另一群人，大多是女人，他们高举着一个男孩，像举着凯旋的英雄一般。那就是被安娜推进水里的孩子。他的妈妈抚摸着他的腿喊着："小托尼，我的小宝贝！"

"亲爱的！ㄅㄞㄚㄨㄤㄈ……！"除了第一个词，后面的话都难以理解。

其他女人都点头同意，拍手叫好。随后，一个人跑上前，似乎迫不及待地对安娜一阵拳打脚踢，打得越狠越好。

警卫们还在等什么？他们迟疑地走到人群旁边，做了奇怪的手势。

一个身材矮小的驼背男子走上前去。"是我们抓的她，"他气喘吁吁地解释道，"她ㄆㄊㄇㄙㄑㄓㄖㄜ！"

后面的话也变得低沉而模糊不清。警卫的脸色苍白。

然后，其中一名警卫看了看安东尼奥，似乎流露出惭愧的神情。但年轻人沮丧的表情顿时令他想到了自己的职责。他示意同伴是时候了。然后，他抓住了其中一个女人的胳膊。

"等等！等等！"一个颤抖的声音喊道。

安娜甚至来不及回头，一股巨大的黑暗力量就和其他人一起把她拖走了。各种听不懂的言语交织在一起。警卫松开了手。一阵尘土从脚下扬起，混合着瘟疫般的热风。

他们把安娜推到了矗立在花园旁边的古老城堡。那里的吊桥上悬挂着一个由绞车支撑的小铁笼，是古时候用来囚禁罪犯的牢笼。它靠在淡黄色的墙边，像一只巨大的蝙蝠。

那里堵得水泄不通，安娜淹没在人群里，可以看到笼子在晃动，在人群中忽隐忽现。叫喊声变成了凯旋的呐喊。几分钟后，绳索被拉紧，笼子缓缓上升，里面有个人：她身上穿着天蓝色的裙子，双膝跪地，泣不成声，双手紧紧抓着笼子的栏杆。成百只手臂伸向空中，随后各种不明物体飞向牢笼，砸在女孩身上。

但当笼子大约比头顶高出一米时，古老的起重机突然吱吱作响，木杆向后自由转动。然后，松动的绳索开始滑动，笼子顺势掉落到了桥下黑漆漆的护城河里。

最后,机器嘎吱一声停了下来,笼子猛烈地撞击到了护城河的外墙上,距离地面四米。人们焦急地大喊大叫,生怕被蒙骗。离开吊桥后,他们全部挤在河边的铁栏杆旁,探出身子朝下看。有人开始往下面吐口水。

从上面可以看到,安娜瘦弱的肩膀蜷缩着,耷拉着脑袋,头发上落满了泥土、碎石和污物。

"看,看啊,"他们喊道,"她根本没ㄎㄖㄞㄓ!"他们把小托尼举过头顶,小男孩不明白他们要干什么,惊恐地左看右看。

安东尼奥终于抵达了吊桥的栏杆,现在他可以看到笼子了。"安娜!安娜!"他钻入那个人间地狱大喊,"安娜!安娜!是我!"

他喊了两三声,然后有人拍了拍他的肩膀。是一位五十岁左右的先生,神情忧郁而沉闷,他摇了摇头。"别这样,别这样。"他说。安东尼奥听到他讲话文明,顿时心怀感激。

"请不要这样做!"

安东尼奥感到不解。"什么?什么意思?"他结结巴巴地问。

老先生再次摇了摇头,把食指放到嘴边,示意他别说话。"不要这样做!不要……您最好赶快离开,这里很热,太热……"

"我?我?……"安东尼奥浑身颤抖地问。他看见周围有六七张可怕的面孔正伸过来想要偷听。于是,他离开了栏杆。

已经接近傍晚,但空气里没有丝毫凉意或安慰。

叫喊声已逐渐平息,只剩下阴沉的低语声,但护城河栏杆旁的人群却没有散去的意思。不远处，那两个警卫紧张地踱来踱去。他们在等人群自行离开吗？也许这是上级的命令，为了避免引起动乱。

"上帝啊，太不幸了。"安东尼奥喃喃自语，试图重新回到栏杆边上。几分钟后他成功了，但离笼子很远。他再次呼唤起来："安娜！安娜！"

有人打了他的脖子。还是那个穿无袖背心的年轻人。"你在这儿啊，在这儿啊？"他露出恶毒的笑容，"被我打得还ㄅㄋㄉㄜ？"说着，又变成了口齿不清的咕噜声。

"他是同谋，抓住他！ㄅㄡㄢ……ㄌㄈㄇ……ㄤㄞ！"几个人大喊。

"抓住他！"一个人起头道。其他人都应声附和："抓住他！"

安东尼奥试图逃跑，但被抓住了。他们绑住了他的手腕，然后一把把他从栏杆上推了下去。他被一根绳子吊着，悬挂在护城河上方。于是他被拉拽到笼子上方的墙边：在这里绳子松开了。他重重地掉落到笼子里，压到了安娜的一只脚，但安娜没有动。他们的头顶，天色渐暗，喊声震天。

安东尼奥费力地解开绳子，搂住安娜的肩膀，感到手指上黏糊糊的。安娜仍然低着头。"妈妈，妈妈。"她只是重复着这一句话，面无表情。然后她开始咳嗽，浑身颤抖。上面仍然喊声不断。

到现在为止，有很多人因满意或厌烦已经离开了。暮色中，雨燕在城堡周围叽叽喳喳地叫着。

从一个遥远的军营里传来了撤退的喇叭声。夜晚终于降临到这座尘土飞扬的城市。

这时,一位老妇人拿着一个大包裹兴高采烈地跑过来。"小托尼!小托尼!"她指着包裹,好像在宣传一件非常美好的东西。人群分开了,让她过去。

挤到栏杆边后,老妇人打开包裹,露出了一个小花瓶。她把花瓶往下放,让所有人都能看到里面。

"小托尼,小托尼。"她一边指着里面,一边重复道。

然后,她从栏杆上探出身子,把手伸到笼子上方,瞄准了目标,说:"你都不配!"

花瓶里的东西倾泻而下,落到了安娜的肩膀上。但她没有动弹,没有抗议。只能听到她低沉的干咳声,咳得停不下来。

人群中出现了片刻的安静。然后,老妇人哈哈大笑起来,笑得前仰后合。

在随后的寂静中可以听到,从笼子倚靠的护城河墙上传来一只蟋蟀颤抖的叫声,仿佛在诉说着什么。唧唧,唧唧,越来越近。

安娜穿过笼子的铁栏,朝着蟋蟀缓缓伸出一只颤抖的小手,仿佛在求助。

36

飞碟降落

夜晚，乡下几乎一半人已经入睡。小山谷里雾气弥漫，回荡着孤独的蛙鸣，但很快也消失不见（这样的时刻足以击败任何一颗冰冷的心：朗朗星空、万籁俱寂、烟熏味、蝙蝠以及老房子里鬼魂的轻盈步伐）。就在这时，飞碟降落到了矗立在小镇最高处的教堂屋顶上。

此时人们都已经返回家中，因此，飞碟趁人不备从外太空垂直下降，犹豫片刻后，发出一种嗡嗡声，然后像鸽子一样悄无声息地落到了屋顶上。它体形庞大又有光泽，像一颗巨大的扁豆，不断有气体从几个出风口里排出。随后它陷入沉默，一动不动，就像死了一样。

教区牧师唐·彼得的房间正对教堂的屋顶,他正抽着烟在房里读书。听到诡异的嗡嗡声响,他从扶手椅上站起来,走到窗台边张望。他看到了那艘奇怪的东西,浅蓝色,直径约十米。

他既不害怕,也没有大喊大叫,甚至连丝毫震惊也没有。无所畏惧的唐·彼得是否从来都没对什么东西感到惊讶?他站在那里,一边抽着烟,一边观察。当他看到一扇门打开时,他只是伸出了一只手:墙上挂着一杆猎枪。

目前,他对从飞碟里走出来的两只奇怪生物没有任何信任。但唐·彼得是个逻辑混乱的人,因为他随后的讲述总是自相矛盾。当然人们只知道:那两个生物身材细长、矮小,一个身高一米,一个身高一米一。但他又说他们就像有弹性似的,可以自由伸长和缩短。关于身形,人们也并不是太明白。"像两个喷泉的喷口,顶部较大,底部较小,"彼得这样说,"也像两瓶烈酒,像两只昆虫,像扫帚,还像火柴。"

"那他们有像我们这样的双眼吗?"

"当然,一边一个,不过很小。"嘴呢?手臂呢?腿呢?唐·彼得不太确定,"有时候能看见两条腿,但眨眼间又看不见了……总之,我怎么知道呢?让我静静吧!"

牧师一言不发地看着他们捣鼓飞碟,低声交谈,听起来像是吱吱的叫声。然后,他们爬上了坡度平缓的屋顶,直至爬到立面顶部的十字架前。他们围着十字架转了一圈,摸了摸,似乎在做某种测量。唐·彼得始终拿着猎枪,任由他们摸索了好一会儿。

但突然他改变了主意。

"嗨！"他用洪亮的声音喊道，"我在下面，年轻人。你们是谁？"

两人转过身看着他，似乎并不兴奋。但他们立刻往下走，来到了牧师的窗前。然后，高一些的那个开始说话。

唐·彼得有些不快（他本人也这样向我们坦白）：火星人（因为从第一刻起，谁知道为什么，牧师就确信飞碟来自火星，甚至没有想过要跟他们确认），火星人讲的是某种未知的语言。但那真的可以算是语言吗？事实上，声音听起来如此令人不悦，所有音节没有任何停顿。然而牧师却马上听懂了一切，好像那是他家乡的方言一般。脑电传输？还是一种可以自动理解的通用语？

"冷静，冷静，"外星人说，"我们很快就走。知道吗？我们已经来你们星球很久了，我们到处游览，观察你们，听你们的广播，我们几乎学会了一切。例如，你说的话我就能明白。只有一样东西我们还没有破译，而今天我们就是为此而来。这些天线是什么呢？（他指了指十字架）。你们这里到处都有，高塔和钟楼、山顶，然后你们四处组建团体，建造围墙，像幼儿园一样。你能告诉我，它有什么用吗？"

"是十字架！"唐·彼得回答。他发现那两个人头上有一簇像软毛刷一样的毛发，大约有二十厘米。不，不是头发，更像是极其活跃的植物根茎，稀疏，闪光，振动不已。抑或是细小的射线，或者某种电子辐射构成的冠冕？

"十字架，"外星人重复了一遍，"有什么作用呢？"

唐·彼得把猎枪放到地上，但它仍然在触手可及的范围内。然后他站起身，昂首挺胸、义正词严地回答："为我们的灵魂服务。它们是我们的主、上帝之子耶稣基督的象征，他为了我们被钉死在十字架上。"

突然，火星人头上的那簇毛发振动起来。是感兴趣或者传达情感的标志？或者是他们笑的方式？

"在哪里？发生在哪里？"高个子继续问。他发出的吱吱声不禁让人想到摩斯电码，语气里有种模糊的讽刺。

"在这里，地球上，巴勒斯坦。"

"你是说，上帝来过这里，来见过你们？"

他难以置信的语气激怒了彼得。

"说来话长，"他说，"也许对于你们这种学识渊博的人来说太长了，讲不完。"

外星人头上那个难以形容的美丽冠冕又振动了两三次，有如被风吹动。

"噢，那一定是个很棒的故事，"他满脸诚恳地说，"我想听听。"

彼得的内心闪过一丝希望，试试教化另一个星球的居民？这一定会永载史册，他也将名垂千古。

"如果你不是别有用心的话，"他粗声粗气地回答，"就进来吧，到我房间来。"

这当然是极不寻常的一幕。牧师坐在房间书桌旁的一盏旧灯下，手里捧着《圣经》，两个火星人站在床上。虽然唐·彼得邀请他们坐下,并坚持让他们坐到垫子上,但他们如果坐下就够不着了,牧师便没有再坚持。于是他们爬上了床,直挺挺地站着,头上的毛发仿佛比以往任何时候都更硬挺,更活跃了。

"听着,小牙刷们!"牧师打开书,读道,"……永恒的上帝将男人带到伊甸园……并下达诫命。他可以食用花园中任何一棵树的果实,但不能食用善恶树上的果实,因为一旦食用,他就会立即死亡。然后,永恒的上帝……"

他抬眼看了看,发现外星人头上的那簇毛发抖动得极其厉害。"有什么问题吗?"

火星人问:"所以,你们吃了吗?你们无法抗拒?是这样吧?"

"对,吃了。"牧师坦白道,但有些愤愤不平:"来,跟我说说,你们星球不会也有善恶树吧?"

"当然。我们也有。几百万年前就有了,现在还郁郁葱葱的呢……"

"那你们呢?……我是说,你们尝过它的果实吗?"

"没有,"外星人回答,"这是禁止的。"

唐·彼得顿时感到羞愧不已。所以这两个人是纯洁的,就像天堂里的天使,他们不知道什么是罪恶,什么是仇恨,什么是谎言。他四处张望,仿佛在寻求帮助,直到在床上方的阴影里看到了黑色的十字架。

他重新振作精神,用响亮的声音说:"是的,就因为那颗果子,我们毁了自己……但上帝的儿子,上帝的儿子化成了人,从天堂来到了我们之中！"

外星人无动于衷，只有头上的那簇毛发来回晃动，像一团可笑的火苗。"你是说他来到了地球？那你们做了什么？你们拥护他为国王了？……如果我没记错的话，你刚说他是钉死在十字架上的……所以你们把他杀了？"

唐·彼得拼命辩解："从那时到现在，已经过了近两千年了！他是为我们而死，为我们的永生而死！"

然后，他陷入了沉默，不知还该说些什么。两个外星人的神秘毛发在黑暗的角落里，散发出熠熠光辉，一种非同寻常的光辉。屋里静默无声，外面传来蟋蟀的叫声。

"这一切，"那个火星人继续颇有耐心地问，"这一切都是他换来的？"

唐·彼得一言未发，只是心灰意冷地用右手做了个手势，仿佛在说：那你想怎么样？我们生而如此，我们是罪人，是需要上帝怜悯的可怜虫。他双手捂脸，跪倒在地。

过了多久？几个小时？几分钟？唐·彼得被客人们的声音唤醒了。他抬起眼，看到他们已经站到了窗台上，准备离开。

在夜空的映衬下，两簇毛发以一种迷人而优雅的方式振动着。

"人，"还是那个高个子问，"你在做什么？"

"我在做什么？我在祈祷！……你们不知道吗？你们不祈祷吗？"

"祈祷？为什么要祈祷？"

"你们从来不向上帝祈祷吗?"

"不啊!"奇怪的生物回答。谁知道为什么,他头上那个活跃的冠冕突然停止了振动,变得无精打采,颜色也都褪去了。

"噢,真可怜。"唐·彼得低语道,但没让那两个外星人听到,就像在对两个重病患者说话一样。他站了起来,顿时神采奕奕。不久前他还心情低落,但现在他却很高兴。"呵呵,"他暗暗窃笑,"你们没有原罪及其所有的并发症。你们是伟人,是智者,你们纯洁无瑕,你们甚至从未见过魔鬼。但每当夜幕降临,我想知道你们是何感受!我猜,你们会极度孤独,无聊致死。"(这时,两个外星人已经回到了飞碟舱内,关上舱门,引擎已经开始运转,发出沉闷的嗡嗡声。然后,飞碟奇迹般地离开了屋顶,像热气球一样缓缓上升。随后它开始自转起来,并以惊人的速度朝着双子星的方向飞去。)

"噢,"牧师继续低声说,"上帝当然更喜欢我们!毕竟,像我们这样贪婪、卑劣、谎话连篇的蠢猪,总比那些虽然高等却从未和他说过话的人好吧。从这些人身上,上帝能得到什么满足感呢?如果没有邪恶,没有悔恨,没有眼泪,那生命还有什么意义?"

想到这里,牧师备感愉悦。他拿起猎枪朝着飞碟远去的方向(现在已经变成苍穹中的一个小白点)开了一枪。一阵狗吠声从遥远的山丘上传来。

37

新公路的开幕典礼

首都和圣皮耶罗之间新修了一条长达八十公里的公路,其开幕典礼很久之前就定在了 1845 年 6 月 20 日。圣皮耶罗是一座大约四万居民的大城镇,几乎位于国家边境,形单影只,周围都是人烟稀少的土地。这个项目是由老州长主持的。

刚上任两个月的新州长对项目没有多大兴趣,并以事务繁忙为借口,只派了内政部长卡洛·莫蒂默伯爵出席典礼。

于是,公路将迎来首次通车,尽管尚未完全完工,距离圣皮耶罗的最后二十公里仍然只是粗糙的路基,但工程施工经理保证,汽车可以一路通行到底。另一方面,轻易推迟众人期待已久的典礼似乎也不合适。圣皮耶罗的居民可都群情鼎沸、翘首以待呢。六月初，十几个人率先抵达了首府向州长致意，并宣布将在圣皮耶罗举办大型庆祝仪式。

于是，6月19日，由护卫队和四辆马车组成的开幕游行开始了。

最前面的马车上坐的是卡洛·莫蒂默伯爵、秘书瓦斯科·德图、公共工程督察文森佐·拉戈西（拉戈西的父亲在利安特战役中英勇就义），以及这条公路的施工负责人兼建筑承包商弗兰克·玛扎罗利。

第二辆马车上是安特斯·勒科兹将军、其古怪而勇敢的夫人和两名政府官员。

第三辆马车上是开幕典礼主持人唐·迭戈·克拉姆比、其妻子、年轻的男秘书以及外科医生格罗拉莫·阿特西。

第四辆马车上是仆人和粮食，因为在路上很难找到食物。

在抵达帕索特恩小镇前，旅途一切顺利。第二天只剩三十多公里的路程，但是如前面所说，其中有二十公里尚未完工，因此马车的前行将十分缓慢而艰难。

早上六点，天气凉爽，一行人从帕索特恩小镇出发。尽管所经之处都是荒凉的景色，但每个人都心情愉悦。阳光洒在荒芜的平原上，到处都是红土堆成的一座座小丘，不计其数，形状怪异，约十米至二十米高。树木寥寥无几，房屋更是屈指可数。偶尔会遇见几座工人住的小棚屋。

大约整整一个小时后，旅客们抵达了尚未完工的公路边界。

路面凹凸不平，底部松软，狭窄。许多工人等在路边，他们用木板架起了一扇粗糙的凯旋门，并用树枝和红布条装饰。

马车不得不以非常缓慢的速度前进，尽管车身坚固，马车仍开始不停摇晃，吱吱作响。烈日炎炎，潮湿的蒸汽悬浮在凝滞的空气中。风景变得越发乏味，一眼望去，到处都是广阔的红色土地，鲜有植被。一阵难以抵挡的困意袭来，车厢里的旅客们都昏昏睡去，没有人再说话。只有莫蒂默伯爵有些不安，他的目光始终没有从眼前那条越来越难通行的公路上移开。

突然，第三辆马车因打滑停了下来。一只车轮陷进了坑里，整辆马车被卡得死死的，经过众人不懈的努力，马车仍然出不来。于是，开幕典礼主持人、其妻子、秘书和医生不得不转移到其他马车上。

如此艰难的旅程已经持续了几个小时（因此距离圣皮耶罗应该不超过十公里了），突然，第一辆马车在一连串的猛烈颠簸后也停了下来。昏昏欲睡的车夫没有及时注意到突然断裂的路面，连人带车冲进了坑洼的石子路上。一匹马重重地摔倒在地，马车也差点儿翻车。

所有人都从马车上下来，惊讶地发现眼前所有的路都断了，前方没有丝毫施工过的痕迹。莫蒂默伯爵怒气冲冲地叫来了项目负责人玛扎罗利，气得声音都在颤抖。但玛扎罗利没有露面，他莫名其妙地失踪了。

几分钟后，所有人都被一种神秘的恐惧感侵袭，浑身瘫软。然后，由于找不到玛扎罗利，即使大家再怎么咒骂也毫无意义，于是莫蒂默派了一名守卫到大约一百米远的一座像是嵌在一块巨头底部的小屋去打探。小屋里住着一位老人，他被带到了莫蒂默的面前。

老人说他对公路一无所知，并且已经有二十年没去过圣皮耶罗了，步行大概要两个小时，还需要穿过一片岩石阶地，从底下可以看见，周围都是沼泽。

他又补充说，那个地方几乎无人居住，因此也没有任何路。

真是太可怕了，包括莫蒂默在内的每个人都惊慌无措。道路施工几乎是戛然而止的，前方甚至连一块石头都没有，项目负责人是有多大胆，完全无法找到任何合理的解释。无论如何，最合乎逻辑的解决办法应该是：原路返回，尽可能掩盖这起史无前例的丑闻，并惩罚负责人。然而出乎所有人的意料，莫蒂默伯爵高声宣布了自己继续前进的决心：步行，因为他不会骑马。圣皮耶罗的民众在等着他，这些可怜的人散尽千金筹备了盛大的欢迎仪式。其他人原路返回，而他，有明确的职责需要履行。

大家纷纷劝他，却徒劳无用。大约中午时分，这些人从道义上认为有义务追随部长，于是都步行启程，守卫骑马在前面领路并携带剩余的食物。只有两位女士乘马车返回首都。

在这片几个世纪以来一直饱受太阳摧残的土地上，没有任何植被或遮挡物。骄阳似火，令人望而生畏。一行人艰难缓慢地前行，可鞋子是为开幕式，而不是为这凹凸不平的地面准备的，而且没有人敢脱掉挂满装饰品、压得快令人窒息的夹层制服，因为莫蒂默无动于衷地继续前进，没有表露出丝毫不适。

大家就这样步行了将近半小时后，警卫队长报告部长，马匹不知为何拒绝继续前进，甚至遭到马鞭抽打后，这些马还是不肯向前迈出一步。

莫蒂默勃然大怒，为了缩短争论时间，他直接命令守卫返回，只留下了其中的四名政府人员。下午两点左右，他们到达了一座简陋的农舍。一位农民设法（谁知道是怎么办到的）耕种了一小块地，并饲养了几头山羊。山羊奶让这些口干舌燥、垂头丧气的徒步者们顿感神清气爽。但安慰是短暂的，因为这个农民向他们保证，到达圣皮耶罗至少还需要四个小时。

莫名中断的公路、缺失的小路、荒凉的景色，越往前走，圣皮耶罗似乎却变得越遥远，这一切令莫蒂默的同伴们心灰意冷。他们把部长团团围住，恳求他放弃这场噩梦。在那片茫茫沙漠里简直太容易迷路了，而且在这片地狱般可怕的地方，一旦走散，有谁能去救助他们？毫无疑问，他们一定是受到了某种诅咒才会遭此厄运。逃吧，快逃跑吧，别再浪费时间了。

于是，莫蒂默伯爵宣布他将只身一人继续前行，双眼闪烁着绝不返程的坚定光芒。他为自己准备了一袋食物和一满瓶水，然后离开农舍，大步流星地朝岩石阶地走去。按照农夫的说法，从那里可以清晰地看到圣皮耶罗的塔楼和钟楼！整整几分钟的时间，其他人都沉默不语。随后，只有两个人跟上了部长的步伐：秘书瓦斯科·德图和医生阿特西。

他们希望在傍晚前能抵达目的地。

三个人默默前行，无情的烈日下，土地灼热而干旱，他们的脚都疼痛不已。在持续步行两小时后,他们终于爬上了岩石阶地,但仍看不到圣皮耶罗在哪。太多的雾气弥漫在空中。

在莫蒂默表链上的小指南针的指引下,他们一个跟着一个往前走。越过阶地后仍然是大片干旱的土地和石头,阳光没有减弱分毫。

他们焦急地等待着雾气中出现钟楼的轮廓,但始终什么也没有。显然,他们迷路了,或者对步行速度的计算过于乐观,但无论如何,目的地应该不远了。

太阳即将落山,这时有一个骑着一头小毛驴的老头儿向他们三个迎面走来。他说自己来自附近的农舍,要去帕索特恩买东西。

"这里离圣皮耶罗还很远吗?"莫蒂默问。

"圣皮耶罗?"老人回答,好像听不懂的样子。

"对,圣皮耶罗镇,天啊,你应该认识吧?"

"圣皮耶罗?"老头儿又重复了一遍,似乎是在自言自语。"嗯,这个名字我并不陌生,先生。对,我好像想起来了(在沉思片刻后)。对,我父亲曾经跟我提到过,是那边的一座城市(他用食指指了指地平线),一座大城市,好像就是这个名字。圣皮耶罗或者圣德耶罗,也许吧。不过,坦白说,我从来都没信过。"

说着,骑驴的老头儿离开了。

三个人一屁股坐到了石头上。

没有人敢先开口。就这样,夜幕降临了。

最后,莫蒂默在夜色中开口道:"好了,我的朋友们,你们为我牺牲太多了。天一亮,你们就返程吧。我一个人继续前行。我知道我无法按时抵达,但我不希望圣皮耶罗的民众们空等一场。他们为这场庆典花费了不少钱,可怜的孩子们。"

然后,德图和阿特西开始劝说他。早晨,一阵突如其来的风吹散了笼罩着平原的所有雾气,但仍然连圣皮耶罗的影子都看不到。然而,莫蒂默对他们的恳求置之不理,坚持要独自朝着荒凉的地平线继续前行,而那片寸草不生的沙漠似乎漫无边际。

他们眼睁睁地看着他迈着缓慢而坚定的步伐在干旱的石头之间穿行,直至完全消失在视线中。但他们似乎看到了两三次短暂的闪光:部长的制服纽扣在阳光下的闪光。

38

自然的魅力

52岁的装饰画家阿道夫·洛·里托正在床上睡觉,突然听到了钥匙在锁眼里转动的声音。他看了看时间,一点十五分。是妻子雷纳塔回来了。

她站在卧室门口,脱下礼帽,露出一抹看似不经意的微笑。38岁的她身材瘦削,腰部纤细,嘴角自然上扬,脸上浓妆艳抹,流露着些许风尘味。画家头也没抬,就用责备的语气埋怨道:"我病了。"

"你病了?"妻子平静地走到衣柜旁。

"腹绞痛……疼得我快受不了了。"

"现在好点了吗？"妻子仍然面不改色地问。

"稍微好点了，但还是很难受，"说着，他的声音突然变了，变得尖酸愤怒，"你呢？你去哪儿了？知道现在都一点半了吗？"

"嗯，别那么大声。我去哪儿了？我和弗兰卡去看电影了啊。"

"什么电影？"

"《最多》。"

"讲的什么？"

"好了，你今晚怎么了？为什么一副审问的口气？我去哪儿了，看了什么电影，电影讲的什么，你是不是还想知道我乘了几路电车？我不都跟你说了，我是跟弗兰卡去看电影的！"

"电影讲的什么？"他一边说一边从床上坐了起来，伸手去拿茶几上的报纸。

"你是想调查我吗？你不相信我？你这样问来问去的，当我是犯人吗？好，告诉你，我一个字也不会跟你说，这样你才会长记性。"

"你知道这叫什么吗？是不是要我来告诉你？"洛·里托不禁对自己心生怜悯，恨不得想大哭一场，"你想让我告诉你吗？想让我说吗？"他不断地重复着这个愚蠢的问题，越说越愤怒。

"好啊，你说啊，有什么话你就直说！"

"你……你……你是……"他至少机械地重复了十遍，感到一种奇异的满足感，搅得他胸闷气短，"我躺在这里忍受痛苦，你却到外面逍遥，谁知道是和谁，还说是去看什么电影！你明明就是趁我生病去外面和一群年轻男人瞎混。"说到这儿，为了增强效果，他做出抽泣的模样，断断续续地说："你，你，你毁了我，你是这个家的耻辱，我在家病着，你却夜不归宿！"

"胡说，你胡说，"妻子脸色苍白，她把帽子和西服挂在壁橱里，然后转过身恼羞成怒地看着他说，"你现在最好冷静一点，好吗？"

"让我冷静？到现在你还这么理直气壮？我是不是该闭嘴，假装什么都不知道？任由你凌晨一点在外面鬼混？我应该闭嘴吗？"

妻子努力压低声音，但说得咬牙切齿："你知道你让我觉得有多恶心，多老多丑吗？洛·里托，大画家，请你照照镜子吧！"说完，妻子暗自得意，因为她知道每个字都像刺刀般扎入了画家心中最敏感、最脆弱的地方："照照吧，照照镜子吧，看看你现在成什么样子了，根本就是个废人，又丑又没牙，还有肮脏的虱子！艺术家？呵呵……简直臭气熏天。你没闻到这个房间里的臭味吗？"说着，她露出恶心的坏笑，然后打开窗，倚靠在窗台上，仿佛为了呼吸几口干净的空气。

床上传来一声哀号："我要去死，我发誓我要去死，我受不了了……"

女人没有说话，只是一动不动地靠在窗台边，望着窗外，十二月的寒夜。

过了一会儿，画家不再长吁短叹，怒火在胸口重新燃起："关窗，把那扇该死的窗户给我关上，你想要害死我吗？"

但妻子没有动。他瞥了瞥妻子的脸,不再像之前一样紧绷而充满恶意,但却突然黯然失色,给人一种奇怪的感觉。不知从哪儿来的一束光照在了她的脸上。

"她在想什么?"他心里暗想,"难道是我要自杀的话吓到她了?"然后,他意识到不可能是这样。尽管他仍想自欺欺人,妄想妻子仍对他有所依恋,但显然并非如此。一定有什么更可怕更严重的事。可是,是什么呢?

这时,妻子喊了丈夫的名字,但仍然一动不动。

"阿道夫,"她说,声音温柔得像个小女孩,"阿道夫,看。"她的声音里有一种无法形容的沮丧,如同奄奄一息的病人。

在好奇心的驱使下,阿道夫不顾严寒跳下了床,来到窗台前的妻子身边,瞬间呆若木鸡。

院子外面有个巨大而明亮的东西沿着屋顶的黑脊在天空中缓慢升起。它的轮廓逐渐变得弯曲而规则,直至形状完全显现出来:一个前所未见的明亮的圆盘。

"我的天,月亮!"男人惊呼道。

是月亮,但不是平常夜晚看到的那种宁静、象征爱情、能把棚屋化作城堡的月亮,而是一个伤痕累累的巨型怪物。或许是因为某种未知的恒星大灾变,它大得可怕,并悄无声息地笼罩着整个世界,发散出静谧而梦幻的光芒。光芒所到之处,就连最细微的东西都变得清晰可见:屋檐、粗糙的墙壁、框架、石头,甚至人的汗毛和皱纹。但没有人四处张望。所有人的目光都投向空中,再无法从那个可怕的幻影上挪开。

所以，永恒的法则被打破了，宇宙规则可怕地失灵了，也许末日已经来临，也许速度越来越快的卫星仍在不断逼近。不出几小时，这颗致命的星球就会扩大到布满整片天空，然后它的光将在地球的影子里熄灭，在无限分之一秒内，一块粗糙而无穷大的石头会砸到我们头上，我们甚至来不及看一眼，城市的夜空将变得漆黑一片，什么都看不见。在第一声巨响后，一切都会销声匿迹。

院子里，一扇扇百叶窗争相打开，窗内传来各种惊呼声和恐惧的尖叫声，窗台前聚集了一群群人影，在月光下如幽灵一般。洛·里托感到妻子紧紧地抓着他的右手，抓得生疼。"阿道夫，"她在他耳边低声说，"阿道夫，噢，原谅我，阿道夫，可怜可怜我吧，原谅我吧！"

她一边抽泣，一边紧紧地抱住他，浑身剧烈地颤抖着。阿道夫双眼凝视着那轮可怕的月亮，把妻子抱在怀里。一个似乎是从地球最深处发出的吼声，在这座恐怖的城市里响起，那是数百万人异口同声的呼喊与哀号。

39

安那哥的城墙

在提贝斯提高原,当地的一名向导问我是否想看看安那哥市的城墙,他可以陪我一起去。我查看了一下地图,但上面并没有标注安那哥市,甚至连景点信息最齐全的旅游地图都没有提及。我问:"这座城市为什么在地图上都没有标记呢?"他回答:"那是一座大城市,富裕且强大,地图上没有标记是因为我们的政府无视它,或者假装无视它。它坚持自治,不服从管理,并且独断专行,就连国家大臣都不得进入。它与任何国家(无论远近)都没有贸易往来,闭关自守。几个世纪以来,它一直靠坚固的高墙与世隔绝。事实上,从未有人迈出过城墙一步,但这并不代表人们在里面过得很幸福。"

"可地图上，"我坚持道，"没有一个城市叫安那哥的，我觉得这说明它只是你们这里的一个传说，可能只是沙漠里的海市蜃楼，仅此而已。"

"如果在黎明前两小时出发，"那位叫玛加隆的当地向导说，仿佛没有听见我的话，"先生，开你的车去，我们将在中午左右到达安那哥。那我凌晨三点来接你，先生。"

"你说的城市应该用双圆圈画出来，并用楷体标出名字。但我没找到任何一个名叫安那哥的地方，显然并不存在。三点我会准备好，玛加隆。"

凌晨三点，在车前灯的照射下，我们沿着沙漠的坡道向南出发。我一根接一根地抽着烟，希望能暖和些。忽然，我看到左边的地平线上出现了一丝光亮，随后太阳逐渐露出了轮廓，开始在沙漠上空发光发热，直到周围变得酷热难耐。沿路的湖泊和沼泽随处可见，里面的岩石轮廓分明，但没有一滴水，只有炽热的沙石。

汽车稳当地向前行驶，11时37分，坐在我旁边的玛加隆说："到了，先生。"事实上，我确实看到了绵延数公里的城墙，二十至三十米高，浅黄色，接连不断，中间由塔楼连接。

走近时我还注意到墙边扎着各式各样的帐篷：破旧的帐篷、普通的帐篷，以及有钱人亭台式的帐篷，上面还插着旗帜。

"他们是谁？"我问。玛加隆解释道："他们都是些想进城的人，在门口休息。"

"啊，这里有门吗？"

"有很多门，大小不一，大概有一百多个，不过由于城市的范围很广，所以门与门之间也有相当远的距离。"

"那这些门什么时候开呢？"

"几乎从未打开过。但据说有些是会开的。今晚，明天，三个月，五十年，没人知道，这恰恰是安那哥的重大机密。"

我们停在一扇看上去像铁门的门前。很多人在那里等着。

憔悴的流浪汉、衣衫褴褛的乞丐、蒙着面纱的女人、僧侣、全副武装的士兵，甚至还有一位带着一小队贴身随从的王子。时不时有人去敲门，发出咚咚的声音。

"他们敲门，"导游说，"是为了让安那哥的人能听到响声过来开门。事实上，大家达成的共识是如果不敲门，门就永远不会开。"

我不禁产生了一个疑问："你们确定墙里面有人吗？这座城市会不会其实早已灭绝了。"

玛加隆笑了："每个第一次来这儿的人都会有这种疑问，我自己也曾经怀疑过，里面或许空无一人。但证据表明恰恰相反。在某些夜晚，光照条件良好时，可以看到有烟雾从城里径直飘向天空，就像许多个香炉一样。那就是里面有人居住的标志，是生火烧饭的证明。此外，还有一个更具说服力的事实：有一扇门曾经打开过。"

"什么时候？"

"坦白说，具体日期我也不清楚。有人说是一个月或者一个半月前,但也有人说这是很久以前的事,至少两三年或者四年前,甚至还有人说是在苏丹的艾默·艾尔统治时期。"

"艾默·艾尔统治时期是什么时候呢？"

"大约三百年前……不过你很幸运,先生……虽然现在是正午,烈日炎炎,但瞧那儿,竟然还能看到烟雾。"

这突如其来的喜讯迅速蔓延到了整片营地。所有人都从帐篷里钻了出来,指着墙壁边缘两三缕在凝滞的空气中缓缓上升的灰色烟雾。

他们都欣喜若狂地议论着,虽然我一个字都听不懂,但那种兴奋劲儿溢于言表。仿佛那两缕可怜的烟雾是世界上最美妙的东西,可以向在场的所有人许诺即将来临的幸福生活。但我觉得它被过度夸大了,原因如下：首先,烟雾的出现丝毫没有增加门被打开的可能性,因此没什么可高兴的。

其次,墙外的声音如此吵闹,如果里面有人听见,更有可能会说服那些人离开,而不是鼓励他们在墙外等待。

第三,这些烟雾本身根本不能证明里面有人居住。事实上,很可能是烈日引起的意外火灾,或更有可能是从城墙上的某个秘密门洞里进入的侵略者在掠夺这座无人居住的死城后生起的火。"很奇怪,"我心想,"除了烟雾以外,安那哥没有任何其他有人居住的迹象：没有说话声,没有音乐,没有狗吠,没有哨兵,也没有任何到墙边偷窥的好奇之人。从来没有。非常奇怪。"

于是,我说："告诉我,玛加隆,你说的那扇门打开后,有多少人进去了呢？"

"只有一个人。"玛加隆回答。

"其他人呢?被赶走了?"

"没有其他人。那扇门是最小、最容易被朝圣者忽略的一扇。那天,没有任何人在门外等候,傍晚时分,一名徒步旅行者去敲门。他并不知道那是安那哥城,进城时也没有任何特别的期待,他只想在里面找个地方过夜。他一无所知,进城只是出于偶然。也许这就是为什么里面的人打开门的原因。"

至于我,已经等了将近二十四年,始终在墙外扎营。但门从未开过。

现在我要返回我的国家。朝圣者们看到我收拾行李,都摇着头说:"喂,朋友,着什么急啊!耐心点!你对生活的期望太高了。"

40
特快专列

"你乘哪辆火车?""那辆。"

火车在弥漫着的烟雾下显得尤为可怖,像一头愤怒的公牛,迫不及待地想要疾驰而去。

"这辆火车吗?"他们问我。从车厢缝隙间冒出来的水蒸气是如此猖獗狂妄,嘶嘶响个不停,令人心生恐惧。

"对,这辆。"我回答。

"去哪儿的?"我说出了地点。出于某种谦逊,在此之前我从未说过,甚至对朋友都不曾提及。那个伟大的名字,那个神话般的目的地。在这里我也没有勇气写出来。

然后他们看着我,神情各异:有人对我的无知感到愤怒,有人对我的疯狂嗤之以鼻,有人对我的幻想深表同情,还有人只是笑了。我纵身一跃,跳上了车。然后打开车窗,在人群中寻找朋友的身影。但半个人影都没有。

好吧,那就快开车吧,火车,别浪费时间了,奔跑起来吧。司机先生,请不要吝啬,尽情地加炭吧,快唤醒这个庞然大物。突然,我听到蒸汽喷薄而出的声音,整个车厢颤抖了一下,窗外支撑站台顶篷的柱子开始移动,一根接一根从我面前缓缓经过。然后是房子、房子、煤气表厂、檐篷、房子、房子、烟囱、门廊、房子、房子、园林树木、房子,咔嚓咔嚓,咔嚓咔嚓,草坪、乡村、白云,在广阔的天空中自由飞翔!快啊,司机师傅,加足马力,全速前进!

上帝啊,瞧它跑得多快。按照这样的速度,不用多久就能到达1车站,然后是2车站、3车站、4车站、5车站和最后一站,那里就是胜利。透过窗户,我兴致勃勃地看着不断降低的电线,直到咔的一声,又重新从下一根电线杆的起始位置开始,并且起伏的节奏越来越快。我面前的红色天鹅绒沙发上坐着两位先生,一副对火车了如指掌的模样。他们不停地看表,摇头抱怨。

我是个很容易不安的人,于是鼓起勇气问:"抱歉,先生,请原谅我的唐突,可你们为什么总这样摇头呢?"

"我们摇头,"两人中较年长的那位回答,"是因为这列该死的火车开得根本没有预计的快,按照这种速度我们恐怕要晚到很久。"

我什么都没有说,但心想:"人总是不知满足,这列火车是多么充满活力和善意,正如猛虎一般以前所未有的速度飞驰,但这些人,这些乘客却还怨声载道。"

这时,两侧的乡村飞速向后逃离,与我们的距离不断拉大。

实际上,火车抵达1车站的时间比我预想的更早。我看了看表。非常准时。根据行程,我要与工程师莫芬会面,商谈一桩非常重要的生意。于是我按照预期跑下车,急匆匆地奔向餐厅;莫芬刚好在那里吃完饭。

我向他打了个招呼,但他完全没有提及我们的生意,而是一直在讲其他无关痛痒的话题,仿佛我们的时间非常充裕。直到十分钟后(离火车出发还有七分钟),他才决定从皮包里拿出相关文件。但他注意到我在看表。"您赶时间吗,年轻人?"他问我,语气里并无嘲讽,"坦白说,我个人谈生意并不喜欢急急忙忙的……"

"没错,尊敬的工程师,"我斗胆说,"但我的火车不久后就要开了……"

"如果是这样,"他一边麻利地把文件收回包里,一边说,"如果是这样,我很遗憾,非常遗憾,我们还是下次再谈吧,亲爱的先生,当您的时间更充足一些时。"说着,他站起了身。

"抱,抱歉,"我结结巴巴地说,"我也不想的,您知道,火车……"

"没关系,没关系。"他说,并露出一副高高在上的笑脸。

我匆忙往回跑,火车已经开始缓慢开动起来,我刚好赶上。

"耐心点,"我心想,"下次还有机会,重要的是没有错过火车。"

我们飞越乡村,电线此起彼伏、翩翩起舞。我们驶入了北方的领地,放眼望去是无边无际的草坪和越渐稀少的房屋,孤独感和神秘感随之而来。

我面前的两位先生不见了。车厢里坐着一位不停咳嗽的新教牧师,看起来性情温和。草坪、树林和沼泽仍在不断后退,与我们身后的距离不断拉大。

突然,无所事事的我看了看表,那位咳个不停的新教牧师随即也看了看表,然后摇了摇头。但这次我没有问为什么,因为我知道答案。现在是 16:35,离时刻表上到达 2 车站的时间已经晚了一刻钟,却还没看到车站的影子。

罗莎娜应该在 2 车站等我。火车抵达时,月台上挤满了人,但没有罗莎娜。我们晚到了半小时。我跳下车,穿过车站,来到广场上。在大街尽头非常远的地方,我看到罗莎娜微微弓着背离开的身影。

"罗莎娜,罗莎娜!"我拼命大喊。但我的爱人已经离我很远了,甚至没有转身,我扪心自问,我是否可以跑上去追她,可以放弃火车和其他一切?

罗莎娜消失在街道尽头,我又一次放弃了,回到了高速列车上,继续穿越北方平原,朝着人类所谓命运的方向驶去。毕竟爱情有什么重要的呢?

我们继续行驶了好几天,铁轨旁的电线不断跳着令人神经衰弱的舞蹈,但为什么车轮的轰鸣声听起来没有之前那样动力十足了？为什么地平线上的树木无精打采地往后退，完全不像受惊的野兔那般飞奔而逃？

3 车站里只有二十几个人。我没有看到本应来为我庆祝的委员会成员们。

我在月台上找人打听。"请问有没有看见一群委员会的人，"我问，"就是一群举着牌子，挥着旗子的男男女女？"

"哦，有有，他们来了，也等了好一会儿。后来等得不耐烦了，就走了。"

"什么时候？"

"大概三四个月前。"那人回答。这时我听见一声汽笛的长鸣，火车要开动了。

加油，勇敢前进吧。火车铆足全力向前行驶，当然速度与之前无法相比。炭火不够了？空气变了？天冷了？司机累了？身后的景象像某种深渊，看一眼就令人头晕目眩。

我知道妈妈会在4号车站等我。但当火车抵达，月台上空无一人。下雪了。

我从车窗探出身子四处张望，正当我失望地准备关窗时，我看到了她：在候车室，蜷缩在一张凳子上，身上裹着一条披肩，正在睡觉。可怜的妈妈，她是多么的瘦小。

我跳下火车跑过去拥抱她。抱起她时，我竟然几乎感觉不到任何重量，只是一堆脆弱的骨头，并且冻得瑟瑟发抖。

"告诉我，你在这儿等了多久了？"

"没事，没事，我的好儿子，"她幸福地笑着说，"还不到四年。"

她说话时没有看我,而是盯着脚下的地面,好像在找些什么。

"妈妈,你在找什么?"

"没什么……你的行李呢?放在外面的月台上了吗?"

"行李在火车上。"我说。

"火车上?"她顿时黯然神伤,就像脸上遮了一块悲凉的面纱,"你没拎下来吗?"

"我……"我不知道该怎么回答她。

"所以你马上就要出发了吗?一天都不留?"

她沉默了,沮丧地看着我。

我叹了口气:"好吧!我不走了。我现在就去拿我的行李。我决定了,我留下来陪你。毕竟你等了我四年。"

听到这些话,妈妈的脸色又变了。

欢乐和笑容又重新出现在她的脸上。(但并不像之前那样神采奕奕。)

"不,不,别去拿行李,我刚刚不是这个意思,"她恳求道,"我开玩笑呢。我了解你。你不能留在这个贫穷的地方荒度人生,为我留下不值得。别耽误时间了,最好马上出发。对,这是你的职责……我本来就只有一个愿望,就是能再见到你。现在我已经见到你了,我心满意足了……"

我大喊:"搬运工,搬运工!(一名搬运工很快出现)有三个行李箱要搬一下!"

"什么行李箱啊,"妈妈赶忙说,"这个机会千载难逢,你还年轻,未来的路还很长。快,快上车吧。快去。"说着,她又挤出一丝笑容,无力地把我往火车上推。

"快走啊,车门要关了。"

不知怎么,我的自私让我又坐回了车厢里。我从打开的车窗向外探出身子,向妈妈做最后的告别。

火车开动了,她的身形变得愈加瘦小。寒风刺骨,雪花漫天,但空无一人的月台上始终有一个悲伤的身影,一动不动。

然后,它变成了一个看不清脸的黑点,变成了浩瀚宇宙中的一只蝼蚁,最后消失不见。再见。

在迟到多年后,我们再次踏上了旅程。但驶向何方呢?夜幕降临,车厢里冷冰冰的,乘客已寥寥无几。黑暗的角落里坐满了陌生人,脸色苍白而坚定,他们都很冷,但都沉默不言。

火车现在驶向何方呢?距离最后一站还有多远?我们还能抵达吗?为此,我们抛下了熟悉的家园,抛下所爱之人,值得吗?香烟在哪儿,我的香烟放哪儿了?啊,在夹克口袋里。当然,不能回头。

所以,加油吧,司机。你长什么样,叫什么名字?我不认识你,也从未见过你。快帮帮我,不然你就麻烦了。帅气的司机,站稳脚跟,把最后的炭都扔进火里,让这辆吱嘎作响的老破车再次飞驰起来。拜托了,快让它以惊人的速度飞驰起来吧,至少让它有点儿当初启程时的模样,你还记得吗?夜晚险象环生,但以上帝的名义,不要放弃,不要昏睡。也许明天我们就到了。

41
一个人的城市

我独自一人从这座无人知晓的城市向外发送信息,但远远不够。也许你们每个人都认识或去过其他国家,但我说的这个地方,除我之外,没人能生活下去。因此,我唯一且坚定不移的兴趣就是发送信息,因为这座城市真实存在,而能提供精确信息的人只有我一个。不是任何人都会诚实地问:这跟我有什么关系?只要一个东西存在,即使再微小,也应该让这个世界知道。然后,想象一下任何一座完整的城市,大城市或特大城市,都有老街区和新街区、无数条如迷宫般的街道、埋葬千年的文物古迹、金银丝装饰的镂空大教堂,以及周围群山环绕的公园(山峰的影子投射到孩子们玩耍的广场上），那里的每一块石头、每一扇窗户、每一家商店都代表着一种回忆、一份感觉和一生难忘的美好时光！

当然，一切都是可以描绘出来的。因为世界上有成千上万座这样的城市，并且我承认，通常这些城市中都只有一人居住，与我的情况一样。但这些城市通常就像并不存在一样。有多少人可以给我们发送令人满意的信息？寥寥无几。大多数人并不觉得其所含秘密有何价值，也没有任何传递这些秘密的想法；还有些人会写成许多堆满形容词的长信，但我们读完仍一无所知。

但我不同。也许听起来很荒谬，请你见谅。尽管很少、极少，但坦白说，我时不时能通过不懈的努力，成功地传达出这座命运为我安排的城市的某些概念，尽管模糊不定。有时，在许多未被完全读完的信息中，会有某个消息被人听到。然后在好奇心的驱使下，会有一小群一小群的游客来到城门前喊我，让我带他们进去转转，并做适当的解释。

但要取悦他们谈何容易。他们说的是一种语言，而我说的是另一种。最终我们只能通过手势和微笑相互沟通。此外，我无法把他们带进他们最感兴趣的最里层街区，绝对不行。我自己都没有勇气去探索那些蜿蜒的高楼、房屋和茅舍。（因为有天使或魔鬼驻守？）

因此，通常我都带这些友善的游客去看那些最常见的景点，市政厅、大教堂、科罗皮博物馆等等，实际上这些地方毫无特别之处。因此，他们总是大失所望。

在这些自愿参观的团体中，几乎从来不缺官员、警长、监察员、财务主管、委员或类似人员，至少也是副委员。

例如他会问我："先生，能告诉我一些关于下水管道网络布局的信息吗？""为什么？"我尴尬地问，"难道您闻到什么味道了吗？""不，不，不是。只是我对这些问题比较感兴趣。"我说："明白了，但我恐怕没法满足您的需求。我觉得下水管道系统应该是有的，但我从来没研究过。"

副委员先生摇了摇头。"这样可不好，不好，"他傲慢地嘀咕道，"我们应该多研究研究这些事……那请告诉我：每年人均煤气供应量是多少？""没有。"我随口回答，令他大跌眼镜。"什么意思？""供应量为零，没有煤气，这里不用煤气。""哦。"副委员冷冰冰地说，没有再提其他问题。

然后，通常会有一位急于展现其渊博学识的高龄女性知识分子出现。"抱歉，城市的建造可以追溯到帝国晚期？……这根半露柱很有意思……跟特拉比松城门口的简直一模一样……你知道吗？""这……我……知……见……坦白说……"这时，她的视线又立即转向了一堵如今已经被重新填满但仍有拱门痕迹的旧墙。"啊，"她惊呼道，"太美了！太有意思了。真是罕见，真的，在如此纯粹的法国加洛林王朝的遗迹上，竟然能看到轮廓如此清晰的斯韦威尔的遗产。先生，请告诉我，这些独一无二的古迹可以精确地追溯到哪一年？"

"这个，"我声音颤抖，不知道答案，"这原来就是一堵旧墙，从我爷爷那个年代就已经存在了，这点我可以肯定。但要精确到哪一年,我实在不知。"

还有更危险的情况,就是那种热衷于探险的女孩。她会环顾四周,然后以迅雷不及掩耳之势发现一些令人尴尬的地方。"那条路,"她指了指众多高楼之间的一条险恶的缝隙,黑漆漆的顶上挂着肮脏的水珠,里面很可能暗藏着某些犯罪勾当,"那条风景如画的路通往哪里?你可以带我去瞧瞧吗,先生?我想拍几张照。"

但我不能带她去。在那条险峻的小巷子里,有许多通往河边的陡峭台阶,但我并没有进去过,并且我想我永远也不会进去。因为恐惧?你们可能会问。也许吧。

但与此同时,我注意到,不久前酷热难耐的太阳已经消失在了离城外不远的山脊背后。

我的先生们,夜幕降临了,通常会有飘忽不定的阴影从河面升起,而那里已经有几盏灯开始在风中摇曳了。周围很快就会一片漆黑。

这时,游客们都陷入不安之中。他们偷偷看手、窃窃私语,显然已经急于离开。可惜,每当夜幕降临时,我的城市就会变得不快乐。这会让外来者感到不适,连我自己也丧失了安全感,连我自己也感受到黑暗即将来临,即将笼罩那些昏暗的旧街道,带来无尽的痛苦,连我自己也要离开。

"天色已晚,我们要走了,真遗憾。"游客们说,"非常感谢,这次游览太有意思了。"他们已经迫不及待想要逃离。

"抱歉,我能和你们一起走吗?"

副委员假装在清点汽车座位的数量，然后一脸失望地说："不好意思，不行，我也感到很遗憾，但是车上没有位置了，我们已经挤得不行了，一个人都加不了，真的非常非常抱歉。"

"噢，等等，亲爱的朋友们，"我喊道，希望他们不要把我一个人留下，在一座偌大的城市里独自度过漫长的一整晚并不容易，相信我，哪怕是自己的城市，是用自己的血肉和灵魂所建的，"噢，等等，别着急，晚上这里的街道更安全，空气清新，香气四溢，你们还什么都没瞧见呢，耐心点，亲爱的朋友们。如果想好好欣赏这座城市，想看到它最美的一面，就要在黄昏时分观赏。先生们，黄昏时分，霞光满天，落日的余晖洒满屋顶、露台、圆顶、天窗、恺撒曾加冕过的古代大教堂尖顶、大型工厂的玻璃窗，以及克洛琳达曾在树下酣睡过的橡树顶。与此同时，还会有几缕烟雾从三岔路的深处飘出来，夹杂着遥远的人声，还有机器的隆隆声（皎洁的月光让监狱的院子看起来如童话世界一般），机器的隆隆声形成了和谐的巨型合唱，与梦想合为一体，满载着我们的希望。噢，请等等。"

但我可以满怀信心地说，这都不是真的，每当夜幕降临时，我并不建议人们独自待在这些可怕的房子中间。天黑时，尽管路边灯火通明，但从房子里出来的都是些最好不要碰见的人：相隔遥远的人，从黎明到黄昏一直待在一起、亲密无间的朋友，或是在夜晚约会时光彩照人的不满二十岁的少女。可他们怎么了？为什么不打招呼，为什么不跑过来搂住我的脖子？而是带着一种不易察觉的微笑从我身边走过？他们生气了吗？为了什么事？他们忘记了一切吗？

不。只是因为岁月流逝！只是因为他们已经不复从前了。随着时间的流逝（多少！），显而易见，他们变了，在最狭窄的肠道里，在最隐蔽的脑叶中。从那时起，他们只留下一个幻影、一个姓名。他们从我身边经过，沉默不语，就像个幽灵。"嗨，安东尼奥，"我说，"嗨，里塔，嗨，吉多巴尔多，你们最近好吗？"他们没有听见，甚至没有扭头，只有鞋跟的踢踏声渐行渐远。

"再待一会儿吧，拜托了，朋友们，尊敬的先生们，优秀的英才们。为什么急着要走呢？你们还什么都没看到。灯很快就会亮起来，街道会变得像某些小说里描绘的那样，可惜小说的名字我不记得了。金钟花园里，每天晚上九点都能听到夜莺般婉转的歌喉。河边会有白皙美丽的女人倚靠在栏杆上，等待着：也许是你们。在十七世纪的宫殿里，在烛台的照耀下，王子将为你们举办一场派对。听见了吗？小提琴已经开始演奏了。"

但这不是事实。上帝啊，在这座无人知晓也永远不会有人知晓的偌大的城市里，在这座用我的生命筑成的城市里（公园、大楼、医院、温泉、营房、拱廊、圣诞树、火车站、爱人的雕像），我是多么孤独。脚步声神秘地从一间屋子传到另一间屋子：你在干什么？你想要什么？你还不明白一切都是徒劳的吗？

他们出发了。汽车的灯光消失在茫茫夜色中。没有人了？唉，其实你们见到的那些披着人类皮囊在城里游荡的不过是鬼魂而已，其实在那些混乱的下街区里，到处都是成堆的可怕阴影。谁知道从哪座钟楼里传来了二十三时的钟声。

不，感谢上帝，我不完全是孑然一身。还有一个生物在找我，一个有血有肉的生物。从5月18日起，在路灯的绿色灯光下，踢踏踢踏地向前走。

是一条狗。它的毛又黑又长，看起来性情温和、心事重重。奇怪，它很像十五年前的流浪者斯巴达克斯，相同的模样，相同的步态，相同的神情。

像？岂止是像。就是他，斯巴达克斯本人，是如今看来似乎很幸福的遥远时光的鲜活象征。

它朝我迎面走来，用狗的那种深邃而沉重的目光看着我，仿佛充满焦虑和责备。我想，它下一秒就会兴奋地扑到我身上。然而，当它在离我两米远处，我伸手想去抚摸它时，它溜走了，跑远了。

"斯巴达克斯！"我大喊，"斯巴达克斯！"

那条狗没有回答，没有停下脚步，甚至没有回头。

我看着这只浑身漆黑的小家伙越跑越远，跑到了黑暗之中。"斯巴达克斯！"我又喊了一声。

还是没有回音。踢踏踢踏。现在，我再也看不见它了。

42

电话罢工

　　罢工当天,到处充斥着人们对电话业务的刻薄且怪异的抱怨声。特别是个人通话线路不再独立,而是常常相互交叉,因此人们总能听见甚至加入他人的谈话。

　　晚上,大约九点四十五分,我准备打电话给一个朋友。但还没来得及拨出最后一个数字,我的电话就串线了,随后又接连有多条线路串入其中,变得一片嘈杂混乱。很快,黑暗中形成了一场小型集会,人们以一种意想不到的方式进进出出,打电话的人不知道有谁加入了谈话,其他人也不知道打电话的是谁,所有人都摘下了平时虚伪谨慎的面具。这场谈话很快就变得异常欢乐且轻松自在，就像世代流传的童话里所描绘的那样，是只曾在疯狂有趣的狂欢节上才会发生的情景。

起初我听到两个女人在谈论衣服，很奇怪。

"不行，我跟你说，协议里写得很清楚，她应该在周四把裙子给我，现在已经是周一晚上了，但裙子还没好，那就别怪我不客气了。亲爱的布罗基夫人，裙子让她自己留着吧，她要是喜欢就自己穿！"她的声音尖锐刻薄，语速很快，毫无停顿。

"亲爱的！"一个年轻女子用友好且带有笑意的语气回答她，声音有点儿拖沓，操着浓重的艾米利亚口音，"这样的话于你有什么好处呢？你可以再耐心等等，她们会重新为你做的。"

"我就想让她知道我有多生气而且我们以后也别再去了克拉拉我很高兴你第一次去的时候就告诉我他们不该那样还有科门奇尼也跟我说她把四分之三的红色完全搞错了让她看起来可笑至极自从她那边客户多了以后就目中无人了你还记得两年前刚开业那会儿谁不夸她啊能穿上她做的衣服谁会不满意啊现在呢她甚至说话的语气都变了是吧克拉拉？你也发现了对吧？她说话的语气都变了吧？明天我们要去朱利埃塔家喝茶，可我连件像样的衣服都没有，你说我穿什么呢？"

"可是弗兰奇娜，"克拉拉心平气和地回答，"你的衣服多得都没地方放了。"

"噢别提了那些都是旧衣服最新的也是去年秋天的款了就那套西装你知道的你还记得吗？毕竟我……"

"那我更没得穿了。你给我点建议呗？我有点想穿绿裙子，那条比较宽松的,搭配黑色套头衫,黑色总显得优雅些……或者穿那件灰色的新毛衣?也许更适合下午穿,你说呢?"

这时,不知道从哪里冒出来一个粗声粗气的男人:"请告诉我,夫人,您为什么不穿那件柠檬黄的呢,头上再配一顶漂亮的卷心菜帽?"

一阵沉默。两个女人都没有说话。

"请告诉我,夫人,"那个男人假装用罗马涅口音坚持道,"您听说费拉拉最近的新闻了吗?您,弗兰奇娜夫人,请告诉我,还有您能不能把舌头捋直了再说话,不然很难理解,对吧?"

笑声从各个地方传来。显然有许多陌生人也加入到了这条线路中,都像我一样在默默聆听。

弗兰奇娜愤怒地回答:"先生,我不知道您是谁,但无论如何偷听别人的通话都是可耻的,不仅如此,你还要插话,两次,简直就是罪加一等,这是最基本的素质,你……"

"哎呀,什么素质,好了好了,夫人,还是小姐,别生气……我希望您只是在开玩笑……抱歉!如果我认识您的话,我想生活中的您应该没有这么坏!……"

"别理他了!"克拉拉对朋友说,"你干吗跟这种没教养的人多费口舌?把电话挂了吧,我晚点再打给你。"

"不,不,请稍等,"另一个男人说,他的语气更有礼貌,似乎也更成熟一些,"克拉拉小姐,请等等,毕竟我们以后也不会见面!"

"好吧,这么听来还好些,让我觉得没那么倒霉了。"

随后又出现了几个新的声音，混乱地交杂在一起，大概在说："别说了，臭婆娘！"（是一个女人的声音）"你才是臭婆娘，什么都不知道就对别人指手画脚！""我指手画脚？真不害臊！我没……""克拉拉小姐，克拉拉小姐，请告诉我，"（是一个男人的声音），"您的电话号码是多少？您不肯告诉我吗？坦白告诉您，我对艾米利亚的姑娘情有独钟，绝对是肺腑之言。"

"我过会儿给您电话号码！"（是一个女人的声音，可能是弗兰奇娜）。"请问您是哪位呢？""我是马龙·白兰度。""啊，哈哈。"（大家都大笑起来）。"上帝啊，真幽默。""律师，巴特萨基律师！喂，喂！是您吗？"（是另一个女人的声音，之前从未出现过）。"对，是我，请问您是？"

"我是诺琳娜，您没听出来吗？我给您打电话是因为今晚离开办公室前我忘记提醒您都灵……"巴特萨基显然很尴尬："噢！小姐，晚一点再打过来吧，现在估计全城的人都听着我俩的谈话呢！""嗨，律师。"（是另一个男人的声音）"现在不是约女孩的好时机吗？马龙·白兰度律师先生不是说他对艾米利亚的姑娘情有独钟吗，哈哈！""够了，拜托，有人没工夫在这闲聊，有人打电话有急事！"（是一个女人的声音，大约六十岁左右）。"嘿，听听，"（有人认出了弗兰奇娜的声音），"这不是电话女王的声音吗？"

"把电话挂了吧，讲这么多不累吗？我在等一通长途电话，而您……""啊，所以我听听也不行了？又不是什么见不得人的八卦！""闭嘴吧，臭鸭子！"

接着是一阵短暂的沉默。这是沉重的一击。

弗兰奇娜一时间不知该如何回击。

然后,她得意扬扬地说:"呵!听听,听听,臭鸭子说话了!"

一阵哄笑,至少有十个人。然后又是一阵沉默。所有人都同时断线了吗?还是他们都在等其他人先开口?如果仔细聆听,仍可以听到在沉默的最深处有沙沙声、心跳声和呼吸声。

最后,克拉拉用她那无忧无虑的声音说:"好了,现在只有我们俩了吧?……弗兰奇娜,你说我明天穿什么呢?"

这时,电话里又传来另一个男人的声音,动听、清新又不乏威严,还充满活力:"克拉拉,恕我冒昧,我建议您明天穿去年那条蓝色的裙子,配刚刚洗过的那件紫色套头衫……和黑色的钟形帽,您觉得如何?"

"可您是哪位?"克拉拉有些惊慌失措,声音都变了,"您是谁?"

对方没有回答。

然后弗兰奇娜说:"克拉拉,克拉拉,这个人怎么知道?……"

那个男人非常严肃地回答:"我知道很多事情。"

克拉拉说:"胡说八道!您肯定是猜的!"

男人说:"我是猜的?您是想让我再拿出点别的证据吗?"

克拉拉犹豫不决地说:"说,那您说吧。"

男人说:"好吧。小姐,那您听好了,您有一颗小痣,一颗很小的痣……嗯，嗯……不过我不告诉您在哪里……"

克拉拉激动地说："您不可能知道！"

男人说："你就说是不是真的？"

"您不可能知道！"

"是不是真的？"

"我发誓没有人见过，我发誓，除了我妈妈！"

"所以我说的是对的？"

克拉拉几乎急得快哭出来了："没有人见过，这个玩笑太可恶了！"然后男人安慰道："我没说我见过您的小痣啊，我只是说您有！"

这时传来了另一个男人的声音："别说了，故弄玄虚的家伙！"

那个声音说："乔治·马克奇，原名恩里克，32岁，居住在齐亚布雷拉路7号，身高一米七，已婚，最近两天嗓子疼，尽管如此，现在还在抽着烟。够了吗？……我说的都对吧？"

马克奇吓了一跳："您是谁？您怎么知道？……我……我。"

男人说："别生气，我们还是高兴点儿。您也是，克拉拉……毕竟很难遇到如此美好而亲切的伙伴们。"

没人再敢反驳他或者嘲笑他。一种黑暗的恐惧、一种神秘感笼罩着各条电话线路。他是谁？魔法师？代替罢工人士操控电话线路的超能力者？魔鬼？妖精？但声音听起来并不邪恶，反而散发出一种迷人的魅力。

"来啊，朋友们，你们在害怕什么？我唱首歌给你们听怎么样？"

大家异口同声地说："好，好。"男人说："那唱什么呢？"大家说："《青石板街巷》……不，不，《桑巴舞曲》……不，《红磨坊》……我失去了声音……他的衣领……刺刀，刺刀！"男人说："呃，你们要是决定不了的话……您呢，克拉拉，您喜欢听什么？"

"噢，我喜欢《乌菲米亚》。"

男人唱了起来，娓娓动听。我这一生都不曾听过。是一种清亮、新鲜、和善又纯净的声音，听得我浑身起鸡皮疙瘩。他唱歌时，甚至没有人敢大声喘气。

然后，爆发出热烈的欢呼声、叫好声以及"再来一首"的呐喊声。"您简直是大歌唱家啊！是艺术家！……您应该去广播电台，一定会有百万粉丝。娜塔莉诺·奥托都可以退休了！来，给大家再唱一首！"

"我有一个条件：你们所有人都跟我一起唱。"

这是一场奇怪的派对，狂欢的人都拿着听筒，分散在各个遥远的街区，有人站在前厅，有人坐着，有人躺在床上，他们都靠几千米长的电线连接到一起。不仅如此，起初人们言语间的蔑视、嘲讽、粗俗和愚蠢都不复存在。多亏了那个不愿公开姓名、年龄和住址的问题人物，十几个从未谋面、并且很可能永远不会谋面的人产生了兄弟般的亲切感。每个人都觉得自己在跟年轻貌美的姑娘聊天，每个人都幻想着电话线另一头是英俊、富有、幽默且热爱冒险的男人，而他们中间是那位杰出的指挥者，让所有人在一种青春魅力的引领下，自由地在城市黑漆漆的屋顶上空飞翔。

快到午夜了，于是那个男人发出了结束的信号。

"好了，朋友们，我们就此结束吧。已经不早了。明天我还得早起……谢谢你们的陪伴。"

大家都异口同声地抗议道："不，不，别这样！……再多待一会儿，请您再唱一首吧！"

"说真的，我得挂了……请原谅我……女士们先生们，亲爱的朋友们，晚安。"

所有人都大失所望。他们闷闷不乐地相互致以最后的问候："好了，既然如此，大家晚安吧……也不知道那个家伙是谁……谁知道呢，算了……晚安吧……晚安。"

电话线上的人纷纷挂了电话。夜晚的孤独突然降临到每家每户。

但我仍拿着听筒。

事实上，几分钟后，那个神秘人物又低声说："是我，我还在……克拉拉，听得见吗，克拉拉？"

"嗯，"克拉拉用轻柔的声音说，"能听到……不过你能确定其他人都挂电话了吗？"

"还有一个没挂，"他亲切地回答，"这个人一直在听，但从未开口。"

是我。我的心跳加速，赶紧放下听筒。

他是谁？天使？千里眼？魔鬼梅菲斯托？还是喜爱冒险的鬼

魂？在角落里等待我们的无名化身？还是只是某种希望？是古老而坚不可摧的希望，潜入最荒唐、最不可思议之地，甚至在罢工时期潜入迷宫般的电话线中，救赎卑劣的人类？

43
追风的人

中学文学教师伊西多罗·梅扎罗巴(笔名多里丝·梅扎巴，是几部方言喜剧的作者，经当地戏剧社团表演后大获成功)的遗体从牛顿路71号出发，向教区教堂方向运送。同事、校长、校行政管理员、学生以及学院代表吉安·巴蒂斯塔·维科沿途举旗送别。突然，著名作家费德里科·帕尼出现在人群之中，令所有人都震惊不已。两三个黑衣人朝他迎面走去："谢谢，谢谢您，大师……噢，可怜的多罗如果知道，一定会很高兴……大师，您不想……？"一位可怜的至亲将捆绑棺材的其中一根绳子庄重地递交到作家手中，就像在递交一块小糕点一样小心翼翼。随后，帕尼摆出一副高贵的痛苦神情，用戴着手套的左手接过绳子，右手则垂在身旁，抓着一顶黑色礼帽的帽檐。"还好，"他心想，"起码我不用跟这群白痴说话。"周围是一小群零散的哀悼者。所有人的目光都集中到了他身上。帕尼在人群中缓缓地移动悲伤的目光，细细品尝着这小小的胜利感。在认出某人时，他的嘴角露出了一丝极其谨慎而忧郁的微笑。那人穿着一件深蓝色的外套，戴着灰色的羊绒围巾，头发浓密，鬓角灰白，身材高挑挺拔，只是脑袋因悲伤而微微低垂。可以看出那是个英俊的男人，正值壮年，精力充沛。他身边是四个女学生，都一脸痴迷地看着他。一个穿着羔羊毛大衣的漂亮女学生简直要用目光将他吞噬，而他则用同样炽热的目光予以回应，直到小姑娘的脸蛋泛起红晕。他内心沾沾自喜："她要是明天不给我打电话，我就活吃一头骡子。"

"不，听着吉皮，"拉提提亚·查杰媞·布里因女士对女儿说，"社交舞会你不能去，很抱歉，但吉皮你不能去。"

"妈妈，我都换好衣服了！加布莉艾拉、安德雷依娜、露，她们都去，法布里齐亚也去，她父母那么古板都同意了。"

"她们去不去与你无关，你就留在家里。各家有各家的规矩……总之你就别想了，今年的环境极其复杂。你知道还有谁去吗？布拉奇和她的女儿，就是楼下杂货店的。"

"哎呀，都什么时候了你还有这种偏见。而且这是一场公益舞会，是为了儿童，我不知道……"

"不管是不是偏见，你是我的女儿，我就不允许你去。如果你想做公益，我们可以捐款，但舞会你不能参加。天啊，这是最简单的礼仪问题,你怎么就不明白。当你顶着我们的姓氏时,也许你会觉得不自在,但这是我们的责任……亲爱的,这是传统,关乎家族的声望……对,我知道你会觉得这很愚蠢,但我也知道如果把决定权留给你,那我们都会沦为无家可归的流浪汉……存在主义!什么存在主义!……你看看挂在墙上的曾祖父!看看他的脸、他的气质,再想想舞会的人!……总之,你不能去舞会。"

55岁的律师塞尔吉奥·普雷迪坎蒂(专攻婚姻无效案件)走进了裁缝店。这是他第二次试穿一套深蓝色西装,上面嵌有极细的红线,细到几乎看不出来。律师变得有些不耐烦,一脸不悦地说:"还是老样子,还是那样,我上次不是说了吗……亲爱的马佐尼,我都嘱咐您一百遍了!肩膀肩膀肩膀……可您怎么还没看到后面这里凸起来一块呢?您没看到这里有个鼓包吗?您没看到这个可怕的错误吗?"

"律师,别激动……我们马上就为您修改,这不是什么难事,"说着,他用粉笔做了记号,"好,这里……这里……缩掉一点……只要缩掉一点,鼓包就会消失。"

"缩缩缩!亲爱的马佐尼,您每次都这样说,然后呢……对了,袖子上的四个纽扣,记住,最好您用笔写一下……不要用假纽扣……四个都要可以解开,明白了吗?千万别像上一次……"

傍晚时分,农民皮耶罗·斯卡巴蒂站在粪堆边上,用干草叉把车上的干草卸下来。正在散步的教务长唐·安塞尔莫停下来观察他。他笑盈盈地说:"皮耶罗,你可真行啊,你这一股子劲儿从哪里来的?瞧瞧这肌肉多结实!"

皮耶罗停下手里的活儿，笑着说："确实，不是我吹！不过您应该从没见过我啊，唐·安塞尔莫？难道我很出名？"

"什么出名？"

"就是我现在干的活儿……瞧，我一叉子下去就五十公斤了……瞧……就跟叉面条一样……噢……噢……好嘞！……瞧见了吗？这一下至少有六十公斤的肥料……不错吧……唐·安塞尔莫，您不行吧？我敢说方圆千里之内没有任何一个人，包括老人，能像我一样做到这样……"

大学行政法学教授古格里尔莫·卡波多与一位同事一起审查了新期刊《公共法律》的新闻稿。

"不，不，拜托……亲爱的贾拉塔娜，请给我一个公正的意见……我觉得完全不值得……看看，看看编委会的名单，我们俩的名字竟然和一帮刚刚才获得教师资格的新人混在一起……还是按照首字母顺序排列的！竟然按照首字母顺序排列！……像我们这样拥有三十年丰富教学经验的人居然排在后面……你觉得不可笑吗？他们至少也应该把我们的名字加粗加大，或者用别的什么方法突出显示……可他们这么搞……我敢发誓他们就是故意的，这是一场彻头彻尾的恶作剧，那些人我可了解得很……噢，我不是为了自己，你知道我的为人，贾拉塔娜，你说说是我对这种小事太斤斤计较吗……我只是出于正义感，只是正义感，别无其他……今晚我就回复那帮蠢货，让他们把我的名字删掉……为了大学的颜面，我是说为了我们学校的颜面，贾拉塔娜你觉得我说的对吗？"

59岁的奈西亚·斯密德尔勒染了个头发。她焦虑地看着镜子，理发师正在为她做最后的打理。"相信我，夫人，您的头发漂亮极了，堪称完美！"

"可是，弗拉维奥，你不觉得颜色有点儿太淡了吗？坦白说，我觉得铂金色完全不适合我。"

"怎么会呢，夫人？铂金色？您是在开玩笑吧。这可是阿卡迪亚金，《咖啡公社》里的经典色呢。当然，对于您这样的漂亮小脑袋还是必须与马龙·白兰度有些细微差别的，斯密德尔勒夫人。"

"可弗拉维奥，您不觉得胭脂红……这该怎么形容呢……对，应该是胭脂砖红，您不觉得会更显年轻吗，亲爱的弗拉维奥？"

"您是说砖红色？噢，不……肯定不会……如果是像圣女贞德那样的发型倒是可以，我觉得可以……但您这样的肯定不行。您看看自己，仔细看看，斯密德尔勒夫人！您看起来就像个年轻小伙，圣热尔曼·德·普雷修道院的危险人物。"

"您是认真的吗，弗拉维奥？"

"当然，夫人！"

一个周日的晚上，体育馆的咖啡店里出现了片刻的安静。一个身材矮小、骨瘦如柴的男人向人群走去，所有人都毕恭毕敬地为他开道。他是这里的焦点。

"那个小驼背是谁？"

"什么？你不知道？是贝比诺·斯特拉齐啊，阿塔瓦蒂的朋友。"作为著名中锋莫罗·阿塔瓦蒂的挚友，斯特拉齐总是能在这类场合享受到人们的关注。"他的"桌子旁坐了四个男人,一看就都是有钱的公子哥(其中三个都穿着浅驼色的大衣)。四个人看到斯特拉齐后,都立刻站起了身,满脸微笑。

斯特拉齐甚至没有任何致意,直接坐了下去。他气得脸色发青。二十几个人围在他身边,急切地想要获得些新闻。在一片叫喊和提问声中,斯特拉齐沙哑的声音格外突出。"嗯,不会就这样结束!还有许多疑点!"(三个小时前,阿塔瓦蒂在决胜局中因与裁判发生冲突被取消了比赛资格。)"什么?他压根儿都没碰到他!所有人都亲眼所见……噢,你们挤得我快喘不过气了,请大家让让……莫罗怎么说的?……他都哭了,可怜的孩子!"斯特拉齐已被人群挤得狂躁不已。一位服务员把托盘举到头顶上,试图穿过拥挤而激动的人群中:"借过?借过?斯特拉齐骑士的餐到了!"人群里立刻打开了一条通道。

"噢,我杰出的贾科莫,"斯特拉齐把喜剧感发挥到了极致,"至少有人还记得可怜的贝比诺呢!"有人笑着说:"多可爱啊!"

随后,那个沙哑的声音说:"莫罗跟我说……莫罗知道……如果莫罗听我的……莫罗向我发誓……"

"约瑟夫娜,知道我在普罗奇达认识了谁吗?丽莎·斯夸西亚伯爵夫人。是你的表姐吧?"美丽的丽莎·斯夸西亚看起来就像一条褪去尾巴的美女蛇。

"丽莎·斯夸西亚?我表姐?"

"你认识她吧?"

"也许吧……曾经……不过我们都更喜欢远离那些饿死鬼。"

"可她真是你表姐吗?"

"想都别想。她应该属于某条非常非常偏远的分支吧……而且她从来就不是什么伯爵夫人。"

"可所有人都叫她伯爵夫人。她丈夫还戴着伯爵冠……"

"拜托!这个头衔只属于我们……马西莫见过家谱的。"

"可是,亲爱的约瑟夫娜,我向你保证……"

"够了,劳拉,请原谅我的直率,但我不能承认某些农民,对农民,投机取巧的行为……什么丽莎·斯夸西亚伯爵夫人!呵呵!"说着,她哈哈大笑起来,"抱歉,亲爱的,我没想……"

"不不,应该抱歉的人是我,是我挑起的这个话题,是我没弄清楚……"

市长去参观了户籍处的新设备。会计主管劳迪奥·维切多米尼身穿白色衬衫,向众人介绍着最新安装的电子文件柜的绝妙之处。他们站在一个布满操纵杆和按钮的大机器前。"这台机器,"维切多米尼说,"能在三秒钟内完成过去需要十到十一个人花费整整六小时才能完成的工作。例如这里,市长先生:您可以选择任何年份中的任何一天。""这个,选哪天呢……6月16日吧……1957年6月16日。""很好,我只需按几个按钮即可。现在……一……二……三……"机器发出了嗡嗡的响声,有什么东西从它神秘的肚子里吐了出来,然后呼的一声,一张大纸板卡轻轻滑进了一个小篮子里。"瞧,"维切多米尼得意扬扬地说:"那天的民政登记数据都在这里了。一边是出生数据,按小时划分,另一边是死亡数据。"市长手里拿着卡,心不在焉地透过眼镜扫视卡片上的死亡名单：科齐·拉提提亚、查杰媞·布里因、塞尔吉奥·普雷迪坎蒂、皮耶罗·斯卡巴蒂、古格里尔莫·卡波多、阿芬斯·奈西亚、斯密德尔勒、斯特拉齐·朱塞佩、费德里科·帕尼、帕萨拉夸·丽莎·斯夸西亚……"帕尼，帕尼，"市长喃喃自语，仿佛在努力回想着什么，"费德里科·帕尼……这个名字有点耳熟……"

"很好听，不是吗？"维切多米尼问。"当然，很好听。"市长赞同道。"现在这边请，市长先生。我们去参观一下文件柜……请允许我为您带路。"说着，他扭头对另一位女职员笑盈盈地说："爱丽德小姐，待会儿你记得关一下灯。"

44

见仁见智

记者贝尼米诺·法伦坐在沙发上,把便携式打字机放在膝盖上,然后在在滚筒上放了一张空白的纸,点燃了烟斗,面带微笑地写道:

"致《新环球报》社长。

尊敬的先生,您一直凭借坚定的执行力和开明的敏锐度管理着报社,现在请允许一位报纸的忠实老读者发表自己的拙见,仅仅希望可以对您这项前程似锦的事业做出一丝微小的贡献。一段时间以来,《新环球报》上出现了由乔治·麦克·纳马拉主笔的各种题材的文章。我不知道他是谁,也不知道他有什么头衔可以吹谎,以至于他可以与堪称我国最严肃、最权威的报纸开展合作。我并不是唯一一个这样评论的人,因为很多人,包括地位很高、文化底蕴深厚的人也向我表达了同样的观点,他的文章不符合新闻和文学的高水平要求,而这恰恰是贵报纸最伟大、最受人称赞的长处。平庸、故作幽默、拖沓、不准确……"

他写了好几段,然后在最后签名:"一位真诚的朋友"。写完后,他把信折好放进信封中,写上地址贴上邮票,拿上帽子和雨伞离开家,把信封投入了邮筒中。

然后,他慢慢品尝着夏日柔和的暮光,来到了《新环球报》的总部。

"晚上好,法伦先生,"门卫恭敬地向他打招呼,"晚上好,杰罗拉莫。"法伦友好地回答。

在二楼的走廊里,他碰到了麦克·纳马拉。

"你好,老海盗!"法伦伸手拍了拍他的肩膀说,"昨天那篇写得还不错!真是年轻有为。"年轻的麦克·纳马拉红着脸,结结巴巴地向他表示感谢。

"今晚有什么新闻吗?"法伦一走进新闻厅就问。

"没什么特别的,"他的副手回答,"纺织品展览的开幕典礼、一个小抢劫案,还有缉获了一批毒品。"

"又是大麻?"

"不,这次是可卡因。"

"逮住了?"

"没有,跑了。"

"好吧，写两条日常报道应该没什么问题！顺便要好好为警察局长先生陈情，这样才能引起民愤！"

他咧嘴笑了，然后脱下外套坐到打字机前，又点燃了烟斗，开始写道："不足之处确实不少，群众对公共服务也是抱怨连连（写到这里，法伦又笑了，细细品味字里行间的讽刺之意），但对毒品供应市场的谴责是不公平的。不公平，先生们。我们完全可以吹嘘（这种吹嘘是很可能发生的）我们的城市在全国毒品交易中享有领先地位！这一点令人感到痛心，当正直的公民在一整天的诚信且富有成果的工作后，进入酣甜的梦乡时，有人溜出了罪恶的巢穴，到处散播毒品和腐败，这不是最卑鄙的犯罪形式吗？这不是对人类社会的背叛吗？这不是相当于暗箭伤人吗？因此，我们不应该呼吁当局进行更有效的控制和更严厉的制裁吗？"

等等，等等。

"停车！停车！"弗兰卡·阿玛比利女士冲着马车夫大喊。炫酷的灰色宾利车被马车挡住了前路。年轻的女士从车上下来，来到停在路边的马车夫面前。

"你不觉得羞愧吗？就这样鞭打一个站都站不起来的可怜的动物吗？浑蛋！"

"谁让它不想走。"马车夫一边回答，一边又举起鞭子，在骡子的背上狠狠抽了一下。

"呵，它不想走？"女士说，"我是动物保护主义协会的。该走的是你，现在！"

"可您没看到它有多犟吗？"男人反驳道，试图为自己辩护，因为这位女士出人意料的、令人难以理解的干预,让他觉得不是什么好兆头。

"说吧,你叫什么名字?"弗兰卡·阿玛比利从包里拿出了一本笔记本。她要好好教教这个粗鲁的人该怎么对待动物!

一个小时后,她与丈夫和一位朋友坐在了一家餐馆里。

"开胃菜来两份虾?"服务员建议道,"或者烟熏三文鱼?"

"好主意,那我要个三文鱼吧。"弗兰卡女士说。(三文鱼正欢快地在冰水里追逐着伙伴们,一下子被捞了出来,它喘着粗气,惊恐地环顾四周。"天啊,这条得有五十公斤呢,"渔夫兴高采烈地说,"埃尔耐斯特,快来帮忙,我一个人搞不定。"他们惊呼着,把猎物扔到了船上。很长一段时间,鱼都在窒息的痛苦中挣扎着,目光中透出苦苦的哀求。它的思绪一直飞到了白色冰柱之下的一大片岩湖里,谁知道在哪儿。)

"然后呢?"浓妆艳抹的服务员从点菜单上拿起铅笔。

"我不是很饿,"弗兰卡·阿玛比利说,"我来份清汤,再来块牛肉,做得清淡一些。"(小牛已经吓坏了,回头寻找自己的朋友,但只看到其他像它一样惊恐不安的动物,周围充斥着各种吼叫、击打和沙哑的说话声。一根铁棍疯狂地打在它的脸上,让它不得不扭过头去。它想逃跑,但有东西缠住了它,让它动弹不得。一个黑影离它越来越近。血腥味。贝洛使出恶魔般的蛮力,用一根火柱刺穿了它的头颅。)

"我给你们讲个笑话吧,"弗兰卡女士又说,"是今天早上发生的!朱利奥,知道吗?就在铁路道口前的那个十字路口,有个蛮横的马车夫……"

六七个人用铁锹和镐头不断挖洞,终于在晚上找到了通往国王墓穴的地下通道,他们随即潜入其中找到了宝藏。

正当他们洗劫宝藏时,警报响了。于是他们赶快背着沉甸甸的金银财宝跑了出去,但外面有一小队士兵在等他们。

是刽子手。

第一缕阳光照在粉红色的沙滩上,六七颗头颅散落在血泊中。

全知全能的上帝从天国的最顶端俯瞰大地。他看到这一幕后,闭上了眼。

片刻后,他重新睁开眼。过了多久?

片刻,至尊之神的一眨眼相当于几年,几百年,几千年?

另一队手持铁锹和镐头的人迫不及待地打开了秘密隧道的入口。那是一个深夜,神圣的月光温柔地照在荒漠里岿然不动的石头上。

他们进入隧道,来到了君王的坟墓前。那里到处都是金子、宝石和童话般的巨大宝藏!

然而,当他们满载传说中的战利品走出隧道时(皎洁的月光仍然照耀着死气沉沉的山谷,尽管有些伤感,因为它已经下降到地平线的悬崖之下),一队士兵正焦急地等待着他们。

一阵热烈的掌声在寂静的夜晚响起。几个年轻人一边朝着挖掘机队队长走去,一边不停向他提问。闪光灯咔嚓咔嚓闪个不停。人群里一片嘈杂。"无可奉告,"队长傲慢地回答,"我将适时向皇家考古学会报告。"

在朦朦胧胧的月光下，记者们冲上汽车，穿越沙漠，朝城里驶去，然后把这个令人难忘的新闻传到各国首都。

一个当地人迈着庄重的步伐走到这些掠夺者的队长身边，向他鞠躬并递给他一个信封。然后是第二封、第三封，里面都装着来自千里之外的电报，是各国政府对考古学家的祝贺。

无上的荣耀。

门廊下站着一个衣着寒酸的男人，但他用右手拿着一根绳的一端，神情傲慢。

绳子的另一端穿过一个圆孔，插入放在地上的一个鞋盒里。盖子上方至少有四公斤重的石头，仿佛要防止有人从下面抬起盖子。

"来，来啊，皮罗里诺，"那个男人一边对鞋盒说，一边往上拎了拎绳子，"快，让先生们看看你，别害怕！大家想看什么？"说着，他转过身，仿佛向驻足的行人道歉："今天它有点任性！生气了。昨天它还翻跟头了。"然后他又冲着鞋盒说："好啦，皮罗里诺，你想让这些亲爱的观众空手而归吗？还有两位很漂亮的姑娘哦，你就不想看一眼吗，皮罗里诺？"然后，他跳了起来："先生们女士们，你们看到它刚刚伸了伸鼻子吗？你们看到了吗？小姐，您说说，您看到了吗？"

"呃，我不确定，"女孩笑着回答，"也许吧。不过我没看清楚。"

"奈奈，好了，我们走吧，"她用胳膊顶了顶身边的同伴说，"我们别在这儿浪费时间了。"

"怎么了？"奈奈问，"米妮，你是说没看到它出来吗？"

"什么它？"

"就是那个小动物呀！"米妮哈哈大笑起来，"哎呀，你还真是不食人间烟火呢。你还不明白呢？那个盒子里根本什么也没有。那就是个幌子，他想通过这种招数让人们驻足观看，等到适当的时机再拿出彩票售卖。"

这两个漂亮的小姑娘都乐呵呵地笑了，一起来到了一家美术馆门口，走了进去。今天是墨西哥画家何塞·乌鲁比亚的画展开幕日。墙上挂着二十多幅用杂乱的彩色斑点构成的大型绘画作品，大部分是黄色和棕色。一群人围着一个鼻子高挺、穿着天鹅绒夹克的白发男子，他是讲解员。"这里，"他指着一块上面布满菱形色块的画布解说道："这幅画可以说是乌鲁比亚的代表作。归属于布法罗博物馆。如大家所见，这里的色调加强正是对韵律研究的重要需求，这在乌鲁比亚的所有寓言作品中都有体现。对，你们可能会说，与原有风格相比，诗意元素的强度更，呃，更不饱满，更单薄，的确。并且，还有自由感！对，自由、严谨而不容抗拒的自由，色彩辩证法！不过亲爱的朋友们，现在让我们翻开一份振奋人心的材料吧：《对话5》……你们知道阿尔伯特·皮切尔是怎么定义的吗？摩尼教，摩尼教，简单来说！摩尼教，明白吗？对立冲动的二重性让基调大致统一的画作充满戏剧性，很明显，从……从……呃，对，从只有乌鲁比亚才具有的奥尔甫斯式爆发力就可得知，他也是这样做的，通过几何扫描。当然，对于这一点，我们曾试图确定，对，确定其决定性的抒情发泄口，在某种，怎么说呢，某种形而上的图形偶然性中……"

米妮几乎已如醉如痴,一个字一个字地品味着讲解员的话。

"好了,够了,我们走吧!"奈奈用胳膊肘顶了顶朋友,低声说,"这些画我一幅也看不懂。"

"你啊,"米妮反驳道,"不是我说你,但坦白说,你也太落伍了。我觉得这些画精美绝伦。"

45

防止欺诈的无效预防措施

30岁的推销员莱奥·布斯走进了国家信贷行第七分行,准备去兑一张四千里拉的银行汇票。

里面没有窗口,只有一张长柜台,职员们都在柜台后面工作。

"有什么需要吗?"一名职员彬彬有礼地问。

"我有一张汇票要兑。"

"好的,"职员说着,拿起汇票检查了一下正反两面,然后说,"请坐到我同事那边去吧。"

他的同事是个大约五十岁的男人。他盯着汇票看了很久(不停翻来翻去),咳嗽了几下,压低了鼻梁上的眼镜,抬眼审视了一下顾客的脸,然后再次看了看汇票,又看了看布斯,仿佛在核实身份,最后他开口问:"您有银行账户吗?"

"没有。"他回答。

"身份证件?"

布斯把护照递给他。银行职员接过护照,放到自己的桌上,一边翻护照一边检查里面的内容,然后开始做笔记,把姓名、护照号、颁发日期等信息依次登记到一张表格上。但突然,他停了下来,扶了扶眼镜,并嘀咕了几句。

"有什么不对的吗?"布斯问,隐约有种被误认成匪徒的感觉。

"没什么,没什么。"银行职员似笑非笑地回答。

说完,他拿起护照去咨询行长,行长坐在尽头一张更大的桌子后面。

两个人窃窃私语着,时不时抬头看几眼推销员。最后,银行职员回来了。

"这是您第一次,"他问,"来这家银行吗?"

"是的,第一次,不过有什么问题吗?"

"没问题,没问题。"银行职员回答,又露出了似笑非笑的表情。他填好表格后递给推销员签名,然后再取回表格,再次打开护照核对签名。这时,他显然又产生了一个新的疑问,再次去咨询行长。柜台前的布斯听不清他们在讲些什么。("就四千里拉,这么多事!"他心想,"万一是十万那还了得?")

上帝保佑，银行职员一脸失望地回到了柜台，仿佛是因为没有找的新的理由可以继续展开他的调查。"办好了，请到取款处去吧。"说着，他把护照和一张带编号的汇票存根递交给了布斯。

布斯来到了取款处排队，轮到自己时他出示了那张汇票存根。出纳员是个很有威严的胖男人，他仔细地查看了汇票，找到相应的票据，看了看布斯，然后又看了看汇票，也许他也在寻找银行汇票与客户之间神秘的相似之处。最后，他用一个专用章给汇票打了个孔，又看了一遍，把它放进了身边的盒子里。

然后，他神情庄重而严肃地抽出了钞票，夹在指尖熟练地数起来：一、二、三、四，四张一万里拉，并把钱递给了客户。

防止间谍

安东尼奥·兰切洛蒂是一位行事谨慎的政府高级官员，他在部里会见了下属——副检查员莫迪卡，他因擅长间谍活动而深受重视。

"亲爱的莫迪卡，"兰切洛蒂傻傻地问，纯粹以友好的名义，"说什么了？说什么了？"

"呃，"莫迪卡摇了摇头回答，"最好别问，相信我。部里的人最擅长聊八卦了！"

"那都八卦谁呢？"兰切洛蒂饶有兴致地笑着问。

"所有人，尊敬的阁下，所有人，包括那些最诚实最有才华的人。"

"也包括您吗，我的老莫迪卡？"

"当然，当然！如果他们说我的闲话，也就是几句带过，毕竟我没那么重要。而且坦白说，也包括您！"

"还有我？"兰切洛蒂不安地问，"他们都说我什么？"

"您不必在意，都是胡说八道的。"

"胡说的？怎么说的？"

"您真的想知道？……不，不，最好还是别没事找气受了！"

可兰切洛蒂却已经如坐针毡："快说吧，亲爱的莫迪卡，我有权知道！"

莫迪卡在经过一番思想斗争后，终于开口道："您知道他们都议论些什么吗？说您只会背后抱怨，说您总是说我们伟大领袖巴尔塔扎诺元帅的闲话，说您……"

"我？我？我甚至可以为巴尔塔扎诺献出生命！我每天晚上入睡前都会读几篇他的著作！"

莫迪卡看着他说："好吧，知道我想跟您说什么吗？就算承认又怎样呢！……"

"承认什么？"

"承认您确实在背后骂巴尔塔扎诺了……行了行了，我们都坦诚一些吧，尊敬的阁下，只是我们俩说说而已，绝不外传，你有没有觉得我们的元帅这段时间……呃，怎么说呢？……总之变得不像他了，也不是说变蠢了，但就是……"

"没有，绝对没有！"兰切洛蒂回答，心里却想："原来是来挑事的。"

"相反，我觉得他最近的演讲比以前的更动听、更有力、更振奋人心、更引人深思。"

"但可以说,他的立场是对尹曼斯部长的整治计划很不利的?您不这样认为吗?"

"我当然不这样认为!对于这一点,元帅,"他提高了嗓音,为了让路过的三名职员也能听见,"元帅对国家的真正利益表现出了远见卓识!我亲爱的莫迪卡,我们伟大的巴尔塔扎诺是一只雄鹰,尹曼斯与他相比,不说是麻雀吧,也是相差甚远!亲爱的,元帅是我本世纪以来见过的最具有政治头脑的人。"

三名职工仔细地聆听着,表现出了极大的兴趣。然后其中一个走到莫迪卡身边,递给他一份报纸。兰切洛蒂用眼角的余光瞥到报纸上的一个大大的标题。

"出什么事了?"他怀疑地问。

"没什么,没什么。"

"不,让我看看。"

头版头条写着:"国民议会决议"。下面是:"巴尔塔扎诺因违法教义而被革职,并在企图逃离出境时被捕,尹曼斯宣布继任新任总理。"

兰切洛蒂感到双腿发软,勉强能支撑住身体,好不容易才发出声来:"您,您,莫迪卡,这事您事先知道吗?"

"我?"莫迪卡露出狡黠的笑容说,"我?我发誓,我一无所知!"

防止小偷

自从该地发生了三起抢劫案后，地主弗里茨·马特拉终日惶恐不安。

他再也不相信任何人，包括家人、仆人，甚至是兢兢业业的看门狗。该把珠宝黄金藏到哪儿去呢？家里肯定不安全。目前还用衣柜充当保险箱简直就是个笑话。在深思熟虑后，一天晚上，弗里茨没有告诉任何人便带着他的百宝箱和一把铁锹悄悄潜入河边的树林，在那里挖了一个很深的洞。然后，他把宝箱埋了进去。

但回到家后他又陷入了沉思："我可真蠢啊。我怎么就没想到，松动的泥土会引起怀疑呢？那里的确没什么人经过，但谁知道呢，万一有哪个猎人发现了土被挖过的痕迹？然后又心生好奇，也去挖一挖呢？"

想到这里，他辗转难眠。与此同时，将近黎明时分，有三个杀手正在寻找一个合适的地点，用来埋葬在路上遭遇袭击和杀害的金匠的尸体。他们也潜入了河边的树林里，并且竟然难以置信地找到了一块再合适不过的土地：近期不知道因何原因被谁松动过。他们匆忙掩埋了尸体。

第二天晚上，惶恐不安的地主扛着铁锹回到了树林里，准备把宝箱再挖出来：得再找一个更安全的藏宝地。

正铲土时，他听到背后传来一阵脚步声，于是转过身，看到十几个士兵正提着灯笼往这边走来。"不许动！"他们冲他大喊。

马特拉吓得握着铁锹一动不动。

"这么晚你在做什么？"卫兵队长问。

"我？噢没什么……我是这里的主人……我在挖……我之前在这里埋了个盒子……"

"噢是吗？"另一个人窃笑起来，"我们在追查一具尸体，被人谋杀的尸体！并且我们也在找凶手。"

"我对什么尸体一无所知。我再说一遍，我是来取回我埋的东西……"

"很好，非常好！"队长大声说，"那你加油，挖吧，快挖吧。让我们看看你挖出些什么来！"

防止爱情

现在他已经离开，再也不会出现了，他消失了。从她，艾琳的生命中彻底消失了，就像死去了一般。她只能用女人可以向上帝求助的一切勇气武装自己，并将这场不幸的爱情滋生出的缠绕在肺腑的所有枝权连根拔起。艾琳一直是一位坚强的女孩，这次也不例外。好了！并没有想象的那么可怕，时间也没有那么长。甚至还不到四个月，她已经完全解脱了。虽然更瘦了些，更苍白了些，更虚弱了些，但整个人变得轻松，只是在恢复期里不时会出现各种新的模糊的幻想，令她精神萎靡。

噢，她很棒，很勇敢，她知道如何残忍地对待自己，她狠狠地摒弃了一切回忆，那些对她来说本该无比甜蜜的回忆。

销毁所有关于他的东西，哪怕是一枚毫不起眼的小别针；烧掉所有的信件和照片；扔掉他曾经在时自己穿过的衣服，也许上面残留着难以察觉的痕迹；丢弃他曾经看过的书，这些共有的知识是秘密的同谋；卖掉那条已经能辨认出他、会跑到花园的栅栏边迎接他的狗，割舍双方曾经共同的朋友；甚至还要搬家，因为有一天晚上他的手肘靠在了壁炉旁，因为有一天早上开门后他就站在门口，因为他每次来时门铃都发出同样的声响，因为每个房间似乎都留有他神秘的印记。还有，要把注意力转移到其他事物上，让自己投入到繁忙的工作中，这样每当夜深人静、处境更加艰难时，就可以睡得像死猪一样。结识新的朋友，投入新的环境，甚至改变头发的颜色。

这一切她都竭尽全力地做到了，没有留下任何一个可能让记忆喷涌而出的角落或缝隙。她做到了。她痊愈了。现在是早上，艾琳穿上了裁缝刚刚送来的漂亮的天蓝色裙子，准备出门。外面阳光灿烂。她觉得自己健康、年轻、纯洁、充满活力，就像十六岁时那样。甚至感到幸福？几乎是。

从家附近传来一阵短暂的声波。

有人开着收音机或者留声机，并且有一扇窗户是打开的。打开的，随后很快关上。

但已足够。仅仅六七个音符就已足够，是一首老歌，他的歌。加油，勇敢的艾琳，不要迷失自己，快去工作，不要停，笑一笑！可她的心仿佛突然变成了一个可怕的空洞，并且已经出现一条裂缝。几个月来，爱情，这个奇怪的惩罚始终在装睡，让艾琳自欺欺人。可现在，一点微不足道的东西就足以把它唤醒。

屋外车水马龙，人来人往，但没有人知道有个女人正躺在家门口的地板上,全然不顾身上漂亮的新衣服,像个受到惩罚的孩子一般号啕大哭。他走了,走得很远很远,再也不会回来。一切都是徒劳的。

46

患病的暴君

在老时间,也就是 18:45,在位于马洛克路和卡塞多尼路之间所谓的建筑片区内,博美犬莱奥看到獒犬特隆科的教授主人正用狗链牵着它前进。

獒犬像平常一样竖着耳朵,凝视着房屋之间那片肮脏的草坪。它是当地的皇帝,暴君。心怀怨恨的老博美犬注意到特隆科与以往不太一样,完全不像一个月前的它,甚至不像三四天前才见过的那般可怕。

也说不上来是为什么,也许是它站立的方式,或者是有些呆滞的目光,或者是微驼的背部,或者是暗淡无光的毛发,但更可能的是它脸上的阴影：这种灰色的阴影是个可怕的征兆！从眼睛一直延伸到下嘴唇的边缘。

当然，没有人注意到这微乎其微的变化，包括教授。微乎其微？可这只历经世事的老博美犬却顿时明白了，不禁感到幸灾乐祸。"啊，终于轮到你了。"它心想。它再也不害怕獒犬了。

它们都来到了一片曾在战争中被空投的炸弹夷为平地的空地上，位于工厂、仓库和棚屋之间的边缘地带。（但不远处矗立着大型房地产公司七八十米高的宏伟大楼，楼下的工人正在修理故障的煤气管道，还有小提琴手在拱门下角落里的埃斯佩里亚咖啡酒馆疲惫地拉琴。）残垣断壁已被拆除，只能从地上残留的瓷砖辨别出曾经存在过的房屋，也许是门厅，也许是一楼的厨房，也许是大家族的卧室。（曾几何时，这里的夜晚充满希望和梦想，某个四月的早晨或许有孩子呱呱坠地。尽管院子里仍旧晦暗，但里面已传出年轻女孩稚嫩而深情的歌声。晚上，一盏红色的小灯见证着人们的爱恨情仇。）除此以外，其他的空间都平坦而开阔，只要我们留给大自然一点点空间，它就会随时冲我们微笑，给予我们馈赠。放眼望去，空地上绿意盎然，到处都是青草、野生植物和灌木丛，就像传说中遥远而美丽的山谷。上面是一块块真正的草坪，还零星冒着可爱的小花，让疲惫的我们可以躺下来，双手交叉枕在脑后，悠闲自得地遥看空中飘过的云朵，它们是那么自由洁白，超凡脱俗。

但这座城市讨厌绿色，讨厌植物，厌恶花草树木的呼吸。因此，在盛怒之下，成堆的瓦砾、垃圾、残渣、恶臭的有机腐烂物和排水沟的污泥被倾倒在此。那块地的边缘很快就开始泛黄，因为这里变成了臭气熏天的粪堆。但尽管如此，青草和幼苗仍在奋力挣扎，笔直的根茎从污泥里破土而出，朝着太阳和生命的方向生长。

獒犬很快就发现了另一条狗的存在，便停下来注视它。它很快觉察到有些不对劲儿。

今天博美犬看它的眼神全然不同，毫无往常的那种卑微、恐惧和敬畏，目光中反而带着一丝嘲弄。炎热的夏夜，城市里仍笼罩着一层薄薄的雾气，夕阳洒落在人们居住的混凝土和水晶塔楼上。一切都显得疲惫而无精打采，甚至连可恶的美国绿轿车、平常无比光鲜的家用电器橱窗，以及克拉姆牙膏（广告和公关部总经理麦金托什称，如果每天使用，就像身在天堂）广告牌上笑容灿烂、活力四射的金发女郎都是如此。

教授突然在獒犬的背上看到了一个椭圆形的黑斑，这说明狗正在发生着某种变化，并且毛都竖了起来。

与此同时，博美犬虽然没有遭到任何形式的挑衅，但心中默默燃起了复仇之火。说时迟那时快，它一口咬住了獒犬的右后腿。

特隆科感到一阵剧痛，但一瞬间却有些无措，只是不断地挥动后腿，试图把敌人甩开。然后，它出乎意料地恢复了往日桀骜不驯的模样，从教授的手中挣脱了狗链。

莱奥身后还有另一条平时胆怯害羞的小狗，它是博美犬的伙伴，有点儿像猎犬，但这时它也毫不犹豫地纵身飞扑过去咬住了獒犬。它的牙齿嵌入了獒犬身侧的一块肉中。一声痛苦的呻吟随即响起，三条狗在尘土飞扬的地上撕咬、挣扎。

"特隆科，过来，特隆科！"教授一边惊慌失措地大喊，一边在这场混战的上空挥舞着右手，试图抓住被挣脱的狗链。但争斗的怒火把他吓得不知从何下手。

很快，这些狗自行分开了。莱奥呻吟着跑了，它的盟友也放开了特隆科，连连后退，脖子上鲜血淋淋。獒犬坐在地上，大口大口地喘着粗气，舌头耷拉着，看起来筋疲力尽。

"特隆科，特隆科。"教授喊道，并试图抓住它的项圈。

但这时，附近车库里的狼狗、独来独往的亡命徒潘泽神不知鬼不觉地来到了獒犬的身后。之前特隆科只是远远见过它而已，它竟也以某种方式来报仇泄愤。

特隆科从未挑衅或伤害过它，但獒犬的存在对它来说就是一种挥之不去的侮辱，令人难以下咽。有太多次它看到獒犬懒洋洋地经过车库门前，每次都明目张胆地往里面张望，仿佛在说："里面有没有人，想不想打一架？"

教授发现得太晚了。"喂，"他喊道，"注意那条狼狗！喂，是车库里的那条！"狼狗浑身漆黑，毛发直立，看起来十分可怕。谁知道为什么，獒犬相比之下显得瘦小许多。

特隆科刚来得及用眼角的余光看到它，狼狗就纵身一跃，露出了锋利的牙齿，朝獒犬猛扑过去。獒犬一下子滚到了一大堆瓦砾和矿渣上，狼狗继续在它的背颈上疯狂地撕咬。

教授知道，想要拉开这两条正在殊死搏斗的狗几乎是不可能的，自己无能为力，便赶忙跑去找人帮忙。

与此同时，博美犬和猎犬重新振作精神，再次朝快要支撑不住的暴君扑去。

特隆科发起了最后的反击。勃然大怒的獒犬用牙齿咬住了狼狗的鼻子。但狼狗很快挣脱了出来，仍死死咬着獒犬的脖子，用力往后拖拽。

此时，可怕的呻吟声让人们纷纷从窗口探出身子向外张望。

从车库的方向，隐约传来淹没在混乱声中的教授的呼喊。

然后，突然一切都安静下来。一边，獒犬艰难地站起身来，整个舌头都耷拉在嘴边，眼睛里充满了震惊与屈辱，就像一位突然被人从宝座上拖拽下来并扔进泥潭践踏的皇帝；另一边，狼狗、博美犬和猎犬都神色慌张地连连后退。

奇怪，正当它们品尝鲜血和胜利之时，是什么突然击败了它们？是獒犬重新让它们心生恐惧了？

不，不是特隆科。而是在它体内形成的一种无形而陌生的东西，正像病毒一样逐渐在它身上扩散。

三条狗感觉到特隆科身上发生了什么，再无惧怕它的理由，完全可以把它活活咬死。但它身上那种皮毛或者呼吸的异常气味，以及散发着恶心味道的血液，让它们望而却步。因为这些动物的感知力比诊所名医更加敏锐，从细枝末节就能知道靠近这条该死的狗意味着什么，知道这种传染病无药可救。

獒犬已经被做上了标记，它的生命不再属于自己，细胞的溶解已经从身体的某个隐秘的深处开始，逐渐扩散。

敌人消失了，现在只剩下獒犬独自一个。在壮丽的暮色中，新大楼晶莹剔透的玻璃墙拔地而起，在夕阳的照耀下闪闪发光，在夜晚紫罗兰色的背景下美不胜收。它们宣告了人们固执的希望，那些尽管被疲惫和尘土所打败嘴里却仍说着"对，明天，明天"的人，那些在这个悲惨的世界驰骋、挥舞旗帜的人！

但对于这位总督、君主、巨人泰坦、胸甲骑兵、国王、乳齿象、独眼巨人、大力士来说，不再有用孔雀石和铝合金建造的塔楼，不再有在市中心上空轰鸣、飞往爱达拉巴德的四引擎飞机，也不再有在阴暗的院子里、在肮脏的监狱中、在充满氨气的令人窒息的厕所中回荡着的凯旋的音乐。

獒犬无比专注地凝视着那片苦苦挣扎的绿洲，几乎要用目光将它吞噬。颈部的伤口不再流血，之前滴落的鲜血也逐渐凝固。天很冷，冷得令人难以忍受。还起雾了，它的视线变得模糊不清。奇怪，大夏天还会起雾。最后一眼。至少还能看见一小块人们称之为绿地的东西，是它的王国的绿地，有青草、芦苇、可怜的灌木丛（树林、茂密的森林、橡树和古老的杉树林）。

教授回来了，看到狼狗和其他两条小狗都吓跑了，不由得安慰自己。"噢，我的特隆科，"他骄傲地想，"哪会这么容易被打败！"然后，他看到獒犬坐在地上，安静而美好。

四年前它还只是条幼犬，它友好地环顾四周，一切才刚刚开始，当然它将会征服世界。

它的确征服了世界。现在看看它，结实魁梧，胸膛宽厚，嘴巴像狂野的阿兹特克神一样，看看它，督察长、胸甲骑兵队长、尊敬的陛下！它很冷，浑身颤抖。

"特隆科！特隆科！"教授冲它大喊。这是狗第一次没有做出回应。在心脏扑通扑通的挣扎声里，狗的脸色苍白得可怕，是那种曾经误以为自己永远不会有的苍白。它朝着原始森林的方向看去，那里有许多犀牛悲伤地朝它走来。

47
停车问题

拥有一辆汽车十分便利，当然没错。但生活并不会轻松。

在我居住的城市里，人们都说，过去开车是一件非常简单的事。行人相互避让，自行车在两边骑行，路上几乎空荡荡的，顶多只有马留下的一堆堆绿色粪便；汽车可以随便停，哪怕是在广场中间，有时甚至让人难以抉择。老人们这样说着，露出沉醉于回忆的忧郁笑容。

可真的是这样吗？还是这些只不过是传说，是悲伤降临时人们编造的奇幻故事，让人相信生活不总是像今天一样艰难，曾几何时还是有晴朗安宁的夜晚的？

（在结束一整天的工作后，她把胳膊肘撑在窗台上，平心静气地凝视着下面已沉睡的世界，听着远处模糊的歌声逐渐消失，是吗？优雅地将脑袋轻轻搭在肩膀上，在暮色中半闭着嘴唇，遥望天上的星星，星星！）是否这样就能将遥远时代的某些东西盼回来，比如曾经清晨的阳光将躺在绣花枕头上的我们唤醒？

朋友们，今天变成了一场战役。这座城市是由混凝土和钢铁筑成的，到处都是拔地而起的坚硬建筑物，它们在说：这里不行，这里不行。为了生存，我们自己也要变成铁，我们体内不再有柔软而热乎乎的肠子，而全都变成了水泥块；所谓的心脏，那个荒谬过时的工具，则变成了一块重1.2公斤的粗糙石头。

当我曾经步行或乘坐电车来到办公室时，我觉得很舒适。但现在不同了，因为我开车去上班。汽车必须停在某个位置，而早上八点想要在人行道沿路找到个空车位简直是异想天开。

因此我每天早上六点半就要起床，最迟七点，洗漱、刮胡子、洗澡，喝一杯能把人呛死的茶，然后飞奔到车上，祈祷一路绿灯。

到了。我的周围，男男女女怀着奴隶般痛苦不安的心情，已经挤满了市中心的各条街道，急切地渴望尽快进入日常的监狱之中。（不一会儿，他们就会坐在桌子或打字机旁，微微弓着背。唉，看看，成千上万的人，那些本该充满新奇、勇敢、冒险和梦想的人生竟然变得惊人地一致。你们还记得小时候在通往海洋的河边栏杆旁说的话吗？）放眼望去，又长又直的街道从一头到另一头停了满满一排的空车，连一个空位都没有。

哪里还能找到车位停我的车呢？这辆车是我在几个月前低价

购买的二手车，但我还不够熟练，停车场上至少有634个不同的停车位，像迷宫一样，就连老司机也会迷路。虽然每面墙上都贴有指示牌，但怎么说呢，为了不破坏古老街道的历史感，这些牌子的尺寸都很小。所以，谁知道要怎么区分颜色和图案的细微差别？

我转了一圈，试图能在犄角旮旯里找到一席之地。身后的卡车和货车紧跟着我，疯狂地按着喇叭让我让开。哪里有车位？那里，就像茫茫撒哈拉大沙漠里湖泊喷泉的海市蜃楼一样，我看到整条大道旁全都空着，一辆车都没有。幻觉。那种空荡开阔、令人兴奋不已的路是最危险的。太奢侈了。我可以发誓里面肯定有陷阱。事实上，那里是禁停路段，因为附近矗立着税务局的摩天大楼。

别灰心，我在离办公室不远的一条小路上瞥见了一个小缺口，也许我的小车能在那里休憩。我小心翼翼地沿着一辆巨型美国红白两色汽车的车身一点一点地控制倒车操纵杆，真是痛苦至极。身材健硕的大车司机似乎靠着方向盘睡着了，但我发现，在眼皮的缝隙中，他正用敌视的目光盯着我。我不禁想到，万一我那生锈的保险杠不小心碰到或刮到他的装甲车身、铬合金车牌、后视镜或把手，任何一样都足够让我喝十年西北风了。

坦白说，我这辆车超乎想象地配合我，它似乎变得比平时更小、更薄、更光滑，屏住呼吸，仅依靠轮胎的支撑点移动。在七次的尝试后，我终于把我那辆麻烦鬼塞进了狭小的位置里，而我已经紧张得汗流浃背。不得不说，这是一项了不起的精密任务。然后，我下了车，大获全胜般地关上了车门。这时，一位穿着制服的人朝我走了过来："抱歉，您？"

"我什么？"他指了指一块简直要用显微镜看的牌子说："看到了吗？这个车位是专门留给奥尔德瑞克官员的。"事实上，这家大公司的总部只有几米之遥，大门敞开，颇为壮观。

我垂头丧气地重新上了车，在高度集中的注意力下成功把车开了出来，丝毫没有让我的小车玷污到那辆美国"航空母舰"的车身，触犯到它的王权。而在司机眼皮的缝隙之间，仍可以看到他那鄙视的目光，简直要把我刺穿。

已经晚了。这个时候我本该早就到办公室了。我焦虑地一条路一条路地搜寻，希望能找一个位置。还不错：那里有位女士似乎要上车了。我放慢车速，等她离开后我就能占据她的车位了。一阵疯狂的喇叭声在我的身后响起。我转过头隐约瞥见一个卡车司机探出身来，一边用拳头砸门，一边冲我破口大骂，以此发泄内心的愤怒：上帝啊，他是有多么恨我。

我不得不继续往前开。当我绕了一大圈回到原地时，那位女士确实走了，但她的空车位上正有别人往里面倒车。

我继续开。这里只能停半小时，那里只能在奇数日停（今天是11月2日），这里只准摩托曼特俱乐部的会员停，那里只准车牌"Z"开头的车停（公共机构和半官方机构）。但凡我想投机取巧，就立即会有一个戴着军帽的男人冒出来，把我赶出他的领地。他们是停车场的守护者：身材高大，留着胡子，超乎想象地公正廉洁，就连小费都打动不了他们。

耐心点。现在至少我能经过办公室通知一声。门卫总是站在门口,我准备停一会车,向他解释情况。但正当我在大门口踩下刹车时,我的目光突然落到了对面人行道沿路的一个空位上。我的心快跳到了嗓子眼。我冒着被碾轧的风险,横穿马路并迅速停入了车位中。简直是奇迹。

我终于平静下来。直到晚上,我都将无比安心,因为透过办公室的窗户,我能随时看到并检阅我那辆小车。现在,它甚至看起来很优雅,微微笑着,显然很享受在世界上拥有一席之地的感觉。当然,这是个不可思议的组合:就在我工作的大楼对面,正中间的位置!生活中永远不该绝望。

几个小时后,在来往车辆不间断的鸣笛声中,我似乎听到从路上传来了一个令人不安的声音。我忧伤地朝窗外看去。噢,我就知道:我一定遭到了背叛,哪有这么容易的事。事实上,我没有注意到我的停车位旁边的墙上有一扇铁闸门;这扇门现在打开了,有一辆小卡车正要从里面开出来。因此,三个穿着工作服的男人正在一边骂骂咧咧,一边用力推我的车。它是如此之轻,他们仅用胳膊就轻而易举地把它从舒适的地面上抬了起来,然后把它推向了更远处,让卡车可以通过。然后,他们离开了。

于是,我的车就这样被遗弃在了马路上,从而阻塞了交通。交通堵塞很快形成,两名交警发现了它,我看到他们正在小本子上写着什么。

我冲下楼,赶紧挪开车,不知怎么,我竟向两名警察解释了这场误会,成功避免了罚单。但我的车不能再停在那里了。我又要重新陷入新一轮不断转圈、转圈、永远无法停下的旋涡中,因为没有位置可以停。

　　生活，就是这样吗？所以，走吧，朝着郊区的方向。那里的竞争没有这般激烈，空间更加宽敞；那里的街道几乎空荡荡的，就像过去市中心的街道一样，如果老人们说的是真的。但那里偏远而贫穷。如果要把车放逐到那么远的地方，又何必买车呢？可是，今晚怎么办呢？很快夜幕降临，汽车也会像我们一样疲惫不堪，它们也需要一个家。

　　但是车库已经停满了。几年前，那些主人们还都是我们曾经以为跟自己差不多的谦逊友善之人，但现在他们摇身一变，成为了其他人无法轻易接近的大人物。如果能和他们的会计师、秘书或其他部下说上几句话就已经很不错了，这些人也不再是曾经那些乐于助人的年轻人了。

　　他们的脸上不再有笑容，只是傲慢地听着我们的哀怨和恳求。"可您也知道，"他们回答，"已经有二十几个人预约了，在您之前还有佐里托工程师、F.L.A.M.公司总裁，还有斯芬奈塔教授、艾尔·莫特罗伯爵和斯碧琪伯爵夫人。"他们都是响当当的大人物、亿万富翁、政府要员、著名的外科医生、地主、大歌星，他们说这些名字是为了让我知难而退。何况即使他们不说，像我这样的破车也不会受到欢迎：以免"家"的声誉受到不良影响。你们有没有注意过，当一辆破旧的汽车停在大酒店门口时，门卫表现出的厌恶表情？

　　所以，走吧走吧，越过郊区，穿过农田和沼泽，再往前走到更远的地方，我满腔怒火地把油门踩到底。空间变得越来越开阔而庄严。有田野的残株,大草原,然后是沙漠,道路迷失在一望无际的沙海之中。

终于。我环顾四周,再没有一个人,再没有一间屋子,再没有任何生命的迹象。终于,只剩我独自一人。

万籁俱寂。

我关掉发动机,走下车,关上车门。"永别了,"我对它说,"你是一辆很棒的汽车,真的,我曾经也很喜欢你。请原谅我把你遗弃在这里,因为如果我把你丢在人来人往的路上,他们早晚会找到我,给我开一堆罚单。你现在又老又丑,没有人要你了,抱歉我讲得这么直白。"

它没有回答。我步行离开,心想:"今晚会怎么样呢?会有鬣狗来吗?会把它吃了吗?"

夜晚即至,我一天的工作都没做,也许等着我的是开除信,我再也受不了了,我太累了。但是我自由了,我终于自由了!

我不禁雀跃起来,四肢有一种莫名的轻盈感,让我翩翩起舞。万岁!我转过身,那辆小车在视线的尽头,变得微乎其微,像一只在光秃秃的沙漠里沉睡的小蟑螂。

但那里怎么还有一个男人!一个留着胡子的高个子男人,如果我没弄错的话,他还戴着一顶军帽。他挥舞着手臂,在抗议,在冲我大喊,大喊。

噢,还没完。我跳跃着,奔跑着,迈开我的老腿飞奔而去,我觉得自己如同一片羽毛。门卫该死的叫喊声,在我的身后渐渐消失。

48

禁令

自从诗歌被禁止后,我们的生活自然变得简单多了。不再有灵魂的宣泄,不再有病态的兴奋,也不再放纵自己沉醉于阴险的回忆。生产力成为了唯一真正重要的事情。真是无法想象,人类几千年来是如何忽略这一基本真理的。

众所周知,在许可的范围之内,一些关于为国家利益献身的赞美诗仍然存在,并通过了我们引以为荣的审查制度的批准。可是这些可以称之为诗歌吗?不,幸好。它们让工人的灵魂变得坚强,而没有留下丝毫可以任人发挥的、罪恶的幻想空间。举个典型的例子,难道该允许我们饱受所谓的爱情的折磨而痛苦不堪?

在这个务实的世界里，难道该允许精神迷失在毫无实际用途的高歌之中？

当然，如果没有一个强大的政府，就不可能采取如此影响深远的补救措施。这恰恰是尊敬的尼扎迪领导的政府，意味着强大、民主。民主并不妨碍我们在必要时使用铁腕，否则我们将无所作为。特别是，最热衷于废除诗歌的立法倡导者是发展部部长，尊敬的沃尔特·蒙蒂基亚里。事实上，他自诩国家意愿的传达者，并且表现得恰到好处，营造出了民主的伟大形象。毕竟多年来，人们对这种万恶的精神态度已经到了无法容忍的地步，这是显而易见的。因此，必须用详细的强制性法规明文规定、强制执行，一切都是为了社会的利益。

此外，很少有法律仅对公民的生活造成如此微不足道的干扰。谁还会读诗呢？谁还会写诗呢？在公共和私人图书馆中销毁难以计数的相关书籍，简直不费吹灰之力，不仅如此，这项工作还是在振奋人心的氛围中进行的，仿佛终于帮人们摆脱了令人不快的沉重负担。生产、建造、推动图表曲线不断上升，加强工业、贸易发展，开展旨在提高国家生产力的科学研究，将越来越多的能源引入（多么好的措辞）不断发达的交通体系中，而这一切都与诗歌无关。技术、计算、商品具体化、重量、长度、商品价目表、市场价值，所谓的艺术表现的健康现实主义（如果认为这必不可少），万岁。

尊敬的沃尔特·蒙蒂基亚里今年46岁，个子很高，总体来说相貌堂堂。你们听到从隔壁房间传来的笑声了吗？（有人正在向他描绘村民们是如何找老诗人奥斯瓦尔多·卡恩算账的。"可我现在不写诗了,"不幸的诗人大声辩驳道,"我发誓我已经十五年不写诗了。""可你在鼎盛时期写过不少啊,蠢货。"他们一边回答,一边把穿戴整齐、拄着手杖的他重重地扔进了粪堆。)你们听到尊敬的部长是怎么笑的了吗?噢,一个自信满满的男人正无比威严地站着,这一点可以肯定。

此外,在这位尊敬的部长周围,一切都实实在在、充满生机。他并非粗俗之人。他办公室的墙上挂着许多著名画家的画作:大部分是抽象作品,能愉悦人的视觉,却不触及灵魂。还有,从他喜爱的唱片风格可以看出他为官清廉,追求纯粹的价值,完全找不到那种肖邦式的浮华,全部都是亨德米特的作品。至于他的藏书阁,不仅收藏科学和纪实书籍,也有一些可以消磨时光的娱乐书刊。当然,这些书的作者都仅致力于对生活片段的叙述和再现,毫无任何加工或包装。谢天谢地,读这些书不会有任何触及心灵深处的风险,尽管难以置信,但这种可耻的东西却是曾经为大众承认,甚至追求的。

部长笑得很灿烂,他听得颇有兴致。这意味着他对目前的情况了如指掌,对建设计划十分乐观并充满信心。可一切真的像表面这样风平浪静吗?过去的现象真的已经消失无踪了吗?

一天晚上,晚饭过后,他正在家里研读一本回忆录,这时他的妻子走了进来。

"沃尔特,你知道乔治娜在哪儿吗?"

"不知道,怎么了?"

"她跟我说她要去做作业,但她不在房间里。我喊她也没答应。我到处都找遍了,都没找到她。"

"可能在院子里吧。"

"不在院子里。"

"那可能和同学出去了?"

"这么晚?噢不会。她的大衣还挂在前厅呢。"

两个人不安起来,开始在屋子里四处找寻。但都没有找到。沃尔特想到了最后一个可能的地方,于是他爬上了阁楼。

在倾斜的横梁下,一个宁静而神秘的影子投射在一堆破旧凌乱的老物件中间,是从屋顶上的一扇新月形窗户射进来的。窗户敞开着,尽管寒风飕飕,女孩却双手扒在窗台上,像被绑架了一样一动不动。

她一个人在上面干什么?一个隐约的令人厌恶的疑问油然而生,尽管部长内心努力想要摆脱,但仍以失败告终。

他默不作声,只是静静地观察着女儿,女儿纹丝不动,全神贯注地看着窗外,眼睛睁得大大的,仿佛见到了某种奇迹。

"乔治娜!"女孩吓了一跳,猛地转过身,脸色刷白。"你在那里干什么?"她一言不发。"你在那里干什么?快说啊!"

"没什么,我在听。""听?你在听什么?"

乔治娜没有回答,她哭着跑开了,抽泣声消失在楼下的楼梯尽头。

部长关上了窗户,但在离开之前,他瞥了一眼窗外,再次心生疑虑。乔治娜刚刚在想什么?她到底听了什么?

但他什么也没看见，只有空荡荡的屋顶、光秃秃的树木、街道上的工业大棚这种平淡无奇的场景，或者是在半空中月亮的照耀下影影绰绰的城市和透明的云朵等等不值一提的景物。什么也听不到，只有阁楼上吱嘎作响的老木头和某种低到几乎无法察觉的声音，像是呼吸声，在逐渐麻木的城市里此起彼伏，与此刻逐渐放缓的生产活动恰好相一致。这是再寻常不过的现象了，没有任何让人提得起兴趣的地方。还是？（阁楼上很冷，寒风从砖瓦的缝隙里嗖嗖地往里钻。）还是就在上面，在被月光以某种方式美化的屋顶上（坦白说他也无法否认），诗歌，这种古老的堕落之物，仍潜伏在那里？尽管孩子是无辜的，但他们却被诗歌诱惑，并且绝口不提？城市的每个地方是否都是如此，像有一场阴谋在发酵一样？所以，法律、惩罚或民众的嘲笑都还不足以压制住这该死的家伙吗？所以，目前的一切成果都只是谎言，是粗俗的虚伪表象，是假惺惺的顺从？那他，蒙蒂基亚里呢？甚至连他内心深处也隐藏着这种感觉吗？不久后，客厅里的蒙蒂基亚里夫人说："沃尔特，你今晚不舒服吗？你的脸色很苍白。"

"恰恰相反。我好得不得了。我现在要到部里去一趟。"

"现在？这么急？"

他的内心无法平静。他独自离开家，但在上车前他又观察了一下十分罕见的明亮月光，并评估了其所有可能的影响范围。现在是十点四十五，城市在繁忙的工作后已经安静下来。

但他觉得今晚的空气有些异常，似乎感觉到某种隐匿在漆黑角落里的神秘人物的细微心悸；躲藏在烟囱、树干和关闭的汽油柱后挤眉弄眼的哨兵；还有在夜晚的烘托下突然释放的富有煽动性的欲望。

他自己，蒙蒂基亚里，毫不掩饰地表现出厌恶之感。那种光甚至从苍穹悄悄倾泻到他的身上，与政府的指令是如此相悖。他不得不用双手擦拭大衣，将其清理干净，并拨开层层叠叠的银色蜘蛛网。

他突然惊醒了，赶快钻进车里，直到开到市中心后才松了口气，因为那里强烈的灯光削弱了（至少看起来是）皎洁的月光。他走进大楼，踏上楼梯，穿过漫长而寂静的走廊，朝着自己的办公室走去。所有的灯都关了，但从窗外仍有邪恶的月光透射进来。只有一扇门后的电灯是开着的。部长停下了脚步。是研究办公室的负责人，做事一向认真负责的卡罗奈斯教授的房间。奇怪。部长慢慢打开门。卡罗奈斯背着身坐在写字桌前，桌上开着一盏明亮的小灯，他正在写着什么，陷入沉思之中。然后，他若有所思地把钢笔的笔头放到嘴边，与此同时，他似乎有了什么灵感，突然转身朝向玻璃窗，外面是一个大露台，在月光下无可遁逃。这是今晚的第二次，蒙蒂基亚里惊讶不已，因为他发现有人打算做些不寻常的，甚至可能是违法的事情。事实上，卡罗奈斯从未工作到这么晚过。

部长悄无声息地走过地毯，来到卡罗奈斯的身边，从他的身后探出身子，窥探他正在写什么技术报告或备忘录，却看到："无声的光啊，你是多么温柔，从钢铁大棚的漆黑帷幕里徐徐升起，像仙子的灯笼，像静止的石镜。追寻你的旅途何其漫漫：整整一生！现在，疲惫不堪的我在这里，目睹着你光芒之下世人的痛苦。纯洁神秘的圆月啊，你就像主权精神的神圣殿堂……"

部长的手像复仇女神的武器一般，落在卡罗奈斯的肩膀上："您在写这些东西，教授？"

教授吓得浑身瘫软，不由得发出一声呻吟。

"您在写这些东西，教授？"但这时，旁边办公室的电话响了，随后走廊尽头更远处的电话也响了，然后是第三个、第四个。

于是，沉睡的宫殿神秘般苏醒了，仿佛有数百人躲在柜子里或积满灰尘的窗帘后，等待着信号，等待着偷偷摸摸的脚步声，等待着四处散播的嗡嗡声。然后，清晰的呼喊、干脆的命令声、门的撞击、喘息、匆匆的脚步以及遥远的重击声随之而来。

蒙蒂基亚里打开窗户，朝露台望去。

大楼周围的院子里，不知道为什么，所有的灯都关了。因此，月光变得更加坚定，令人不安。白色的街道上有两三个人手持点燃的火炬跑过，接着是一名身披红色斗篷的骑马少年。大楼中央的阳台上，两名穿着制服的士兵分别站在一侧，手里都握着一把锃光瓦亮的剑。他们把剑举向天空。

噢，那不是剑，是小号，里面发出了一声漫长而清脆的响声。真神奇，就像在人们的头顶画了一个高高的拱门。

蒙蒂基亚里不用看新闻就知道：那是革命的号角，政府倒台了。

49
战无不胜

七月的一个下午，42 岁的高中物理老师埃内斯托·马纳里尼教授正与妻子和两个女儿在位于瓦尔卡利加的乡间别墅度假，他得出了一个重大发现。他在宽敞的阁楼里建造了一个实验室，没日没夜地在那里做实验。他认为自己是发明家的"材料"，并对此狂热不已。家人的嘲笑和同事们无可避免的讽刺反而令他更想证明自己。

那天天气闷热，家里静悄悄的，妻子女儿都和朋友踏青去了。他正在摸索自己发明的一种新设备，这是他多年来制造的众多还未完工的设备之一。突然，从一楼传来了一声可怕的巨响，就像爆炸一样。

教授吓坏了,赶紧切断了正在测试的电路电流,冲下楼去。他以为是用来做饭的煤气瓶爆炸了。但透过厨房弥漫的浓烟,他很快发现煤气罐完好无损。事故发生地是墙边一个狭长的壁橱,那里放着猎枪和弹药,但马纳里尼几乎从未用过。门被炸得粉碎,枪柄只剩下半截儿,就连墙壁边缘也被炸飞。毫无疑问:由于某种莫名原因,弹药筒爆炸了。

马纳里尼震惊了片刻,然后大叫起来:"成了!成了!我成功了!"他像疯子一样在一片狼藉的碎片堆里跳来跳去。

不久后,他的妻子埃维莉娜回来了,看到了这场灾难以及仍在厨房里欣喜若狂地走来走去的丈夫,便开始严肃地教训起他来,可丈夫却睁大双眼,示意妻子不要说话,然后神神秘秘地把她拖到了女儿们听不见的地方。"听着,埃维莉娜,"他说,"我得告诉你一个秘密,一个可怕到凭我一己之力已无法独自保守的秘密。而且我无须要求你保证不跟任何人讲,因为我告诉你之后,你自己就会明白这是件生死攸关的事。"

"埃内斯托,你这么说吓到我了。"妻子被丈夫的神情和语气吓得不轻。"不,亲爱的,不用怕,事情是这样的:我有了一个了不起的发现。一种在某种光线下可以聚集电场的装置,而这种光线可以引发远程爆炸,可能还会引起火灾,但这一点我还不能确定。我从事这项研究有十几年了,但我从未跟你提过。终于,上帝眷顾了我。你为什么用这种眼神看我?埃维莉娜?埃维莉娜!你听不懂吗?从今晚起,我将成为世界之主!"

"天哪，那你现在想做什么？"妻子问，这次她真的被吓到了。

"别这样看我好吗？"马纳里尼大声说，"你不相信我，你觉得我疯了。你想让我证明给你看吗？等着。"说着，他跑到了楼上的卧室，不一会儿拿着三包弹药回来了。

"拿着，你要是不相信，就把这些放到院子尽头的杉树脚下，然后走远点，我证明给你看。"

埃维莉娜照做了。她瞒着女儿们，穿过草坪把弹药放到了杉树脚下，然后抬头仰望，看到窗前的丈夫正用力挥舞着手臂让她站远一点。于是，她回到了屋子，站在一楼的窗前向外张望。"埃内斯托真是宝藏一样的男人，"她心想，"可有时难免也会犯糊涂。他怎么就丝毫没怀疑，也许只是炎热的天气引发了厨房的爆炸呢？"

啪，啪，啪！三包弹药炸了，最后两次爆炸几乎同时发生。杉树下冒起了一小缕黑烟，一根干树枝掉落下来，她的心跳加速，一种不安感开始在胸腔膨胀，脑海里的各种担忧交织重叠在一起，一片混乱。"现在呢？"妻子预感到家庭的安宁将不复存在："现在怎么办？现在埃内斯托要做什么？宣告这个秘密吗？向谁呢？军队？会不会太轻率了？如果他们把他抓了软禁起来，禁止他告诉其他人怎么办？如果他们杀了他怎么办？"

"妈妈，妈妈！"这时从客厅传来宝拉的声音。"发生什么事了？你听见枪声了吗？"她设法平复了心情，假装冷漠地回答："没什么，可能是有人打猎吧。星期天这里总能听到枪声……"

"又是马纳里尼？"参谋长冲副官训斥道,"这个麻烦的家伙到底想干什么？还嫌我们事情不够多吗！我都跟您说过不止十次了：接待他,跟他谈,然后想办法摆脱他。可以告诉我他是怎么进来的吗？"

"报告,这是范顿副部长的介绍函。"

"范顿？谁是范顿？"

"教育部副部长。"

"敌人已经打到家门口,战争迫在眉睫。整个欧洲将战火连天,国家深陷恐慌,灾难即将来临,这个时候谁还有工夫来处理马纳里尼教授的私事？肯定是无关紧要的事,我敢发誓。"

"他说关乎国家最高利益,这是原话；他说如果不与您单独面谈,他绝不会透露半个字；他说他不会走,除非您同意接见他；他还说一分钟都不能浪费……"

"一分钟都不能浪费？"参谋长一拳捶在桌上,发出一阵冷笑,"让他进来吧,快点,让他进来,看我怎么收拾他！"

马纳里尼走了进来。将军甚至没有抬头看一眼："您就是马纳里尼教授？"

"是的,先生。"

"您想要做什么？"

教授清了清嗓子,努力按捺住激动的心情。"将军,大敌当前,我完全知道事态的严重性,我来这里是为了……"

"是自愿的吗？您是自愿来的吗？专门来找我的？"

马纳里尼向前走了两步。谁给的他这么大的胆子？

他提高嗓音说:"将军,请听我说!我来这里是为了提供一种克敌制胜的方法。"

"您说……什么?"

"在进入正题前,请允许我要求您对此绝对保密,并保证我和我家人的人身安全。作为交换条件,我现在就邀请您去观看我的实验。"

"哪里?"

"当然不是在这儿。最好是在开阔的旷野。您会开车吗?"

"怎么了?"

"因为我不会开车,但不能有司机跟我们同去。只有您和我两个人,这是前提条件。包括其他任何人都不能在场。这关乎我的生命安全。现在也关乎你的了,将军。"

天气晴朗,在黎明的第一缕阳光里,快速侦察中队在海拔九千米处发现了敌人。

方圆千里的景色都千篇一律:一长排看不到尽头的汽车,正在笔直的道路上缓缓地行驶;队列最前面是两两一排、无坚不摧的坦克。军队上方,可以看到三十几架战斗机在空中盘旋。

我军三架侦察机的靠近立即引起了敌人的注意。突然,敌人的十几架战斗机脱离队伍,随即分成两组,准备对我方发动夹击。

在侦察队中队长的飞机上,马纳里尼教授坐在飞行员旁边,按下了一个按钮。一个长方形屏幕亮了起来。然后,他握住操控盘上的一根操作杆,缓缓推动起来。淡蓝色的火苗在天空中闪闪发光，直至落到片刻前还在发动进攻的敌军战斗机上，随后，浓烟滚滚，遮天蔽日。

几秒钟后，天空中又出现了更多的闪光，其他飞机也被炸得四分五裂，冒着黑烟的残骸如灰烬般从上空坠落。天空中只留下一排排高耸入云的漆黑烟柱，逐渐随风飘散。

此后，三架侦察机没有改变航向，继续排成一排，朝着装甲车队的方向俯冲。

从最前端几辆坦克上闪烁的微小光亮可以知道，敌人动用了防空火力。但几乎是同时，安装在侦察机上的马纳里尼发明的装置启动了防御功能。

前所未见的震撼场面。从远处看，就像是沿路一条巨型保险丝的一端被点燃了，并且火势以惊人的速度迅速蔓延，将其吞噬。火焰、雷电、烟火、白炽光喷泉、紫烟、火球一同喷薄而出，飞升上天，在空中形成一团长方形的巨型黑云，云团内部火光熠熠，旋涡暗涌。不到一秒钟的时间，三个装甲师军团全军覆没，化成一片灰烬。

总部第14号公告："……东北地区的三个敌方重型超级轰炸机编队，一队约850架，二队约200架，三队约1100架飞机在越境之时即刻被我方特殊拦截装置击毁……"

"在爱奥尼亚海，一支由两艘航空母舰、一艘战舰、三艘辅助航空母舰和十三艘备用鱼雷艇组成的敌舰队在驶入我方海域时被我方反舰装置炸毁：我们的搜救船已成功营救超过2200名遇难者……"

此后各大报纸头条都是:《其余七个敌军军团全部歼灭》《敌军幸存部队四散逃亡》《8000多个敌军武器装置和无数枚空中导弹被粉碎》《军队首长致马纳里尼教授的信》《敌军请求停战》《论救国英雄是如何诞生的》《世界上最强大的军队》《罗马人民将马纳里尼抛向空中》《大型胜利庆典:马纳里尼在国会大厦致辞》《授予埃内斯托·马纳里尼诺贝尔和平奖》《经全民公决马纳里尼当选总统》《马纳里尼主持第46届米兰世博会开幕式》。

50

一封情书

31岁的贸易公司经理恩里克·罗科把自己关在办公室里,他正在热恋,对她的想念如此强烈而折磨,令他难以忍受。于是他决定给她写信,放下所有的骄傲与谦卑。

"亲爱的小姐,"他开始写道,仅仅想到这些留在纸上的笔迹会被对方看到,他的心就怦怦直跳,"亲爱的奥内拉,我的迪莱塔,我的心肝,照亮我生命的光,温暖我心灵的火,小淘气,小可爱,小花儿,亲爱的……"

这时,前台艾尔梅特走了进来:"抱歉,罗科先生,外面有一位先生找您,名叫(他看了一眼名片)曼弗雷迪尼。"

"曼弗雷迪尼？是谁？我不认识。而且我现在没时间,我手头有很紧急的工作要处理。让他明天或者以后再来吧。"

"我觉得,罗科先生,我觉得他应该是裁缝,来给您试衣服的……"

"啊……曼弗雷迪尼！好吧,告诉他明天再来。"

"先,先生,可他说是您叫他来的。"

"对,好吧……（他叹了口气）……让他进来吧,不过让他快点,我只有两分钟的时间。"

裁缝曼弗雷迪尼拿着衣服走进了办公室。可以说这是一次争分夺秒的试穿,罗科迅速穿上衣服然后脱掉,同时曼弗雷迪尼用粉笔做了两三个记号,没有浪费一秒钟。

"抱歉,我就不留您了,我手头有很紧急的工作要处理。再见,曼弗雷迪尼。"

说完,他立即回到写字桌前,继续开始写信："小精灵,小不点儿,你现在在哪里呢？在做什么呢？我是如此地想你,即使你离我无比遥远,哪怕在城市的另一头,我的爱也会来到你的身边,我就像一座迷失在汪洋大海的小岛……"（奇怪,他心想,像我这样一个积极乐观的人,一个企业的领导者,怎么也会突然写这种东西？也许这就是所谓的为爱疯狂吧？）

这时,他身旁的电话响了起来,仿佛一根冰冷的铁锯在他的背上锯过。他气冲冲地接起电话："喂？"

"喂,"是一个女人的声音,听起来软绵绵的,跟猫叫似的,"告诉我你听说什么了？似乎对我很不利。"

"是谁?"罗科问。"噢,你今天没空,那……""你是谁?""等等,至少让我……"罗科挂断了电话,重新拿起笔。

"听着,亲爱的,"他写道,"窗外云雾缭绕,阴冷潮湿,瘴气四起,但你知道吗,我很羡慕这些雾气。知道吗,我愿意……"

叮铃铃,又是电话声。他深深叹了口气,仿佛释放了两千伏电压。"喂?""恩里克!"还是刚刚那个声音,"我专程到城里见你,你却……"

他突然晃了一下,像被电击似的。哦对,是弗兰卡,他的表妹,一个优秀的女孩,也很漂亮,她已经追了他几个月了,谁知道她脑子里在想些什么。

女人都擅长营造不切实际的幻想。

当然,他无法体面地拒绝她。

但他很坚决,不惜一切都要写完那封信,这是能平息内心熊熊烈火的唯一办法。在给奥内拉写信时,他觉得她仿佛以某种方式进入了自己的生活,也许她会读到最后,也许她会笑,也许她会把信放进小包包里,也许几个小时后,这张由这些无意义的词句堆砌而成的信纸,就会触碰到她随身携带的各种芬芳四溢的小物件,触碰到她唇边的铅笔,触碰到绣花的手帕,触碰到那些令人感到莫名亲密的神秘小饰品。现在,弗兰卡已完全占据了他的脑海,令他心醉沉迷。

"听着,恩里克,"那个慢吞吞的声音问:"我去办公室找你怎么样?""不,不,原谅我,我现在有一大堆事情要做。""如果嫌我烦就直说,别找这种借口。再见。""天啊,瞧你,生什么气。我都说了,我很忙。这样吧,你晚点再来?"

"晚点是什么时候?""你……你两个小时后来吧。"

说完他猛地挂上电话,他感到浪费了许多无可弥补的时间,信必须在一点钟之前寄出,否则就要等第二天才能到达目的地了。

"……我愿意立即与它交换,"他继续写道:"因为雾气可以围绕着你的家,在你的卧房前摇曳。如果它有眼睛(谁知道呢,也许雾气也有眼睛),它就能透过窗户看见你。你是否希望有一条裂缝,一条刚好可以让它钻进去的小裂缝?这样只需一丝轻风,它就能抚摸到你,像棉絮般轻薄到令人难以感触?爱如雾气,是多么轻易……"

这时,前台艾尔梅特又出现在门口。"抱歉……""我不是跟你说过吗,我有很紧急的工作要处理,我不想见任何人,让他们晚上再来。"

"可是……""可是什么?""尹维尼兹长官在楼下的车里等您。"

该死,尹维尼兹,今天要去仓库现场检查火灾情况并会见专家。该死,他竟然忘得一干二净。没办法。

他感到胸口一阵灼痛,就在胸骨的位置,到了令人难以忍受的地步。装病?不行。就写到这里?可他还有很多话、很多重要的事想告诉她。他沮丧地把信纸放进抽屉里,穿上外套离开了。唯一的办法就是尽早结束。

上帝保佑,半小时后他就返回了。

已经是12：40。他隐约看到有三四个人坐到等候室等他。他气喘吁吁地跑回办公室,坐到书桌前,打开抽屉,信不见了。

他的心跳到了嗓子眼。是谁搜查了他的抽屉?还是他记错了?于是,他又一个接一个地打开了其他几个抽屉。

还好。是他犯糊涂了,信在抽屉里。但要想在一点前寄出几乎不可能了。还不算太糟。他冥思苦想(为了一件如此简单而无聊之事),神情时而焦虑时而流露出希望之光。还不算太糟,如果发急件,他应该能赶上晚上最后一次派送,或者……而且,他可以把信交给艾尔梅特让他去寄,不不,最好还是别把别人卷进这种事里,还是他自己亲自去寄吧。

"……是多么轻易,"他写道,"就能战胜空间的距离,跨越……"

叮铃铃,电话又响了,尤为刺耳。罗科没有放下笔,直接用左手拎起了听筒。

"喂?""喂?您好,我是特拉齐先生的秘书。"

"请说,请说。""关于电缆的进口许可证……"

他屏气凝神。这是笔超级大买卖,足以决定他的未来。谈话持续了二十分钟。

"……跨越,"他继续写道,"中国的万里长城。噢,亲爱的奥……"

前台再次出现在了门口。他气得大发雷霆:"你到底明不明白我没有时间见任何人?"

"可是,是……""任何人,任何人!"他咆哮道。"是财务视察员,他说跟你约好了。"

罗科感到浑身无力。把视察员拒之门外简直是疯狂,是自杀,是毁灭。

他接待了视察员。

现在是一点三十五分,弗兰卡表妹已经等了45分钟;然后是斯托尔兹工程师,专程从日内瓦赶来;然后是负责电器案件的梅苏梅奇律师,以及每天都过来给他打针的护士。

"噢,亲爱的奥内拉,"他愤怒地写道,就像遭遇越来越高涨和汹涌的海浪的遇难者那般愤怒。

叮铃铃。"我是商务部斯塔兹长官。"叮铃铃。"我是工会联合会秘书……"

"噢,我美丽的奥内拉,"他写道,"我想让你知……"

前台艾尔梅特出现在门口,告诉他副省长毕博士的来访。

"……让你知道,"他写道,"当……"

电话:"我是总参谋长。"

电话:"我是大主教的特别助理……"

"……当我……"他提着最后一口气狂热地写道。

叮铃铃,叮铃铃。电话:"我是上诉法院院长。""喂,喂?""我是最高委员会译员科莫拉诺。""喂,喂?""我是皇帝陛下的首席副官……"

他头昏脑涨,不堪重负,仿佛从悬崖跌落到汹涌的海浪之中。

"喂,喂?是的,是我,谢谢,将军,这是我义不容辞的义务!……对马上,很快,对,将军,我一定会提供,非常感谢您……喂,喂?当然,马埃斯塔,毫无疑问,绝对虔诚(手里的笔被丢到了桌上,慢慢滚动,一直滚动到桌边,在边缘静止了一会儿,突然掉了下去,躺倒在地,笔尖断了……)请坐,来,进来进来,不,也许沙发上更舒适一些,真是出乎意料的荣誉啊,绝对是,真的,噢谢谢,来杯咖啡吧,抽根烟吧……"

夜幕降临时,他终于独自一人。

但在离开办公室前,他稍微收拾了一下桌上堆积成山的草稿、官方文件、项目书、协议。在那一大堆资料下面,他找到了一张没有抬头的手写信纸。他认出了自己的笔记。

他好奇地读了起来:"这写的都是些什么废话,多么荒唐的废话。这是什么时候写的?"他努力回想,但徒劳无获,不禁产生一种从未有过的烦闷和迷茫感,然后他伸手摸了摸已经灰白的头发。

"我什么时候写过这样的蠢话?这个奥内拉又是谁?"

51

发生在威尼斯双年展的夜战

　　一天，已永登极乐世界的老画家阿兰德·普雷斯蒂纳里，向朋友们表达了想去凡间参观威尼斯双年展的意愿。在他去世两年后，那里终于专门为他布置了一个展厅。

　　朋友们都试图劝阻他："算了，阿杜克西奥（生前大家对他的昵称），每次我们有人去凡间，都只会感到痛苦不堪。还是别想了，跟我们留在这儿吧，你的画作你最清楚，可以肯定的是，他们总会挑选最差的展出。而且，如果你去的话，今晚谁陪我们三个打牌呢？"

　　"我去去就回。"画家坚持道。说着便纵身一跃，跳入了凡间，那里是人类居住并且举办美术展的地方。

仅用短短几秒他就抵达了画展现场，并在数百间展厅里找到了专门为自己而设的展厅。

他对眼前所见感到满意：展厅很宽敞，位于参观画展的必经之路，一面墙上清楚地展示着他的名字以及生卒年月。并且坦白说，挑选画作的人比他原本期望的更具慧眼。当然，他现在是在以一个死者的心态，即从永恒的角度审视这些画作，还发现了生前从未注意到的许多缺陷和错误。他有一种想要赶紧拿起画笔当场进行弥补的冲动，可该怎么做呢？谁知道他的作画工具（如果还在的话）现在都在哪儿，而且这样一来，岂不变成了绘画界的丑闻？

这是个工作日的傍晚，参观者很少。这时，一位金发碧眼的年轻人走了进来，显然是个外国人，可能是美国人。他环顾四周，然后一脸冷漠地离开了，那种神情简直比任何辱骂都令人恼火。

"莽夫！"普雷斯蒂纳里心想，"这种人就该去草原上骑牛，参观什么艺术展！"

这时，一对年轻夫妇走了进来，很可能是在蜜月旅行。女孩像所有其他游客那样，面无表情地转了一圈，男孩却饶有兴致地停在了画家年轻时的一幅小画作前：蒙马特的一条小巷，以圣心大教堂为背景。

"这个年轻人应该水平不高，"普雷斯蒂纳里心想，"不过倒是不乏敏锐。尽管这幅画不大，但也算最杰出的作品之一。一定是柔和的色调打动了他。"

但并非如此。"亲爱的，快过来，"男孩对妻子说，"看啊……真是太巧了。"

"看什么？"

"你不记得了吗？三天前，在蒙马特，我们吃蜗牛的那家餐馆。看这里。就在这个角落。"他指着画说。

"对，对，"她高兴地惊呼道，"不过坦白说，我到现在还没消化完呢。"

他们愚蠢地大笑，离开了展厅。

接着，两位五十岁左右的女士带着一个男孩走了进来。"普雷斯蒂纳里，"其中一位女士大声念道，"会不会是住我们楼下的普雷斯蒂纳里一家的亲戚？……吉安多梅尼科，别动，不能用手去摸！"

事实上，孩子实在疲倦和无聊得不行，正气呼呼地想用指甲从《丰收时刻》上抠下一块颜色来。

这时，普雷斯蒂纳里看到他亲爱的老朋友马泰奥·多拉贝拉律师走了进来，顿时心跳加速。他曾是这间艺术馆的常客，也是其中最杰出的人物之一。有一位陌生的先生陪在他身边。

"噢，普雷斯蒂纳里！"多拉贝拉欣慰地感叹道，"不错，他们总算为他专设了一个展厅。可怜的阿杜克西奥如果在这里一定会很高兴。终于，整间展厅都是为他而设，可惜他生前未能实现……真可惜！你认识他吗？"

"不认识，"那位陌生的先生说，"不过我应该见过他一次……

他人很好,是吧?"

"人很好?岂止人好,他是个充满魅力的人,也是我认识的最聪明、最幽默的人……他的敏锐,他的善辩……我们曾度过许多令人难忘的夜晚……可以说,他最出色的才华就是和朋友侃侃而谈了……对,当然,如你所见,他的画也是有些优点的,或者更准确地说,是曾经有过,这幅画的年代已经很久远了……天啊,这绿色,这紫色,简直让人咬牙切齿,绿色和紫色是他最热衷的颜色,他总觉得画布上用的还不够多,可怜的阿杜克西奥……效果你也看到了。"他叹了口气,摇了摇头,翻看起目录来。

普雷斯蒂纳里走到他身边,伸长脖子想看看上面写了什么。他看到半页的介绍下面有他的另一位密友克劳迪奥·罗尼奥的签名。他忐忑不安,迅速扫了几眼:"……特立独行……耀眼的青年时期正值巴黎好时代衰退后期……使他赢得了最广泛的认可……对新的想法和大胆的尝试做出了不可磨灭的贡献……在历史上占有举足轻重的地位……"

多拉贝拉合上了册子,已经朝下一间展厅走去。"多么好的人!"这是他最后的感叹。

过了很久,直到天色渐暗,门卫离去,所有展厅空无一人,普雷斯蒂纳里仍留在原地,沉思着自己的无上荣耀,他不明白,自己的个人画展竟是这样。失败透顶!他那些极乐世界的朋友说的对:回来就是个错误。他从未感到如此不快。曾经他是何等骄傲与自信,对观众的不解从来都无所畏惧,对最恶意的批评从来都是一笑置之。但当时，他有未来，有可以挥霍的无限时光，有创作一幅又一幅杰作以震惊世界的憧憬。可现在呢！故事结束了，他甚至无法再添一笔，而每一条不利的评判都像量刑一样令他痛苦不堪，却无法补救。

沮丧之余，他的心中又燃起了好胜之火。"绿色和紫色？我会因为多拉贝拉的蠢话而否定自己吗？那个白痴，那个从来都不懂绘画的乡巴佬？我很清楚是谁让他昏了头。一定是那些反具象派，那些抽象主义者，那些新教派的使徒！他也屁颠屁颠地加入了这帮浑蛋之中，被人牵着鼻子走！"

他悲愤不已。生前对某些先锋派画作的怒火在他的胸中重新燃起。

他深信，都是这群蠢货的错，才让真正的艺术，让以光辉传统为基础的艺术，如今遭人鄙视。而正如生活中经常发生的那样，恶意和贪婪击败了诚实，赢得了这场比赛的胜利。

"小丑，演员，烟贩，机会主义者！"他心里暗暗咒骂，"你们到底用了什么肮脏秘密的手段，蒙骗了这么多人，办了这么多的展览？甚至今年在威尼斯肯定也同样如此，你们的都是最好的。我倒想要看看……"

于是，他一边抱怨，一边离开了自己的展厅，朝最新作品的展厅飞去。已经是晚上，宽阔的天窗外，一轮圆月高挂空中，发散出神奇的磷光。普雷斯蒂纳里一路向前，挂在墙上的画作出现了渐进的变化：那些经典的画面——风景、静物、肖像、裸体，通过膨胀、拉长、扭曲，变形得越来越厉害，陈旧的线条逐渐弱化、破碎，直到早期形式的所有痕迹消失殆尽。

这就是最新一代的作品：大部分画布上都只有混杂的斑点、喷沫、涂鸦、色块、旋涡、凸起、孔洞、平行四边形和团簇。在这里，新画派、年轻人、抓住人类随波逐流弱点的贪婪海盗获得了胜利。

"嘶嘶，大师。"神秘的阴影里传来了低语。

普雷斯蒂纳里突然停下脚步，像平常一样随时准备好加入辩论或战斗之中。"是谁？谁在那里？"

一阵窸窸窣窣的和声回应了他，从三四个方向传来，语气里充满了鄙视。随后是一阵大笑和一连串的口哨声，一直延伸到走廊尽头。

"噢，原来是你们，"普雷斯蒂纳里怒吼道，他两腿分开，挺起胸膛，摆出一副准备对抗袭击的架势，"你们这群流氓！学术界的废物、垃圾，家族的败类，你们有胆就放马过来。"

一片哄笑。接受挑战后，那些最具神秘色彩的形态：圆锥体、球体、线状物、管状物、水泡、碎片、具有特殊独立权的大腿、腹部、臀部、虱子和巨型蠕虫，纷纷从画布上跳下来，把普雷斯蒂纳里团团围住。

"都给我退后，浑球们，看我怎么收拾你们！"普雷斯蒂纳里使出积攒二十年的巨大能量（谁知道哪来的），冲着这群家伙一顿拳打脚踢。

"来，接拳，再来一拳！……烂肉，窝囊废。"

他的拳头如雨点般落到这一团团怪物身上，画家欣喜地发现击败它们似乎易如反掌。

在密集的拳击之下,这些抽象的形态或崩裂或破碎,变成一摊烂泥。

那是一场大屠杀。终于,普雷斯蒂纳里站在碎片中,气喘吁吁地停下手来。一块幸存的碎片有如当头一棒,猛地撞到他的脸上。他迅速抓住它,一把扔到角落,一动不动。胜利了!但就在他的面前,仍有四个无形的幽灵笔直地站着,神情严肃而庄重。他们浑身散发着微弱的光,画家似乎认出了他们,是曾经遥远年代里某种亲切而熟悉的东西。

直到这时他才明白。在那些与他一生所画的东西都截然不同的怪诞拟象中,也跳动着艺术的神圣梦想,那种直到生命的最后一刻他都固执追求的无法形容的海市蜃楼。

所以,他和那些怪异的物体之间有什么共同点吗?所以,在这群邪恶的骗子中间,是否存在一些诚实而纯粹的艺术家?或者,甚至他们是天才,是巨人,是命运的宠儿?也许将来有一天,在他们的努力下,如今的疯狂会变成所有人眼中的美?

向来都是正人君子的普雷斯蒂纳里惊愕地看着他们,顿时热泪盈眶。

"嘿,你们,"他用父辈的语气说,"乖,快回到画作上去吧,别再出现在我的眼前了。你们也有美好的愿景,我不否认,但我的孩子们,你们选了一条很糟糕的路,一条可怕的路。好好干吧,试着用一种可以令人理解的形式!"

"不可能。每个人都有自己的命运。"四个幽灵中体形最大的那个恭敬地说,他的身体就像是用复杂的银丝玻璃制成的。

"可看看现在都搞成什么样了?你们还期待什么呢?谁能理解你们?对,漂亮的理论、迷惑人心的烟雾、晦涩的文字,能让天真的人眼前一亮。可是结果怎样呢?你们敢不敢承认到目前为止……"

"到目前为止,也许是的,"幽灵回答,"但明天……"

"明天"这个词里仿佛蕴含着一种信念,一种如此强大而神秘的力量,瞬间在画家的心中掀起惊涛骇浪。

"好吧,愿上帝保佑你们。"他喃喃地说,"明天……明天……谁知道呢。不管怎样,你们都会抵达那里……"

"但'明天'是个多么美好的词。"普雷斯蒂纳里心想,可惜他再也无法说出口。为了不让别人看到自己的眼泪,他痛苦地跑开了,越过湖面飞奔而去。

52
以牙还牙

马托拉尼一家去城里的电影院看电影了,很晚才回到他们古老的乡间大别墅。

一家子有:地主父亲克劳迪奥·马托拉尼、妻子埃尔米尼亚、女儿维多利亚和做保险代理的女婿乔治·米洛洛、仍是学生的儿子吉安多梅尼科和脸色泛白的老玛特尔达姨妈。

在短暂的回程途中,他们对观看的电影《紫色印记》进行了讨论。这是一部由乔治·弗里德、兰·本特顿、克拉丽莎·黑文和著名个性演员迈克·穆蒂法一同出演的西部片。并且,当他们把车停在车库、穿过花园时,仍在继续讨论。

吉安多梅尼科:"拜托,我觉得一个一辈子都只想着报复的人就是笨蛋,毫无用处。我不明白……"

克劳迪奥:"你不明白的东西多了……从普罗米修斯造人起,对一个有荣誉感的绅士来说,报复是一项基本职责。"

吉安多梅尼科:"荣誉感!你能告诉我这所谓的荣誉感是什么吗?"

维多利亚:"我觉得报复是一件神圣的事。但如果一个人身强力壮,并善于利用这种天赋做出不公平之事,欺负弱小,我就会觉得很愤怒。但愤怒……"

玛特尔达姨妈:"物以……怎么说的?……啊对:物以类聚,人以群分。我还记得,这是我小时候在对塞拉罗托的著名庭审上听到的……这个塞拉罗托是利沃诺的船主,不,等等,我好想记混了……应该是堂兄,被杀的那个……他是奥涅利亚人,对。据说……"

埃尔米尼亚:"好了,别说了。天寒地冻的,你们不会是想在院子里聊通宵吧,都快一点了。克劳迪奥,快开门吧。"

他们打开门,再打开灯,然后走进了宽敞的前厅,那里有一座两边由雕像和盔甲护卫的楼梯,一直通到二楼,给人一种威严之感。

正当大家准备上楼时,走在最后的维多利亚大叫了一声:"真恶心!看,好多蟑螂!"

事实上,在马赛克瓷砖地的一个角落,有一条细长的黑线正从一个抽屉底下的洞里延伸出来。几十只昆虫排着整齐的队伍,正朝着地板和墙壁缝隙之间的一个小洞爬行。显然,昆虫们突然紧张起来。突如其来的灯光和主人们的归来让这支队伍加快了步伐。六个人全都走近察看。

"这个小洞里,"维多利亚说,"肯定蟑螂更多!"

"我们家从来都没有过蟑螂。"妈妈纠正道,语气强硬。

"那这些是什么?蝴蝶幼虫?"

"应该是从院子进来的。"

昆虫对他们的谈话似乎并不在意,继续排队前行,完全没有意识到即将到来的命运,队伍没有出现丝毫断裂或弯曲。

"吉安多梅尼科,"父亲说,"你快跑去车库找找,那里应该有喷雾杀虫剂。"

"我觉得它们不像蟑螂,"男孩说,"蟑螂都是到处乱爬的。"

"没错,而且它们背上还有彩色条纹……还有看它们的鼻子……我从没见过蟑螂有这么大的鼻子!"

维多利亚:"好了,赶紧的吧,等它们爬满整个屋子就麻烦了!"

玛特尔达姨妈:"万一它们爬到楼上,然后爬进奇琪诺的摇篮……孩子的嘴里有奶味,蟑螂闻到奶味会发狂的……除非我记错了,不是蟑螂就是老鼠……"

埃尔米尼亚:"上帝啊,你别说这些好吗……可怜的小宝贝睡得正香呢,我的小天使!……克劳迪奥,乔治,吉安多梅尼科,你们还等什么,还不去弄死它们?"

克劳迪奥:"我明白了。你知道是什么吗?是半翅目昆虫。"

维多利亚："什么？"

克劳迪奥："半翅目昆虫，来自希腊语 rinòs，长着鼻子的昆虫。"

埃尔米尼亚："不管长不长鼻子，我都不想在家里看见它们。"

玛特尔达姨妈："但大家要小心，这会招来噩运的。"

埃尔米尼亚："什么？"

玛特尔达姨妈："午夜后杀生会招噩运。"

埃尔米尼亚："噢姨妈，知道吗？您可真是个乌鸦嘴。"

克劳迪奥："去吧，吉安多梅尼科，快去拿杀虫剂。"

吉安多梅尼科："我觉得还是放了它们吧。"

埃尔米尼亚："你总是跟大家唱反调！"

吉安多梅尼科："随便你们，反正我要去睡觉了。"

维多利亚："你们男的都是胆小鬼，睁大眼睛看好，看我怎么收拾它们。"

说着，她脱下一只鞋，弯下腰，朝着昆虫队伍正中间猛地一拍。啪的一声，三四只昆虫就变成了一动不动的黑点。

她的榜样作用是决定性的。除了进房的吉安多梅尼科和不断摇头的玛特尔达姨妈外，其他人都开始拍打起来，克劳迪奥用鞋底，埃尔米尼亚用苍蝇拍，乔治·米洛洛用扑克牌。

但最兴奋的是维多利亚："看看，这些恶心的东西都跑到哪里去……让你们跑！乔治，把抽屉移开，下面应该会有一大群……啪！啪！受死吧！你还想跑？……看看这只，还躲到桌子腿下面了，真够狡猾的！快出来，出来，啪，好了，你也解决了！还有只小的……把爪子都举起来了，还想反抗……"

这是体形最小的昆虫之一，应该刚出生。它没有像其他虫子一样四散而逃，而是愤怒地朝着年轻的女士冲过去，全然不顾她的致命袭击。不仅如此，它还竖起身子（谁知道是怎么做到的），伸出前腿，摆出一副无所畏惧的架势。从它的鼻子和嘴里发出一种细微却愤怒的吱吱声。

"这只虫子不得了了。还会叫……是不是还想咬我啊，小浑蛋？啪……喜欢吗？噢，还硬撑呢？有胆子走两步看看呢……受死吧！啪，啪！"说着，小昆虫粘在了地板上。

这时，玛特尔达姨妈问："谁在楼上？"

"怎么了？"

"有人在说话，你们没听见吗？"

"你觉得还会有谁呢？楼上不就是吉安多梅尼科和宝宝。"

"可声音不像。"玛特尔达姨妈坚持道。

所有人都停下来竖起耳朵听，与此同时，幸存的几只昆虫挣扎着向最近的藏身之处爬去。

事实上，确实有人在楼梯顶上说话。一个浑浊的男中音。肯定不是吉安多梅尼科，更不是婴儿的哭声。

"天啊，有小偷！"埃尔米尼亚低声惊呼。

米洛洛问岳父："你有手枪吗？"

"在那儿，第一个抽屉里……"

现在，除了男中音外，他们还听到有第二个纤细而尖锐的声音。

马托拉尼一家抬头朝楼梯的顶部看去，前厅的灯光照不到那里。

"有动静。"埃尔米尼亚轻声说。

"谁在上面？"克劳迪奥本想鼓起勇气大声问，但却发不出声，变成了怪异的喘息。

"快，去把楼梯的灯打开。"妻子说。

"你去。"

一个，不，两个，不，三个黑影从楼上缓缓走下来。不知道是什么，看起来像黑色的长方形盒子，摇摇晃晃，还在相互交谈。

现在可以听清他们的谈话了。

"快告诉我，亲爱的，"男中音说，带着明显的博洛尼亚口音，"你觉着这些生物是小猴子吗？"

"应该是丑陋、恶心、该死的猴子。"对方傲慢地肯定道，口音听起来像外国人。

"那鼻子呢？"男中音傻笑着问，"从没见过哪种猴子有那样的鼻子。"

"别废话了，"女声催促道，"快点，要是让他们跑了……"

"放心，跑不掉的，亲爱的。其他房间都有我的兄弟，就连院子里都有人把守！"

咚，咚，楼梯上传来如同挂拐杖一般的声音。然后有什么东西走出了阴影，出现在前厅的灯光下：一个漆黑油亮又坚硬的外壳,至少有一米半长,里面是光滑紧凑的身体,像行李箱一样大,在几根管状的腿上左右摇晃。他身边是另一个怪物,但更瘦高一些。两人身后还有其他更多锃亮的盔甲。就跟刚刚被马托拉尼一家拍死的昆虫——蟑螂、半翅目或者其他未知品种一模一样,只是被可怕地放大,还充满邪恶的力量。

马托拉尼一家惊恐地连连后退。但可怕的怪物从周围的房间和院子不断涌入。

米洛洛举起颤抖的手臂,瞄准手枪。"开……开……"岳父一直说。他想说的是"开枪,开枪",但他的舌头已经不听使唤。

一声枪响。

"快告诉我,亲爱的,"第一个操着博洛尼亚口音的怪物说,"他们还能再可笑一点吗?"

话音刚落,操着外国口音的同伴便纵身一跃,从他身边滑过,朝维多利亚飞扑去。

"这个不要脸的家伙,"她学着维多利亚的口吻喊道,"还想藏到桌子下面去,真够狡猾的!……刚刚拿着鞋子玩得开心吗?还说什么看见不公平的事会愤怒,还真是愤怒啊!出来,给我出来,现在轮到我来收拾你了!"

她抓住了年轻女人的一只脚,把她从藏身之处拖了出来,然后使出浑身力气把一张桌子狠狠砸到了她身上。

至少有几百公斤重。

53

人的伟大

当黑暗的监狱大门打开，天色已晚，守卫们把一个留着胡子的老头儿扔了进去。

老头儿的胡子花白，几乎比他本人还要巨大。黑漆漆的监狱里，透出一丝微弱的亮光，可以隐约映出里面囚犯的身影。

但由于周围太黑，老头儿最初并没发现，在这种洞穴似的地方还有其他人，便问道："有人吗？"

各种冷笑和呻吟如潮水般涌来。所以，按照规矩，他们要一一自我介绍。

"里卡顿·马切洛，"一个沙哑的声音说，"因重大盗窃罪被捕。"

然后是第二个声音，软绵绵的："贝泽达·卡梅罗，诈骗罪惯犯。"

接着："马菲·卢西亚诺，强奸罪。"

"拉瓦塔罗·马克斯，无罪。"

这时，监狱里爆发出一阵大笑。事实上，这个笑话非常受欢迎，因为所有人都认识拉瓦塔罗，他是最著名的强盗之一，双手沾满鲜血。

然后继续："埃斯波斯托·埃涅阿斯，谋杀罪。"语气里有一种难掩的骄傲感。

"穆提罗尼·文森佐，"这个声音很是得意扬扬，"弑父罪……你呢，老家伙？"

"我……"新来的回答，"准确来说，我也不知道。他们拦下我，让我出示证件，可我从来就没有过证件。"

"原来是流浪汉啊，噗！"一个人鄙视地嘲笑。

"那你叫什么名字？"

"我……我叫莫洛，呃，呃……大家都叫我伟人。"

"莫洛伟人，真不错，"从监狱尽头传来一个声音说，"这样的名字足够抓你进来十次了。"

"确实，"老头儿温柔地说，"可这也不是我的错，这个名字是那些嘲笑我的人非要给我起的，我也没办法。确实给我惹了不少麻烦。比如有一次……不过说来话长了……"

"说吧，快说吧，"一个人急切地催促道，"我们有的是时间。"

所有人都表示赞同。在这座无聊透顶的监狱里,任何新鲜事对他们来说都像参加聚会一样令人高兴。

"好吧,"老头儿便讲述起来,"有一天,我在城里游荡,突然看到一座宫殿前有好多仆人进进出出地搬运各种美味佳肴。我想那里应该是在举办宴会,于是我就过去想讨点吃的。可我还没来得及开口就被一个两米高的男人掐住了脖子。'抓住了,有小偷,'他开始大喊,'昨天偷主人马饰的小偷抓住了。居然还敢回来,看我们怎么抽你的筋扒你的皮!''我?'我说,'可我昨天在离这里至少三十英里远的地方。怎么可能是我?''我亲眼所见,我亲眼看到你把马饰背到了肩上。'说着,他把我拖进了大楼的院子里。

我吓得跪倒在地:'昨天我离这里至少有三十英里远,之前我从没来过这座城市,我莫洛伟人发誓。''你说什么?'那个健壮的大块头睁大眼睛看着我。'我莫洛伟人发誓。'我又重复了一遍。

原本愤怒的他突然哈哈大笑起来。'莫洛伟人?'他说,'来啊,大家快来看看这个自称莫洛伟人的臭乞丐。'然后他对我说:'你知道莫洛伟人是谁吗?'

'除我之外,'我回答,'我不认识还有叫这个名字的人。''莫洛伟人,'那个看门人说,'毫无疑问,就是我们杰出的主人。你一个乞丐竟敢叫这个名字!你给我好好待着,他很快就来。'

确实如此,大楼的主人听到了喊声,亲自从楼上来到了院子里。一位腰缠万贯的商人,是这座城,甚至是全世界最富有的人。

他走过来向看门人了解了情况，又看了看我，然后笑了。一定是想到像我这样穷酸的人竟然会和他同名，觉得很有趣。他命令仆人放了我，邀请我进门，让我参观了宫殿里所有的藏宝室，甚至把我带到一间堆满黄金珠宝的库房里，让我大饱眼福。然后，他对我说：'老乞丐，你与我同名这件事真是越发不可思议了。因为我有一次去印度时，也发生过完全相同的事情。当时我去市场卖东西，当我把珍宝摆出来不久后，就有很多人围过来问我是谁，从哪里来的。'我叫莫洛伟人。'我回答。那些人瞬间都黑下脸来：'莫洛伟人？你这个庸俗的商人有什么伟大？人的伟大在于智慧。莫洛伟人是独一无二的，就住在这座城里。他是我们国家的骄傲，而你，臭无赖，我们现在就去告诉他你是怎么吹牛的。'他们抓住了我，把我五花大绑，然后带到了那个我压根儿不知道其存在的莫洛面前。他是一位著名的科学家、哲学家、数学家、天文学家和占星家，几乎被尊为神。幸好他很快明白了这个误会，笑着把我放了。然后他带我参观了他的实验室、天文台以及所有由他亲自制造的奇妙仪器。最后，他对我说：'高贵的外商，这件事真是越发不可思议了。因为我有一次去黎凡特群岛时，也发生过完全相同的事情。当时我正往一座火山顶上走，想做些研究，突然一群士兵把我拦住了，问我是谁，认为我的异国服饰很可疑。可我刚说出我的名字，就被他们铐上锁链，拖进了城里。'莫洛伟人？'他们问我，'你这个悲惨的学者有什么伟大？人的伟大在于创造英雄事迹。莫洛伟人是独一无二的,就是这座岛的主人,骁勇善战、挥剑成河的战士。现在我们就让他斩了你。'他们把我带到了一位面目狰狞的君王面前,但幸好我解释了前因后果,那位可怕的国王听到这个怪异的巧合笑了,为我解开了锁链,并赐予我许多衣服,邀请我参观皇宫,以瞻仰他征服过的所有近岛和远岛领地的辉煌战绩。最后,他对我说:'杰出的科学家,你与我同名这件事真是越发不可思议了。因为我有一次去欧洲远征时,也发生过完全相同的事情。当时我与将士们正穿过一片树林,突然有一群粗野的山民出现在我们面前并问我:'你是谁?竟敢在我们这片寂静的森林里制造这么大的噪声。'我回答:'我是莫洛伟人。'我惊奇地发现,仅仅听到这个名字,他们就都震惊不已。但随后他们又露出一丝怜悯的笑容说:'莫洛伟人?你在开玩笑吧?你这个傲慢的军人有什么伟大?人的伟大在于肉体的苦行和精神的升华。全世界只有一位莫洛伟人,现在我们就带你去,让你看看人类真正的荣耀。'他们把我带到了一座荒芜的山谷,一间破旧的茅屋里坐着一个胡子花白、衣衫褴褛的老头儿,他们告诉我,他每天都在冥想自然,敬拜上帝。坦白说,我从未见过如此安宁、满足甚至幸福之人,但对于我来说,再改变人生道路为时已晚。'

所以,岛国国王把这件事告诉了睿智的科学家,科学家再告诉了富裕的商人,商人再告诉了出现在自己家门口乞讨的可怜老头儿。他们所有人的名字都叫莫洛,并且所有人都因为这样或那样的原因被称为伟人。"

现在，黑暗的监狱里，老头儿把故事讲完了，一个囚犯问道："所以，如果我没弄错的话，那个茅屋里该死的老头儿，比所有人更伟大的人，就是你吧？"

"噢，亲爱的孩子，"白胡子老头没有正面回答，只是说，"人生是一件很有意思的东西。"

囚犯们听完故事后都沉默不语，因为即使是最坏的人，也有很多东西要思考。

54

禁忌词

从含蓄的暗示、讽刺的笑话、谨慎的遁词、含糊的耳语中，我终于明白，在这座我刚搬来三个月的城市，有一个词是禁止使用的。

哪个词呢？我不知道。可能是一个古怪、生僻的词，但也可能是一个普通的词，如果是这样，对于做我这份工作的人来说，可能会有一些不便。

惊讶之余我更感到好奇，于是我去找我的朋友杰罗尼莫询问。他是我所认识的人中最睿智的一个，在这座城市生活了二十多年，对这里的生活和所有奇闻异事都了如指掌。

"没错,"他立马回答我,"没错,我们这里确实有一个禁忌词,每个人都会绕开它。"

"哪个词呢?"

"你想知道?"他对我说,"我知道你是个诚实的人,我可以相信你,而且你是我真诚的朋友。但正因为如此,请相信我,还是不告诉你更好。听我说,我在这座城市生活了二十多年,它接受了我,给我工作,让我过上体面的生活。我呢?就我而言,我忠诚地接受了这里的法律,无论好坏。有谁阻止我离开吗?没有,但我自愿留下来了。我不想表现得像哲学家一样,当然也不想模仿拒绝别人越狱建议的苏格拉底,但这座城市把我当作它的子民,违反城市的规定真的让我感到厌恶……哪怕是这样一件小事。上帝知道,这真的是一件不足挂齿的小事……"

"可这里只有我们俩,我们可以××地对话,没人会听见。所以杰罗尼莫,快说吧,告诉我到底是哪个词。谁会告发你呢?难不成是我?"

"我发现,"杰罗尼莫露出嘲讽的笑容说,"我发现你看问题的心态还跟我们的祖父母那会一样。怕惩罚?对,曾经是有人认为,没有惩罚就无法产生强制性的法律效力。也许的确如此。但这是个落后的原始观念。而现在,即使没有相应的制裁,戒律也可以发挥最大价值,产生约束效果。我们已经进化了。"

"那约束你的是什么呢?良知?懊悔的预感?"

"噢,良知!可怜的老古董。没错,数百年来,良知的确为人类做出了不可估量的贡献,但它也要适应时代的发展,现在它已经变成了一种似是而非的东西，一种更简单、更标准、更安静，并且可以说远不如以前费力或悲剧的东西。"

"你能说得更明白一些吗……"

"没有科学的定义。通俗地讲，可以称之为随波逐流。这是与周围人融洽相处的定心丸，相反，违反这一规则的人会感到不安、不适和迷茫。"

"这就够了吗？"

"不然呢，足够了！它蕴含巨大的力量，甚至比原子弹的威力还要强大。当然并不是每个地方都一样，还受到地理因素的影响。在落后国家，它还在襁褓、胚胎阶段，还杂乱无章、随心所欲、毫无规矩。时尚就是个典型的例子。然而，在发达国家，这种力量已经延伸到生活的方方面面，已经根深蒂固，甚至可以说已经渗透到空气之中，掌握在当权者手中。"

"我们这儿呢？"

"还不错，很不错。例如，对词语的禁用就是政府的一项英明之举，可以检验民众对随波逐流的态度是否成熟。对，就是这样。一种测试。结果很不错，远超预期。现在这个词已经变成了禁忌。你可以用尽一切办法去打听，但我可以保证，从我们这里你绝不会听到，哪怕是在阴暗的地下室。人们都很快就适应了，完全无须用检举、罚款或监禁的手段加以威胁。"

"如果你说的是真的，那岂不是很容易就能让每个人都变得诚实。"

"可以这么理解。但需要很多年，几十年，或许几百年。毕竟，禁用一个词很简单，无须花费太多力气。但欺骗、诽谤、恶习、背叛、匿名信，这些都是大问题……人们对其趋之若鹜，要说服他们放弃是要花费很大精力的。这些都是牺牲。此外，最初自发随波逐流的那批人从一开始就放纵自己，逐渐变得卑鄙、贪图享乐、虚伪和怯懦。要扭转过来并不容易。当然，随着时间的流逝，最终是会成功的，这一点可以肯定。"

"你觉得这很好吗？这样岂不是会导致扁平化，导致可怕的一致性？"

"好吗？谈不上好。但很管用，非常管用——民众喜欢。毕竟，你是否想过？特色、'典型'、鲜明的个性，这些直到昨天还受人追捧、令人着迷的东西，实际上就是违法犯罪和无政府主义的第一颗毒瘤。它们不正代表了社会结构的弱点吗？反过来说，难道你没注意到，越是在强盛的国家，民众就越具有超乎寻常的、甚至令人不安的一致性？"

"总之，这个词，你就是不告诉我？"

"我的孩子，你不必生气。你想想：这并不是出于不信任。只是如果我告诉你，我会感到很不自在。"

"你也会这样？你是上层人物，难道你也跟普通群众一样吗？"

"是的，亲爱的，"说着，他神情忧郁地摇了摇头，"除非是巨人天神，才能抵抗住环境的压力。"

"那××呢？它是多么至高无上！你也曾热爱过。为了不失去它，甚至愿意付出一切。可现在呢？"

"付出一切,一切……普鲁塔克的英雄们……远远不够……如果周围没人在意,即便是最高尚的情操也会枯萎,也会支离破碎。说起来很悲哀,但孤身一人,何以上天堂?"

"所以,你还是不想告诉我?是个肮脏的词?还是有邪恶的意义?"

"完全相反。它是一个纯洁、诚实而淡泊的词。立法者的技巧恰恰在此得以体现。如果是污秽或不雅的词语,大家本来就默认不会使用……出于谨慎和良好的教养。实验就不会有太大的价值。"

"至少告诉我:是个名词?形容词?动词?还是副词?"

"你为什么非要刨根问底呢?如果你留在这里与我们朝夕相处,总有一天你也会认出来这个词来,突然之间,不知不觉。就是这样,我的孩子。你会从空气中呼吸到它。"

"好吧,老杰罗尼莫,你可真是个老顽固。让我想想,你是说如果我想知道答案,我得去图书馆查阅法典?会有相关法律条文是吗?这条法律是有记载的!它会清楚地写明禁用的是哪个词!"

"哎呀,你也太落后了,思维模式还这么陈旧,而且你未免也太天真了。如果法律明文规定这是个禁忌词,那它不就知法犯法、自相矛盾了吗?这岂不是闹笑话?所以,你去图书馆毫无意义。"

"够了,杰罗尼莫,你在耍我!肯定有人通知过大家:从今天起,××这个词不能使用了。肯定会说出来,不是吗?否则大家怎么知道是哪个词?"

"事实上,这是个有争议的问题。有三种观点:有人说禁令是乔装的市政人员口头散布的;有人保证曾在家里找到过装有禁令的密封信封,上面有阅后即焚的要求;还有人是原教旨主义者,也就是你所谓的悲观主义者,他们甚至认为无须明确的命令,公民们都是虔诚的信徒,只要政府有意愿,所有人就都能通过某种心灵感应立刻知晓。"

"但不可能所有人都变成默不作声的蠕虫吧。这座城里总还会有少数一些人,一些能用自己的头脑独立思考的人。反对分子、异端分子、叛乱分子、不法分子,随便怎么叫。难道他们之中没有人会挑衅地说出或写出那个禁忌词吗?那又会怎么样?"

"不,绝对不会发生。这正是实验的巨大成功之处。禁令已经深入人心,以至于能影响人的感官系统。"

"什么意思?"

"就是说,万一发生危险,人体无意识的否决机制会随时启动,如果有人说出或写下了这个万恶的词,人们将自动无法听到或看到这个词……"

"那在这个词的位置上,会看到什么?"

"什么也看不到。写在墙上,墙上就有一处空白;写在纸上,纸上就有一处空白。"

我还想做最后的尝试:"杰罗尼莫,求你了,就满足一下我的好奇心吧。至少告诉我,今天我们交谈时,我有用过这个词吗?这总没什么影响吧。"

老杰罗尼莫笑了，眨了眨眼。

"所以，我用过？"

他又眨了眨眼睛。

但突然，他的脸上满是悲哀。

"用了多少次？别扭扭捏捏的，快告诉我，到底多少次？"

"多少次我不知道，我发誓。因为即便你说了我也听不到，但有时我能察觉到一些句子里似乎有莫名的停顿，但我发誓我不记得在哪儿，一个短暂的间隙，好像你说了一个词，但我没能听到声音。但也可能是某种无意识的停顿，就像我们平常谈话时也经常会发生的那样。"

"只有一次？"

"好了，别再问了。"

"你知道我会怎么做吗？等我一回家，我就把我们的谈话全部写下来，一字不落，然后拿去打印出来。"

"为什么？"

"如果你说的是真的，假设印刷员是个好公民，那么他将看不到那个禁忌词。所以，只有两种可能：一种是他会在那个位置留一处空白，这样一切就能水落石出；另一种是不留空格直接跳过，那我可以把印刷品和我自己保留的文本做比较，也能知道漏掉的那个词是什么。"

杰罗尼莫善意地笑了。

"别白费心机了，我的朋友。随波逐流体现在，不论你去哪家打印店，排版员都能自发应对你这种雕虫小技。也就是说，假设你写了那个词,他将能看到,并且不会在印刷时跳过它。你放心,他们都是训练有素、见多识广的印刷员。"

"可这一切的目的是什么呢?如果没有人口头或书面告诉我,而我又能知道这个禁忌词,对城市来说不是好事吗?"

"目前来看并不是好事。从你说的那些话里可以明显感觉出你还不成熟,还须接受教化。总之,你还不符合要求。根据现行的正统思想,你还没有资格遵守法律。"

"那公众呢,他们读到我们的谈话,就不会发现什么吗?"

"他们只会看到一处空白,然后想:真够粗心的,居然漏了一个词。"

55
圣人

每位圣人在海边都有一间阳台正对大海的小屋子,大海就是上帝。

炎炎夏日,他们会跳入清凉的水中提神醒脑,这些水就是上帝。

每当传来新圣人即将到来的消息后,这些小屋子旁就会立即建起一间新的屋子。就这样,这些屋子沿着海岸排成了一条长龙。海岸线绵延不绝,当然不缺地方。圣甘启罗在接受任命后,也来到了这里。和其他人一样,他的屋子已经准备就绪,屋里设施齐全,有家具、床单、餐具和几本好书。墙上还挂着一支漂亮的苍蝇拍，因为这个地方苍蝇相当多，但并不烦人。

甘启罗不是一位著名的圣人，他生前不过是一介农夫，生活拮据，直到死后才有人注意到他周身散发的慈善之光，至少有三四米高。但教务长对此现象将信将疑，因此仅举行了宣福礼仪式的最初几项。从那时算来已经将近两百年了。

在教堂深处，仪式仍在按部就班、不慌不忙地推进着。主教和教皇相继去世，新人随即继位，但甘启罗的卷宗孤独地从一个办公室转移到另一个办公室，越堆越高、越堆越高。这些泛黄的文书仍散发着神秘而优雅的气息。没有主教处理它们，甚至没有人注意到。这就是这件事一直没有得以解决的原因。直到一天早晨，农夫画像终于装裱上金框并高高挂到了圣彼得大教堂里，教皇在下面亲自吟诵赞美诗，将甘启罗奉上庄严的圣坛。

于是，甘启罗所在的村子举办了大型庆祝会。一位当地的历史学家自认为找到了甘启罗出生、居住和死亡的房子，随后这所房子被改造成了某种乡村博物馆。但由于已经没有人记得他，并且他所有的亲戚都不在了，因此新圣人的热度仅持续了短短几天。自古以来，小镇里还有另外一位盛名远播的圣人兼守护神——马可利诺。各地的朝圣者不远万里来瞻仰他的雕像。甘启罗的新圣坛就建造在堆满供奉品和蜡烛的圣马可利诺的宏伟教堂旁边。可是有谁会注意呢？有谁会跪拜祈祷呢？两百年后，他的形象早已模糊，没有任何值得记住的地方。不管怎样，从未幻想过会获此殊荣的甘启罗正坐在自己的小屋子里，无比享受地望着平静而浩瀚的大海。

只是第二天早上,他早早起床后,看到一个身穿制服的侍者骑着自行车,拎着一个大包裹走进了旁边的小屋里,然后又拎了另一个大包裹走进再旁边的小屋里。以此类推,他走遍了所有的屋子,直到消失在甘启罗的视线中,但只有他自己什么也没收到。

接下来的几天同样如此。甘启罗不禁心生好奇,于是把侍者喊过来问道:"抱歉,请问你每天都给我的同伴们送什么?为什么我没有呢?"

"送信,"侍者摘下帽子恭敬地说,"我是邮差。"

"什么信?谁寄的?"

邮差笑了,做了个手势,似乎是指另一边的人,那边的人,旧世界的人。

"是请愿信吗?"圣甘启罗问,似乎有些明白了。

"对,请愿,祈祷,各种请求。"侍者用平淡的语气说,就好像在说一件无关紧要的事,为了不让新来的圣人感到羞辱。

"每天都有很多吗?"

邮差原本想说现在是淡季,在旺季时能比现在多上十倍、二十倍。但想到甘启罗会难过,便含糊其词地回答:"呃,不一定,看情况。"

然后,他找了个借口溜走了。

事实是没有一个人向圣甘启罗祈祷,就好像他根本不存在一样。没有一封信,没有一张票,甚至连一张明信片都没有。而他,每天都目睹着所有包裹寄往同伴们家中,虽然他并不嫉妒,因为他无法产生这种不良情绪，但他会感到十分愧疚，因为其他人每天都要处理一大堆的文书，而他却无所事事。总之，他甚至有一种骗吃圣人面包的感觉（一种特殊的面包，比普通的祝福面包要美味一些）。

在这种痛苦之下，终于有一天，他来到离自己最近的屋子附近窥探，屋子里传来奇怪的滴答声。

"亲爱的，进来吧，我这儿的沙发非常舒服。不过抱歉，我得先把手里的小工作完成，然后就去找你。"他的一位同事热情地说。说完，他走进隔壁的房间，以惊人的速度向速记员口述了十二封信的内容以及各种服务命令，秘书快速地在打字机上操作起来。然后他回到了甘启罗的面前："噢，亲爱的，这是件十分严肃的事情，这些信不能出一点差错。如果你愿意的话，我可以给你看看我的新电子文档柜。"总之，他非常友善。

但显然甘启罗不需要，于是垂头丧气地回到了自己的屋子里，心想："真的没有人需要我吗？对，我应该证明自己的存在。例如，制造个小奇迹吸引大家的注意力？"

说干就干，他想到了小镇教堂里自己的肖像，不如让肖像的眼睛动一动？圣甘启罗的圣坛前空无一人，但巧的是，镇上的傻瓜莫西·坦西亚刚好路过，他看到肖像的眼珠子动了，惊得大喊大叫。

与此同时，两三个深受追捧的圣人发现了甘启罗的举动，以迅雷不及掩耳之势来到他的面前，对他好言相劝，让他停手：并不是说有什么问题，但这种奇迹的显临略显轻浮，在这里并不很受欢迎。他们的语气里毫无恶意，只是新圣人的这一举动令他们感到震惊，因为他轻而易举地制造了对他们来说需要付出巨大努力的奇迹。

于是圣甘启罗停了下来。下面镇上的人听到了傻瓜的喊叫声，盯着肖像看了许久，但没有发现任何异常，都失望地离开了，对莫西·坦西亚一顿打骂。

然后，甘启罗想到可以用某种更诗意的小奇迹吸引人们的注意。于是，他在自己的旧坟墓上开出了一朵美丽的玫瑰花。这座坟墓曾经在举行宣福礼时做过修缮，但现在又已经完全荒废了。然而，命中注定会有人看到。是墓地的牧师，他看到后赶忙跑去找掘墓者，并把他喊了过去。

"圣甘启罗的坟墓你就不能稍微管管吗？从没见过你这么好吃懒做的人，真是不知羞耻。看看，到处杂草丛生。"说着，掘墓者赶紧拔掉了那株小玫瑰花。

为了安全起见，甘启罗选择了最寻常的奇迹，即为第一个经过自己圣坛的盲人恢复视力。

但这次也进行得不太顺利。因为没有人认为这是甘启罗的功劳，所有人都将其归功于圣坛旁边的圣马可利诺，甚至扛起了圣马可利诺几百公斤重的雕像，慷慨激昂地在镇上游行。圣甘启罗的圣坛则显得愈加落魄而荒凉。

这时，甘启罗自言自语道："还是放弃吧，确实没有人记得我。"他重新坐到阳台上凝视大海，毕竟这对他来说是一种莫大的安慰。

他正注视着滔滔海浪,突然听到了敲门声。咚咚咚。于是,他去开门。是马可利诺亲自来了,因为他想为自己辩护。

马可利诺身材高大健硕,他红光满面地说:"亲爱的甘启罗,你想做什么?不要怪我。我来这里是因为我不想让你觉得……"

"怎么会呢。"甘启罗也笑着说。马可利诺的来访让他感到十分欣慰。

"知道吗?"马可利诺继续说,"我是个坏蛋,但从早到晚有无数人拥护我。你比我圣洁许多,却遭到所有人的忽视。你要对这个糟糕的世界有耐心,我的兄弟。"说着,他热情地拍了拍甘启罗的肩膀。

"快进屋吧?很快天就黑了,外面会很冷,我们可以生个火,你就在我这里吃晚饭。"

"非常乐意,非常乐意。"马可利诺回答。他们进屋后,劈了些柴,准备生火,但由于木头还有点湿漉漉的,他们费了好大的劲儿才生出美丽的火苗来。

随后,甘启罗把盛满水的锅子放到了火上,等水沸腾。两个人坐在火旁的凳子上一边取暖,一边热聊起来。一缕轻烟从烟囱里冒出来,那缕烟也是上帝。

56

艺术评论家

  在威尼斯双年展的 622 号展厅里，著名的评论家保罗·马卢萨迪困惑地驻足观看。这是利奥·斯奎丁纳的个展，大约有三十多幅看起来完全相同的作品。它们都由蒙德里安风格的垂直线条格构成，只是背景色彩鲜艳，并且在这些格子中，横线比竖线粗得多，有些地方更密集，给人一种搏动、紧绷和痉挛的感觉。就像消化不良时某些东西堵在胃里产生的痛感一样，然后在内脏的蠕动下慢慢溶解。

  评论家的余光注意到展厅里没有其他人，只有他。炎热的下午，参观者原本就寥寥无几，还很分散，并且即将闭馆。

斯奎丁纳？评论家在脑海里搜寻这个名字。如果没记错的话，三年前他在罗马办过个展。但那时，这位画家还在画老掉牙的传统事物：人像、风景、花瓶和梨。其他的他不记得了。

他翻开了目录。在展出作品目录页前，是一位不知名的艾玛诺·拉伊斯所做的简短介绍。他看了一眼：老生常谈，毫无新意。斯奎丁纳，斯奎丁纳，他轻声念叨。这个名字似乎与近期的事有关，但他一时想不起来。

啊对，两天前，小驼背坦布利尼曾跟他提到过。坦布利尼是所有大型艺术展都少不了的人物，一个热衷于发泄悲愤艺术情怀的疯子，一个麻烦鬼，一个可怕的话痨。

然而，鉴于他长期公正的实践，他在感知，不，应该说在预见报纸新闻方面，是绝无差错的，有时甚至在他说完两年后，报纸才会用彩色纸张整版刊登官方评论家的评语。

因此，这个坦布利尼的确堪称美术界的百事通。两天前，他曾在弗洛里安的餐桌上大肆赞扬这个斯奎丁纳（不管在场的人是否想听），称他为威尼斯双年展上唯一的重大奇迹，是唯一一个"跳出因循守旧泥潭（原话）"的个性之人。

斯奎丁纳，斯奎丁纳，奇怪的名字。评论家在脑海中一一回想了迄今为止其他评论家发表的上百篇关于此次展览的文章，但没有一篇是专门写这位斯奎丁纳的，最多也就是一笔带过。斯奎丁纳并未受到关注。因此还是白纸一张。这对于他这样一流的评论家，可能是个绝佳的机会。

他更加仔细地观看起来。那些光秃秃的几何线条打动他了吗？当然，丝毫没有打动他。但可以说，他一点儿也不在乎。总会有切入点。谁知道呢，命运留给了他一个令人羡慕的任务，那就是揭示一位新的伟大艺术家。

他再次看了看这些画，心想：支持斯奎丁纳会冒险吗？会有其他评论家指责他犯下丑陋的低级错误吗？绝对不会。这些画如此简单，如此直接，没有丝毫庸俗感。任何赞美它们的评论家都如同有金刚护体一般安全无比。更不用说万一（为什么要先入为主地排除呢？）这里确实有一位注定将为人谈论多年的天才，填补斯基拉出版社四色印刷刊物的空白呢？

想到自己即将写出一篇惊世之作，让所有同行都因错失肥美猎物而气急败坏、嫉妒不已，马卢萨迪就感到心潮澎湃。同时他也稍稍思考了一下，关于斯奎丁纳可以写些什么呢？在某些罕见的有利条件下，评论家至少可以尽可能地开诚布公。他暗暗想，"我可以说斯奎丁纳是一位抽象主义者。他的绘画作品不表现任何东西。他的绘画语言是纯粹的四边形空间和封闭线条的几何游戏。但他想用一种机智的创新，摆脱蒙德里安给人的抄袭之感，即运用较粗的水平线和较细的垂直线，这种厚度上的改变可以获得惊人的效果：仿佛画作表面不再扁平，如同起伏的波浪。总之，抽象主义的错视画法……"

"天啊，真是伟大的发现，"评论家对自己说，"你可一点儿都不傻。"这时，他冷不丁一颤，就像一个正无忧无虑散步的人，突然意识到自己站在悬崖边缘一样。如果他就这样直白地把脑海中的想法写下来，那么周围的人，包括弗洛里安餐馆的食客、马古特路上的行人、政府，还有布雷拉街边咖啡馆的人，会怎么谈论他呢？想到这里，他笑了。不，不，感谢上帝，这份职业他太了解了。所有事物都有适合它的语言，而他正精通于适合绘画的语言。这方面，只有波尔塔杰斯特可以与他相提并论。而对于前卫派的立场，他，马卢萨迪，可以说是最知名也最可怕的评论家。

一小时后他坐到了宾馆房间里，面前摆着一本双年展斯奎丁纳展厅的目录册和一瓶矿泉水，然后他一边抽烟一边写道："……（斯奎丁纳）对此难以拒绝，这是在不可避免且过于明显的风格特征的理想压力下，对重申受严格限制的代表性行为，或更确切地说，感召行为，及不拒绝辩证随机性暗示的形式禁欲主义的一种强化（且不说是义不容辞的天职），是根据精心筛选的档案材料进行的强制性的节奏施加……"

该如何用深奥的语言来表达错视画法这一平庸的概念呢？对了，比如："但恰恰在这，可以清楚地了解如何仅在从概念到现实意识的过渡期内借鉴蒙德里安力学，并以最苛刻的、非凡的敏捷性将其展现出来。此外，又通过精确的抽象性，将其扩展为更广泛、更不可渗透的代理手法……"

他读了两遍，摇了摇头，删去了"义不容辞的天职"，然后在"重申"前面插入"用异乎寻常的意义"修饰，然后又读了两遍，还是摇了摇头，拿起电话接通了酒吧的号码，点了一杯双料威士忌，躺在沙发上冥思苦想。他不满意。

或许威士忌会能带来灵感，谁知道呢？

他拿起酒,一饮而尽。突然他想到了一个问题:如果赫耳墨斯主义的评论几乎是从赫耳墨斯诗歌中诞生的,那么抽象主义的评论不是也应该源自抽象主义吗?

他几乎激动得发抖起来,自己竟能萌发出如此大胆的构想。一针见血。

对,很简单,但说难也很难,人生往往如此。毕竟没有人会想到这一点。他是开辟者。事实上,只需把画布上采用的技巧照搬到文字里即可。

最开始他犹豫不定,就像探索一种未知机制的人,然后随着单词的不断叠加,灵感逐渐涌现,最后他得意扬扬地写道:"……(斯奎丁纳)对此,因为在证明性策略的对立面,救赎联系是从可加性假设中的现实奴役关系中发现的。因此到某个关键时刻,模块将消耗有效物质的外观,这种物质如此警惕而敏感,会消耗诗歌中幸存下来的词语。"

他停下笔,面红耳赤,气喘吁吁。他忐忑不安地又读了一遍。

不,还不行。旧习惯企图拖他的后腿,让他使用过于通俗的语言。必须打破这最后的枷锁,才能获得实质性的自由。他完全沉浸在自己的世界里。

"画家,"然后,他欣喜若狂地写道:"加诺西艾菲其意识相似。审美蕾西!否将记住佩索奥斯蒂斯科里萨迪克耐艾利布托洛。解除掌握的反流特制西柏奎塔尔塔布伦,索菲特奇奥和模具将在斯奎丁纳中平衡安科马克那佩库西。堂不伦堂不伦,在此我们必须利多拉纳米迪支点骤降,在诺吉凯梅塔奇奥尼上,戈西巴雷更像凌驾贝鲁斯美缔可优势,以此获得贝菲特波斯卡或皮斯卡。的确……"

他回过神来时,天色已黑。他筋疲力尽,就像刚刚遭受了一场拳打脚踢。但他很高兴,十五页密密麻麻的纸散落在他的身边。他把这些纸收拾好,喝掉了杯子底下最后一丁点儿威士忌,又通读了一遍。最后,他即兴跳了一支胜利之舞。没错,他是魔鬼,也是天才。

法布里齐亚·史密斯·隆布拉萨慵懒地躺在沙发上,如饥似渴地阅读着评论家的文章。她是一位消息十分灵通,或者说是"相当敏锐"的女孩。

突然她哈哈大笑起来。"听听,听听,迪奥美达,真厉害,"她扭头对朋友说,"快听听马卢萨迪是如何歌颂这些可怜的图像的……'以此获得贝菲特波斯卡或皮斯卡!'"

说完,两个人都笑得停不下来。

"太幽默了,我无话可说,"迪奥美达赞同道,"啊,这个马卢萨迪我喜欢。真是了不起的人物!"

57
纸团

　　凌晨两点，我和弗朗切斯科碰巧（但真的是碰巧吗？）来到卡尔扎瓦拉路 37 号门口，那是诗人的家。

　　这位著名诗人住在那幢略显破旧的大房子的顶层，多么正确且具有象征意义的选择。我们经过楼下时，不知为何，都不约而同地往上看去。整幢房子的外墙一片漆黑，但在最顶上有一扇窗户，在雾气弥漫的夜空中孤独地发出昏暗的光亮。相较于其他地方，相较于沉睡的人类，特别是在一排排紧闭的漆黑百叶窗的衬托下，它是多么光彩照人！

　　这是一种略显俗套的浪漫，但却给予我们一种安慰，让我们知道在其他人都陷入沉睡时，他仍在那里，在一盏孤灯下专心致志地作诗。事实上，深夜是一段遥远而漫长的时光，是梦想诞生的地方，让灵魂摆脱日积月累的痛苦，在屋顶漫步、在夜空翱翔，以搜寻那些可以在天亮之后打动人心、引人思考的神秘语言。事实上，有哪位诗人会在早上十点，在享用完早餐、刮完胡须后才进行创作呢？

正当我们抬起头时，突然有一种困惑从我们的脑海中闪过，有什么东西像影子一样一下子出现在亮着灯的窗前，然后轻柔地朝我们飞落下来。在快要落地时，昏暗的路灯照在它身上，原来是个纸团。纸团在人行道上跳了一下。

这是专门扔给我们的消息，还是只是随机扔给任何一个最先发现它的陌生路人？就像荒芜海岛上的遇难者们把纸条塞进漂流瓶扔进大海一样。

这是出现在我们脑海里的第一种想法。或者，也许是诗人不舒服但家里却没人，所以在求救？再或者，有匪徒闯进他的房间，这是他的呼救信号？

我们同时弯腰去捡纸团。我抢先一步。"是什么？"我的朋友问。在路灯下，我打开了纸团。

不是信息，也不是求救信号。事实更简单，更平淡无奇。或者说更像个谜。我的手中是一团碎纸片，上面有零星的文字。显然，诗人对自己的作品感到失望或愤怒，于是将其撕成碎片，揉成一团，扔到了街上。

"别扔，"弗朗切斯科赶忙说，"说不定是一首好诗呢。只要耐心一点，我们可以把这些碎片重新拼起来。"

"要是好诗，就肯定不会被扔下来了。既然扔了，说明诗人不满意，不喜欢，甚至不想承认是自己的作品。"

"看来你并不了解他。他最著名的诗句还是他朋友从垃圾堆里翻出来的呢。他原本想毁掉的。他就是个永远无法满足的人。"

"不过，"我说，"他老了，好几年都不写诗了。"

"不，他还写，只是不再出版了，因为他总是不满意。"

"好吧，也许这并不是诗，"我说，"也许只是某页笔记，或是写给朋友的信，甚至是记账单？"

"这么晚？"

"当然，这么晚怎么了？我觉得诗人也是会在凌晨两点算账的。"

但与此同时，我合上双手，重新这些碎片压在一起，放进了外套的口袋里。

尽管弗朗切斯科不停地提议，我愣是没再拿出那团碎片，没有把它们平铺到桌子上，也没有任何想要把它们重新拼凑还原然后一探究竟的想法。这个纸团自从被我捡起后就一直被锁在抽屉里，再未离开过。

也许我的朋友是对的，伟大的诗人总是不知足，并且会出于对完美的狂热渴望，摧毁掉那些完全可以成为不朽经典的诗句。

也许那天晚上他写的诗句能营造一种神圣的和谐美感，是有史以来最有力、最纯洁的东西。

但还必须考虑到其他可能：只是一张毫无价值的纸。正如上

57 纸团

文所说，可能是记录日常琐事的笔记，况且写笔记和扔纸团的人未必是诗人，而是他的某位家人或用人（我对书法知之甚少，无法辨认出诗人的笔迹）；或者的确是一首诗，但是却糟糕透顶；或者，甚至不能排除，是我们看错了，那扇亮灯的窗户并不是诗人家的。这种情况下，那些残破的手稿就只不过是废纸而已。

并非这些负面的假设令我打消了还原纸团的念头，而是纸团掉落当晚的情形有一种说服力，莫名的说服力。在某种超乎想象的神秘设计与安排之下，这件生活中稀松平常之事发生在了我和弗朗切斯科身上，表面上看似乎纯属偶然，却也许是一种天意和命运的安排，偏偏在那天晚上、那个时刻，让我们捡到了本将遗失的宝藏。以上这些，通过基于非理性论点的强大暗示，让我确信在这个飞落的纸团中蕴藏着一个巨大的秘密：惊世之作。我是说，是诗人因确信自己将来无法在创作上更上一层楼而试图摧毁的惊世之作（事实上，诗人一旦登上艺术事业的顶峰，就注定会走下坡路，于是诗人憎恨自己以前所创作的一切，并因此永远失去了幸福）。

这种想法让我宁可原封不动地把这个珍贵的惊喜锁起来，等待一个模糊的未来。就像生活中时常发生的那样，对某种美好事物的期待往往会比它的实际发生带给我们更多的快乐（因此，明智的做法是不要立刻实现它，而是先品尝一下这种奇妙的欲望，这种肯定可以满足但尚未满足的欲望。这时，期待不再有恐惧和怀疑，而很可能成为带给人类幸福的唯一形式），就像早晚会到来的春天比正在进行的夏天更让人们感到兴奋。同样，发挥想象、对这首无名诗作的辉煌成就加以预言,也比直观深刻的认识所带来的艺术享受更多。可以说,这是一个有些过于随意的想象游戏,可能会为神秘和虚张声势打开方便之门。然而,如果我们回顾过往,就会发现最甜蜜最深刻的快乐从来没有固定的形态。

此外,诗歌的奥秘是如何通过某一极端示例表达出来呢?实际上,也许没有必要使用开放且通俗易懂的语言,也没有必要蕴含逻辑意义,或令每个词语组成清晰的句子或表达合理的含义。而且这些词语往往都可以拆分,并按照错综复杂的音节混合起来。不仅如此,为了享受其魅力、感受其力量,甚至连阅读都是多余的。因此,只需看一看,摸一摸,靠近一些就足够了?

也许是的。尤为重要的是,要相信在那本小册子里,在那一页里,在那些诗句里,在那些符号里,蕴含着一首杰作(参见莱奥帕尔迪《杂感录》:"如何欣赏美,美就是如何")。以我为例,当我打开抽屉,手里紧紧攥着这个可能是诗歌草稿的碎纸团时,也许会有一种魔法般的暗示力量,让我觉得更快乐、更富活力、更轻松。我隐约看到恢宏的精神之光从地平线缓缓照向我,照向群山,孤独的群山!(也许那里面,只有一封诋毁同行的匿名信的草稿。)

58
汽车瘟疫

九月的一个早晨，一辆进口的灰色汽车开进了位于门多萨大街的伊里德汽车修理厂（我恰好目睹），这辆车外形独特，车牌是从未见过的外国牌照。

我（汽修厂老板）、好朋友首席维修师切拉达和其他工人都在车间里。透过一扇彩色玻璃窗恰好可以看到偌大的停车场。

从汽车里下来了一位40岁左右的男士，身材高大，金发碧眼，气质优雅。他微微弯腰，不安地四处张望。

汽车引擎并没有关，而是在怠速运转，但传来一种我们不曾听过的奇怪噪声，一种尖利刺耳的声音，就好像气缸碾压石子一般。

我很快注意到，切拉达的脸色煞白。"天啊，"他喃喃地说，"是瘟疫，墨西哥的瘟疫，现在我还记忆犹新。"说着，他跑到了陌生人面前。可他是个外国人，一句意大利语都听不懂。

维修师担心那个人会离开，赶忙手舞足蹈地比画起来。但陌生人还是开车离开了，汽车仍发出可怕的噪音。

"你又胡说八道。"首席维修师回到车间后，我对他说。

我们太了解切拉达了，这些话已经听了不下百遍。他年轻时曾去过美洲。

切拉达没有生气。"等着瞧，等着瞧吧，"他说，"对所有人来说这都是件十分严肃的事。"

据我所知，这是灾难降临的首个征兆，是死亡钟声敲响的前奏。

事实上，直到三个星期后才出现另外的征兆。那是市政府的一份模棱两可的公告：为避免"违法违规行为的泛滥"，交警和城市监察部门已成立特别小组，负责检查公共和私人车辆（包括家中和车库车辆）的使用情况，车辆在必要时立即进行"保守性住院"。然而，如此含糊的话语，根本不可能传达出其真正的目的。因此人们并未在意，谁会怀疑这些"检查者"其实是运车工呢？

又过了两天，警报终于拉响。随后，看似不大可能的传言如疾风骤雨般迅速席卷整座城市：汽车瘟疫来了。

关于神秘恶疾的初始症状和表现，众说纷纭。

有人说，汽车遭遇感染后，最初发动机共振呈绵软无力，就像有痰栓一样。随后，连接件肿胀鼓包，表面出现恶臭黄斑，最后发动机缸体破裂，车轴、连杆、齿轮都化为碎片。

至于传播途径，据称是通过尾气传播，因此汽车司机都尽量绕开繁华的街道，市中心因此几乎变得空荡静谧，完全笼罩在噩梦般的愁云惨雾之中。噢，多么怀念曾经那欢乐的鸣笛声和轰隆隆的尾气声啊。

为了避免交叉感染，就连车库也大都荒废了。那些没有私家车位的车主宁愿把汽车停到人迹罕至的地方，例如郊区的草地。跑马场的天空上弥漫着滚滚浓烟——死于瘟疫的汽车，都被聚集到"传染病院"的一片大隔离墙里集中焚烧。

瘟疫还不可避免地引发了各种恶行的泛滥：无人看管的汽车遭到盗窃和抢劫；许多实际健康的汽车遭到匿名举报，由于无法完全排除感染风险，都被焚毁；滥用负责检查和押运的运尸车；车主麻痹大意，尽管知道自己的汽车遭受瘟疫，仍四处转悠传播疾病；已焚烧的可疑汽车仍未真正死亡（还能听到远处的惨叫声）。

起初，恐慌大于危害。据估计，在我省的20万辆汽车中，第一个月死于瘟疫的汽车不到5000辆。然后，瘟疫似乎收手了。这很糟糕，因为疫情已结束的假象让许多道路恢复了通行，由此增加了传染的机会。

随后疫情急剧恶化，在大街上目睹汽车发病变成了稀松平常之事。发动机柔和的隆隆声突然变得刺耳而断续，进而发动机破裂，碎成一堆废铁。汽车会抽搐几下，然后停下来，车头冒烟。但更可怕的是卡车，其强大的脏器因绝望地拼死挣扎而极度痛苦。然后，这些庞然大物发出令人毛骨悚然的重击声和怒吼声，直到最后变成嘶嘶的喘息声，宣告了其悲惨的结局。

那时我是一位有钱寡妇罗莎娜·菲纳莫尔侯爵夫人的司机，她和侄女一起住在家族的一座老宫殿里。我在那里干得很舒心。

薪水说不上多丰厚，但这份工作也是个闲职：主人白天很少出门，晚上更少，因此汽车保养也很少。那是一辆大型的黑色劳斯莱斯，已经是员老将了，但外表却尽显贵族之气。我为此感到骄傲。沿路，即使是再不可一世的旗舰尊享版轿车，在这辆贵族老古董出现时都会黯然失色。而且，尽管年代久远，但车子的发动机仍动力强劲。总之，我爱它，把它当做自己的爱车。

因此，这场疫情也让我惶恐不安。确实，据说越大排量的车免疫力越强，但如何保证呢？在我的建议下，侯爵夫人白天不再出门，因为白天汽车更容易感染，只是在晚餐后会坐车出去，听听音乐会、讲座或会友。

十月末的一天晚上，恰好也是疫情的高发期，我们开着那辆劳斯莱斯回家。我们去见了几位夫人，一起聊天解闷，以缓解这段时间的忧郁。

但当汽车驶入比斯马克广场时，我突然听到，发动机和谐的隆隆声中出现了一声短促的噪声，一阵尖锐的刮擦声，大约持续了不到一秒的时间。我立即扭头询问侯爵夫人。

"我什么也没听见，"她回答，"继续开吧，乔瓦尼，别想太多,这辆老家伙什么也不怕。"

然而,在抵达家门口前,我又两次听到那种可怕的吱嘎声,或者是堵塞或摩擦声,我不知该怎么形容,那种声音让我神经紧张。

回到家后,我在小车库里待了很久,目不转睛地盯着这辆看似已沉睡的高贵轿车。直到引擎盖上发出几声难以形容的呻吟(发动机已经关闭),我才确信汽车已经染病。

怎么办?我想到,可以打电话给老维修师切拉达,听听他的建议,因为他除了经历过墨西哥瘟疫外,还声称知道一种能够治愈瘟疫的特殊矿物油混合物。尽管已经过了午夜,我还是决定打电话到那家他几乎每晚都会去的咖啡馆碰碰运气。他果然在那儿。

"切拉达,"我说,"你一直是我的好朋友。"

"嗯,怎么了?"

"我们一直相处得很好。"

"上帝保佑。"

"我可以信任你吗……?"

"别说废话!"

"好吧,那你快来一趟吧,我想让你看看我这辆劳斯莱斯。"

"马上到。"在他挂上电话前,我似乎听到一声轻笑。

我坐在一张椅子上等着他,发动机内部发出的喘息声变得越来越频繁。我在脑海中默数切拉达的脚步数并计算着时间,他应该很快就到。我竖起耳朵,仔细聆听维修师是否到来。突然,我听到院子里传来一阵脚步声,但显然不止一人。可怕的疑虑从我的脑海中一闪而过。

车库的门打开了，我看到了脏兮兮的棕色制服和两张冷漠的脸，是两名运车工。我还看到切拉达的半张脸，藏在一扇门后，在那里偷偷监视着。

"卑鄙无耻的小人……滚开，浑蛋！"我疯狂地摸索着任何可以用的武器，扳手、金属棒、棍子，但他们朝我扑来，用强有力的臂膀很快将我牢牢擒住。

"你这个无赖，"他们用愤怒而嘲讽的语气大喊，"竟敢反抗市政检查员，反抗公职人员，反抗为城市造福的人！"他们把"保守性住院"规范表格（天大的讽刺）塞进我的口袋，然后把我绑在椅子上。最后，开着劳斯莱斯扬长而去。汽车发出痛苦却仍充满贵族尊严的呻吟。似乎在与我告别。

经过半个小时的不懈努力，我终于从绳索中挣脱出来，甚至没时间通知主人，就像疯子一样朝赛马场那头的传染病院狂奔而去，希望还来得及。

但当我抵达时，切拉达跟着那两位运车工刚好从围栏里走出来。他就像没看见我一样跑开了，消失在黑夜里。

我没能追上他，没能进入围栏，没能阻止劳斯莱斯的焚毁。我用一只眼睛紧紧贴在围墙的一条缝隙上，看到无数倒霉汽车燃起的熊熊大火，看到无数黑暗的轮廓在火光中痛苦地扭曲。我的车在哪里呢？在那个炼狱里，根本无法辨别。只是有一瞬间，从狂怒的火焰里，我似乎听出了它亲切的声音。一声令人心碎的高亢的叫声，瞬间消失无踪。

59
新闻

37岁就已享有盛誉的艺术大师阿图罗·萨拉奇诺,正在阿根廷剧场指挥勃拉姆斯第八交响曲A大调第137号,并刚刚进入最后一个乐章——"热情的快板"。

对于这一主题,他使用了乐曲刚开始时的演绎方式,即那种平稳、固执且略显冗长的独白,但与此同时,源源不断的灵感渐渐聚集,以便接近尾声时集中爆发。这一巧妙的处理方式,只有萨拉奇诺和所有乐队成员清楚,听众毫不知情。因此,大家都还沉浸在舒缓的小提琴声中,享受着愉悦而迷惑人心的前奏。但很快,所有听众、演奏者和整座剧院都会被卷入美妙而激情的音乐旋风之中。

忽然，他发现听众开始离席。对一位乐队指挥来说，这是最令人痛苦的情况。听众的参与度因为莫名其妙的原因降低了。不知为何，他立马注意到了这一点。此刻，空气似乎变得稀薄，他与听众之间紧绷着的一千、两千、三千根用来传递生命、力量、营养的神秘丝线正变得松弛、瓦解。最终只剩大师独自一人赤裸裸地站在冰冷刺骨的沙漠中，费力地拖拽着一支不再信任他的军队。

这种可怕的经历至少有十年没有再出现过。他甚至已经记不清了，因此此时他受到的打击更大。这次，公众的背叛是如此突然和强硬，让他喘不过气来。

"不可能，"他心想，"不可能是我的问题。今晚我感觉状态好极了，乐队就像二十岁的年轻小伙。一定有别的原因。"

实际上，他竖起耳朵，似乎听到自己身后、观众席、周围，甚至头顶，都有一种不易察觉的骚动正在蔓延。

随后，从舞台右侧传来一声细长而刺耳的吱嘎声。用眼角的余光，他隐约看到两三个身影离开观众席，从侧边的出口出去了。

二楼座位席有人强势地发出嘘声，让大家安静下来。但安静是短暂的。很快，就像难以控制的发酵过程一样，窸窸窣窣的声音再次响起，夹杂着沙沙声、低语声、偷偷摸摸的脚步声、秘密的折叠声、凳子的移动声，还有开门和关门声。

发生了什么事？突然，萨拉奇诺大师就像刚读完报纸新闻一样恍然大悟。可能是不久前在广播上播出的新闻，由一位迟到的观众带到了剧院。所以，地球上的某处一定发生了什么可怕的事情，并在此刻席卷着罗马。战争？侵略？原子弹袭击的预先警报？这个时期，哪怕是最毁灭性的假设都是合理的。勃拉姆斯的音符仍在耳边跳动着，但萨拉奇诺已千愁万绪、心乱如麻。

如果战争爆发，他该把家人送到哪里去呢？

逃到国外？可新盖的别墅怎么办？那可花光了自己毕生的积蓄啊！

对，从职业来说，他萨拉奇诺是幸运的。无论他去世界任何一个地方，凭借自己的威名肯定不至于饿死。而且俄罗斯人对艺术家更是出了名的情有独钟。但突然，他惊恐地想起，两年前自己曾出于妥协与其他知识分子共同签署了一份反苏联宣言。乐界同行们怎么可能会不告诉敌军政府呢？不，不，最好还是逃跑吧。那他年迈的老母亲该怎么办呢？还有妹妹呢？还有狗呢？想到这些，他愁眉紧锁，仿佛跌进绝望的深渊。

此外，一定是大难临头了，否则消息不会瞬间传遍，这一点不容置疑。观众们全然不顾剧院最基本的传统礼仪，纷纷落荒而逃。萨拉奇诺抬眼看了看台下的观众席，空位正变得越来越多。他们一个接一个地有序离开。皮包、金钱、物资、撤离，一分钟都不能耽误，谁还会管什么勃拉姆斯。"一群懦夫。"萨拉奇诺心想，离交响曲演奏结束还有整整十分钟。"懦夫。"但随后他又对自己说，因为他也同样惊恐万分。

事实上，不论是观众还是他，都早已无暇顾及这场演出了。

指挥棒完全机械地舞动着，不再传送任何信息给乐队，由此不可避免地让乐队也意识到了人心的涣散。

很快将到达交响乐最后的高潮：解放、高飞！"懦夫。"萨拉奇诺心生反感，自言自语。人们都走了吗？

他们是否压根儿不在乎他，不在乎勃拉姆斯的音乐，全都一心想着逃离以拯救自己悲惨的命运？是这样吗？

突然，他如梦初醒般意识到所谓的救赎、唯一的出路、唯一行之有效且值得一试的逃亡，对他来说，就像对其他所有人一样，是原地不动，毫不动摇，坚持到最后一刻。

想到自己身后昏暗的大厅里正在发生并即将发生在他身上的事，他顿时怒不可遏。

于是，他重新振作精神，举起指挥棒，向乐队抛去了一个骄傲又欢乐的眼神，让死气沉沉的旋律奇迹般地得以重生。

小号发出的一声降序琶音在提醒他，已经近了：最后的高潮即将开始。突然，在狂野的上升手势下，第八交响曲一改平缓的旋律，陡然向上攀升；随即，在勃拉姆斯各乐曲的重叠中，指挥棒热烈地跳动起来，激情澎湃地垂直向上冲刺，直到如大获全胜般矗立在灿烂辉煌的灯光之下，恍若插入云端。

熊熊怒火让萨拉奇诺全身心投入其中，忘乎所以。

管弦乐队为之一振，全体昂首挺胸，地面可怕地晃动了片刻，如万马奔腾般气势磅礴，令人难以抗拒。

突然，嗡嗡声、私语声、撞击声、骚动声、脚步声、来来往往的窸窣声全都戛然而止，所有人都停下脚步、屏住呼吸、一动不动。他们不再恐惧，只觉羞愧。此时，舞台上的银色小号上方，旗帜迎风飘扬。

60

托德战舰

在最后一场战争中担任德国护卫舰队长的雨果·雷古鲁斯将于下个月出版一部非凡的著作(《弗里德里希国王二世战列舰的末日》,汉堡施普林格出版社出版)。起初,少数阅读此书手稿的人可能会感到困惑,因为书中所讲述的事实就算说不上无比疯狂,也超乎想象的极限。然而,如果继续往下读,便不得不承认作者的叙述无疑是严肃且具有说服力的。此外,这座见所未见的怪物的照片也令人印象深刻:唯一可以说明真相,却又注定不能轻易揭开面纱的庞然大物,可以说它生于伟大的幻想,毁于懦弱可耻的流放,最终,当一切耻辱烟消云散时才再次浮出水面。而这曲英勇无畏、雄心勃勃的命运的壮丽悲歌,世上不该有任何一个人对此全然不知。

如果雷古鲁斯讲述的是事实,那么这无疑将揭露最后一场战争中最惊人、最黑暗的秘密。

书中的故事本身就令人惊讶,乍一看甚至有些难以置信,尤为奇怪的是其中没有提及战争的任何片段。此外,更令人惊讶的也许是,竟然有成千上万人都曾心照不宣地保守过并至今仍在保守这个秘密,这种隔岸观火的心态(没有其他人知道)给他们带去了无价的快乐。在有必要或最好保持沉默时,他们会附和其他人,无论富裕或贫穷、无论强大或弱小、无论知识渊博或大字不识、无论是高官政要还是建筑工人,所有人都默默地忠于盟约,哪怕那场灾难早已让他们脱离了军队纪律的管束。雷古鲁斯声称(真相仍有待查证),即使在明天书出版后他们仍会保持沉默:万一被人认出,他们会矢口否认;万一遭人询问,他们会说自己一无所知。所有人都是如此,仅一人除外。

这本书分为三个部分。第一部分,雷古鲁斯以第一人称讲述自己是如何得知这段神秘的故事的。源于某种哀悼之情,文章描写得细致入微,涵盖了调查的各个阶段:首先是最初的模糊怀疑的萌生,为此他设法将许多彼此之间看似相距甚远的线索关联起来;随后是漫长无果的调查,直到他偶然来到事件的起源地,那里有无数令人心碎的瓦砾碎片仍在讲述着毫无意义的梦想;接着是论证,如果可以这样称呼,是那些夜幕降临时(疲惫会削弱人们的固执)在港口黑漆漆的酒馆里听到的只言片语;最后是与幸存者的会面，他们痛苦不堪，不停地说着说着，终于把那个可怕的秘密全部吐露出来！

第二部分是报告，可惜很不完整，关于船上发生的一切，从他执行第一项任务的那一天起，直到汪洋大海上悲剧发生的那个早上。

第三部分是附录，是雷古鲁斯对公众可能会产生的质疑、反对和批评做出的预先回应。特别是，他通过事无巨细地引用各类"文件"，试图解释为什么一件关乎成千上万人命运的大事件，会在众人的沉默下尘封如此长的时间。最后，他试图解释这场极端的戏剧性事件，然而，尽管他竭尽全力，但这起事件仍然笼罩在超自然的光环之中，需要我们真正敞开心扉去接受。虽然令人难以相信，但这场绝望的冒险真的会有如此荒谬的结局吗？此外，过去不时听说的黑暗力量会不会受此疯狂之举的吸引，从南方深渊里浮出水面，体面地应对挑衅？

雨果·雷古鲁斯是吕贝克船东的儿子，战争爆发时刚好35岁，海军军官，因身体原因以及为了照顾在公司就职的年迈的父亲，于1936年退伍，军衔为护卫舰上校，后于战争爆发初期被军队召回。出于身体状况，他原本可以免任，但爱国之心让他自愿服役，并被分配到海军部"人事"处，一直任职到最后。

他从未接到过艰险的任务，主要负责监管军士们的档案柜，更新相关人员的晋升、调动、许可和纪律处分等等。因此，他能间接地掌握到实时更新的、完整的帝国战舰事件资料。

好吧，他是从1942年夏天开始讲述的。那时他的办公室里开始陆续收到同一类新的调动命令，调令上指出了所属地区或单位，但目的地都统一用密语表示："特别任务：9000行动，向第27号行动处报道"。

这种类型的命令，简称"特别任务"，会时不时地下达过来。如果"人事"部门的人员试图调查相关信息，获得的结果往往都很简略并可疑。不过涉及的人数不多，最多也就是七八个人的小团体。而且很容易猜想到这个秘密背后隐藏的是什么：要么是情报和反间谍局的秘密任务，要么是在敌国领土执行的任务，要么是潜艇巡航，即军事行动中有必要增加的额外秘密保障。

但这次，需要执行"秘密任务"的人不止七八个，甚至不止十几个。几周之内，仅调到未知总部的军士已经多达近二百人。随后，这一奇怪的调动放慢了节奏，但仍持续了好几个月。

雷古鲁斯鲜少与同事谈论此事。有时他会有种感觉，同一办公室里有人比他知道的更多，但他更愿意避开这个话题。

他似乎庆幸自己对部分秘密并不知情，因为害怕失言，害怕犯下任何轻率的错误，哪怕只言片语，但对于发起者来说，也有可能变成一场无法收场的噩梦。他甚至对朋友避而不见，即使在家里也从不放松片刻，还经常会在半夜惊醒，因为害怕自己说梦话会被妻子听见。

"9000行动"就像一扇吞噬了数百人的神秘大门，门的那头是无尽的黑暗。新的秘密武器基地？某些冒险项目的培训课程？为登陆英国而秘密组织的远征军？1943年2月的一天，这个神秘的命令也带走了雷古鲁斯的得力助手威利·温特米尔。

温特米尔是一个非常热心和忠诚的人，完全没有战士的脾性。他一直都很害怕有一天会离开工作六年的海军部去别处轮岗，多亏了他的机智以及上司的赏识，才使他幸免到现在。但如今他的希望破灭了，并且是以最可怕的样子。对于"人事"处的人来说，虽然并不知道"9000行动"具体指什么，但显然那是危险的代名词，意味着将远离人类社会，毫无返还的希望。

告别前夕，一向腼腆寡言的温特米尔终于无法控制住自己，焦虑地询问上级，哪怕是能得到一个模棱两可的解释。但所有人都对此讳莫如深。

护卫舰队长雷古鲁斯痛苦地目送他离开。

可以说，直到那时还与他无关的神秘的"9000行动"，自此进入了他的生活。好奇心，一种对不该知道的事物的渴望，这种军人不该有的欲望，每天都困扰着他。

只要有人递给他一封寄给自己的带有"机密"字样的信（每天有好几次），他就会心跳加速："9000行动"会不会也起用他？

但对护卫舰队长雷古鲁斯的调令始终没有下达，几个月过去了，又有数十名其他军士出发去往未知的目的地，尽管他总是竖起耳朵、睁大眼睛，但也没能发现任何一条细微的线索，没有任何一个字，没有任何暗示，没有手势，也没有眼神，找不到任何与这个令人惶恐不安的秘密相关的信息。遭遇炸弹袭击后，他的办公室搬迁到了柏林郊区的一片受保护区域，然后战争结束了，由于自己的身体状况，雷古鲁斯免受拘留和监禁。但即使是那时，当军事基地都已拆除，各种秘密在公众之间到处流传时，他对"9000行动"仍一无所知。可数百名军士，可能还有数千名水手,都牵涉其中。

所以他们去了哪里?无论这个秘密背后藏着什么,他们中的很多人都应该已经回来了。为什么无人提及?温特米尔从出发之日起每个月都会按时给他寄免费的明信片问候(但没有文字,也没有邮戳,无法知道实际的寄信地),可为什么现在还没消息?

因此,前护卫舰队长雷古鲁斯才下定决心要解开这个谜团。毕竟,在基于战争事实的情况下,多年来不为人知的军事秘密以及前线战事的空白,在如今当事人的讲述下都逐渐被填满。哪怕是政府和高级指挥官最隐秘的秘密,如今都已疯狂地传遍街头巷尾。由此,一个个未知场景逐渐拼凑出了一幅战争全景。游击队员的生活、秘密武器、将军的阴谋、停战民意调查等,一切都渐渐浮出水面。对,一切,除了"9000行动"。这个唯一的空白继续存在,如果有那么多人失踪,这不应是个可以忽略的空白。

因此,这场重建那些年历史的巨型连锁游戏中仍然缺失了一块,能填补这一块空缺的只有那个毫无意义的通用密语。而密语的背后是什么则无从知晓,甚至连个鬼影都抓不到。

当然,很少有人会注意到这个空缺,除了那些像雷古鲁斯一样因为亲身服役才有所耳闻的人,外界一无所知。英国人、美国人、俄罗斯人似乎都不知道。

甚至连雷古鲁斯有机会碰面的几个同事似乎也都忘了。"'9000行动'?"他们回答,"噢对,我想起来了……是一项特殊任务对吧?……呃,谁知道是什么……我可什么都不知道。"他们的语气似乎充满真诚。

但雷古鲁斯没有放弃（至少他自己是这样写的）。

随着时间的流逝，"9000 行动"变成了某种狂热。尽管他的家人因战争而陷入贫困，但他在吕贝克的企业中找到了一个不错的职位，生活并不拮据，工作也很顺利，因此他可以花一定的时间进行调查。

1945 年 11 月，他开始寻找温特米尔的家人。温特米尔曾给他留过地址，为此他专门去了一趟基尔。

他找到了温特米尔的父亲和母亲，但自从 1945 年后他们就再没有收到过儿子的消息。不知道，他们从不知道他真正的目的地。不知道，在他出发执行"特殊任务"后，就再也没有回过家。不知道，他们对他何时回家一无所知，但他们希望能尽快再看到他。不知道，他们从没听过关于"9000 行动"的新闻、设想或传言。这是一次全盘否定的现场访问。

雨果·雷古鲁斯坦言，此时他感到有些灰心丧气。他确信这背后有一个秘密，一个可怕的秘密，但他开始怀疑自己是否能让它浮出水面。

现在连最基本的切入点都没有了，不可能靠凭空想象得出假设。因此，无论往哪儿走都是死路。

他扪心自问，对于自己的第一次"探秘"，是否最好不要轻易放弃？事实上，他偶然看到了 1945 年 12 月美国占领军出版的报纸——《星条旗报》上刊登的一则奇怪新闻，令他灵光一闪。

新闻是这样的："一艘小型阿根廷货轮船（从玛尔维纳斯群岛出发抵达巴伊亚布兰卡）上的船员玛丽亚·多洛雷斯三世声称，

一天日落之前，看到了一条'像山一样大'的蛇。大蛇一动不动地漂浮在水面上，背着光，似乎睡着了。船上的水手一致把它形容为'至少长了三四个头，有无数类似昆虫的触须或触角，但长度惊人，伸向天空，缓慢旋转，仿佛在找什么东西'。它的模样十分吓人，以至于玛丽亚·多洛雷斯三世赶紧加足马力，全速逃离。不久夜幕降临后，他们发现这个地平线上的遥远的怪物仍然一动不动。"

几天后，又有另一则有趣的消息。

一架飞机（从南非出发飞往布宜诺斯艾利斯）上的飞行员说，他亲眼看到在海洋正中间有一座新形成的火山岛，并给出了具体位置。飞机经过时，火山还在全面喷发之中。事实上，这座新火山岛在上空数百米的蒸汽层中若隐若现。而在这片海域，从来没有岛屿。

雷古鲁斯仿佛看到了一线光明。他心想，玛丽亚·多洛雷斯三世看到的东西不可能是海蛇，这样的怪物从来就不存在。不仅如此，凭借敏锐的洞察力，他把这两则截然不同的新闻联系了起来，心想：这两种荒谬的解释会不会是在针对同一个对象？无论是海蛇还是火山岛，会不会实际是一艘巨轮呢？

这个发现微乎其微，甚至可以说算不上什么发现，只是关于两则新闻的自由遐想，甚至也许所谓的新闻都只是幻觉，只是被报纸记者放大，然后被合理地创造出来。

然而，这个大胆而奇幻的想法在他的脑海里挥之不去：简而言之，"9000行动"也许是一艘特殊构造的军舰，秘密设计、秘密建造、秘密起航、秘密武装、秘密调试，直到突然出现在海面，以迅速歼灭敌军舰队。也许玛丽亚·多洛雷斯三世看到的那些触角正是前所未见的巨型大炮，每个都有吕贝克郊区莱德勒炼钢厂的烟囱那么大。但也有可能是某种骇人的新式武器，还能发射子弹或射线，就像许多年轻军校生在经过一整天的学习和锻炼，晚上在寒冷而坚硬的床上入睡后梦到的那样。

雷古鲁斯猜想，可惜这艘所向披靡的战舰还没来得及上战场参加战斗，陆海所有战线便已宣布停战，伟大的德国全面沦陷，毁灭，一败涂地。

尽管如此，它依然起航去执行第一项任务，并在那段全世界都群情鼎沸、欣喜若狂的日子里（因为战争结束了，不用再死人了），神不知鬼不觉地抵达了大西洋。

因此，雷古鲁斯幻想中的这艘船去了最偏远的水域，例如阿根廷东部水域。但是出于什么目的呢？为了什么希望？靠什么生存呢？要用什么石脑油才能点燃像古代哥特式大教堂一样大的锅炉呢？

想到这里，前护卫舰队长雷古鲁斯从这些重重疑团中突然清醒，甚至为自己这疯狂的想法感到好笑。

但他内心的小恶魔并没有投降，反而促使他长途跋涉，踏遍了帝国最大造船厂曾经所在的城市，以及帝国舰队曾经设立过小基地的鲜为人知的沿海地区。

每天晚上他都穿上脏兮兮的衣服，戴着一顶维修师的帽子，穿梭在港口最臭名昭著的小酒馆里，喝酒、抽烟、聊天，顺便打听些愚蠢至极的消息，例如在哪里可以找到价格便宜的漂亮姑娘，但偶尔他也会不经意地问另一类问题。设想，一个不小心走进了他乡一家低级酒馆的老男人，喝得七荤八素胡言乱语，这不是很正常吗？

他提到了那艘传奇的船（他还没找到最合适的名字），就好像那是个众所周知的事情，谈及它不会有任何危险。

他身边都是工人、卸货工、水手、店主、妓女，这些人应该对港口的生活、奇闻异事和死亡了如指掌。但似乎没有一个人明白他的暗示，但也没有一个人表示为难或厌烦，或明里暗里请雷古鲁斯先生停止这种不恰当的打听。

似乎所有人都一无所知，从未听说过有什么秘密建造、秘密起航的大型船只，用来拯救奄奄一息的国家。

正当他准备放弃时，好运却已经敲开了威廉港一家低级酒吧的大门，专门在里面等他。

那个人的身形看起来像搬运工或类似职业，头发灰白、身材矮胖，疲惫地蜷缩在一个角落睡觉，面前放着一个空杯子。

与往常一样，雨果·雷古鲁斯在与酒吧里的人热聊许久后，十分巧妙地把话题引到了那个已在他内心扎根的问题上。

他问问这个人，问问那个人，大家都不知道他在暗示些什么，都从未听过这样的故事。

夜晚就这样过去，毫无收获。最后，雷古鲁斯发现酒吧里只剩自己一个人了，老板已经等不及想要关门。外面是愈加寂静的夜色，可以听到有节奏的吱嘎声，像是海浪拍打岸边时，码头上的帆船发出的痛苦的声音。

这时，那个头发花白的搬运工站起身准备离开，但当他走到门口时，突然转身露出一个奇怪的笑容："先生，你刚刚讲的那个故事，我也曾听别人说过。是鲁根岛的一个人。"说完，他就消失了。

雷古鲁斯赶紧追了出去，但他已经不见踪影。

他四下张望，但唯一一盏亮着的路灯下什么也看不见，搬运工就好像是被大地吞没了一样。

于是雷古鲁斯来到了鲁根岛，背着一个画架和一个小箱子，乔装成画家的模样。他作画时（小时候很喜欢水彩画，刚好派的上用场）喜欢与岛民们聊天，主要是老人，还有一些孩子和妇女，他们总站在他身后看他作画。

"对了，"他说，"很久以前，我听说，战争时期鲁根岛上有一片大型工地。"

"对，没错，"一个人说，"那里的工人都是秘密行事的，以为我们大家都不知道呢！"

前护卫舰队长简直激动得透不过气来。"他们造了什么？护卫舰，对吗？一艘巨型战舰？"男人笑了，其他人也笑了。"护卫舰？什么护卫舰？是体育场，可以容纳五十万人的体育场，为了举办1948年盛大的奥运会，那是希特勒大获全胜后一场全人类的盛宴！"

这对于苦苦追寻许久的雷古鲁斯来说无异于晴天霹雳，令他大失所望。"可为什么要秘密建造呢？"

"谁知道呢，也许是想给战后疲惫不堪的人们制造个大惊喜。"

"你们也参与了吗?"

"噢,没有,我们鲁根岛上的本地人都没有参与。都是外来的年轻人,有成千上万呢。我们还纳闷儿:为什么要派这么多身强力壮的年轻人到这里建造体育馆,他们不是更应该上前线吗?"

"那你们见过工地什么样吗?"

"工地周围都是高压电网,还有哨兵看守。里面是一大片空地。然后再是高墙和铁丝网,墙上还有哨兵看守,随时准备射击。"

"后来呢,体育馆怎么样了?"前护卫舰队长问。

"后来全都毁了。可能是在盛怒之下,上级命令他们把所有建筑物都炸毁了。爆炸持续了整整四天,火光漫天,整座小岛都震了很久。"

"那现在呢?"

"现在那里什么都没了,只有些碎片。"

"在哪里?"岛民们为他指了路。

于是,坚持不懈的雨果·雷古鲁斯来到了希特勒为举办德国奥林匹克运动会而下令建造的世界上最大的体育馆的旧址,就在鲁根岛上,真不知道他是怎么想的。但雷古鲁斯很快就恍然大悟,并且意识到那里根本没建造过什么体育馆。他热泪盈眶,激动得浑身颤抖,因为眼前正是自己苦苦追寻好几个月的谜底。

那是一片低洼地,一直延伸到海里。地面上有凌乱的杂草,散落的巨石、破碎的砖块和大大小小的水泥块、扭曲的铁杆、残破的墙壁，但最多的是掩盖了一切的杂草丛和灌木丛。

他计算了洼地的长度（大约500米）、宽度、深度和所有一切。他看到了导轨、起重机、浮桥、钣金和横梁的残骸，甚至还有一个已完全陷入污泥里的手榴弹壳。

此外，他还嗅到空气中有一种再熟悉不过的特殊味道，是战舰独有的那种经久不衰的香气，混杂着石脑油、油漆、热金属板，还有水手呼吸的气息。

因此，这里就是"9000行动"的秘密基地。

这里建造过一艘规模空前的大船，它在这片洼地诞生，从这里驶入海洋，但没有留下一丝痕迹，因为一切都是秘密进行的，而知道这个秘密的人永远不会开口，因为他们用神圣的誓言捍卫荣誉和生命。或者他们全都死了，成千上万人都埋葬在这片土地之下，或葬身大海。

然后他看到了铁丝网、围墙、车间和营房的残骸，应该有一整座城市曾在某种面具的掩护下，在帝国这个不为人知的世界里生活过多年。

但现在只剩下一片到处都是残垣瓦砾、无人问津的荒地，中间那片致命的凹地现在已经变得毫无意义，只有零星几只长得像乌鸦的鸟儿在空中盘旋，发出哀怨的悲鸣。再往上是波罗的海灰暗且死气沉沉的天空，还有总是照向北面的阳光。眼前是永远波涛汹涌的灰暗的大海，泛着白色泡沫的海浪此起彼伏，他的目光不由得跟着它不断向远方延伸，直到荒无人烟的遥远天际。

现在,"9000 行动"之谜变得愈加真实且令人不安。不论雨果·雷古鲁斯多么不敢相信,他也再无法退缩一步,哪怕付出余生也一定要追查到底。那是 1946 年 5 月。

但很快,这个疑难而复杂的谜团几乎自己解开了。

汉堡一家报纸上刊登了一条关于在基尔发生的自杀未遂案件的简短新闻:在公园发现一名头部受重伤的男子,因失血过多已昏迷,右手紧握一把手枪。该名男子名叫威利·温特米尔,曾是一名海军士官,最近刚从南美遣返,他在那里被拘留过一段时间。自杀原因尚不清楚。

他正是与雷古鲁斯共事多年,最后被"9000 行动"带走的威利·温特米尔。雷古鲁斯在基尔医院找到了他,尽管头上缠满了绷带,但他不停地说话,就连医生用的镇静剂都毫无效果。有时他会陷入昏睡,但一醒来又开始说话,而且都难以理解,因此所有人都觉得他精神错乱。医生说他的伤口很深,幸存的概率很低。

而他的父亲和妻子都无法解释发生了什么。威利已经回来一个多月了,比以往任何时候更沉默寡言、自我封闭。关于身上发生的事他鲜少提及,只是说他登上了一艘船,战争结束后这艘船沉没了,于是他被囚禁在阿根廷并一直小心翼翼地待在那里,直到被遣返。但至于是什么样的船,何时起航去往何地,周围环境如何,他没有做具体的描述。还有奇怪的是,在遣返后他也没有去找一直挂念的雷古鲁斯。家人曾问过他一次:"你为什么不写封信给雷古鲁斯指挥官呢?他还特意来找过你,如果他知道你回来了一定会很高兴。""对,对,我会给他写信的。"威利回答。

但之后他仍一个字都没有写。

那么，当雷古鲁斯走进医院病房时，温特米尔认出他的老上司了吗？雷古鲁斯写道，自己也不确定。但对于自己的问题，他几乎知无不言。事实上问题并不多，因为医生禁止他接受询问。很多时候都是他在自言自语，好像心里压抑着一大堆说不完的可怕东西，想要全部吐露出来。好像手枪恰好击开了一条缝隙，让他可以把长期以来积压的痛苦全部释放出来。

直到死前一小时，温特米尔才结束了喋喋不休的咆哮，但他说的话毫无条理。回忆杂乱无章地从各个地方涌入他的脑海，有时明明在讲这个片段，但同时另一个片段又出现了，可能还是几个月前的事。

因此，雷古鲁斯从中获取的故事也存在许多空白和断层。尽管如此，雷古鲁斯相信温特米尔所言句句属实，绝非胡言乱语。尽管他的叙述七零八碎，但每一句都有明确的目的，尤其是他详尽地回答了关于"9000行动"遗留的主要疑问。不管怎样，"9000行动"绝对是我们这个时代最骇人听闻的事件之一，而他则是这起事件唯一一位可靠的直接见证人。

至此，新书的第二部分开始了，这是全书最重要，可惜也是最短的部分。事实上，雷古鲁斯不想凭想象对其做任何的扩展，也不想在符合逻辑的前提下把残缺的材料连接或填补完整。在整理温特米尔的叙述时，他唯一的干预仅仅是按照明显的时间顺序排列事实，并对垂死之人口中说出的残词断句、俚语和结巴的表述做一些句法上的处理。

现在，你们只需要静心聆听。

在鲁根岛的工地（简称 9000 工地）上，有一个令各国情报局的官员都心驰神往的秘密；一项不惜一切代价，直至流干国人最后一滴血也要执行的任务。这让牵扯其中的所有人都惶恐不安，几乎将其视为一场自杀式的疯狂。每天早上天还没亮，就有人开始清扫户外的绿树枝、黄灌木丛或积雪（不同季节）。军队和工人都进行封闭式管理，所有参与者都要庄严宣誓、誓死保密。从 1942 年 6 月到 1945 年 1 月，战舰弗里德里希国王二世制造完工，它应该是伟大的帝国用来击败英美联合舰队及其盟友的秘密武器，水手们登船后个个都忧心忡忡，因为他们甚至没有时间向我们的全能主做简短的祷告。

战舰设计的排水量为 12 万吨，实际成功实现。速度为 30 海里/时。船体的反鱼雷保护装置，使战舰可以至少抵挡 30 枚鱼雷的攻击，并配备两个辅助螺旋桨的喷气推进器。带电作业 45 厘米垂直保护装置，装甲桥 35 厘米垂直保护装置。四座 203 防空高塔，36 座 75 防空综合装置。主要武器为十二个前所未有的发射装置，三个一组，可能是大炮，也可能不是，温特米尔称之为"毁灭者"，并声称其可在短短几秒毁灭 40 公里范围内的一切。长度约 280 米。船员共 2100 人。有三个烟囱。

医院里，温特米尔在相对平静的时候让妻子拿来了一个皮制文件夹，从封存的一叠资料里取出了一张这艘庞然大物的小照片递给雷古鲁斯。由于照片中没有参照物，所以无法得知战舰的具体尺寸。另外画面布局十分普通，显然是由一个毫无经验的业余爱好者随手拍的快照。总体而言，船体轮廓线条与德国以往的大型舰船相类似，船头较大。只是没有常见的大口径高塔，而是用相互独立的倾斜长杆或金属管代替，至少有二十米长，可能是大炮，也可能不是。这些武器至少从外观上看没有任何防护装甲。它们矗立在甲板上，倾斜度很大（至少照片中是如此）。雷古鲁斯排除了原子武器的可能性，但也表明不可能只是简单的火箭发射器，但无法做出任何技术说明。

这艘舰船在完工数月后于1944年10月启航。无从知晓它是否在该地区进行过射击练习，还有太多其他未知的事，关于那个绝望的前夕。但敌军对9000工地的建造项目从未起疑，因此也从未发生过轰炸事件，甚至在上空经过的侦察机都安心而归。

然后二月、三月、四月过去了，前线防御溃不成军，苏联人向柏林施压。但尽管司令部的公告对战败的事实再无隐瞒，弗里德里希国王二世战舰上的人生生活却仍很平静。就像是被关在坚固的花岗岩里的人，无关外界的疾风骤雨。这艘伟大的新战舰是具有德国血统的至高无上的杰作，看起来是如此无坚不摧（不可战胜）。

但为什么战火还没点燃呢？还在等什么？难道等着苏联巡逻队背后偷袭吗？柏林即将沦陷，不，应该已经沦陷，因为从一天晚上起，司令部的公告已再无消息。

当时，工人和工程师们都已下船，三根烟囱上方的空气开始颤抖，表明锅炉已经打开，各种矛盾的想法和希望在心里打架：一方面，尽管遭受战败的屈辱，但和平仍然令人心驰神往；另一方面，放弃这样一艘还未参加战斗的传奇战舰令人感到痛苦。

战舰的指挥官鲁珀特·乔治下令吹响小号，召集全员。他是位贵族，身材高大，金发碧眼。他是如此敏锐，并为自己的想法感到惭愧，他不得不凭借钢铁般的意志做出可以自救的决定。

1945年6月4日下午3点，当所有船员都聚集在船尾甲板上后，指挥官艰难地说了以下一段话："将士们，水手们，我要告诉大家几件事，几件非常重要的事。也许你们能猜到，德国陆海空军正在撤离战场。停战协定也许将在今晚签署。所有德国军队都必须遵守该停战协定的条款规定。"

说到这里，他停顿了一下，目光投向站在自己面前的将士们，许久都未移开。

"但我们不同。根据最高统帅令，弗里德里希国王二世无须遵守任何停战条款。文件已经交到我手中好几天了，之后会公布出来，供大家参阅。

因此，弗里德里希国王二世今晚即将启程，开往一个我无法透露的地方。虽然国家领土将遭到敌军践踏，但我们这里，依然是自由独立的德国。我们将不再攻击敌人，但我们决心捍卫自己。我们将守护祖国的最后一片净土。

我必须告诉大家，等待我们的可能是数天、数周、数月，甚至数年的艰苦奋斗，也有可能是死亡。但你们要知道，战旗的最后一块残片托付给了我们，也许我们将加入最后也是最激烈的斗争，它会给我们带来荣誉，但别无其他，因为我们将再无希望。

与此同时，我有义务给大家充分的自由，选择权完全在于你们自己。认为战争已经结束，希望遵从人民共同命运的人，今晚可以下船,不会受到任何军事制裁。这种选择基于对个人和家庭的考虑,我不会做任何评论。

相反,那些自愿选择留在船上的人要做好心理准备,或许从此将暗无天日。这将是一项漫长无比的任务,何时结束,以何种方式结束,都不得而知。艰辛、孤独、与家人的分别、对命运感到迷茫,这些都是可以预见的。为了自由值得作出这样巨大的牺牲吗?这是你们每个人要做的决定,请听听自己内心的声音。我自己也花了很长的时间才做了决定。

我们要坚持多久?我们的最终目标是什么?我们会参与一场决定性的战争吗?这些我也不知道,而且就算我知道,也不会告诉你们。

因此,无论谁留在船上,当我们朝着未知的方向起航时,都请好好看一眼我们即将离开的家园,也许再也看不到了。"

乔治指挥官的讲话大致如此。大会解散后,虽然没有人清楚地知道会发生什么,但指挥官的话有一种奇怪的魔力,在他们的脑海里挥之不去,最终只有227人选择下船。

那天,夕阳还未完全落山,长期隐藏在巨型绿植掩护之下的弗里德里希国王二世战舰终于现身,缓缓驶向公海。

随即,地面上预先准备好的炸药一一引爆,发出轰隆巨响。洼地、工地、车间,所有一切全都被炸毁,直到任何关于战舰的蛛丝马迹全部烟消云散。从遥远的船上眺望,火光冲天,浓烟滚滚,久久凝滞在空中。他们再也不会回到那里。

故事讲到这里,有一个大跳跃。对于战舰如何旁若无人地在波罗的海航行，途经苏格兰并由北向南穿越大西洋而未遇到任何敌人，一字未提。

我们发现战舰驶入了圣马特奥湾以东的公海中，系泊在为它设的一处浅滩的某种浮标上，不知出自何人，也不知如何而设。将近两千人在那里过着荒唐的生活，完全与世隔绝，世人也不知道他们的存在。就像在任何一个港口一样，船上的生活规律地进行着，只是这里没有码头，也没有任何陆地的踪影，只有令人绝望的虚无的海浪。

每天早上洗漱过后，做各种操练，偶尔雷达会发出信号通知有未知船只或飞机靠近。

这时，战舰会通过一种特殊装置向天空喷射浓雾，通常经过的船只不会过多注意海上出现的这片怪雾，飞机也同样如此。（至于玛丽亚·多洛雷斯三世为什么能发现，无从知晓。）

此外，时不时会有一艘大型摩托艇落入海中，然后向西驶去，并在数小时后满载新的生活物资返回。事实上，供给是通过公海上的阿根廷船只实现的，但作为德国或外国船只，是如何伪装的呢？具体不得而知。有时候还会在海里放一个储水箱，而不是摩托艇，储水箱带回来的也不是生活物资，而是石脑油。

与此同时，广播里不断播放着关于德国战败的新闻，船上也出现了不和谐和煽动性的声音，尽管乔治指挥官只需一个目光就足以让这些饱受折磨的人产生一种敬畏之感。

然而从长远来看，即使是正规的纪律和各种高强度的训练也不足以消除船员的不安。每到夜里，军官屋里的议论越来越大胆，更衣室里，到处都是阴谋论。

他们在等什么？他们能期待什么？

出发时吸引他们的浪漫幻想早已无影无踪，孤独感如噩梦般阴魂不散。日复一日的无所事事让人发疯。他们在等什么？等着有一天被美军屠杀吗？等着在这种荒唐的流放中腐烂吗？

传闻、谣言、诽谤、猜疑、谎言在船上不断蔓延。有人怀疑乔治指挥官疯了，传闻称他与第二指挥官斯蒂芬·穆特卢特发生了激烈的争吵，据说穆特卢特支持沉船及投降，多数人持相同意见。

但也有人支持乔治。尤其是年轻的军官、海军少尉和海军军校生。没错，他们坚持认为，少数贵族可以为德国臭名昭著的可耻错误赎罪。他们是纯洁而神秘的修行者。

还有多少年月要这样度过？他们就像日夜躺在病榻上的病人一样，每天浑浑噩噩，过着重复的日子。

11月、12月，圣诞节到了，这艘为毁灭和战斗而生的无敌战舰仍处于昏睡之中。那天晚上（那里是仲夏），甲板上响起了"平安夜"的歌声，声音悲伤地扩散到一望无际的海洋上，没有一点回声。

各种千奇百怪的传说陆续诞生。例如，有人说从非法补给船上下来了一个女人，不，是三个女人，她们偷偷地住在士官屋里。有人说车间里有人正在煽动炉工叛变。有人说战斗即将打响。敌人是谁？没人知道。

这些消息让直到那时还严格遵守纪律的人都变得神经紧张，虚假警报就这样无缘无故地出现了。瞭望台经常能发现实际并不存在的设备，或者仅仅是幻影的烟雾。有时是白天，有时是深夜，突然就会有一阵急切的躁动蔓延开来。水手们跳下床，迅速穿好衣服，奔向战斗岗位。诸如雷达发出了"咚"的声音，地平线上出现了一道火光，附近有潜艇经过。这些都是谣言。然后，大家发现这些全都不是真的。

这种情况下，当所有人都处于崩溃边缘时，乔治指挥官病了。利奥·图尔巴医生诊断他为伤寒。这个消息让失败主义的情绪更加高涨。

八天后，乔治指挥官变得神志不清。他以为自己是在布雷玛的家中，不时呼唤他的妻子，命她备好马鞍。

第九天他恢复了神志，并与第二指挥官穆特卢特进行了长时间的交谈。得知现在船上人心惶惶后，他下令第二天准备起航。

起初，这一消息让大家振奋不已。但在发现战舰是向南行驶，反而离德国越来越远后，他们沮丧的情绪更加恶化。

但终于，陆地出现在了他们眼前，水手们欣喜若狂。

然而，这次幻想再次落空。那片海岸是火地岛，巨轮驶入蜿蜒的海港，在那里抛锚。放眼望去，到处都是荒凉的景色。粗糙的岩石、巨大的冰川，寒风刺骨、企鹅成群，没有一丝绿色。现在，已经没有人再叫战舰的全名了，大家都叫它托德战舰。

1946年1月23日，乔治指挥官去世，这对大多数人来说是一种解脱。穆特卢特继任护卫舰舰长，众所周知，他是沉船投降的支持者。

为乔治举办的光荣葬礼令人动容。当裹着旗帜的棺材沉入海洋时，船上奏响了国歌。许多人再也绷不住，痛苦地抽泣起来。

他们在死气沉沉的巴塔哥尼亚峡湾又过了十天。谁知道为什么，战舰上的警报频率比停泊在公海上时高得多。因此，大家整天都处于精神紧张之中，令人喘不上气。

大家都等着穆特卢特下令掉转船头向德国起航。事实上，他的确下令吹响号角，召集全员开会。

但满怀期待的水手们第三次听到了残酷的决定，悲痛欲绝。在如此极端的环境下，穆特卢特似乎也陷入了疯狂，他宣布所有人要为最后一场最严峻的考验做好准备：他说明天将有一场战斗。

嘈杂的议论声从群情激愤的人群里传来，他们大多数都已衣衫褴褛、胡子拉碴。穆特卢特不得不扯着嗓子大声说。

"我再重复一遍，"他说，"明天我们极有可能要参加战斗。好吧，我从大家的目光里读到了一个共同的问题：敌人是谁？我可以告诉你们：我不知道。我不知道敌人的名字。我不知道他们的国旗是什么颜色。但我必须说，这毫不重要。记住：你们很多人都叫这艘船托德。死亡之舰！你们以为这是开玩笑吗？

现在，请仔细听我说。你们当中可能有些人或许多人有种被抛弃的感觉，我想对这些人说，就像乔治指挥官在离开鲁根岛时说的那样，你们有选择的自由。想要下船的人尽管下船，我不会强求。我会安排必要的船只以及足够的燃料和生活物资，以抵达最近的有人居住的地方。我对你们的唯一要求就是保持沉默。我们都发过重誓，关于战舰托德，不能向任何人泄露一个字，不论任何原因……当然我不是哲学家，某些事情我不知道该如何清楚地解释,但我只想说:如果有人不保守秘密,即使牺牲巨大,你也永远无法得到全能神上帝的祝福。因为一句轻率之言,一切努力都将付之东流,万劫不复。因此,那些无法保持沉默的人将永远受到诅咒。

但是,对于那些留下来战斗的人,是荣耀!我们的荣耀,托德战舰的荣耀!是正在千里之外身处水深火热之中的祖国的荣耀!"

他的讲话对于这些痛苦的人犹如当头棒喝。他们的第一个想法是:穆特卢特也疯了,像乔治一样。特别是最后的几句话,看似激情澎湃,实际上暗示着危险的升级。

然后,新的第二指挥官赫尔穆特·冯·沃洛里塔立正,代表全员向穆特卢特致意。

但当冯·沃洛里塔举起手敬礼时,他右眼的镜片掉落下来。镜片落到甲板上,发出叮的一声,但没有碎,而是反弹起来,然后滚落到甲板边缘。没有人敢动弹。微弱的声音在死一般的沉默中清晰可辨。所有人的目光都追随着越滚越远的镜片,一直到舷边。

但它没有停下,而是最后摇晃了一下,坠落大海。

扑通一声,镜片沉入了水中。也许是出于事物之间莫名的共鸣,一种从未有过的残酷的孤独感在这群被流放到地球尽头的船员心中油然而生。他们目光茫然,满怀仇恨地看向死气沉沉的山脉、悬崖和冰川,它们在永恒的沉睡中冷漠地见证着这一切。

总共有86个人决定下船,其中有两名军官和十二名士官,包括温特米尔。

实际上，战舰上还有许多其他人想要离开，回到人类社会中，回到祖国去。但他们认为逃离也是徒劳的。总有一天，指挥官也会意识到这一点。在这座令人抓狂的荒岛上没人可以忍受。战舰终将投降。

天色已黑，在指挥官的命令下，这86个人发誓绝不泄露机密，然后带着自己的行李乘坐摩托艇从海港离开，渐行渐远。

直到那时，摩托艇上的有些人才如梦初醒般感到悔恨不已，悔恨自己当了怯懦的逃兵。就像温特米尔，这种悔恨会随着时间的流逝愈演愈烈，不断摧残他的心灵，直到最终不堪重负自杀身亡。

一整夜，摩托艇都一刻不停地在平静的海面上向东行驶，因为必须开得很远才能避开水里的暗礁，抵达勒梅雷海峡。

黎明来了，晴空万里，地平线上薄雾笼罩，几乎看不见陆地。渐渐地，人们需要面对面仔细观察，才能透过满脸胡须认出彼此。

"注意，有一艘不明船只在我们后面！"突然，一个人大喊。所有人都屏住呼吸："是托德战舰！它和我们的路线一样……对，是朝我们的方向来的……不，不，它开远了……它到底要去哪里？现在它停下了……天哪，它开始全速前进了！"

这是一个令人印象深刻的场面。巨轮竖起神秘的触角，扬起船头，加足马力，穿透夜晚的薄雾，乘风破浪，在海面上泛起两股巨大的泡沫。摩托艇迅速驶离。

当相距约半英里的托德战舰几乎倾斜起来时，摩托艇上的人似乎从风中依稀听到了一声独特的号角声。"听到号角声了吗?……对,听到了……我也听到了……他们疯了!……是战斗的号角!"然后,一声充满莫名恐惧的尖叫响起:"上帝啊,看那里!"

86个人同时望去,血液仿佛在胸口凝固。在遥远的南部地平线上,晨雾笼罩,隐约可见许多可怕的黑影正列队前行。这些是真实存在的船,还是只是幻影?

它们个个漆黑,高耸入云,相比之下,巨型战舰托德简直就像是儿童乐园里的小飞船。目测应该有数百米高,重达数百万吨,宛若来自地狱。二、三、四、五、六,透过薄雾隐约还能看见更多,排成一条长长的队伍,一眼望不到头。它们每一艘都形态各异,配备奇怪的桅杆和在空中摇摆的斜塔(类似宣礼塔),就像漂浮在水面上的巨型长横幅。不知为何,这一切营造出一种极其古老而阴森的氛围。

他们是谁?是启示录里的海军上将率领如洞穴般空洞而黑暗的舰船,专程从地球的隐秘之地来羞辱人类的吗?那些阴暗的战舰上是天使还是魔鬼?难道那就是乔治指挥官所说的最后一个敌人?

但显然,斗志昂扬的托德战舰如同飞蛾扑火。他们眼睁睁地看着战舰不断缩短距离,加速前进,仿佛生怕这个机会会从手中溜走。与此同时,可怕的黑暗之舰已经占领了整片地平线。

温特米尔说,战斗持续了十几分钟。摩托艇上的人在无助和惊恐中目睹了一切。

他们看到托德战舰把12根长杆升到最高,齐刷刷地朝向幽灵般的敌人。然后发出三道火光，并留下三股微红的烟雾，悬浮在海浪上空。

它们像三根白炽灯柱一般从枪管里发射出来，迅速飞升到令人目眩的高度，然后径直落到了目标上，似乎消失在其中一艘黑暗舰船的侧面。

"击中了！"摩托艇上的一个人大喊，语气里仿佛蕴含着荒唐的希望。炮火击穿了那艘舰船船身正中间的位置，矗立在甲板上的高塔立即摇晃起来，很快失去了平衡，坍塌成无数碎片，沉入海中。

但当托德战舰发起第二轮攻击时，敌人也开火了。神秘军队里的四艘舰船同时闪烁出微黄色的怒火。

摩托艇上的船员们心都提到了嗓子眼，焦虑地等待着炮火的轰炸。直到一个人说："什么也没有，只是幻觉！"

话音刚落，海面上响起了一声雷鸣般的巨响，托德战舰船头，十几根巨型泡沫水柱从铅灰色的海面垂直升起，升得很高，很高，越来越高，仿佛永无止境。有多高呢？六七百米？每根水柱都是灾难。动力消失后，它们如瀑布般倾泻而下，有足足几分钟的时间，托德战舰完全消失在可怕的水柱之中。

当它再次露出水面时，浑身上下满是泡沫。很快它又发起了第三和第四轮攻击，发射出另外六根白炽灯柱。

三艘敌军舰船陆续沉入海底。余下三艘却连成一体，看起来像一辆配备七根长烟囱的灵车。几秒钟后，这艘巨轮开始猛烈开火：船体边缘打开，从可怕的缺口里喷出了疯狂的火焰。海面随即响起了愤怒的嘶嘶声，由此形成的一大片水蒸气云把三合一的巨轮完全笼罩起来。

面对地狱的勇士，托德战舰也迎头痛击。可是它的猛烈还击有什么用呢？

巨型水柱再次包围了托德，战舰猛烈地摇晃起来，就像漂浮在茫茫大海上的小木舟。他们用的是什么弹药？多大口径？像货车一样大？像房子一样大？到底是什么样的超级火炮？

现在，托德战舰上的所有武器同步开火。十二根炽热的火柱同时朝着战场上空密布的乌云向上飞驰，然后再如闪电般回落。第三艘敌舰被击毁，残骸飞散在空中，浓烟四起，火光冲天。

但这是最后一次。突然，就在托德战舰所在位置，一个垂直的水柱突然从平静而浩瀚的海面爆发。它像个怪兽一般垂直升起，直插云霄。然后，在静止片刻后突然回落，形成一堵白茫茫的水墙，重重地回落到灰色的海面上。

眼前突然空无一物。摩托艇上的船员们几乎不敢相信自己的眼睛。突然，那些来自地狱的黑暗舰船消失了，水柱、火光、爆炸都停止了，托德也消失了。一切发生得如此之快，仿佛做梦一般。一望无际的水面上什么也没有留下，没有残骸，没有尸体，甚至没有一滴彩虹色的石脑油斑点。

海面上空荡荡的，什么也看不见（唯一的见证恐怕就是空中留下的焦油云雾），在死一般的寂静中，犹如一座巨大而空洞的坟墓。摩托艇的螺旋桨惊愕地喃喃自语，有节奏地喃喃自语着。

出版后记

"意大利的卡夫卡"这个光彩的名号某种程度上是对迪诺·布扎蒂的误读。作为二十世纪最伟大的作家之一，布扎蒂创立了一种特殊的风格，他模糊了空间和时间的边界、现实和想象的边界，甚至模糊了不同文体的边界。他建造了一个真实世界之外的世界：巨大的荒漠上连绵着巍峨的山脉，龙与恶兽在其中游走，而王子、骑士、年迈的强盗则策马向远方奔驰。这个世界可能会有无数个太阳，或者只有一个，从宇宙初开的混沌一直照耀到整个世界再度陷入无边的黑暗。同样，这个世界的星辰也以最奇异的方式闪烁，远方的天空可能飘荡着一段渺不可寻的音乐，或者蓦然响起一声咒骂。在这个暧昧的世界里，任何事情都可能发生。

但不要以为布扎蒂只是一个沉湎于内心世界的幻想作家，仿佛一个搭建属于自己的城堡的孩子。在六十篇故事里，一种只属于当下，属于现实的锋芒，时时从城堡的石壁中射出。

《七名信使》中的王子跋涉万里寻找王国的边界，随着信使带回的消息愈发陌生，王子与故乡的联系愈发微弱。最终，过去完全变得不可捉摸，可王国的边境依然望不到尽头。

"火车与人生是多么相似！"《有事发生》中的"我"认识到，人生正如一辆永远前行的火车，无法返程。《特快专列》的主人公也不禁发问："火车现在驶向何方呢？距离最后一站还有多远？我们还能抵达吗？"火车穿越乡村，驶出城市，闯进险象环生的夜晚，继续前行，最终成为远方时空中的模糊黑影，变成浩瀚宇宙中的一粒微尘，消失不见。

布扎蒂笔下每个人生的过客都陷于如此的困境，他们朝着既定又未知的方向不断前行，在灵魂与肉体之间、梦想与现实之间、欲望与失落之间进行着永无休止的战争。只是，这场战争既没有硝烟，也没有炮火。战场深埋在平凡日常的深处，潜藏在钟表的滴答作响里。现代世界平凡生活里暗埋的杀机，在《鞑靼人沙漠》里早已显现，而《六十个故事》中，它变得更为凶险，也更加扑朔迷离。

在现代制度的荒谬影响下，人类的灵魂似乎也在异化：自私、虚荣、功利、冷漠，甚至连神都变得扑朔迷离。一切的价值都已经烟消云散，不再有任何确定无疑的事物，剩下的唯有无边无际的怀疑,以及存在的焦虑。

这种焦虑将现代人置于"疯人"的处境。生存本身毫无意义,人类就像舞台上的假面木偶,在牵线下徒劳地过着被掌控的人生。布扎蒂笔下的人物往往异常敏感,他们对声音,对幻象,对身边的一切都有着超乎寻常的关注。甚至连一滴水都是毁灭性的。他们像偏执狂一般行事,妄想撕开虚假世界的那层壁纸,只是一切都是徒劳。

在这个荒诞而注定陷入死亡的世界上,每个人都言辞闪烁,虽然大事似乎正在隐秘地酝酿,人们却又惊恐地缄默其口。斯卡拉大剧院内的贵族们惶惶等待着似乎即将发生的政变,他们的恐惧是对旧秩序大厦将倾的绝望。托德战舰上的日子混沌难捱,战士们的恐惧实则成为无边梦魇中的最后一线希望,使他们得以继续生活在自我编织的幻境里。政变是否真实是未知的,战舰即将投入的战争未知、敌人未知。生活仍在继续,但黑暗中似有来自未知世界的命运使者正带着恶意窃笑窥伺。布扎蒂笔下众人的恐惧绝不仅仅是简单的心理压力,而是现代性压迫下人们真实的生存状态。若要消除恐惧,除却死亡,唯有使恐惧之事成真。

人类曾自以为登上世界之巅,却无法掌控自己的命运。阿特拉斯神背负苍天矗立于世界尽头,若将这庞然大物抛给我们,却是生命不能承受之重。尼采预言的超人尚未出现,现代人却无一不承受着"超人"才得以承担的重负。布扎蒂的小说让我们看到现代人的困顿,其笔下的荒诞情节并非对生活平静的破坏,而是对生活本质的揭晓。人成为生存法则的囚徒,成为现代社会的工具而非目的，一生都在无意义中日复一日地机械重复。真情远逝，人们无处容身，痛苦无法逃离。

> 我们就是那条注定的空虚的河
> 奔流向海。阴影已将它包围。
> 一切都向我们道别，都在远去。

尼采的"上帝已死"将人抛入虚无的宇宙，福柯的"人之死"将人卷入涌向陌生之地的浩瀚大海。毫无疑问，空虚、恐惧、孤独与死亡是人生永恒的主题。布扎蒂的小说也让我们看到，人生之路就像沙滩上的足迹，潮水偶然上岸，又注定拍来——一切都消失不见了。

读者邮箱：duzhe@lutebook.com
投稿邮箱：tougao@lutebook.com

宝琴文化
2020 年 9 月

图书在版编目（CIP）数据

六十个故事 /（意）迪诺·布扎蒂著；崔月译. --
北京：北京联合出版公司, 2020.8
ISBN 978-7-5596-4270-7

Ⅰ. ①六… Ⅱ. ①迪… ②崔… Ⅲ. ①短篇小说—小说集—意大利—现代 Ⅳ. ①I546.45

中国版本图书馆 CIP 数据核字 (2020) 第 091882 号

© Dino Buzzati Estate
Rights Arranged by Peony Literary Agency Limited acting in association with The Italian Literary Agency.
本书中文简体版权归属于宝琴文化传播（北京）有限责任公司

六十个故事

作　　者：[意] 迪诺·布扎蒂
出 品 人：赵红仕
译　　者：崔　月
选题策划：宝琴文化
出版统筹：赵　卓
特约编辑：卜雨萱
责任编辑：牛炜征
装帧设计：冀　翼
内文排版：大　春

北京联合出版公司出版
（北京市西城区德外大街83号楼9层　100088）
北京联合天畅文化传播公司发行
北京美图印务有限公司印刷　新华书店经销
字数400千字　　880毫米×1230毫米　1/32　17.5印张
2020年8月第1版　2020年8月第1次印刷
ISBN 978-7-5596-4270-7
定价：68.00元